Serie della Maledizione degli Immortali

Cuore di Sangue

Serie della Maledizione degli Immortali

Traduzione di: Elvira Bianchi
Editing a cura di: Eleonora Maggi
Wellread Translations

Autrice di bestseller per Usa Today
Lexi C. Foss

Editing a cura di: Outthink Edits, LLC & Jacy Mackin

Immagine di copertina: Manuela Serra

Fotografia di copertina a cura di: Wander Aguiar Photography

Modelli: Andrew & Evan

Pubblicato da: Ninja Newt Publishing, LLC

Traduzione dall'inglese di Well Read Translations

ISBN eBook: 978-1-68530-063-0

ISBN stampa: 978-1-68530-124-8

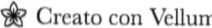 Creato con Vellum

A Laura— *Per essere ancora la mia migliore amica nonostante*
continui a uccidere persone.
No, intendo personaggi, sì.

Oh, e per riuscire a capire le seguenti parole e argomenti: Cespuglio.
Albero. Muro. Sì. Famigerata Torre Eiffel di New York. 47. Alfabeto
farfallino. Vacanze "rilassanti".

Per favore salutami Stas e Lizzie la prossima volta che ti trovi sulla
79esima. La pizza è per sempre <3 e anche le palline al formaggio.

CUORE DI SANGUE

SERIE DELLA MALEDIZIONE degli IMMORTALI
LIBRO TRE

NOTA DELL'AUTRICE

Cari lettori,

Cuore di Sangue è il terzo libro nella Serie della Maledizione degli Immortali e riprende dalla fine delle vicende di Legami Proibiti. È caldamente consigliato, anche se non obbligatorio, leggere i volumi in ordine. Per quelli che si affacciano al mondo Immortale, ho incluso un glossario, delle parole chiave e delle definizioni.

Con amore,
Lexi C. Foss

CUORE DI SANGUE

File Risorsa 4-7: Elizabeth Watkins
Genotipo: Non umano

Quella è l'unica informazione che Jayson Masters possiede
riguardo la sua nuova missione. Per saperne di più dovrà
infiltrarsi nella vita della ragazza nel modo più intimo
possibile, senza avvicinarsi troppo.

Iniziano i giochi.

Il nuovo vicino di casa di Lizzie è rumoroso, sensuale e
spropositatamente bello... in più continua a flirtare con lei.
Poco dopo la morte di un caro amico, Lizzie accetta
provvisoriamente l'idea di quella nuova amicizia nella
speranza di ignorare il cuore spezzato.

Quella rete di bugie non starà in piedi per sempre.

E a volte l'amore non basta.

Una guerra immortale è alle porte, Lizzie è la chiave di
tutto...

GLOSSARIO

ESSERI SOPRANNATURALI

Neonato (sostantivo): Il figlio di un maschio Ichoriano e di una donna umana, non è ancora rinato come Hydraiano; solitamente non hanno poteri soprannaturali o psichici fino alla loro rinascita immortale.

Hydraiano (sostantivo): Discendente immortale di un maschio Ichoriano e una donna umana, possiede due poteri soprannaturali o psichici e non ha bisogno di sangue umano per sopravvivere.

Ichoriano (sostantivo): Un essere immortale dalla discendenza sconosciuta che possiede un potere soprannaturale o psichico e necessita di sangue umano per sopravvivere.

Immortale (sostantivo): Sostantivo generale che definisce un essere che non invecchia ed è immune alla naturale morte umana.

Seraphim (sostantivo): Un essere appartenente all'ordine più alto della gerarchia angelica.

PAROLE CHIAVE

Arcadia: Famoso bar per Ichoriani a New York, utilizzato anche come luogo di incontro primario per il governo Ichoriano.

Leggi del Sangue: Serie di ordinanze redatte dal consiglio amministrativo Ichoriano in risposta al Trattato del 1747.

Fondazione Assistenza Catastrofi (FAC): Organizzazione umanitaria con sede a New York, dotata di un'unità paramilitare segreta incaricata di annientare gli esseri soprannaturali ribelli e sovversivi.

Conclave: Il consiglio amministrativo Ichoriano.

Editto: Legge o Regolamento emanati dall'Alto Consiglio di Seraph.

Anziani: Gli Hydraiani originari, compongono il consiglio amministrativo Hydraiano.

Destinati: Seraphim in grado di prevedere il futuro.

Alto Consiglio di Seraph: Consiglio amministrativo dei Seraphim.

Nizari: Antichi assassini Ichoriani che cacciano e uccidono i Neonati.

Veleno Nizari: Sostanza verde nota per uccidere i Neonati e impedire la loro rinascita.

Sentinella: Soldato del FAC incaricato di massacrare e uccidere gli esseri immortali ribelli e sovversivi.

Trattato del 1747: Armistizio tra Hydraiani e Ichoriani che si impegnano a cessare il fuoco e vivere nelle rispettive aree delimitate. Coloro che decidono di oltrepassare suddetti limiti lo fanno a proprio rischio e pericolo.

1 PIZZA PARTY

COME DA UNO DEI REQUISITI DEL PROGRAMMA IL
SOGGETTO MOSTRA SEGNI DI BELLEZZA INNATURALE. IL
BENEFATTORE DEL PROGETTO È DA RITENERSI
SODDISFATTO.

- REGISTRO 110.09.4-7

BANG.
    Bang, bang.

Lizzie Watkins lanciò un'occhiata al soffitto. Controllare i compiti di ortografia dei bambini in prima elementare era un lavoro abbastanza scoraggiante anche senza il circo che si stava scatenando sopra di lei.

Sbuffò, chiaramente il nuovo proprietario dell'appartamento sopra di lei stava finendo di trasferirsi. Lizzie non si era nemmeno accorta che gli inquilini precedenti se ne fossero andati fin quando non aveva notato il furgone della ditta traslochi e gli addetti che trasportavano gli scatoloni del nuovo arrivato.

Crash.

Mise da parte i fogli con un sospiro scocciato e si alzò. Era solita accogliere i nuovi vicini con dei biscotti, ma quello l'aveva fatta innervosire fin troppo.

Boom.

"Ma santo cielo!" Si infilò un paio di scarpe vicino alla porta, afferrò le chiavi e marciò verso la tromba delle scale.

Una rampa più tardi, si fermò fuori dall'appartamento del nuovo inquilino e aspettò che l'orribile canzone che stava risuonando finisse, in modo da poter bussare. Ripetutamente.

"Un momento!" La voce dell'uomo dall'altra parte sembrava profonda e virile.

Lizzie batté ritmicamente un piede a terra nell'attesa, inarcò un sopracciglio e si preparò a dirgliene quattro.

"Scusa," continuò la voce una volta che la porta si aprì. "Dovevo finire il mio set."

Addominali.

Quello fu il primo pensiero che Lizzie riuscì a registrare.

Perché l'uomo l'aveva accolta a petto nudo.

Indossava un paio di pantaloncini corti da ginnastica grigi, che gli cadevano sui fianchi mostrando il fisico muscoloso e tonico. La traccia di sudore sul petto suggeriva che si stesse allenando: ecco spiegati tutti quei rumori.

"Ehm…" Lizzie incontrò un paio di occhi scuri ed esitò.

Cioccolata al latte, le suggerì il suo cervello da cuoca.

Non mi interessa di che colore sono, si ridestò immediatamente.

O che lo sguardo di lui la stesse passando in rassegna da capo a piedi.

No.

Concentrati.

Siamo qui per urlargli addosso.

Giusto.

La ragazza si schiarì la gola e rivolse all'uomo attraente lo sguardo che di solito riservava per gli alunni che si erano comportati male. "Vivo nell'appartamento sotto il tuo, il tuo allenarti mi distrae dal mio lavoro."

Brava, Liz. Che lezione meravigliosa.

"Ah sì?" Non sembrava dispiaciuto, i suoi occhi non avevano ancora smesso di vagarle sul corpo. Sembrava particolarmente attratto dal seno. Maledetto.

"Sì, è così." Replicò lei con tono più risoluto, che sembrò solo divertirlo di più.

"Ehm, cercherò di fare piano, allora," mormorò lui. "E ti farei le mie scuse, ma non sarebbero molto sincere."

Liz lo guardò a bocca aperta. "Come hai detto?"

"Beh, non posso dispiacermi per averti fatta venire qui alla mia porta, specialmente vestita in quel modo." Fece un cenno verso di lei con una mano, e Lizzie si guardò, considerando il proprio look: un paio di scarpe con il tacco nere, dei pantaloncini del pigiama blu e una canottiera rosata senza reggiseno, dal momento che la sua coinquilina era fuori Lizzie si era infilata il pigiama prima di iniziare a correggere i compiti. Non aveva minimamente pensato di cambiarsi prima di sgattaiolare di sopra.

"Oh." La ragazza arrossì violentemente. Perfino i capelli erano un totale disastro. Se sua madre l'avesse vista andare in giro conciata così le avrebbe fatto una scenata. "Bene. Ehm, grazie del favore. È stato un piacere."

Si voltò per andarsene in tutta fretta e rabbrividì, mentre la risatina di lui la seguiva lungo tutto il corridoio. Probabilmente penserà che sia una pazza. Fantastico. Beh, nemmeno a lei piaceva molto lui e tutto quel baccano.

"Cercherò di fare piano," Lizzie imitò goffamente la voce profonda dell'uomo.

Sbatté la propria porta d'ingresso con maggior impeto

del necessario, si tolse le scarpe e si diresse verso il bagno principale.

"Meraviglioso." Come sospettava il trucco era a posto, al contrario delle lunghe ciocche ramate, che era solita acconciare ma che in quel momento erano raccolte in una crocchia disordinata. Inoltre, la canottiera che indossava non lasciava nulla all'immaginazione, per via del seno prosperoso. Non c'era da stupirsi che il tizio fosse rimasto tanto affascinato.

"Almeno siamo pari," mormorò. Anche lei aveva sbirciato il petto perfettamente scolpito di lui. "Non mi posso certo lamentare."

All'improvviso si sentì nuda, così decise di indossare la sua felpa preferita della New York University e si diresse in cucina in cerca di qualcosa da mangiare. Quell'appartamento nell'Upper East Side era stato un regalo di laurea dei genitori. Lizzie sospettava che fosse un pretesto per tenerla a distanza... Come se avesse intenzione di vivere ancora con loro.

Tuttavia Lizzie si sentiva parecchio sola, la sua coinquilina era spesso fuori tutto il giorno e passava le serate con il fidanzato. Avrebbe voluto essere felice per Stas, ma non si fidava della Fondazione Assistenza Catastrofi (FAC). L'organizzazione umanitaria di fama mondiale le aveva sempre fatto una brutta impressione e dopo la morte di Tom in una delle loro missioni...

Toc toc.

Liz sbatté le palpebre perplessa. "Chi è ora?"

Chiuse il frigorifero e andò verso la porta d'ingresso: non appena vide chi c'era dall'altra parte emise un grugnito. Un gigante, ora vestito, se ne stava in piedi nel corridoio. Lizzie premette la fronte contro il legno della porta e si lasciò andare in un lamento prima di girare la maniglia con cautela.

4

"Sì?" Non era il migliore dei saluti, ma le circostanze non erano esattamente favorevoli.

Un paio di fossette adorabili le lampeggiarono davanti agli occhi prima che l'uomo portasse le braccia sullo stipite della porta sopra la testa di lei. "Ti piace la pizza con il salame piccante?"

"Come hai detto?" A quanto pare quella era l'unica risposta che riusciva a proferire in presenza di quel tizio.

"Sa-la-me pic-can-te," ripeté lui scandendo ogni sillaba e inarcando un sopracciglio. "Beh?"

"A chi non piace la pizza con il salame piccante?" gli chiese Lizzie sbalordita. E perché diavolo me lo stai chiedendo?

"Esattamente quello che penso anche io," le rispose l'uomo facendo irruzione nell'appartamento della ragazza come se fosse casa propria. Si tolse le scarpe sul tappeto vicino alla porta prima di dare un'occhiata alla zona soggiorno. Un divano, due belle poltrone, un tavolino da caffè e un sistema d'intrattenimento aggiornato. Niente di troppo straordinario, ma a lei piaceva.

Lui sembrò concentrarsi sulle tende. "È un po' troppo rosa per i miei gusti, ma mi piace," mormorò.

"Sono contenta che approvi," gli rispose Lizzie dalla porta ancora aperta. "Posso aiutarti con qualcosa?"

Prima che chiami la polizia, aggiunse a se stessa. Per una frazione di secondo aveva pensato di mettersi a urlare, ma le buone maniere l'avevano tenuta a bada. Era un suo vicino, dopotutto, in un condominio con tanto di sicurezza ai piani inferiori. Era sì ancora un estraneo, ma non del tutto, vista la loro situazione residenziale.

"Piombi spesso in casa altrui in questo modo?" gli chiese.

"Sì." Ecco di nuovo le fossette, insieme a un paio di occhi sorridenti. "Hai della birra o del vino?" le chiese avvicinandosi alla cucina. L'abbigliamento di lui, composto da un paio di pantaloncini blu e una maglietta bianca, risultava parecchio fuori posto nell'ambiente elegante della sala da pranzo.

Lizzie chiuse la porta con un calcio e lo inseguì. "Cosa stai facendo?"

"Non sei molto attenta, vero?" Le lanciò un sorriso sopra la spalla prima di aprire il frigo. "Bevande da aperitivo?" Lo chiuse rabbrividendo. "No, grazie."

Il cervello di Lizzie riprese a funzionare quando lui cominciò ad aprire tutti gli sportelli della cucina.

"Va bene, signore, non ricordo di averla invitata a entrare, e non la conosco nemmeno. Quindi, se potrebbe gentilmente andarsene…"

La risatina di lui la zittì. Se fosse venuta da qualsiasi altra persona avrebbe anche potuto piacerle, ma non da lui. Avrebbe dovuto sentirsi spaventata, non irritata. Ma lui continuava a ridacchiare e a esibire quelle fossette.

Che ammaliatore ridicolo.

"Penso che ci conosciamo abbastanza bene, Rossa."

Lizzie fece una smorfia nel sentire quel soprannome poco originale. Per tutta la vita la gente le aveva commentato i capelli rossi e la mancanza di lentiggini. "Ora puoi andare."

"Non fare così," mormorò lui mentre rivelava la scorta di vino della ragazza. "Finalmente. Stavo cominciando a pensare di vivere sopra a una puritana." Tirò fuori una bottiglia del cabernet preferito di Lizzie e la posò sul bancone. "Perfetto."

"Hai intenzione di farmi chiamare la sicurezza?" Lizzie era pronta a farlo. Il portiere al piano di sotto era un buon amico, grazie all'ossessione della ragazza per i dolci. Gli portava dei biscotti appena sfornati almeno una volta a settimana.

"Fa' pure." Prese due calici da uno dei mobiletti. "Dennis mi piace."

Fantastico, magari lo chiamerò per farti portare il didietro a casa.

Lo sguardo le cadde proprio su quel didietro fatto tutto di muscoli, così come le gambe lunghe. Sarà stato intorno al metro e novantacinque: il povero Dennis non avrebbe avuto chance, il che avrebbe dovuto spaventarla, ma non fu così.

È il sorriso.

Una ragione piuttosto stupida per fidarsi di un gigante muscoloso parcheggiato in cucina.

Giusto.

Va bene, passiamo al piano B.

"Cosa ne pensi della polizia?"

"Dipende dal Distretto," le rispose sfacciatamente stappando la bottiglia.

"Sei una tipa da mezzo bicchiere o da bicchiere pieno?" Lo sguardo color cioccolato di lui le danzò sulla felpa e le gambe nude. "Sicuramente da bicchiere pieno."

Le vibrò il telefono prima che potesse anche solo pensare a una risposta.

Elizabeth, dove sei? Il messaggio era sottolineato dal tono condiscendente della madre. Quella sera si sarebbe tenuto il gala annuale del FAC. La sua famiglia partecipava ogni anno, dal momento in cui il padre ricopriva una delle posizioni più importanti nell'organizzazione, ma quella sera Lizzie non avrebbe sopportato andarci. Una volta non vedeva l'ora che arrivasse quel momento, perché avrebbe significato vedere Tom.

Il cuore le si strinse al ricordo della perdita.

No.

Si rifiutò di pensare a lui o alla fondazione a cui aveva dedicato tutta la vita. Letteralmente. O al fatto che Stas stesse partecipando all'evento, supportando la causa sbagliata.

Le arrivò al naso un aroma fruttato e notò che l'estraneo le stava sventolando il bicchiere di vino sotto al mento. Le stava sorridendo, chiaramente all'oscuro di tutto il tormento che imperava dentro di lei.

"Grazie," riuscì a dirgli, poi prese un bel sorso. Improvvisamente si ricordò che quello era il suo vino, nel suo calice, nel suo appartamento. Scosse la testa e sbatté il bicchiere sul bancone di marmo della cucina. "Va bene, amico, chi ti credi di essere?"

"Jayson Masters," le rispose lui senza batter ciglio. "E tu?"

Lizzie sbatté le palpebre. Quel... quell'uomo si comportava come nessun'altra persona che avesse mai incontrato. Era maleducato, prepotente, arrogante e le aveva fatto venire un gran mal di testa. Eppure, le sorrideva con l'espressione più affascinante del mondo.

La ragazza scosse la testa. "Devi andartene."

"Perché?" le chiese. "Hai programmi per la serata?"

"Beh, no, ma..."

"Aspetti qualcuno?"

"No, ma non è..."

"Hai mangiato?"

Lizzie aggrottò la fronte. "No, mi hai interrotta mentre stavo cercando qualcosa da mangiare."

"Allora ho avuto un tempismo perfetto. La cena dovrebbe essere qui tra circa..." controllò l'orologio sopra i fornelli. "Venti minuti. Spero ti piaccia il San Dinos. Ho sentito tante belle parole, ma è la prima volta che lo provo."

"Non hai mai mangiato la pizza di San Dinos?" Era una delle migliori a Manhattan. Tutti adoravano la loro pizza newyorkese della crosta sottile, tanto formaggio e poca salsa di pomodoro.

"Sono in città da sole sei settimane e ho passato la maggior parte del mio tempo a lavorare, Rossa." Sorseggiò il vino e mormorò: "Non male."

"È fantastico," lo corresse lei. "E smettila di chiamarmi Rossa. Non è originale."

"Suggeriscimi un'alternativa e la prenderò in considerazione," ribatté lui, ricordandole che non si conoscevano.

"Chiedo scusa, mi ricordi che ci fai qui?"

"Ceno," borbottò lui. "È quell'attività in cui due persone si godono un paio di drink e del cibo e a volte socializzano, forse ne hai sentito parlare?"

"Certo che ne ho sentito parlare, ma perché noi stiamo cenando insieme?" Lizzie fece un gesto tra sé e l'uomo, come a indicare che quel 'noi' avesse bisogno di una definizione.

"Consideralo un modo per scusarmi di essere un tipo rumoroso." Le fece l'occhiolino e si voltò nuovamente verso la zona pranzo, poi prese in mano la bottiglia e il bicchiere. "Puoi prendere un paio di piatti e dei tovaglioli? Ne avremo bisogno."

Lizzie rimase a bocca aperta. Come aveva fatto la sua tranquilla serata in solitaria a trasformarsi in una cena con uno sconosciuto che non sembrava conoscere limite?

Le vibrò nuovamente il telefono posato sul bancone.

Sei in ritardo, sai cosa penso dei ritardatari.

Lizzie sbuffò ridacchiando. L'eufemismo del secolo. Prese in mano il cellulare e cominciò a digitare un messaggio.

Ho avuto un imprevisto, non riesco a venire.

Spense il dispositivo e lo lasciò cadere nella cassetta del pane. La madre l'avrebbe chiamata per almeno tutta l'ora successiva, poi avrebbe cominciato con i messaggi. Lizzie li avrebbe cancellati tutti l'indomani.

Nell'altra stanza, la televisione prese vita.

"Non ha davvero alcun limite," borbottò Liz mentre si dirigeva verso la zona del salotto. Prima però prese un paio di piatti e tovaglioli come lui aveva richiesto, insieme al proprio calice, e lo trovò disteso sul divano di pelle.

"Qual è il tuo genere cinematografico preferito?" le chiese.

La ragazza appoggiò gli oggetti sul tavolino di fronte a lui e incrociò le braccia al petto, considerando di battere a terra i piedi un'altra volta. "Mi sembra che ti piaccia prendere decisioni per me, quindi perché non scegli tu?"

Jayson sfogliò lo storico dei film guardati e fece una smorfia. "Film per ragazze. Avrei dovuto capirlo da tutto questo rosa."

"Sono commedie romantiche," lo corresse lei infastidita. Anche a Stas piaceva sottolineare tutti gli accenni color rosa della stanza, ma Lizzie pensava che illuminassero l'appartamento fin troppo moderno. Nessuno l'avrebbe convinta del contrario. "E quel genere sembra perfetto," aggiunse per esserne sicura.

L'espressione scoraggiata di Jayson quasi le strappò un sorriso… Quasi.

"Uhm." Lui la guardò pensieroso. "Va bene, guarderemo una commedia romantica, ma solo se mi dirai il tuo nome."

"Oh, quindi ora vuoi passare alle formalità? Dopo che ti sei impadronito del mio appartamento?"

"Io l'ho domandato prima, e mi sono presentato." Si puntò un dito al petto. "Jayson, ricordi? E tu sei…?" Il luccichio in quello sguardo si abbinava bene al tono giocoso della voce, una parte di Lizzie cominciò a cedere.

È davvero carino, a pensarci bene.

Figo, la corressero gli ormoni. *Incredibilmente figo*.

E forse anche pazzo, le fece notare il cervello.

Non puoi averle tutte vinte.

Scosse la testa e finalmente si arrese a lui. "Lizzie."

"Ecco, non è stato difficile, vero?" Jayson cominciò a scorrere i film con il telecomando. "La maggior parte delle donne preferisce dirmi il proprio nome prima di presentarsi mezza nuda a casa mia, ma io preferisco il tuo metodo."

Elizabeth per poco non si affogò con un sorso di vino. "Senti chi parla, tu mi hai aperto la porta a petto nudo." Bella risposta, Liz.

Accidenti, era lei o la temperatura dell'appartamento era salita di dieci gradi? Piuttosto che azionare l'aria condizionata (un qualcosa che non si dovrebbe fare a settembre inoltrato) si alzò e andò ad accendere il ventilatore a soffitto nel tentativo di nascondere il proprio disagio.

"Vero, ma almeno ero a casa mia." Jayson selezionò un film prima di continuare. "Stavi vagando per i corridoi del vicinato con la mercanzia in bella vista. Non che mi stia lamentando, sei stupenda."

Lizzie perse temporaneamente l'uso della parola.

Come si risponde a un'affermazione del genere?

E poi l'aveva definita "stupenda"?

Ma fammi il piacere.

Certo, aveva un corpo decente e la pelle le si arrossava di rado, ma era ben lontana dall'essere straordinaria. Dettaglio che i genitori le ricordavano ogni giorno. Non somigliava per nulla a loro, i due davano la colpa a lei per ciò.

Una musica familiare cominciò a diffondersi dalla tv e il film iniziò. Tra tutti i film disponibili era riuscito in qualche modo a scegliere il preferito della ragazza.

Jayson diede una pacca a uno dei cuscini vicino a lui, distraendola dall'analizzare quella coincidenza un po' troppo a lungo. "Vieni a rilassarti con me, Lizzie."

Avrebbe voluto chiedersi se si fosse fatto la doccia, dopo l'allenamento, ma la battuta le parve infantile.

Inoltre, Jayson non emanava un cattivo odore, anzi, sapeva di buono. Non che avesse notato l'accenno di cedro con cui lui le aveva pervaso l'appartamento o il fatto che, anche dopo gli esercizi, i capelli sembrassero arruffati al punto giusto.

No, Lizzie non aveva fatto caso a niente di tutto ciò.

Sospirò e si sedette su uno dei cuscini che aveva liberato poco prima e piegò le gambe sotto di sé.

"Per la cronaca, sto accettando di fare questa bizzarra cena solo perché hai ordinato la mia pizza preferita. Rifiutare San Dinos sarebbe un vero peccato, e io mi considero una brava newyorkese."

Jayson sorrise e gli si misero in evidenza delle piccole rughe, segno che lo faceva spesso. "Come vuoi, Lizzie."

Prese in mano i fogli a cui si era dedicata prima dell'arrivo di Jayson e li riordinò: tanto valeva portare a termine qualche mansione lavorativa, o almeno provarci.

Sono dentro.

Jayson digitò quelle due parole sul telefono e premette il tasto invio mentre fingeva di concentrarsi sulla televisione. Aveva aspettato l'arrivo della pizza per aggiornare la squadra sui propri progressi. Gli sembrava giusto poter passare un po' di tempo con la donna che ammirava da sei settimane, prima di doversene andare.

Non che Lizzie Watkins avesse detto molto, intanto che fingeva di lavorare e mangiare. Aveva lasciato lì metà di una fetta di pizza per concentrarsi sulle proprie scartoffie, anche se non sembrava fare molti progressi.

Serrò le labbra mentre cercava di focalizzarsi sullo stesso foglio su cui era da circa dieci minuti; Jayson trattenne un respiro.

La donna lo aveva preso alla sprovvista con le sue risposte infuocate. Durante le ore passate a osservarla Lizzie gli era sempre sembrata educata e dolce, specialmente quando faceva volontariato al centro giovanile nel Bronx. Era una donna ricca di risorse, dal cuore d'oro e Jayson vedeva il rispetto per lei crescere ogni giorno.

Tuttavia, non condivideva le sue preferenze in fatto di cinema.

Aveva scelto le commedie romantiche perché gli appunti su di lei lo indicavano come il suo genere preferito. Lo stesso motivo per cui aveva scelto di ordinare da San Dinos. La pizza non era malvagia, ma nemmeno la migliore che avesse mai provato. A onor del vero, la sua esperienza superava di gran lunga quella della donna che gli stava accanto, in più di un senso.

La risposta di Mateo balenò sullo schermo del telefono. *Fantastico, attivazione tra sessanta secondi.*

Jayson fissò l'ora e cominciò a contare. Allo scadere del minuto azionò un tasto sull'orologio. Ecco che iniziava il divertimento.

Scolò il vino rimanente nel calice e lo appoggiò sul tavolo per poi accomodarsi nuovamente sul divano. Quando si era offerto per la missione non si aspettava alcun ritorno positivo. Fare da babysitter a una ragazza ricca e viziata sembrava divertente tanto quanto trascorrere un mese nella tana di un Ichoriano. Tuttavia, Lizzie Watkins continuava a sorprenderlo.

Le sei settimane di osservazione gli avevano insegnato

molto sulle abitudini della ragazza, i manierismi gentili, la sua innata innocenza. La richiesta ufficiale della missione era arrivata solo due giorni prima, dopo svariati tentativi di capire la genetica di Lizzie.

Non era un'umana; di ciò erano sicuri sulla base dell'ossessione del FAC verso di lei. Non sembrava né un'Ichoriana né una Neonata, e di certo non era un'Hydraiana o una Seraphim.

Di qualunque razza fosse, il FAC la considerava una risorsa importante.

Ecco il perché di quel piccolo test.

Quanto ci avrebbero messo a reagire al piccolo meccanismo di blocco irradiato dal polso di Jayson?

Il condominio di Lizzie Watkins era sotto costante sorveglianza elettronica, ma Jayson non sapeva quanto stretto la marcasse il FAC, o chi le fosse stato assegnato come difesa personale. Jayson sospettava che i rinforzi fossero triplicati nel momento in cui la coinquilina aveva iniziato a frequentare un famoso Ichoriano. Per quel motivo erano stati attenti a non parlare di nulla che riguardasse il condominio.

L'attuale esperimento, tuttavia, avrebbe portato a risposte interessanti.

"La mangi, quella?" le chiese Jayson indicando il piatto della ragazza.

Lizzie sbatté i seducenti occhi castani verso di lui. "Sì, sto solo cercando di finire di correggere questi compiti."

"A quali classi insegni?" Sapeva già la risposta, ma gli piaceva il suono della voce di lei.

"Prima elementare," mormorò lei in risposta.

"Ah, sì? E ti piace?" Jayson non andava matto per i bambini, ma dalle osservazioni sembrava che a Lizzie piacessero i piccoli umani.

"Beh…" Si morse un labbro. Era una piccola stranezza

davvero sexy, anche se non sembrava rendersene conto. "Per ora sì, ma è solo la mia terza settimana. Mi sono laureata con un master in Insegnamento alla NYU qualche mese fa." Jayson aveva già letto tutte quelle informazioni, ma sembravano più interessanti se provenivano direttamente dalla bocca della ragazza.

"Congratulazioni," mormorò con sincerità. Aveva visto quanto lei aveva lavorato sodo, nonostante le venisse offerto tutto su un luccicante piatto d'argento. Lizzie Watkins era stata premiata con un cuore d'oro, uno che Jayson era sicuro sarebbe stato devastato quando avrebbe scoperto la verità. Fortunatamente non stava a lui occuparsi di quella parte. Lui si trovava lì in qualità di raccoglitore di informazioni.

"Tu cosa fai nella vita?" gli chiese lei. "Oltre a fare un sacco di casino e infilarti nelle case dei tuoi vicini, intendo."

Jay sorrise alle provocazioni di Lizzie.

Aveva deciso che il modo migliore per stabilire un contatto con la risorsa era far sì che lei andasse da lui, per quel motivo aveva cominciato a far cadere pesi sul pavimento: per attirare la sua attenzione. Non avrebbe mai immaginato, neanche nei suoi sogni più reconditi, che lei si sarebbe presentata alla porta con indosso quei pantaloncini e quella canottiera rivelatrice, ma non aveva intenzione di lamentarsi. Quella donna aveva il corpo di una modella di intimo e il viso di una dea. Peccato che fosse off-limits, altrimenti gli sarebbe piaciuto avvicinarsi a lei in maniera più… intima.

"Lavoro nelle acquisizioni," rispose lui vago. Era la solita risposta di quando veniva assegnato a una missione. "Non è niente di esaltante." A meno che non siano coinvolte delle rosse mozzafiato.

"Non definirei l'insegnamento esaltante, ma trovo che

sia gratificante," mormorò Lizzie posando i fogli e prendendo tra le mani il piatto. "Grazie per la cena, comunque."

Anche dopo che le era piombato in casa come un uomo di Neanderthal, lei lo stava ringraziando. Già quello diceva molto di lei.

"Piacere mio." E intendeva sul serio.

Il telefono si illuminò di nuovo. *Jackpot. Tre Sentinelle in arrivo.*

Jayson si infilò il dispositivo in tasca e si alzò per stiracchiarsi le braccia sopra la testa.

"Farò meglio ad andare." Era passata solo un'ora dall'inizio del film, ma lui doveva lavorare. "Dovremmo farlo di nuovo, Rossa. Mi piace passare il tempo con te."

Lei rise. "Davvero? Ma se nemmeno mi conosci."

Oh, se solo sapessi, tesoro. "Magari mi piacerebbe farlo."

Lizzie arrossì, il senso dell'umorismo si placò un pochino. "Oh, ehm… Io…"

La maggior parte delle donne avrebbero fatto i salti di gioia dopo un'offerta come quella. Il fatto che lei non l'avesse fatto lo incuriosiva. Jayson sapeva cosa era in grado di offrire sia nell'aspetto fisico che in camera da letto, e lei aveva avuto più di un'occasione per dare un'occhiata a ciò che offriva.

E viceversa.

Jay si schiarì la gola. "Siamo vicini di casa e i vicini escono insieme. Insomma, come amici."

"Si vede che non sei di qui, eh?" Lizzie sorrise e scosse la testa. "Da dove ti sei trasferito?"

L'uomo si piegò ad allacciarsi una scarpa prima di rispondere. "Vengo da un po' tutte le parti."

Considerando i suoi tremila e passa anni sulla Terra, quella non era necessariamente una bugia.

"Ma il lavoro mi ha portato qui."

"Oh, ok."

Una volta che la scarpa fu a posto, Jayson si rimise dritto. "Allora, ceniamo di nuovo insieme? Come una coppia di vicini amichevoli?"

"Certo." Liz scrollò le spalle. "Solo… la prossima volta chiedi di poter entrare."

Il telefono di lui vibrò di nuovo. Un ultimo avvertimento.

"E che divertimento sarebbe?" la provocò avvicinandosi alla porta. "Assicurati di chiudere bene, Rossa. Non si può mai sapere quale altro vicino possa piombarti in casa e obbligarti a un appuntamento a base di pizza." Lo disse per scherzo, ma aveva inteso ogni parola. Specialmente la parte riguardante il chiudere bene la porta. Lizzie avrebbe dovuto stare attenta, non che in quel momento avrebbe potuto capirlo. Un giorno lo avrebbe fatto.

"Molto divertente." Lo sguardo color cioccolato di lei conteneva una briciola di felicità che gli scaldò il cuore.

Vederla piangere la perdita di Tom nelle ultime settimane era stata un'esperienza poco piacevole. Lo nascondeva bene al pubblico, e anche a se stessa, ma le si leggeva il dolore negli occhi.

Se solo avesse saputo la verità.

"A ogni modo, sono sicuro che ci rivedremo, Rossa." Invece di stringerle la mano le fece il saluto militare, poi uscì da casa della ragazza.

"Non se continuerai a chiamarmi Rossa," ribatté Lizzie.

Jayson alzò le sopracciglia. "Comincerà a piacerti."

"Dubito."

"Vedremo, non è così?" Non avrebbe smesso di chiamarla in quel modo. Probabilmente lei pensava che si riferisse ai capelli, ma non era così. Le guanciotte le si erano colorate di un bel rosso dopo che si era accorta del proprio abbigliamento nel corridoio, e quell'immagine sarebbe stata impressa nella mente di Jayson per molto tempo.

Amava le donne di tutti i tipi, ma una bellissima rossa era il suo tallone d'Achille.

Lizzie Watkins rientrava decisamente in quella categoria.

Le fece l'occhiolino e poi si diresse verso la tromba delle scale. "Chiudi bene, Lizzie," le ricordò sapendo perfettamente che l'avrebbe guardato allontanarsi lungo il corridoio. "Buonanotte."

Lei mormorò qualcosa prima di chiudere la porta e lui si fermò ad ascoltare il rumore del chiavistello. Quando lo sentì proseguì la propria missione, scendendo le scale invece di salirle. Voleva che lo vedessero lasciare l'edificio. Ciò avrebbe coinciso con il rilascio dell'interferenza elettronica nell'appartamento di lei.

Una volta nella lobby, Jayson si rivolse al dono di nascondere la propria apparenza e sorpassò la Sentinella che stava lì ad aspettarlo.

Stava fingendo di controllare la posta. Avrebbe forse potuto dare più nell'occhio?

Il FAC doveva migliorare il proprio corso di addestramento.

Altre due Sentinelle si trovavano sul marciapiede e fingevano di parlare come una coppia di vecchi amici. Le loro posture pronte e vigili li tradivano; avrebbero almeno potuto far finta di fumare una sigaretta, o qualcosa del genere.

Jayson continuò a cambiare volto passandogli davanti. Mantenne un passo rilassato mentre si apprestava a notare un qualsiasi dettaglio fuori dall'ordinario sulla

Settantanovesima strada. L'ultima cosa di cui aveva bisogno era invitare un Ichoriano a caccia.

Secondo il Trattato del 1747, gli Hydraiani che andavano a New York lo facevano a loro rischio e pericolo. Considerato che il posto pullulava di Ichoriani e ospitava il quartier generale del FAC, la maggior parte della specie di Jayson non moriva dalla voglia di fare visita. Tuttavia lui era in grado di alterare la visione della propria apparenza fisica e per quel motivo Luc gli aveva assegnato quella missione. Le Sentinelle avrebbero anche potuto seguirlo, ma una volta seminate non sarebbero state in grado di ricordarsi il suo volto correttamente.

Da lì la capacità di mimetizzarsi in una città piena di nemici.

Girò l'angolo sulla Columbus Avenue e percepì due giovani alle spalle. Per quanto gli sarebbe piaciuto ucciderli, non avrebbe potuto. Aveva bisogno che il FAC credesse che l'interferenza fosse un malfunzionamento e magari che mandasse qualcuno a controllare le connessioni, niente di più.

Si fermò al Museo di Storia Naturale, finse di non notare i propri inseguitori mentre allungava entrambi i quadricipiti. *Sto semplicemente facendo una corsetta, ragazzi.*

Lanciò un'occhiata all'orologio.

Mancava un'ora all'appuntamento con Mateo e Tristan.

Quindi Jayson aveva una ventina di minuti per giocare.

Vediamo se voi Sentinelle siete davvero in forma come dite.

Fece ruotare il collo e le spalle, saltellò un paio di volte sul posto e poi partì per una corsetta leggera verso Central Park.

Si gioca.

2 GIOCHI DANNATAMENTE BELLI

I LIVELLI DI INTELLIGENZA DEL SOGGETTO SONO SOPRA
LA MEDIA, MA QUELLO DI EMPATIA VERSO L'UMANITÀ È
ANORMALMENTE ALTO.

-REGISTRO 114.1.4-7

A mici.

Lizzie si appoggiò alla porta ripensando a quel termine mentre in sottofondo il film proseguiva.

Aveva parecchi amici, molti dei quali vedeva raramente a causa del suo status da eremita, ma erano quasi tutte donne. Stas, Cam, Kristin e... Jayson?

Scosse la testa.

Che serata strana. La maggior parte dei vicini erano amichevoli, ma non come Jayson Masters. Di solito il cameratismo del palazzo si traduceva in un 'ciao' detto a parole o con la mano.

"Siamo vicini di casa e i vicini escono insieme."

Lizzie ridacchiò. "Sicuramente non da queste parti."

Si sistemò sul divano e finì di mangiare la pizza. Lo

stomaco non le aveva permesso di ingurgitare molto, con Jayson seduto così vicino. Quella presenza sembrava consumare l'intera stanza, un dettaglio che la ragazza aveva notato nel corso della serata.

Quell'uomo era entrato nel suo appartamento da irritante sconosciuto nella media e ne era uscito da 'amico' iper sexy. Lui stesso si era definito in quel modo.

"Deve essere molto solo," scherzò Lizzie. Era brava a fare amicizia, ma di solito non si intratteneva con uomini così attraenti. Fatta eccezione per Tom, ma lui non contava.

Rabbrividì davanti al ricordo indesiderato e un profondo senso di malinconia le inacidì l'umore. La prematura morte dell'amico le tormentava ogni pensiero. Il fatto che i dettagli dell'accaduto fossero tenuti nascosti dal suo datore di lavoro, quel dannato FAC, non aiutava per niente.

Quando Lizzie aveva chiesto informazioni al padre di lui, il dottor Fitzgerald le aveva esibito un sorriso triste e le aveva comunicato che Tom era morto da eroe in una missione oltreoceano. Non aveva specificato né dove, né come, si era limitato a quella frase priva di vero significato. La risposta simile che aveva ricevuto da Stas l'aveva fatta sentire ulteriormente esclusa. Non era nemmeno nella lista di persone in diritto di sapere.

Il vino scomparve dal calice mentre ne inalava l'ultima goccia, poi se ne versò dell'altro. Prese un bel sorso e fece una smorfia quando qualcuno bussò alla porta.

"Sul serio?!" Proprio mentre si stava lasciando andare in un paio di lacrime.

Il bussare si trasformò in martellare.

E va bene, le era piaciuto cenare con Jayson, ma non avrebbe potuto piombare lì ogni volta ed esigere di poter invaderle lo spazio personale.

Quando l'uomo provò a girare il pomello della porta le ribollì il sangue nelle vene.

Questo è troppo.

Si diresse verso la porta e la spalancò. "Ascoltami bene… oh!" Si schiarì la gola. "Ehm, ciao Charlie."

"Signorina Watkins," rispose la Sentinella in tono serio. "Mi scusi per l'intrusione, ma suo padre ha chiesto che mi fermassi a fare un controllo."

Charlie lavorava per l'unità paramilitare del FAC. Erano specializzati nel salvare persone in situazioni molto complesse in giro per il mondo, a quanto pare venivano trattati come assistenti personali dai suoi genitori. Ecco perché Lizzie lo conosceva abbastanza bene.

"Intendi dire che mia madre gli ha detto di mandare qualcuno." Scosse la testa e si avvicinò al cestino del pane per recuperare il telefono. La madre non era per niente preoccupata, ma perlopiù arrabbiata. La Sentinella sulla porta era un avvertimento: Lizzie aveva oltrepassato il limite quando si era rifiutata di partecipare al gala.

Beh, la madre poteva andare al diavolo.

Lizzie accese il dispositivo e ridacchiò davanti alla miriade di messaggi che riempivano lo schermo.

Ridicolo.

Avevano mandato un babysitter a controllarla, come se avesse dieci anni e non ventiquattro.

Elimina, elimina, elimina.

Non si prese la briga di leggerne nemmeno uno. Avrebbero detto tutti più o meno la stessa cosa.

Siamo molto delusi da te. Perché non puoi essere una figlia migliore? È perché il vestito che ti ho mandato non ti entra? Ti avevo detto di metterti a dieta.

Blah, blah, blah.

Si voltò e trovò Charlie appoggiato contro lo stipite della porta della cucina che le bloccava l'accesso al salotto. La familiarità e facilità con cui era entrato nel suo appartamento le creò un senso di disagio interiore diverso rispetto a quello causato da Jayson, che l'aveva a malapena irritata. La Sentinella emanava un'aria presuntuosa che le lasciava un saporaccio in bocca.

"Va tutto bene, signorina?" le chiese l'uomo con tono professionale.

Tutte le Sentinelle si rivolgevano a lei in quel modo.

Beh, tutte tranne Tom. Lui la prendeva in giro come avrebbe fatto un fratello maggiore, ma ciò aveva a che fare con il fatto che erano cresciuti insieme.

Per quanto riguarda gli altri... sospettava che suo padre ci avesse messo lo zampino. O forse era stato il padre di Tom, John, loro capo e amministratore delegato del FAC, a chiedere alle Sentinelle di rivolgersi a lei in modi più formali. Quell'uomo la trattava come se fosse sua figlia, un'abitudine derivata dall'essere migliore amico con il padre della ragazza.

"Sto bene," gli rispose Lizzie. "Grazie per essere passato." Anni e anni passati a esercitarsi le avevano permesso di mantenere un tono calmo e uniforme, nonostante avesse davvero voglia di mettersi a urlare. Non era colpa di Charlie se i suoi genitori lo avevano mandato lì a sorvegliarla.

Lo scortò fino all'ingresso, dove lui aveva chiuso a chiave la porta, ma si fermò a osservare i contenitori della pizza e il vino.

"Ha compagnia, signora?"

"Odio quando mi chiami così," borbottò. "Mi fa sentire vecchia."

Lui non sorrise o reagì, ma continuò a fissarla in attesa di una risposta.

Quell' atteggiamento professionale risultava freddo e

sterile. Lizzie avrebbe potuto essere nuda e lui le si sarebbe rivolto alla stessa maniera.

"Avevo invitato un amico, ma ora se n'è andato," gli rispose lei alla fine. "Vuoi portare via un po' della pizza?" Jayson aveva ordinato due cartoni, uno dei quali aveva divorato completamente da solo, mentre nell'altro giacevano ancora sette degli otto pezzi, intatti.

"No, ma grazie signora. Come si chiama il suo amico?"

Lizzie sbatté le palpebre. "Perché dovrebbe essere rilevante?"

"Sto solo cercando di fornire un rapporto completo al signor Watkins."

Uh-uh. Al padre non sarebbe fregato nulla, quella domanda era un tocco della madre.

"Beh, puoi dire a mio padre che se ha interesse a sapere il nome del mio amico può chiamarmi e chiedermelo lui stesso." Aprì la porta e lanciò a Charlie un sorriso sdolcinato. "Dal momento che non vuoi la pizza, immagino che tu stia andando via."

La Sentinella si guardò intorno. "Il suo amico è ancora qui?"

"Lo vedi, per caso?" ribatté lei innervosita.

"Giusto." Le fece un cenno con il capo e uscì. "Mi scuso per l'interruzione, signora."

"La perdono, signore," gli rispose chiudendo la porta e azionando il chiavistello.

La madre avrebbe ricevuto un rapporto sulle cattive maniere di Lizzie, così i suoi genitori avrebbero potuto aggiungerlo alla lista delle mancanze della figlia.

Avrebbero potuto aggiungere anche il seguente messaggio:

Puoi richiamare i tuoi servetti del FAC, mamma, sto bene, digitò.

La risposta arrivò cinque minuti più tardi, a

indicazione del fatto che Charlie aveva già consegnato il proprio rapporto.

Chi è il tuo amico?

Era ovvio che la madre avrebbe voluto quell'informazione. *Non lo conosci.*

È chiaro che si tratti di qualcuno che nemmeno voglio conoscere, dal momento che ha sentito il bisogno di ingozzarsi di pizza. Quello non è un buon metodo per riuscire a entrare nel vestito, Elizabeth. Prenderò appuntamento con il dottor Schwartz per la prossima settimana.

Il nutrizionista, fantastico. *Buonanotte, madre.*

Lizzie lanciò il telefono sul tavolo, prese un cuscino e si mise a urlare. Non si era nemmeno preoccupata di provare il vestito taglia 38, perché sapeva fin dal principio che non avrebbe accomodato il seno prosperoso.

La ragazza indossava una bella taglia 44. Era sempre stato così fin dalle scuole superiori, con gran dispiacere della madre, che era uno stecchino. Dieci anni di danza classica e una dieta ferrea non avevano impedito alle sue curve di prosperare, negli ultimi cinque anni aveva cominciato a mangiare come voleva, senza mai ingrassare.

"Salute." Alzò una fetta di pizza in onore della madre e se la gustò insieme a dell'altro vino. Menomale che quella avrebbe dovuto essere una serata produttiva.

Quindici minuti.

Ecco quanto tempo avevano resistito le Sentinelle che stavano inseguendo Jayson a Central Park. Fece un altro paio di giri in tondo prima di uscire vicino al The Pierre, uno dei luoghi preferiti per gli incontri immortali da oltre un secolo.

Jayson fece un cenno al portiere all'ingresso della Fifth

Avenue prima di salire le scale, saltellando fino al primo piano. Vagò per la stanza raffinata piena di sedute e trovò Tristan in attesa vicino all'ascensore, affiancato da una dipendente dell'hotel.

Non finisce mai di flirtare, pensò Jayson sorridente.

"Ah, ecco il mio amico," mormorò l'Ichoriano facendo un occhiolino alla biondina accanto a lui. "Grazie per avermi fatto compagnia, bellezza. Magari possiamo vederci di nuovo?"

La donna si atteggiò un po', come accadeva sempre in presenza di Tristan. L'accento irlandese, il fascino seducente e il comportamento pacato erano un sogno per ogni donna, aiutati da un'apparenza niente male, il fisico tonico e un bel sorriso con tanto di fossette. Ciò che le sue conquiste fallivano nel riconoscere era la natura letale che si celava dietro i suoi occhi verde foresta.

O forse se ne rendevano conto, ma apprezzavano la potenziale sfida del domare un predatore.

La risposta della donna fu interrotta dall'arrivo dell'ascensore. Jayson le fece cenno con il capo mentre Tristan le baciò un polso, una mossa del tutto intenzionale per aumentarle il battito cardiaco.

"Hai fame?" scherzò Jayson una volta che le porte si chiusero.

"Sto morendo," rispose Tristan. "Ma mi occuperò del mio appetito più tardi."

"Beh, lei sembrava ben disposta."

"La maggior parte di loro lo è," gli rispose l'Ichoriano, le porte si aprirono davanti al diciassettesimo piano. "Com'è andata la corsa?"

Jayson alzò le spalle. "Senza sorprese."

"Peccato." Gli Ichoriani adoravano il sangue, ma Tristan prosperava nella violenza. Jayson si fidava lo stesso di lui per via di alcuni antichi legami tra famiglie, nonostante le inclinazioni dell'amico e la sua razza immortale.

Ciò non significava che gli piacesse sempre.

Mateo aprì la porta ancora prima che potessero bussare e li fece entrare. Luc e Balthazar erano in piedi davanti alle finestre e osservavano lo skyline mentre Jacque si rilassava sul letto facendo zapping in TV.

Jayson sorrise alla vista dei suoi migliori amici, felice di vederli dopo aver passato sei settimane in solitudine nell'appartamento sopra quello di Lizzie. I loro piani e conversazioni erano avvenuti tutti tramite telefono per via dei pericoli in cui avrebbero potuto incorrere a vedersi di persona, un pericolo che quella sera avevano chiaramente ignorato.

"Devi farti una scopata," lo salutò Balthazar. Tipico. Il famoso dio della devianza probabilmente compativa Jayson e il suo voto di castità temporaneo. Tuttavia, Jay non poteva permettersi distrazioni, donne incluse.

"Mi manca proprio il Brasile, in questo momento," ammise Jayson.

Balthazar annuì solennemente. "Sto già organizzando una festa per il tuo ritorno."

"Eccellente." Jayson si concentrò su Luc e incrociò le braccia. "Non dovresti essere qui."

In quanto leader e re degli Hydraiani, avventurarsi a New York era un rischio grosso per Luc. Gli Ichoriani avevano svariati motivi per ucciderlo (anche se lui non gliene aveva mai fornito alcuno), e la sua presenza lì metteva a rischio più di una vita. In particolare quelle di Mateo e Tristan.

Gli Ichoriani avevano regole piuttosto ferree sul frequentare gli Hydraiani. Il solo essere in quella stanza avrebbe significato la morte di Tristan e Mateo, anche se loro non sembravano affatto turbati. Avevano passato anni a eludere le regole e incontrarsi di nascosto, quindi erano piuttosto sicuri di sé, ma le voci che si spargevano nel mondo Ichoriano avevano portato a un maggiore scrutinio da parte del loro governo, il Conclave.

Ciò che realmente preoccupava Jayson erano le voci sugli Immortali che cercavano attivamente dei modi per distruggere il già precario equilibrio di potere tra Ichoriani e Hydraiani. Uccidere Luc, il leader della sua razza, sarebbe stato un ottimo modo per scatenare il caos e dar vita a una guerra. Un qualcosa che chiunque, in quella stanza, avrebbe preferito evitare.

"La prossima volta manda Jacque a prendermi, così possiamo incontrarci in un posto più sicuro," continuò Jayson. "È per il bene di tutti."

"Mi devi cento dollari," Jacque si alzò dal letto e posò lo sguardo argenteo su Mateo.

"Non ho accettato la scommessa," rispose piatto l'Ichoriano biondo. "Non ti devo proprio niente."

"Jacque ha indovinato che avresti detto qualcosa del genere," gli spiegò Luc. "Sono perfettamente al sicuro, al momento." L'uomo massiccio e testardo incrociò le braccia al petto e strizzò gli occhi in direzione di Jayson. "Sono qui per ricordarti che anche se hai stabilito contatto con il soggetto, non puoi portartela a letto."

"Sul serio?" Jayson sembrava quasi offeso. Lanciò un'occhiata all'amico più ragionevole. "È quasi come se non si fidasse di me, B."

Balthazar scrollò le spalle. "Gli ho già detto che è un editto ridicolo, ma sai com'è quando diventa inflessibile."

"Vero, forse è lui quello che ha bisogno di una scopata?" suggerì Jayson.

"Un'ipotesi accurata," concordò l'amico. "Forse con una certa Neonata dai capelli scuri, magari?"

Jayson inarcò le sopracciglia. *Eliza?* chiese

silenziosamente, sapendo perfettamente che l'amico telepatico l'avrebbe sentito.

Balthazar annuì.

Interessante. Tutti gli scambi tra i due a cui Jayson aveva assistito erano stati piuttosto accesi, e lei dubitava spesso dell'autorità di lui.

Eliza li aveva sorpresi tutti, se si considerava la sua esperienza con una massa di Ichoriani sadici e la sua partecipazione tutto fuorché piacevole a uno dei più recenti Conclave; la donna aveva dimostrato una forza di vivere sovrumana. Dopo qualche settimana in cui si sentiva al sicuro a Hydria, aveva cominciato a essere di nuovo se stessa e a mostrare la propria personalità. Balthazar l'aveva aiutata con il suo dono emozionale, standole accanto durante il percorso di guarigione, ma per la maggior parte si trattava della sua stessa forza innata.

Mi dispiace essermi perso i fuochi d'artificio, ammise Jayson.

"È un bello spettacolo," rispose Balthazar sorridendo. "Ti terrò aggiornato."

Sì, per favore.

"Avete finito di comportarvi come due bambini piccoli?" chiese Luc. Il suo sguardo color smeraldo saettava per la stanza irritato. "Vi ho già detto che non succederà, Eliza è una bambina." Si girò verso l'Ichoriano biondo all'angolo. "Quali sono le nostre prossime mosse?"

Eccoli tornati a parlare di business.

Mateo alzò lo sguardo dal telefono. "Voglio controllare le telecamere nel suo appartamento da quando le abbiamo messe lì, circa sei settimane fa. So che il FAC non le ha trovate, ma è meglio aggiornare l'attrezzatura. Vi suggerisco di usarla come opportunità per cercare qualsiasi indizio relativo al siero."

Ah, ecco la ragione di tutto ciò. Rapire Lizzie e portarla a Hydria per poi dirle la verità avrebbe reso tutto molto più facile, ma gli Anziani Hydraiani, incluso Jayson, avevano votato di nasconderle le informazioni fino a quando non avrebbero raggiunto un verdetto sulla situazione.

Tom, il figlio dell'amministratore delegato del FAC, si era dimostrato un prezioso alleato, acquisito di recente, pieno di informazioni. Parte del suo rapporto includeva informazioni riguardanti Lizzie: la ragazza aveva bisogno di un certo farmaco per sopravvivere, ma nessuno sapeva quale fosse, o come l'organizzazione glielo somministrasse. Ecco perché Jayson si era trasferito a New York.

L'aveva osservata per sei settimane senza successo, e il loro contatto all'interno del FAC non aveva trovato niente di utile. Luc aveva optato per velocizzare il piano, dal momento che il tempo a disposizione sarebbe scaduto a breve. Avevano bisogno di risposte, e presto, prima di decidere come procedere nei riguardi della signorina Watkins.

"Quando?" insistette Luc, concentrato sul biondo.

"Issac suggeriva di farlo martedì," gli rispose Mateo. "Ha menzionato il fatto che Stas avrebbe lavorato fino a tardi con Stark e Jonathan."

"Eccellente." Luc spostò lo sguardo intelligente su Jayson. "Avremo bisogno di distrarre Elizabeth mentre Stas si occupa dell'interferenza dal FAC."

"Oh, la distrarrò per bene." *E mi godrò ogni minuto.* "Ma tu non puoi perquisire il suo appartamento, Luc. Manda qualcun altro." Luc poteva anche essere il re e leader, ma Jayson non avrebbe accettato scuse. "È troppo pericoloso."

In un raro momento di serietà, Balthazar disse: "Sono d'accordo. Manderemo Grace e Ash, insieme a Jacque." Guardò Luc e i due iniziarono un dibattito piuttosto unilaterale. "Manderemo anche Alik con loro." Silenzio. Un cenno di assenso. "Lei acconsentirà e tu lo sai."

Quelle ultime parole aiutarono Jayson a seguire il dibattito. "Grace è pronta," gli disse. "Dire il contrario sarebbe un insulto al suo addestramento." E ciò lo avrebbe ferito, dal momento in cui era stato lui a occuparsene.

Un paio di occhi verdi scintillanti incontrarono quelli di Jay. "Mi rifiuto di sacrificarne una così giovane."

"A novecento anni non si è poi così giovani, Luc." Jayson scosse la testa. "Non puoi occuparti di tutto, sono sicuro che lei possa farcela. Inoltre, la sua abilità di leggere la storia degli oggetti potrebbe essere utile."

Balthazar si passò le dita tra i capelli scuri e scosse la testa a tutto ciò che stava dicendo Luc. "Ci penso io a lui, Jay. Ora dobbiamo darci una mossa."

Luc riportò il focus della conversazione sull'investigazione. "Altro da riferire?"

È sempre serissimo.

"Ha bisogno di rilassarsi di più," disse Balthazar. Il telepatico non dava mai a nessuno un po' di privacy, dettaglio che irritava non poco Jayson, ma dopo tremila anni che lo conosceva ormai si era abituato. Inoltre, la sua capacità di leggere nel pensiero lo rendeva un'ottima spalla. "Anch'io ti voglio bene, Jay."

Jayson sorrise prima di rispondere alla domanda di Luc. "Io sono a posto."

Luc annuì facendo intuire che avesse capito. "Vorrei poterci fermare di più, Jay, ma…"

"Non saresti nemmeno dovuto venire," finì Jayson per lui. "Andate prima che i succhiasangue vi rintraccino."

"Guarda che mi offendo," mormorò Tristan, era la prima volta che parlava da quando erano entrati nella stanza.

"Parla quello che sta pensando al pasto che consumerà al piano di sotto," commentò Balthazar divertito. "Sembra deliziosa."

"Oh, lo sarà eccome." Tristan sorrise. "Significa che posso andare a godermi la serata?"

Mateo alzò gli occhi al cielo. "Vai, faccio io rapporto ad Issac da parte tua."

"Fantastico, accompagno Jayson prima di sedurre il mio snack."

"Che bravo gentiluomo," scherzò Jay prima di fare un cenno a Balthazar e a Luc. "Andate a casa."

Corrisposero al saluto e Jacque si alzò dal letto. "Il teletrasportatore è al vostro servizio." Fece un finto inchino prima di porgere loro le mani. "È stato bello vederti, Jay."

"Anche per me," rispose Jayson nel momento in cui tutti e tre sparirono nel nulla.

Ciao, vecchi amici.

Sentì un guizzo d'invidia carezzargli il petto.

Non gli mancava casa, gli mancava la sua gente.

Il suo letto, la sua piscina, il cibo.

Sospirò. Sarebbe stato meglio risolvere il caso al più presto.

Jayson si voltò verso gli Ichoriani; Tristan era in piedi, pronto e con un'espressione annoiata in volto, mentre il suo partner era ancora concentrato sul telefono.

"È tutto pronto per martedì," gli disse Mateo digitando qualcosa sullo schermo del dispositivo. "Issac dice che Lizzie dovrà essere fuori casa per le sei del pomeriggio."

"Ottimo," rispose Jayson. "Andiamo?"

"Certo." Tristan si sistemò la giacca e la cravatta del completo già immacolato e fece strada.

Si separarono all'ascensore con un cenno e Jayson lasciò l'Ichoriano alla missione seduttiva.

Jay decise di fare il tratto per tornare a casa perlopiù a piedi e rimase vigile nell'attraversare il parco. Ci rimase quasi male quando non trovò alcuna Sentinella ad aspettarlo sulla Settantanovesima.

Anche oggi si va a letto presto.

Salutò il portiere e si chiese brevemente come avesse fatto la Sentinella a bypassarlo. Probabilmente gli aveva mostrato un documento, oppure si trovava sulla lista dei visitatori consentiti. Avrebbe controllato più tardi.

Tre rampe di scale dopo si ritrovò davanti alla porta di casa e si fermò.

Un fruscio nell'aria gli diede un millesimo di secondo di avvertimento prima che qualcuno sparasse un colpo.

Da dentro il suo appartamento.

Mirandogli alla testa.

Jayson attivò l'affinità con il metallo non appena colpì il pavimento.

"Merda," borbottò mentre catturava la successione di proiettili un po' troppo tardi. Attraversavano la sua porta d'ingresso con un rumore sordo, danneggiando il legno. "Accidenti."

Almeno non erano del FAC. Quelli sarebbero esplosi nel giro di pochi secondi. I proiettili incendiari erano l'invenzione più letale dell'organizzazione, Jayson li odiava.

Quindi voleva dire che chiunque fosse nel suo appartamento non era una Sentinella.

E il bastardo aveva una mira incredibile.

Jayson localizzò la fonte di tutto quel caos e con la mente fece piegare la pistola, entrando nell'appartamento e irrompendo nella zona del soggiorno. Estrasse un paio di coltelli da sotto il tavolo e le lame gli sfiorarono i palmi, dopodiché li lanciò verso il bersaglio.

Il bastardo li prese al volo con una mano e si fermò ad ammirare la manodopera dell'arma. "Bello," mormorò l'Ichoriano. "Questi li tengo io, dal momento che hai appena distrutto la mia pistola preferita."

"Forse non avresti dovuto spararmi, allora," ringhiò Jayson.

Il visitatore inatteso si alzò del tutto in piedi. "Dovevo assicurarmi che fossi ancora un degno avversario, e ti sei dimostrato molto qualificato, Jedrick."

Accidenti, quel nome. Jayson non lo sentiva da almeno un migliaio di anni. "Ora sono Jayson, o Jay."

L'immortale dai capelli neri chiuse la porta prima di appoggiarcisi con le braccia incrociate al petto. "Davvero? Perché?"

"Tu non ti cambi mai di nome, Ezekiel?"

L'altro rise. "In realtà… sono Kiel, ora."

"Kiel," ripeté Jayson. "Come *kill*, che vuol dire uccidere?"

"È un gioco di parole brillante, non trovi? Non posso dire lo stesso di Jayson, è un po' troppo noioso per i miei gusti."

"Non te l'ho chiesto." Jayson si alzò da terra e si pulì le mani sui pantaloncini. "E io preferivo Zeke," ammise, riferendosi a un vecchio soprannome. Anche se Kiel donava molto all'assassino Nizari. "Che ci fai qui?"

"Ah, non è forse questa la domanda protagonista della serata?" Ezekiel si tolse la giacca di pelle e l'appese alla porta. In piena linea con la sua professione, sotto era vestito tutto di nero. Era uno dei più rinomati assassini di Neonati della storia: famigerato rivale di Jayson, anche se i due avevano un rapporto bizzarramente amichevole allo stesso tempo... un tacito accordo che se uno dei due fosse morto, sarebbe stato per mano dell'altro.

"Sai, mi intrattengo nei modi più strani," continuò l'immortale. "Come fare lo stalker di Sentinelle. Ne ho seguite tre fino a qui, stasera. Immagina la mia sorpresa nel percepire te, un Anziano Hydraiano, che lasciava l'edificio poco dopo."

L'Ichoriano piegò la testa su un lato. "Le Leggi del Sangue dicono che dovrei ucciderti seduta stante, ma io dico che non sarebbe poi così divertente. Preferirei sapere cosa ti intriga dell'avvenente rossa al piano di sotto, al punto da rischiare la vita così apertamente."

A Jayson si gelò il sangue nelle vene. Non perché Ezekiel sapesse di Lizzie, ma perché l'Ichoriano aveva rivolto l'attenzione a quell'appartamento, dove viveva una Neonata.

Stas.

Il momento in cui un Ichoriano avrebbe saputo dell'esistenza di Stas (e, ancora più importante, delle sue abilità) sarebbe diventata il bersaglio dell'intero mondo immortale. Un qualcosa che lei si rifiutava di comprendere e ammettere, ecco perché aveva insistito a lavorare per il FAC e per cercare di raccogliere maggiori informazioni su Lizzie.

Jayson avrebbe potuto ammirare il coraggio della ragazza, se solo quelle scelte non fossero state così deleterie.

"Ora…" Ezekiel si rilassò in una delle enormi poltrone e accavallò le lunghe gambe in una maniera elegante che tradì le sue parole. "Sono già a conoscenza del legame tra Elizabeth e George Watkins, e anche del fatto che la sua coinquilina è una Sentinella romanticamente invischiata con Issac, ma perché gli Hydraiani sono così interessati a lei?"

Se conosci questi dettagli dubito che tu abbia seguito le Sentinelle così, tanto per divertimento, pensò Jayson. *È carino da parte tua informarmi.* Voleva dire che l'assassino gli aveva rivelato ciò per un motivo. Ezekiel non faceva mai nulla senza aver programmato le successive cinque mosse.

Sa già di Stas?

Jayson incrociò le braccia e appoggiò un fianco al tavolo della sala da pranzo, fingendosi annoiato. "Sono sicuro che tu abbia una qualche teoria, Zeke." *Dimmi di più.*

"Oh, ne ho più di una." Ezekiel esibì un sorriso letale. "Elizabeth Watkins non somiglia per nulla ai suoi genitori. Immagino che tu l'abbia notato... Oh, sono sicuro che sia così. È stupenda, non è vero?"

"Arriva al punto." *Prima che ti faccia il culo.*

"Non preoccuparti, vecchio mio, non è il mio tipo," commentò Ezekiel. "Vedo che è decisamente il tuo."

Jayson non abboccò, ma dentro di lui prese vita un fuoco alimentato da un istinto protettivo che non sentiva da molto, moltissimo tempo. Finse uno sbadiglio per nascondere l'improvviso impulso di lanciare una lama dritta verso la testa dell'Ichoriano. "Scusa, sono un po' annoiato. Cosa vuoi, Zeke?"

L'assassino sorrise. "Ancora nulla, sono troppo curioso."

Quelle parole suonavano minacciose, soprattutto quando dette da Ezekiel. Era noto per essere il braccio destro di Osiris, il capo del Conclave e il leader della razza Ichoriana. Ezekiel era sparito dalla circolazione circa un secolo prima.

"Pensavo fossi morto," osservò Jayson. "Dove diavolo sei stato?"

"Oh, un po' qui, un po' lì..." rispose sfacciatamente con un cenno della mano. "In giro per il mondo e compagnia bella."

"Giusto." Jayson credeva a quella balla tanto quanto credeva che Ezekiel avesse un cuore. "Quindi sei passato a salutare? Rivangare i vecchi tempi?" *Provando a spararmi.*

"Certo." Ezekiel si alzò in piedi e si passò le mani sulla camicia. "Volevo anche una conferma."

"Di cosa?"

"Dei tuoi sentimenti nei confronti della ragazza al piano di sotto," gli rispose mentre prendeva nuovamente in mano la giacca. "Non vedo l'ora del nostro nuovo gioco, Jedrick. È passato fin troppo tempo." Se la infilò e tirò fuori i lunghi capelli scuri, facendoli ricadere sulle spalle e la schiena. Era chiaro che non avesse ricevuto la guida allo stile del nuovo secolo, oppure continuava a preferire il vecchio stile "vampiresco". Era pallido e gli occhi neri pagliuzzati d'oro contribuivano all'aspetto nefasto.

"E se non volessi giocare?" gli chiese cauto Jayson.

"Oh, ma abbiamo già iniziato." Innalzò le lame. "Grazie per queste, ne farò buon uso." Aprì la porta e lanciò a Jayson un sorriso oltre la spalla.

"Ci vediamo presto, vecchio mio."

Spero proprio di no. "Cerca di lavorare alla mira, nel frattempo," gli suggerì Jayson.

Ezekiel lo guardò divertito. "E tu cerca di tenere quella povera ragazza al sicuro, sarebbe un peccato se finisse nelle mani sbagliate, Jedrick."

Sparì nel corridoio prima che Jayson potesse replicare, più che altro perché gli si era riempita la gola di un'emozione che non provava spesso.

Paura.

Lo paralizzava e lo faceva arrabbiare allo stesso tempo. Jayson aveva superato più orrori di qualsiasi altro immortale della sua età, eppure quel piccolo dettaglio lo aveva fatto vacillare. Era inaccettabile.

Era solo una ragazza.

Una bellissima, intelligente ragazza dal cuore d'oro, che poteva essere umana oppure no.

Quasi sicuramente non lo era.

"Dannazione," mormorò.

Lizzie, tramite Jayson, si era appena guadagnata un letale ammiratore. Uno con la propensione ai delitti più brutali.

Non era esattamente vero. Ezekiel sapeva già di lei

tramite il legame con George Watkins e il FAC. Tuttavia, non si era interessato a lei prima dell'arrivo di Jayson.

E ciò metteva in pericolo anche Stas.

Merda.

Jayson chiuse la porta e compose un numero a memoria.

Gli rispose un elegante accento dopo un paio di squilli. "Un momento."

Dall'altra parte della cornetta arrivava un rumore di musica alta e chiacchiericcio, che andò scemando nel momento in cui Issac cominciò ad allontanarsi dalla folla.

"Elizabeth sta bene?" gli chiese.

"Sì, ma un vecchio amico mi ha appena fatto visita del tutto inaspettatamente."

"Chi?"

"Ezekiel."

Silenzio dall'altra parte.

"Sospetta che sia qui per Lizzie ed è interessato alla faccenda," aggiunse Jayson. "Ha menzionato Stas, sa che è una Sentinella e ha commentato la vostra relazione."

"Capisco," gli rispose Issac con voce priva di emozioni. "Sospetta della sua discendenza?"

"Il suo passato trascorso a rintracciare e uccidere Neonati suggerisce che, se ancora non lo sa, lo farà presto. Specialmente ora che si è invischiato." Ciò voleva dire che Stas avrebbe dovuto lasciare New York. Immediatamente.

"Issac?" La voce di Stas emerse dal sottofondo, insieme al ticchettio delle scarpe sul pavimento. Jayson la immaginò camminare verso l'Ichoriano in completo elegante. La loro relazione lo preoccupava, principalmente perché sarebbe finita con cuori spezzati. Tuttavia non stava a lui immischiarsi.

"Che succede?" chiese lei con tono apprensivo. "Lizzie sta bene?"

"Jayson ha appena ricevuto una visita da un rinomato assassino Nizari."

"Cosa?" Nella voce di lei si era insinuato un tono di paura. Più che normale. "Pensavo avessi detto che non esistevano più."

"Il loro scopo è diventato inutile per via della mancanza di Neonati noti," chiarì Issac. "Ma alcuni di loro sono più che vivi, e quello che ha incontrato Jayson è il più letale di tutti. Sa di te."

Di nuovo silenzio. Jay immaginò che i due si stessero abbracciando, oppure fissandosi negli occhi.

Issac dimostrò che fosse la seconda opzione. "È ora, Aya. Dobbiamo portarti via dalla città."

"Assolutamente no." Il tono di Stas pareva risoluto e non ammetteva repliche, ma non avrebbe fermato Issac.

"Non è sicuro per te."

"Lo dici da mesi, e anche se sono d'accordo con te, non esiste che lasci Lizzie qui da sola, e nemmeno te."

"Che donna testarda," mormorò Jayson. Capiva e ammirava quel livello di lealtà. Era stato quello il motivo che lo aveva spinto a recarsi a New York, nonostante andasse incontro a una sentenza di morte. Sentiva una responsabilità verso la propria razza, di investigare e aiutare Lizzie, specialmente se avesse significato accoglierla in quanto alleata. Gli Hydraiani avrebbero avuto bisogno di più aiuto possibile.

"Aya..." Issac sospirò. "Jayson, tieni d'occhio Elizabeth."

Il collegamento venne interrotto.

"Beh, è andata come previsto." Jay scosse la testa e chiamò Luc.

Sarebbe stata una lunga notte.

3 PATTO DI SANGUE

La coinquilina del soggetto ha iniziato una relazione di natura sessuale con un noto Ichoriano. Il benefattore non è disturbato dal fatto.

-Registro 124.06.4-7

"Aya," ripeté Issac con un po' più di risolutezza nel tono.

Astasiya si fermò vicino alle scale, impettita. "Non ho intenzione di discuterne."

Lui le afferrò un fianco e si premette contro la schiena nuda di lei. L'abito color zaffiro le abbracciava le curve nei punti giusti, regalando a lui una serata un po' frizzante. Tuttavia, non era il momento giusto di perdersi in tali indulgenze.

"Non sarò un esperto di relazioni amorose, ma credo che la comunicazione sia uno dei tasselli più importanti, no?" Le labbra di Issac sfiorarono l'orecchio di lei a ogni parola.

Stas si accasciò contro di lui ed emise un gemito. "Odio quando lo fai."

Issac sorrise. "Al contrario, tesoro, penso ti piaccia molto." Le diede un morso sul collo e le accarezzò l'addome per impedirle di allontanarsi da lui un'altra volta. "Dobbiamo parlarne, Aya. Hai promesso che ti saresti trasferita a Hydria al primo segnale di pericolo."

La ragazza non era sembrata entusiasta dell'idea. Issac aveva provato a convincerla a lasciare il FAC, dopo che erano riusciti a strappare sua sorella Amelia dalle grinfie di Jonathan, ma Stas aveva usato la propria coinquilina come scusa per restare in città. I motivi erano validi, quindi l'Ichoriano non aveva voluto imporre la propria opinione, ma con ogni giorno passato a New York si preoccupava sempre di più. Non aveva mai tenuto così tanto a una donna che non facesse parte della famiglia, ciò lo divorava a livelli inimmaginabili.

Astasiya si girò tra le braccia di Issac e gli mise le mani sulle spalle mentre lui le cingeva la vita, stringendola a sé.

"Va bene, un assassino Nizari ha detto a Jayson che sa di me, ma non ha ancora agito. È perché non sospetta nulla?"

"Le intenzioni di Ezekiel sono piuttosto criptiche, ma è famoso per giocare con il proprio... cibo." L'Ichoriano era rinomato per la sua crudeltà e intelligenza letale. Inoltre, era in grado di rintracciare le persone in base al loro gruppo sanguigno. Faceva parte della breve lista di persone che Issac considerava vere e proprie minacce.

"Ma non è venuto ancora a cercarmi," ripeté lei.

Issac alzò un sopracciglio. "Preferiresti aspettare che lo facesse?"

"No, ma sono pronta a quando accadrà."

"Il tuo addestramento con Gabriel potrà essere superiore a ciò che mi aspettavo, ma non ti rende qualificata per tenere a bada un killer del calibro di Ezekiel."

Astasiya strabuzzò gli occhi. "Sono abbastanza sicura che tutta quella frase fosse un insulto."

"No, è razionale. Sei ancora nuova per questo mondo e non conosci Ezekiel quanto me, né sei preparata ad affrontarlo. Vincerà lui, tu morirai e io non accetterò un tale risultato." La presa di Issac sulla ragazza si fece involontariamente più stretta. Lei era lì, era reale, Issac si rifiutava di lasciarla andare. La vita senza di lei... "Non posso perderti, Aya."

L'espressione seria di Astasiya si sciolse e la ragazza lo avvolse in un abbraccio, nascondendogli il viso nel petto. "Non succederà."

Bugia. Entrambi sapevano che prima o poi lui l'avrebbe persa, non sarebbe rimasta una Neonata per sempre, Issac avrebbe preferito vederla vivere una vita da immortale senza di lui piuttosto che perderla per sempre.

"È ora," ripeté lui. "Lo sai anche tu."

Stas scosse la testa contro di lui. "È la mia migliore amica, Issac. Non la lascio da sola."

L'Ichoriano ricambiò l'abbraccio di lei e le passò le dita nei bellissimi capelli biondi. Le diede un bacio sulla fronte e si trattenne dall'emettere un sospiro. Non sarebbe riuscito a dirle di no, anche quando ne aveva bisogno.

"Lei è al sicuro con Jayson," mormorò. "E ci sarò anche io."

"Come spiegheresti la mia scomparsa a John?" Si allontanò quanto bastava per guardarlo negli occhi. "E Osiris?"

Erano due ottime domande. "Osiris non mi preoccupa." Non nel modo in cui intendeva lei, almeno. L'antico Ichoriano aveva mostrato un interesse particolare per Astasiya durante il Conclave, ma non aveva ancora fatto domande circa il suo status immortale. Anche se si fosse messo a pensare a lei, potevano passare mesi o anni. Il tempo passava in modo differente, per gli immortali della sua età.

"E John?" insistette lei.

"Probabilmente farebbe domande e causerebbe qualche problema, ma me ne occuperò io."

Gli occhi della ragazza sembravano ammonirlo. "A te è permesso rischiare la vita, mentre io non posso decidere cosa farne della mia." Piegò la testa da un lato. "La nostra è una relazione, Issac, ed entrambi ci teniamo all'altro. Se resti tu, resto anche io."

"E se decidessi di trasferirmi a Hydria, tu verresti con me?"

"Vuoi trasferirti a Hydria?"

"Non è quello il punto. Ti trasferiresti?"

Stas lo fissò come a voler esaminare la sincerità dell'Ichoriano, lui lasciò che lei vedesse il proprio vero sguardo. Avrebbe davvero voluto saperlo. L'avrebbe seguito?

"Issac..." Astasiya chiuse gli occhi e sospirò, lentamente e a lungo. "So che sei preoccupato, anche io lo sono, ma lei è la mia famiglia. Tu lasceresti Amelia?"

Issac sentì una fitta al petto e si sforzò di rispondere onestamente. "No."

Aveva già lasciato indietro la sorella una volta, anche se non intenzionalmente. Aveva pensato che fosse morta, salvo scoprire che si trattava di una presa in giro di Jonathan. "Se avessi saputo che era viva e prigioniera del FAC, non l'avrei mai lasciata lì."

"È così che mi sento con Lizzie," gli rispose Astasiya riaprendo i suoi incantevoli occhioni. "So che il vostro è un legame di sangue, ma lei è la mia persona. Le voglio bene, Issac. E non la lascerò sola, se so che posso aiutarla."

"Puoi farlo?" ribatté lui.

"Tu avresti potuto aiutare Amelia?" gli chiese lei, facendolo innervosire.

"Aya…"

"No, stammi a sentire. Le rune dipinte sui muri del quartier generale avrebbero ridotto a brandelli le tue abilità, ma tu avresti fatto di tutto pur di riuscire a entrare e salvarla, anche se ne fosse valsa la tua vita. Io farei lo stesso per Lizzie, con la differenza che sono in una posizione che mi permette davvero di aiutarla, ho solo bisogno di più tempo."

"Per fare cosa? Sei allo stesso punto di sei settimane fa." Issac si allontanò per passarsi le dita tra i capelli. "È una pazzia, Aya. C'era un assassino nel tuo condominio, non significa nulla per te questo?"

Stas si scrollò. "Non trattarmi come se fossi una bambina."

"Allora smettila di comportarti come se lo fossi," ribatté lui. "Stiamo parlando della tua vita, non di una missione per Sentinelle o di un gioco."

"Parliamo anche della vita di Lizzie." Gli occhi di Stas parevano infuocati e il desiderio di Issac si risvegliò. Non era un buon momento per reagire in quel modo, ma lei sembrava una dea e l'anima di lui sognava di prenderla in ogni modo. *Mia.*

"Comprendo i rischi," continuò Stas. "Ma è una mia decisione… e sì, magari non sono ancora pronta per affrontare un combattimento con un killer, ma lui non si è mai imbattuto in una Neonata come me. Mi serve solo avere voce in capitolo."

Quel tono autoritario lo eccitò ancora di più. Era diventata ancora più bella negli ultimi mesi, non solo fisicamente, ma anche in termini di abilità mentali.

"So che pensi che mi stia comportando da egoista

immatura," aggiunse lei. "La mia esperienza è nulla in confronto alla tua, e lo rispetto, ma non posso ignorare i miei istinti, Issac. Fuggire non è nella mia natura. Restare sarebbe ridicolo e pericoloso, ma non posso essere messa in castigo mentre tutti gli altri rischiano la pelle per la mia migliore amica. Quella persona non sono io."

Le parole aleggiarono nell'aria spessa. Era tanto forte e coraggiosa, una guerriera. Issac l'ammirava, anche se desiderava che si tenesse al sicuro e che cambiasse idea.

Ciò che lei non capiva era che quella decisione riguardava anche lui. Se Ezekiel avesse scoperto il segreto di Stas, anche la vita di Issac sarebbe stata in pericolo. Non temeva il Conclave, ma si preoccupava di quanto in là si sarebbe spinto pur di proteggerla.

Tuttavia, Astasiya aveva ragione. Chiederle di prendere posto in panchina l'avrebbe ferita profondamente, Issac non sarebbe mai stato colui che spegneva quel fuoco che le ardeva in lei tanto prepotentemente.

"Possiamo trovare un compromesso?" le chiese dolcemente.

"Dipende dalle tue condizioni." Sembrava così elegante eppure ignara di esserlo. Quello era il motivo per cui Luc era stato così interessato a lei: la vedeva come una potenziale leader. Le sue abilità di persuasione avevano solo aumentato la curiosità dell'Anziano.

Issac accantonò quel pensiero e si costrinse a vivere nel presente, a godersi il tempo che gli era rimasto con quella donna incredibile. Per il momento, lei gli apparteneva, e lui apparteneva a lei. L'Ichoriano si rifiutava di lasciare che il futuro si mettesse tra loro.

È ora di giocare un po' con la persuasione.

"Le mie condizioni," mormorò avvicinandosi a lei, che fece un passo indietro provocandogli un sorriso. La intrappolò nell'angolino vicino alla tromba delle scale, nascondendoli a chiunque sarebbe entrato nel corridoio dell'hotel.

"Accetterò che tu rimanga a New York," le disse premendosi contro di lei e facendola aderire al muro. "Se prometti di passare ogni notte con me, che sia a casa mia o a casa tua, voglio sapere che al di fuori del FAC sei al sicuro."

Stas deglutì. "Non è corretto usare la seduzione per distrarmi, Issac."

"Tu usi le tue abilità, io uso le mie." Le passò le mani sui fianchi. "Adoro questo vestito... Dimmi cosa indossi sotto."

"Non è importante... per... il nostro accordo," sussurrò lei, inarcandosi contro di lui. Issac adorava come il corpo di Stas rispondesse a ogni tocco, quasi come se fosse istruito a reagire a quel tipo di piacere.

Issac le prese un labbro tra i denti e lo mordicchiò. "Al contrario, trovo che sia molto rilevante." Iniziò a tirare verso l'alto il tessuto del vestito della ragazza. "Voglio sapere cosa dovrò toglierti più tardi, quando verrai a casa con me."

Stas tremò mentre lui le scopriva le cosce. "Issac..."

"Aya," le rispose lui con la bocca sul collo. Le tracciò una vena con la lingua. "Dimmi che accetti, tesoro."

Lei gli affondò le unghie nelle spalle. "Stai giocando sporco."

"Sempre, con te," sussurrò lui. Teneva troppo a lei, avrebbe infranto ogni regola per tenerla al sicuro e si sarebbe arreso ai desideri di lei, se avesse significato renderla ‹felice. Ma aveva bisogno che Stas accettasse quell'accordo. "Per favore, Aya."

Lei si lasciò andare tra le braccia di Issac e buttò la testa all'indietro, contro il muro. "Ho bisogno di almeno una serata tra ragazze con Lizzie."

Lui sorrise contro il collo della ragazza. "Va bene, purché possa intrufolarmi dopo che lei sarà andata a letto."

"È una mossa da adolescente," lo prese in giro. "Ma te lo concedo."

Issac le diede un morsetto sulla pelle delicata. "Allora siamo d'accordo?"

"Stiamo facendo un patto di sangue?" Lo scherno nella voce di lei stuzzicò gli istinti più primordiali del vampiro.

"Sì." Le affondò i canini nel collo e si perse nella dolce essenza della pelle di Stas. Il sangue gli colpì la parte posteriore della gola e non riuscì a trattenere un grugnito mentre lei gli si aggrappava stretta. La liberò dopo appena due sorsi superficiali. "Attenta a ciò che desideri, Aya," sussurrò.

"Issac…" Si scosse e le endorfine del bacio letale le si infilarono nel sistema nervoso. "Merda." Un'altra convulsione le prese la spina dorsale, facendole scuotere tutto il corpo.

"Va bene, sì, accetto le tue condizioni, non che sia poi così difficile."

Issac arricciò le labbra. "Oh, penso che ti renderai conto presto che sia una gran bella mole di lavoro, tesoro." Le si strusciò contro la gola e strinse di nuovo il vestito, spingendolo verso l'alto per scoprire ancora di più le cosce della donna. "Ti andrebbe un assaggio?"

"Intendi dire che mi morderai di nuovo?" gli chiese lei con voce morbida e beata.

"Sì," rispose lui, poi le leccò la ferita ancora fresca.

"Allora sì, per favore." Stas inarcò il collo. "Prendimi, Issac."

"Sempre." Le leccò il marchio sulla pelle tenera, poi si inginocchiò.

Lei gli mise le mani nei capelli e lo costrinse a guardarla. "Co-cosa stai facendo?"

Issac sorrise alla vista delle mutandine color blu notte. "Non hai espresso chiaramente dove avresti voluto essere morsa, Aya."

"Oh, mio Dio…"

"Tieni a mente questo pensiero, tesoro. Ti servirà ancora, molto presto."

4 UN "NON APPUNTAMENTO" È UN APPUNTAMENTO, ECCETTO QUANDO NON LO È

IL SOGGETTO APPARE DIPENDENTE DALL'APPROVAZIONE DELLA FAMIGLIA. ALLOGGIO E HABITAT DEVONO ESSERE RIVISTI NELLE INTERAZIONI FUTURE.

-REGISTRO 118.05.4-7

L izzie premette i palmi sudati sul vestito color blu scuro e si guardò ancora una volta allo specchio.

"Sei ridicola," sussurrò. "Non è nemmeno un appuntamento romantico."

Eppure si era acconciata i capelli in perfette onde morbide. Il tocco dell'eyeliner le risaltava gli occhi e un velo di lucidalabbra alla ciliegia le tingeva le labbra.

Le sorelle della confraternita femminile, in particolare Cam e Kristin, avrebbero approvato. Stas, invece, avrebbe riso di lei.

Ecco perché Lizzie la considerava la sua migliore amica.

Sorrise al pensiero mentre scriveva un messaggio alla bionda.

Vado a cena con quel vicino di cui ti ho parlato.

Jayson le aveva infilato un biglietto sotto la porta, domenica sera, chiedendole di uscire a cena. Le aveva lasciato il numero scritto in fondo al foglietto e lei, come un'idiota, l'aveva aggiunto alla rubrica del telefono e gli aveva mandato un messaggio di conferma.

Era stata una decisione alquanto stupida.

Lizzie non era solita uscire il martedì, così come ogni altro giorno della settimana, per via del lavoro. Tuttavia, i programmi per le lezioni erano già completati per tutto il mese visto che si era ritrovata spesso sola a casa.

Cerca di comportarti bene, la prese in giro Stas. Lizzie le aveva fornito una descrizione completa del prepotente del piano di sopra. *Sarò a casa per le dieci, stasera. Stark mi ha costretta a lavorare di nuovo fino a tardi.*

Dovresti fargli il culo.

Oh, credimi, ci sto provando.

Ci vediamo a colazione? le chiese Lizzie.

Una volta mangiavano insieme tutti i giorni, ma negli ultimi tempi la situazione era cambiata perché Stas lavorava davvero sodo. Inoltre, il funerale di Tom non aveva aiutato. Probabilmente era tutto nella testa di Lizzie, ma le sembrava che la sua amicizia con Stas si fosse raffreddata... spenta, persino.

Il telefono emise un trillo di risposta: *caffè? ;)*

Lizzie sorrise. La caffeina era il modo migliore per conquistare Stas. Ovviamente rispose subito.

Puoi contarci.

Ci vediamo allora.

Appuntamento tra ragazze, promise Stas.

Lizzie sorrise. *Perfetto.*

Era felice che l'amica avesse finalmente trovato la felicità, ma le mancavano i loro momenti insieme. Erano solite godersi una pizza davanti a una commedia romantica ogni settimana, poi Stas aveva cominciato a passare tutti i weekend con Issac. Lizzie non riusciva a fargliene una colpa, la sua migliore amica si meritava un po' di serenità e anche di più.

Inoltre una piccola parte di lei sperava che Issac riuscisse a convincere Stas a smettere di lavorare per il FAC e cercare altre opportunità

Il che, ovviamente, rendeva Lizzie una persona orribile.

Il suo odio verso quell'organizzazione nasceva da un'irrazionale paura che aumentava ogni volta che si avvicinava ai loro quartier generali. Qualche volta era andata a trovare il padre in uno degli uffici ai piani alti, principalmente perché le aveva richiesto di firmare dei documenti. L'ultima volta riguardavano il suo fondo fiduciario. Per qualche motivo George preferiva fare tutto al FAC, invece che a casa. Probabilmente perché era raro che lasciasse la scrivania, a meno che il lavoro non lo richiedesse espressamente. Era il capo degli Affari Internazionali e viaggiava molto. Quando Lizzie era piccola lo vedeva pochissimo, il che potrebbe aver contribuito al suo odio verso la fondazione. L'uccisione di Tom e il fatto che le avevano rubato la migliore amica di certo non miglioravano la situazione.

In un attimo l'umore di Lizzie si fece cupo, proprio nel momento in cui qualcuno bussò alla porta.

Sei in punto.

A Lizzie piacevano quelli puntuali.

Non che quello fosse un appuntamento romantico.

Amici, si ripeté.

Quando aprì la porta il cuore le fece comunque una capriola nel petto. Wow, Jayson era davvero bellissimo.

Indossava un paio di jeans firmati e un maglione rosso scuro. Si era sistemato i capelli scuri e gli occhi color cioccolato fondente brillavano insieme al suo sorriso, il tutto avvolto in un fascio di muscoli che la maggior parte delle donne avrebbe solo sognato.

Non è un appuntamento.

Siamo solo vicini di casa.

Un uomo come lui non si interesserebbe mai a te.

L'ultima frase sembrava uscita dalla bocca della madre.

Gli sto fissando il petto da almeno due secondi buoni.

"Ciao," riuscì finalmente a dirgli.

"Ciao," rispose lui, mostrando le adorabili fossette. "Sei pronta?"

"Sì." Lizzie afferrò la borsa da sopra il tavolino dell'ingresso e si infilò i tacchi. La innalzavano di circa otto centimetri dal suo metro e settanta, in quel modo le labbra di Jayson arrivavano perfettamente alla fronte di lei.

Smettila di pensare alle sue labbra.

Giusto.

Lo seguì lungo il corridoio rimanendo in silenzio e lasciandosi condurre all'esterno.

Lizzie non aveva molta esperienza con gli uomini che stavano al di fuori della sua piccola cerchia. Ogni tanto andava a qualche appuntamento, ma non ne aveva mai ricavato nulla di buono. Un paio di baci, qualche toccatina, ma niente di particolarmente memorabile. Un solo uomo l'aveva tentata di andare ben oltre i meri preliminari.

Tom Fitzgerald.

La cotta per lui era iniziata quando lei aveva tredici anni e si era protratta nel tempo, anche se si era leggermente attenuata negli anni del college. Lo aveva guardato con altre donne e aveva iniziato a capire che lui l'avrebbe sempre e solo vista come una sorella. Tutte le speranze che Lizzie ancora conservava erano comunque morte il giorno del funerale di lui.

Jayson le tirò leggermente una ciocca di capelli intorno al viso. "Giornata lunga, Rossa?"

Accidenti, erano già a un isolato di distanza dal loro condominio e si erano detti poco più di quattro parole. La malinconia di Lizzie non trovava posto nella loro serata.

La ragazza si schiarì la gola e sorrise. "Sono state un paio di settimane intense." Non aveva senso mentire. "Ma sto andando avanti."

"Ti va di parlarne?"

"No, a dire il vero."

Jayson fece spallucce. "Va bene, allora parliamo della nostra cena. So che adori San Dinos, ma mi è giunta voce di un posto ancora migliore per mangiare la pizza."

Lizzie inarcò bruscamente le sopracciglia. "È un insulto!"

Jayson rise. "Io dico di provarlo e dire la nostra."

Lizzie strizzò gli occhi. "Come si chiama questo fantomatico ristorante?"

"È un vero ristorante," rispose lui. "Penso si chiami Magilinos, o qualcosa del genere."

Lizzie non ne aveva mai sentito parlare. "Dove si trova?"

"Ehm, a Brooklyn." Le sorrise imbarazzato. "Spero ti piaccia prendere il treno."

Lizzie Watkins stava cercando di ucciderlo.

Prima di tutto indossava un vestito che le arrivava a mezza coscia e metteva in mostra quelle gambe da urlo.

Secondo, si era infilata un paio di tacchi pazzeschi e ci camminava sopra come una modella.

In quel momento gli sedeva di fronte e stava gemendo di piacere.

Jay sapeva che la pizza di Magilinos avrebbe fatto vergognare quella di San Dinos, ma non si era aspettato che la sua *amica* reagisse emettendo versetti sexy a ogni morso.

L'avvertimento inutile da parte di Luc di mantenere la loro relazione professionale non aveva certo aiutato. Jayson conosceva bene il proprio lavoro e lo rispettava, ma una parte di lui stava cominciando a vedere quella missione come una sfida. Una che avrebbe voluto vedere nuda nel proprio letto.

Non. Succederà.

"Va bene," gli disse Lizzie dopo aver spazzolato la terza fetta. "Ero scettica, ma hai vinto tu. È stato fantastico."

A Jayson piaceva sentirsi dire quelle parole dalle labbra carnose di lei. Peccato che il contesto fosse del tutto sbagliato. La donna appariva innocente quanto un angelo e ciò non faceva che aumentarne il fascino. Sembrava sprizzare sex appeal da tutti i pori, anche senza provarci davvero. In qualsiasi altro luogo e momento l'avrebbe sedotta e spogliata, lasciandole solo i tacchi, e le avrebbe fatto passare una nottata indimenticabile.

Purtroppo aveva un lavoro da svolgere, come gli ricordava anche la costante vibrazione contro la coscia.

Ci serve almeno un'altra ora, diceva l'ultimo messaggio.

Sessanta minuti di chiacchiere, avrebbe potuto farcela.

"Quindi non avevi mai sentito nominare questo posto?" le chiese fingendosi sorpreso. L'alta società in cui Lizzie era cresciuta l'aveva protetta dai piaceri semplici della vita, come trovare un pub sconosciuto dove servono dell'ottima pizza.

"Ora sì," gli rispose lei sfacciata. "Non che verrò qui spesso, visto il tragitto durato quarantacinque minuti."

Jay ridacchiò e si ricordò dell'espressione di lei quando gli aveva comunicato la destinazione. La ragazza era inorridita all'idea di lasciare il proprio nido di Manhattan, ma si era dimostrata una sportiva.

"Ne è valsa la pena," commentò lui riferito alla reazione iniziale di lei e al lungo viaggio. "Bene, finora ho imparato che sei un'insegnante alla quale piace mangiare pizza mediocre e che di rado lascia Manhattan. Oh, non ti piace la musica alta, come dimenticare." Incrociò le braccia al petto e si sporse verso di lei sul tavolino minuscolo. "Dimmi di più. Da quanto tempo sei qui in città?"

"Prima di tutto," iniziò lei alzando un dito. "Non ho problemi con la musica alta, solo con i vicini a cui piace lanciare oggetti pesanti sul pavimento sopra di me. La musica e io andiamo perfettamente d'accordo, se proprio lo vuoi sapere."

"Ah, sì? Scommetto che ascolti solo del misero pop."

Lei rise. "E a te piacciono chiaramente quelli che sbraitano smodatamente mentre si accaniscono contro la batteria."

"Non c'è niente che non va nel metal, Rossa."

"Disse quello che per farsi sentire sopra il baccano deve lanciare pesi in giro per casa."

Jayson avrebbe potuto aggiungere la parola spiritosa alla lunga lista di aggettivi positivi che descrivevano Lizzie. Il sorriso che aveva stampato in faccia quasi gli faceva male. Era stato lì tutta la sera grazie a lei. "Immagino di dover mettere una croce sull'idea di andare a un concerto, come attività tra vicini."

Lizzie ridacchiò. "La maggior parte dei newyorkesi considera salutarsi con la mano la massima forma di attività che dovrebbe intercorrere tra vicini. Da dove hai detto che vieni?"

"Un momento, te l'ho chiesto prima io." Jayson aveva bisogno che la conversazione vertesse su di lei, non lui.

Anche se avrebbe potuto mentire, non aveva voglia di farlo, e i modi per distorcere la verità non erano poi molti. "Da quanto vivi a New York?"

"Da tutta la vita," rispose lei. "Nata e cresciuta a Manhattan, ho frequentato la Columbia e poi la NYU... Sai già dove vivo."

"Quindi anche la tua famiglia vive qui?" La fece passare come un'ipotesi, ma Jayson conosceva già la risposta. "Hai fratelli o sorelle?"

Si mantenne sul vago per sembrare educatamente interessato, ma sotto sotto moriva dalla voglia di sapere di più sul rapporto di Lizzie con George e Lillian Watkins. Stas gli aveva fornito qualche informazione, ma Lizzie avrebbe potuto rivelargli un piccolo dettaglio che l'avrebbe aiutato a risolvere il caso. Ne dubitava, ma valeva la pena tentare.

L'espressione di Lizzie si incupì, ma il tono rimase leggero. "Sono figlia unica, ma sì, i miei genitori vivono a Manhattan."

"Li vedi spesso?" Era una domanda innocua.

Lizzie strizzò le labbra pensierosa. Jay si accorse del momento in cui la ragazza decise di dire quello che realmente pensava invece di limitarsi a una frase di circostanza.

"Sì," ammise. "Spesso, anche se ultimamente molto meno. Non andiamo molto d'accordo al momento, ma devo vederli questa domenica. È una nostra tradizione."

"Tradizione?" ripeté lui curioso.

"Sì, un brunch mensile, solo che lo facciamo ogni quattro settimane, quindi all'anno sono tredici... Non che li conti." Lizzie arrossì, un dettaglio che fece molto piacere a Jayson. "Scusa, è stupido. Si tratta di una tarda colazione con i miei e il migliore amico di mio padre."

"E non puoi saltarlo?"

"Ehm... potrei, tecnicamente, forse. Non ci ho mai provato, a dire il vero. Un anno è capitato il giorno di Natale e lo abbiamo fatto comunque." Rise senza sentimento. "Sono abbastanza sicura che mia madre mi ucciderebbe se non mi presentassi."

"Andate sempre nello stesso posto? Anche il giorno di Natale?" Jayson cercò di mantenere il tono leggero ed educato, ma la rivelazione di Lizzie lo aveva stupito.

Deve per forza avere a che fare con il FAC.

Lizzie annuì. "Sì. Non so come ci siano riusciti, ma il ristorante ha aperto apposta per noi. Deve essergli costato una fortuna, non che i soldi siano un problema per loro." Le guance già rosse le si infuocarono ancora di più, rendendo giustizia al soprannome Rossa. "Ora penserai che sono una ragazzina ricca e viziata, vero? Vivo in un appartamento che non posso permettermi da sola e racconto le vicende dei miei genitori che riservano interi ristoranti per colazione."

Lizzie abbassò lo sguardo sulle mani che teneva strette in grembo. Un gesto che confermò a Jayson la mancanza di fiducia della ragazza in se stessa.

"Non sono solito giudicare le persone in base alle loro relazioni familiari, Lizzie." Al contrario, non sarebbero seduti uno di fronte all'altra. "Voglio dire, mio padre è uno stronzo."

L'eufemismo del millennio. "E mia madre è morta parecchio tempo fa."

Perché il suo donatore di sperma l'ha uccisa così, senza motivo. "Sono me stesso, e non associo la persona che sono oggi con nessuno di loro." *Non lo faccio da circa tremila anni, per essere precisi.*

"Mi dispiace tanto," gli disse lei guardandolo negli occhi. "Per tua madre, intendo."

Le scuse di lei lo sorpresero. Non pensava a sua madre

da secoli, ma ovviamente Lizzie non avrebbe potuto capirlo. La sua apparenza fisica, che non si era disturbato a cambiare in presenza di Lizzie, lo facevano somigliare a un trentenne, o magari a uno più giovane. Lei avrebbe supposto che fosse morta negli ultimi dieci anni, o giù di lì.

"Ho già fatto i conti con la sua morte," le rispose cauto. "Ma grazie."

Doveva riportare l'attenzione su di lei, o Lizzie avrebbe potuto chiedergli come fosse morta e non sarebbe stato un argomento tanto divertente. "Quindi, perché ogni quattro settimane?"

"Il brunch?"

"Sì."

"Ehm, è sempre stato così. Il migliore amico di mio padre è anche il suo capo, John Fitzgerald. Sai qualcosa riguardo al FAC?"

Jayson si mostrò confuso. "L'organizzazione umanitaria?"

"Esattamente quella." Le parole di Lizzie erano sottolineate da una nota di sarcasmo che lo divertirono. Sembrava che non fosse una grande fan... un qualcosa che avevano decisamente in comune. "A ogni modo, John è l'amministratore delegato e mio padre lavora per lui."

"E vanno sempre al brunch insieme, eh?" Stas gli aveva detto qualcosa di simile, ma nessuno ci aveva riflettuto più di tanto. Era stato un errore da parte loro.

"Ogni quattro settimane," rispose lei. "Sei il benvenuto a unirti a me, domenica, se sei un appassionato delle conversazioni scomode e l'insalata." Lizzie arrossì di nuovo. "Oh, sembra che ti stia invitando a conoscere i miei genitori, ma non intendevo quello. So che siamo solo amici, che questo non è nulla, ovviamente, e... sì, meglio che stia zitta ora."

Si nascose dietro un bicchiere d'acqua e prese un sorso con un po' troppo vigore mentre lui se la rideva.

Quella donna era adorabile.

E avvenente.

E molto off-limits.

Accidenti a te, Luc.

"A dire il vero mi piacerebbe venire con te." Anche solo per vedere l'espressione sul volto di Jonathan Fitzgerald. "Ma purtroppo devo partire per un viaggio di lavoro."

Quella era la prima bugia vera e propria della serata. Avrebbe lavorato, ma sempre a New York. E probabilmente sul brunch in questione, perché quella faccenda lo aveva intrigato.

Ogni quattro settimane.

Non poteva essere una coincidenza.

I registri che aveva trovato Tom, il figlio di Jonathan, dicevano che Lizzie aveva bisogno di una sorta di siero per continuare a vivere. Quello che Jayson non aveva ancora capito era come il FAC glielo somministrasse perché nelle ultime sei, quasi sette settimane passate a osservarla, non li aveva ancora visti intromettersi nella vita della ragazza, all'infuori di quel venerdì sera in cui gli aveva oscurato le telecamere della sorveglianza.

Forse era una manovra più semplice che non le richiedeva la presenza alla sede del FAC.

Solo un brunch.

"Ah, te ne vai in qualche bel posto?" gli chiese Lizzie in riferimento al viaggio di lavoro.

"No, decisamente." Niente che coinvolgeva il FAC poteva essere definito bello o piacevole. "Ma non starò via molto, forse un paio di giorni." *Diciamo ore.*

L'espressione di Lizzie si rilassò e Jayson fu felice del fatto che non sembrava volerlo nascondere. O forse non riusciva a farlo. "Un paio di giorni di pace e tranquillità? Penso di potermela cavare."

Oh, che piccola sfacciata! "Cara Rossa, credo che tu stia cercando guai."

"Io?" Lo guardò con occhi innocenti. "Mai."

"Sai una cosa? Il nostro prossimo appuntamento sarà proprio a un concerto, e sarò io a scegliere."

"Un *appuntamento* a cui rifiuterò l'invito," ribatté lei.

"Ah, sì?"

Lei annuì e lo sguardo sottolineò l'affermazione.

Un senso di sfida lo travolse.

E va bene, non avrebbe potuto portarsela a letto, ma un po' di sano flirt non aveva mai ucciso nessuno.

Il sorriso trionfante di lei si spense nel momento in cui lui si alzò e le si avvicinò dall'altro lato del tavolo. Quando Lizzie realizzò le intenzioni dell'uomo, lui era già dietro di lei con le mani sulla sedia, piegato sull'orecchio di lei. "Riesci a resistermi così facilmente, eh?"

Lizzie cominciò a respirare più velocemente e il cuore prese a batterle forte nel petto. Non era poi così indifferente, allora. Jayson non era messo meglio: stare tanto vicino a Lizzie gli sembrava fin troppo giusto. Per non parlare del fatto che sapesse di troppo dolce, per i propri gusti. Improvvisamente sentì il desiderio di cullarsi in una nuova fantasia, e quei sottotoni proibiti non aiutavano.

Lizzie deglutì e cercò di guardarlo negli occhi. "Potrei venir persuasa," ammise. "Se mi prometti dei tappi per le orecchie." Per quanto lui fosse in grado di scuoterla, la ragazza riuscì a mantenere un tono sveglio.

Era inebriante e Jayson l'adorava.

Avrebbe voluto spingerla ancora oltre.

Le nascose il viso nel collo e si godette il sussulto di lei. Lizzie si inarcò sollevando il seno prosperoso e regalandogli una bella vista, un qualcosa che la parte inferiore di lui apprezzò più del dovuto.

Jayson non vedeva l'ora di affondare le dita tra i capelli di lei, di far conoscere le loro labbra, anche solo per un secondo, ma una vibrazione sulla coscia gli ricordò il suo scopo primario.

Attraente o meno, Lizzie era comunque una missione da portare a termine.

Jayson era capace di esercitare molto più controllo di così, anche se il suo membro turgido non sembrava accettarlo.

Accidenti.

"Consideralo un futuro appuntamento da vicini," le sussurrò, non riuscendo a trattenersi. Si tirò su per controllare il telefono.

Non importa, non c'è niente di utile nel suo appartamento. Avremo finito tra circa trenta minuti. Mi dispiace deluderti. Il tono sconfitto di Grace trapelava dal messaggio. Più tardi Jay avrebbe dovuto chiamarla per dirle che era tutto a posto. Non si aspettava che trovasse qualcosa, ma aveva continuato a sperarci. Aveva ottenuto ciò di cui aveva bisogno tramite la buona vecchia arte del conversare, e anche qualcosa in più.

Lizzie non riusciva a respirare.

Cos'è appena successo?

Jayson le si era avvicinato così tanto da farle quasi assaggiare il dopobarba muschiato. In quel momento se ne stava in piedi dietro di lei intento a scrivere un messaggio al telefono. Lizzie gli lanciò un'occhiata e vide che stava sorridendo: non a lei, ma allo schermo.

Un'altra donna?

Avrebbe potuto benissimo essere un donnaiolo. Non sapeva nulla di lui, se non che gli piaceva irrompere nelle case dei vicini e mangiare pizza con loro. Tuttavia, quell'atteggiamento disinvolto suggeriva che aveva avuto molte occasioni di fare pratica con altre donne. Se si aggiungeva anche il suo aspetto esteriore impeccabile, beh... si era sicuramente divertito parecchio.

Non che le importasse più di tanto.

Jayson e Lizzie erano solo amici a un appuntamento da vicini di casa, come li aveva definiti lui.

Qual era il problema se lui le aveva sfiorato l'orecchio con la bocca? Si poteva a malapena considerare un gesto romantico, anche se le aveva scatenato uno sciame di farfalle nel basso ventre.

"Faremo meglio a tornare," disse lui ancora concentrato sul telefono che teneva in mano. "Si sta facendo tardi e dobbiamo lavorare entrambi, domani."

Giusto. Era passato da flirtare con lei a volersene andare. Lizzie doveva aver interpretato male i segnali, oppure aveva fatto qualcosa di sbagliato. Forse entrambe le cose?

Infastidita dalla sua stessa ultra analisi di una situazione piuttosto diretta, si tirò indietro nella sedia colpendo le gambe di Jayson.

"Ops!" Si voltò e fece una smorfia davanti all'espressione dolorante di lui. "Scusami tanto!"

Jay si schiarì la gola e fece un passo indietro per permetterle di alzarsi. "Nessun problema."

Tuttavia, era un problema. Lizzie si era spinta indietro con un po' troppa forza, ma non avrebbe dovuto ferirlo così tanto.

A meno che la sedia non avesse colpito qualcos'altro oltre alle gambe...

Classico modo di finire una bella serata: Lizzie e la sua imbranataggine.

La ragazza arrossì talmente violentemente che persino i seni si infiammarono, facendole desiderare che il teletrasporto fosse reale, così da poter tornare a casa in un battibaleno e nascondersi sotto il letto.

"Mi dispiace," gli disse di nuovo sentendosi in colpa.

Lui la guardò negli occhi. "Penso di riuscire a sopravvivere, Rossa."

Lizzie non riuscì nemmeno a lamentarsi di quel soprannome orribile. Anche se a dire la verità, detto da lui sembrava più un nomignolo carino, o forse era solo l'immaginazione della ragazza.

Jayson le raccolse la borsa e gliela mise a spalla. "Mi hai solo colto di sorpresa, colpa mia visto che ero al telefono." Le dita di lui le danzarono su un polso, poi Jay la prese per mano. "Andiamo?"

Tutto molto naturale.

Come se tenerla per mano fosse il gesto più normale e platonico del mondo.

La portò fuori e poi verso la stazione del treno più vicina.

La temperatura era scesa parecchio e a Lizzie vennero i brividi su tutte le braccia e le gambe scoperte. Le maniche corte del vestito erano state adatte all'interno del ristorante e nelle prime ore della serata, ma avevano decisamente fatto più tardi del previsto.

"Maglione o braccio?"

Lizzie guardò quell'uomo strano con curiosità. "Come hai detto?" *Ecco di nuovo quella frase.*

"Dovrei scegliere io?"

Ehm… "Va bene."

"Eccellente." Jayson mollò la presa sulla mano della ragazza e gliela mise attorno a una spalla, tirandola a sé.

Oh, beh, che bella sensazione.

Il corpo di lui era forte e caldo contro quello di Lizzie. E chi l'avrebbe mai detto che il cedro avesse un odore tanto buono?

"Meglio?" le chiese mentre con la mano le carezzava il braccio.

La bocca di Lizzie si era dimenticata come si facesse a parlare, quindi la rossa si limitò ad annuire.

Agli amici era permesso tenersi al caldo, no?

Sì.

Bene.

Non si trattava per nulla di un appuntamento romantico. Quello era solo un gesto amichevole che impediva a Lizzie di morire congelata. Stas avrebbe fatto (e l'aveva fatta) la stessa mossa in numerose occasioni, dato che Lizzie aveva l'abitudine di indossare vestitini anche in inverno.

Anche Tom l'avrebbe fatto, le ricordò prontamente il proprio cuore.

Respinse quel pensiero e lo chiuse in un armadio a calci. Non c'era motivo che il passato le rovinasse una tanto piacevole serata con un nuovo amico.

Il tocco di Jayson la lasciò troppo presto quando entrambi presero posto sui sedili del treno. Chiacchierarono del più e del meno per un po', poi Jayson chiese a Lizzie come mai avesse scelto di diventare un'insegnante. La solita risposta di lei sul fatto che le piacevano i bambini le rimase bloccata in gola, non perché fosse agitata ma perché avrebbe voluto dirgli di più.

Dirgli la verità.

"I bambini sono così impressionabili, a quell'età," mormorò. "Penso che avere un'influenza positiva sia molto importante, voglio poterlo essere per qualcuno, visto che nessuno lo è stato per me."

Jayson allungò il braccio sul retro dei loro sedili e si voltò leggermente a guardarla. Le loro ginocchia si toccarono ma lui non sembrava turbato. "Hai avuto dei cattivi insegnanti?"

Il suo tono era quasi incredulo. Jay aveva dedotto che i genitori ricchi di lei le avessero fornito la migliore istruzione possibile, ed era stato così, ma non era a quello che Lizzie si riferiva.

"Ho frequentato una scuola privata e i miei insegnanti sono sempre stati esemplari, ma quando ci sono di mezzo i soldi la gente tende a chiudere un occhio." E così era stato, moltissime volte. "Come quando un'alunna non si presenta a lezione per partecipare a un concorso di bellezza, oppure passa più ore a scuola di danza invece che sui libri, penseresti che un insegnante possa intervenire, giusto?"

"Non l'hanno fatto?"

"No." La parola schioccò nella bocca di lei, ma Jayson non rise.

"Deduco che l'alunna in questione fossi tu?"

Lizzie annuì. "La danza classica e i concorsi di bellezza sono stati una costante fino a che non sono andata al college."

Anche allora la madre aveva provato a farla partecipare ai concorsi per adulti. Tuttavia, Lizzie aveva compiuto diciotto anni e poteva finalmente rifiutarsi legalmente. Non smise mai di ballare, non del tutto. Ogni tanto prendeva lezioni così per divertimento, ma ultimamente aveva sempre meno tempo.

Lo sguardo color cioccolato di lui la passò in rassegna e sorrise. "Scommetto che tu ne abbia vinti molti."

Lizzie non ricambiò il sorriso. "Ogni tanto." Quando non era così, la madre non faceva che tormentarla. La ragazza si fissò le mani e sospirò. "Sono diventata un'insegnante per aiutare i bambini come me, per dare sostegno a chi soffre di abusi fisici o emotivi." Perché di abusi si trattava, anche se la madre non lo avrebbe mai ammesso.

Jayson le mise due dita sotto il mento e lo sollevò per guardarla dritto negli occhi. "Penso che sia molto ammirevole, Elizabeth, e mi dispiace."

Lizzie sbatté le palpebre. "Per cosa?"

"Per aver scherzato su un qualcosa che chiaramente ti ferisce nel profondo, e che tu abbia dovuto sopportare tutto ciò. L'infanzia è fatta per giocare e divertirsi, anche se so per esperienza che non è sempre così." Le passò le dita sulla mandibola prima di tornare a cingerla con un braccio e a rilassarsi. "I miei genitori, o meglio, mio padre aveva delle aspettative su di me. Inutile dire che non le abbia raggiunte."

"Ma te la stai cavando alla grande," gli rispose Lizzie. Se poteva permettersi un appartamento nel loro condominio, non doveva passarsela male. A meno che non glielo avesse comprato il padre, come aveva fatto il suo con lei, ma Lizzie ne dubitava fortemente.

"Oh, sto decisamente bene senza di lui, forse anche *nonostante* lui." Jayson ridacchiò e scosse la testa. "Ehm, credo che questa sia la nostra fermata, giusto?"

Lizzie sorrise. "Stai ancora cercando di ambientarti?"

"Questa città è enorme."

"Già, e non mi hai ancora detto da dov'è che vieni originariamente."

Jayson si alzò in piedi e le tese una mano, facendola alzare. "Pensò che per il momento lo terrò segreto, Rossa." Mosse le sopracciglia. "Devo pur darti un motivo per voler uscire di nuovo con me."

"Ah sì? Vuoi dire che avrò scelta?" lo prese in giro mentre salivano le scale della stazione. Lizzie avrebbe dovuto ricordarsi di prendere un cardigan.

"Anche stasera avevi scelta," le ricordò lui.

"Ho accettato solo perché così non saresti più piombato nel mio appartamento."

Jayson fece scivolare il braccio dalle spalle alla vita e la tirò a sé. Lizzie gli mise una mano sull'addome per evitare di cadere. La risata di lui le fece tremare il braccio che gli aveva avvolto in vita, per tenersi in piedi. "Vedo il ringraziamento che ottengo per averti fatto mangiare la pizza, due volte."

Lizzie provò a concentrarsi sulle parole di Jay e non sui muscoli d'acciaio che percepiva sotto i polpastrelli. Vederli era un conto, ma sentirli con le proprie mani era tutta un'altra cosa.

Jay continuò a camminare e lei gli zoppicò al fianco mentre cercava di schiarirsi la mente.

"Grazie?" Lizzie pensò che fosse ciò che Jayson avrebbe voluto sentirsi dire. Forse. Non ne aveva idea. Stare così vicino a un esemplare di essere umano maschile tanto bello le mandava in cortocircuito i pensieri. Era un miracolo che non fosse caduta per via dei tacchi.

Almeno non aveva più freddo.

"Suonava quasi sincero, Rossa."

"Grazie?"

Jayson scoppiò a ridere e la condusse al loro palazzo mentre lei si concentrò sul ricordarsi come si faceva a camminare.

Che diavolo mi prende?

Stas aveva sempre definito Lizzie una pazza per colpa della sua ossessione per i ragazzi e il matrimonio, ma molti dei discorsi che la rossa faceva erano perlopiù scherzosi. Lizzie voleva che la sua migliore amica fosse felice, ma non aveva mai davvero pensato alla propria, dal momento che aveva sempre voluto stare con Tom. O almeno, quello era ciò che credeva.

Jayson, tuttavia, le aveva fatto mettere in discussione tutto quanto: si sentiva decisamente diversa quando era con lui. Non ubriaca d'amore, ma felice e protetta. Al caldo.

Quando attraversarono l'atrio del palazzo, Lizzie salutò a malapena il portiere notturno.

Si diresse verso le scale con Jayson subito dietro di lei. Quando si fermò al proprio piano, lui le fece un cenno con la mano e lei rise.

"Oh, questa è la parte in cui mi chiedi di mangiare il dolce?"

Jayson sorrise. "No, questa è la parte in cui mi assicuro che tu sia al sicuro prima di andare di sopra."

"Beh, meglio così, perché non sforno niente da giorni."

"Ti piace cucinare dolci?"

Lizzie si voltò appoggiandosi alla porta e lo fissò. "Non ho intenzione di confermare né negare i miei hobby finché non mi dici da dove vieni."

"Capisco il tuo gioco." Jayson appoggiò un braccio sopra la testa di lei, intrappolandola tra il proprio corpo e la porta. "Se mi prepari dei biscotti, ti dirò di più sui posti dove ho vissuto."

"Perché proprio dei biscotti?"

"Perché Dennis mi ha detto che sono favolosi."

Accidenti. Il portiere stava spifferando tutti i suoi segreti, ma Lizzie non poté fare a meno di ridere. "Lui adora la cioccolata."

"Anche io," mormorò Jayson sostenendo lo sguardo di lei. "Ma d'altra parte sono tante le cose che mi piacciono."

Lizzie deglutì, incerta su come rispondere. Il doppio senso nel tono di lui l'aveva lasciata senza fiato. La maggior parte degli uomini che le stavano tanto vicino la mettevano solo a disagio, inclusi quelli che aveva baciato, ma c'era qualcosa di diverso in Jayson. Con lui era davvero felice, un'emozione che era stata capace di provare con poche persone.

"Mi sono divertito stasera, Rossa."

"Anche io." Avrebbe potuto giurare che il battito del cuore fosse più forte della voce. Le risuonava come una batteria nelle orecchie.

Boom, boom, boom.

E pensare che Lizzie aveva definito odiosa la musica di Jayson. Non riusciva nemmeno a pensare, sopra tutto quel rumore.

"Ti scriverò non appena tornerò dal mio viaggio di lavoro, la prossima settimana, così ci organizziamo per il concerto. O forse per un film."

Lizzie annuì come se avesse inserito il pilota automatico, non sapeva esattamente a cosa stesse acconsentendo, ma era comunque d'accordo.

La risatina di Jayson le solleticò le labbra e le fece venire i brividi in tutto il corpo.

"Gli amici si possono dare il bacio della buonanotte, vero?" chiese lui mentre le sfiorava le labbra con le proprie.

Lizzie annuì di nuovo, perché non avrebbe mai potuto contraddire quella logica.

La mano opposta di Jayson si alzò per accarezzarle una guancia mentre premette le labbra su quelle di lei in un bacio casto ma deciso. Si allontanò fin troppo presto, lasciandola desiderosa di avere di più, lo sguardo infuocato di lui le suggerì che il sentimento era reciproco.

"Buonanotte, Lizzie," mormorò lui. "Non dimenticarti di chiudere bene."

Giusto.

La porta.

In qualche modo Lizzie riuscì ad aprirla e borbottare un misero "Buonanotte."

Quel bacio la fece tremare molto di più, una volta che Jayson se n'era andato.

Lizzie si sedette sul divano e prese a fissare il nulla provando, al contrario, una miriade di emozioni.

Era come se Jayson le si fosse impresso nell'anima, il che sembrava ridicolo anche alla stessa Lizzie. La presenza di lui le si sciolse nel sangue e la lasciò ridotta a una poltiglia tremante, piena di desiderio.

E tutto ciò per un singolo bacio!

Nemmeno la risata di Tom le faceva contorcere lo stomaco in quel modo, per non parlare delle esperienze avute in precedenza.

Gli amici si possono dare il bacio della buonanotte, vero?

Non così!

Sono in un mare di guai.

5   UN GIOCO DI BICCHIERI

GIORNO OTTO SENZA CIBO UMANO E I PARAMETRI VITALI
DEL SOGGETTO SONO ANCORA NELLA NORMA. LA FASE
SUCCESSIVA INCLUDERÀ L'ASSIMILAZIONE DI SANGUE.

-REGISTRO 105.02.4-7

A Lizzie si accapponò la pelle nel momento in cui
entrò nell'ascensore dell'ultimo dei posti in cui
avrebbe voluto essere. Avrebbe di gran lunga preferito stare
in appartamento, silenzioso nelle domeniche mattina, ma
sua madre l'avrebbe uccisa se avesse saltato il brunch.

La mano di Stas trovò la sua e la strinse. "Andrà tutto
bene, Liz."

"L'ultima volta non è andato tutto bene," mormorò
Lizzie. Quando era in missione Tom aveva saltato molti
brunch familiari, ma quello lo avrebbe saltato per un
motivo molto diverso. Uno di cui il padre di lui e i genitori
di lei si erano rifiutati di parlare, l'ultima volta, perché
andava contro le regole del galateo della madre di Lizzie.

"Beh, stavolta sarà diverso," le promise Stas. "Non mi farò andare giù le stronzate della strega cattiva."

Lizzie arricciò le labbra. La sua migliore amica aveva rinominato in quel modo sua madre dopo la prima volta che l'aveva vista. "Come hai fatto a convincere Issac a venire?" Stavano insieme da qualche mese, ma non avevano mai presenziato a un brunch insieme.

"Il dottor Fitzgerald gli ha chiesto di venire."

"Ah, sì?"

"Già, quindi avrai almeno due di noi dalla tua parte Liz, nemmeno Issac tollererà le cazzate di Lillian."

L'ascensore le informò del loro arrivo ancora prima che Lizzie potesse rispondere. Issac Wakefield era in piedi fuori dalla porta e le aspettava nella lobby con indosso uno dei soliti completi fatti su misura. Nero su nero, si intonava bene ai capelli castani scuri e gli occhi straordinariamente azzurri. Quando le vide non sorrise, ma lo sguardo gli si illuminò con soddisfazione non appena mise gli occhi sul vestito e i tacchi blu scuro di Stas.

"Aya," mormorò mentre le tirò una ciocca di capelli biondi. "Mi sei mancata stamattina." Stas gli diede un bacio sulla guancia e gli sussurrò qualcosa nell'orecchio che lo fece sorridere.

Non erano una di quelle coppie appiccicose, ma si vedeva che si amavano. Il loro amore non era di quelli facili e senza complicazioni, ma di quelli in grado di distruggere l'anima e strapparti il cuore. Era quasi difficile starli a guardare. Un legame del genere non esisteva tra le persone normali, e di sicuro non poteva somigliare a quello della coppia più anziana che guardava il loro scambio dal bancone della reception.

La felicità di Lizzie andò scemando non appena intravide il profilo truccato della madre. La donna avrebbe dovuto sciogliere un po' di quei riccioli castani e magari smettere di usare del tutto l'eyeliner. Sembrava che le avesse rovinato la faccia in modo permanente, o forse la colpa era delle rughe.

Appariva piuttosto minuta accanto al padre di Lizzie, che sembrava uno di buona forchetta. Non era sovrappeso, aveva solo un po' di pancetta, specialmente se messo a confronto con il biondo accanto a lui.

A Lizzie fece male il petto. Assomigliava in tutto e per tutto al figlio, il fatto che non sembrasse avere più di quarant'anni quando avrebbe dovuto averne più di cinquanta sicuramente non aiutava.

"Ciao, Elizabeth," la salutò Issac. L'accento dell'uomo diede al nome della ragazza un sex appeal che non sentiva spesso. "Come stai, cara?"

Lei si sforzò a sorridere. "Sto bene, tu?"

"Non vedo l'ora che finisca questa farsa," ammise sottovoce. "Andiamo?"

L'onestà dell'uomo era una ventata d'aria fresca e proprio ciò di cui Lizzie aveva bisogno. Annuì.

Stas attorcigliò un braccio intorno a quello di Lizzie e assunse il ruolo di guardia del corpo mentre si avvicinavano al capannello in attesa. Seguirono i saluti formali, nonostante si conoscessero tutti molto bene, poi vennero accompagnati al solito tavolo accanto alle finestre.

Che il conto alla rovescia alle due abbia inizio.

Il cuore di Jayson doleva per Lizzie. La vedeva triste e a disagio mentre la madre le sussurrava qualcosa all'orecchio.

Veleno in forma di verbo.

Stas si sedette alla destra di Lizzie, irritando ancora di più Jayson. La donna avrebbe dovuto essere a Hydria, non a un brunch nel bel mezzo di Manhattan. A quanto pareva era arrivata a un compromesso con Issac e Luc aveva acconsentito, anche se a malincuore.

Stas sembrava l'unica in grado di non far piangere Lizzie e anche l'unica a essere arrabbiata tanto quanto Jayson. Teneva gli occhi strizzati e una mano di Issac era sparita sotto al tavolo una decina di minuti prima, nel tentativo di calmare Stas o, ancora più probabile, di impedirle di lanciarsi al di là di Lizzie e uccidere sua madre, Lillian.

Gli altri due uomini seduti al tavolo parevano ignari della situazione, o magari non erano interessati.

Stronzi.

Jayson avrebbe voluto far ammirare la vista dalla finestra a Lillian spingendola giù nell'oblio, attraverso il vetro. Purtroppo aveva da fare in cucina.

L'abilità di Issac di manipolare la visione funzionava molto bene in situazioni come quella. Avrebbe potuto accedere ai recettori visivi di tutti e alterare la realtà, e poteva farlo facilmente per centinaia di persone in contemporanea. L'Ichoriano aveva paragonato il proprio dono a una serie di televisori, dicendo che lui si limitava a sintonizzarli sul canale che voleva far vedere alla gente.

Secoli e secoli di esperienza non avevano fatto altro che perfezionare l'arte.

In quel momento permetteva a Jayson di muoversi liberamente nella sala da pranzo senza che nessuno se ne accorgesse, compresa Lizzie.

L'unica immune alla manipolazione era Stas. Era stata marcata con una sorta di runa che annientava le abilità degli Ichoriani. Chiunque l'avesse messa lì e perché rimaneva un mistero, ma era servita ai due piccioncini per incontrarsi.

Jayson si infilò in cucina e seguì la cameriera bionda

che aveva appena preso le ordinazioni dei drink dal tavolo di Lizzie. Era arrivato al ristorante mezz'ora prima con Issac, in modo da poter perquisire il posto, ma non avevano trovato nulla di utile. Avevano optato per il piano B, che includeva la supervisione del brunch da parte di Jayson, che avrebbe dovuto prendere nota di qualsiasi dettaglio fuori dall'ordinario.

Fino a quel momento, nulla di strano.

Ma i giochi erano appena iniziati.

La cameriera minuta aveva inserito gli ordini nel sistema, inclusa l'insalata verde di Lizzie, senza condimenti e con solo un petto di pollo rinsecchito.

Sembra orribile.

Cos'era successo alla sua rossa amante della pizza al salame piccante, almeno tanto quanto lui?

Stas aveva ordinato due piatti di pasta con del pane all'aglio extra.

Bene.

Issac aveva scelto quella giusta.

Non che avrebbero avuto un futuro insieme, ma non era materia di competenza di Jayson.

Seguì la cameriera alla postazione delle bibite, dove la donna versò cinque drink. Lui tirò fuori un telefono e digitò una sola parola:

Pronti.

La risposta fu immediata: *Qui.*

Lasciò le bevande incustodite e si diresse verso l'entrata sul retro con un bicchiere vuoto in mano, aveva gli occhi puntati sull'ascensore di servizio. Jayson sperò che Issac stesse assistendo alla scena, altrimenti la sua copertura sarebbe saltata non appena le porte si fossero aperte.

Jay si appoggiò al muro e liberò le mani, in caso ci fosse stato bisogno di combattere. L'affinità con il metallo avrebbe aiutato, così come i coltelli infilati nella giacca del completo.

Un dolce *bing* risuonò nell'aria poco prima che le porte di metallo si aprirono a rivelare un uomo biondo dalle spalle larghe e l'espressione annoiata.

Sentinella Stark, lo riconobbe Jayson. Era l'addestratore primario di Stas, al FAC. Gli occhi verdi dell'uomo luccicarono in direzione di Jay, ma la mancanza di una reazione gli confermò che Issac li stava guardando.

Stark si fece avanti con un bicchiere d'acqua in mano.

"Ciao, Stark," lo salutò la cameriera.

"Bridget," le rispose mentre si scambiavano i due bicchieri. "La tua assistenza è molto apprezzata, come sempre."

Lei sorrise. "Non è un lavoro difficile."

Stark non ricambiò il sorriso e indietreggiò di nuovo nell'ascensore ancora aperto. "Ci vediamo tra quattro settimane."

Jayson avrebbe voluto prendersi a pugni per non aver collegato i due avvenimenti. Stas aveva menzionato i brunch, ma nessuno gli aveva dato peso.

Stava ancora scuotendo la testa quando la bionda si girò, si mise a urlare e fece cadere il bicchiere, che andò in mille pezzi davanti a loro.

Issac doveva aver deciso che quello fosse un buon momento per interrompere la magia.

Stronzo, pensò Jayson. Il mancato avvertimento aveva fatto sì che la loro prova migliore esplodesse sul pavimento. Jayson avrebbe dovuto vedersela con una donna in preda a un attacco isterico, non c'era verso che potesse fingere di star passeggiando nell'area riservata ai dipendenti.

Gli venne un'idea.

L'afferrò e le mise una mano davanti alla bocca, poi si nascosero entrambi dietro un angolo appena un secondo prima che altri due dipendenti arrivassero sul luogo dell'incidente.

"Ma che diavolo…?" Un uomo tarchiato con indosso un cappello da chef fissò i vetri rotti e si guardò intorno infastidito. "Sul serio, che accidenti è successo?"

La ragazza castana accanto a lui si grattò il naso lungo e guardò verso Jayson. Non reagì e lui si rilassò.

Grazie, Issac, pensò. Non che l'Ichoriano potesse sentirlo.

"Prendi una scopa," le disse lo chef. "Pulisci."

Non aspettò che la ragazza rispondesse e se ne andò.

"Stronzo," mormorò la morettina. Prese uno straccio e uno scopettone e con tutta la calma del mondo cominciò a raccogliere i pezzi di vetro.

Nel frattempo la cameriera tra le braccia di Jayson continuava a dimenarsi , tuttavia Jay non era affatto un novellino quando si trattava di una donna. Con un braccio le teneva ferma la vita, intrappolandole le braccia sui lati, con l'altra le copriva la bocca. Le gambe si agitavano inutilmente mentre lui la teneva salda sul pavimento. Lei riuscì a sferrargli un paio di calci con il tallone, ma il dolore era un vecchio amico dell'Hydraiano.

Quando la pseudo bidella aveva finito di pulire, la bionda era esausta. Jay aspettò un minuto intero prima di uscire dal nascondiglio trascinando con lui la prigioniera fino alla porta, che chiuse a chiave silenziosamente.

"Ora," fece girare la ragazza in modo che lo guardasse in faccia e ne apprezzò l'espressione terrorizzata. "Non ti farò del male, ma ho bisogno che tu mi faccia un favore."

La cameriera alzò le sopracciglia, intanto che un paio di lacrime le rigavano le guance.

"Va bene, mettiamo le cose in chiaro," continuò lui. "Urlare non farà che farti di nuovo mia prigioniera, e da come hai capito, spero, i tuoi colleghi non ci vedranno.

Quindi ti suggerisco di startene buona e ascoltarmi. Più tardi potrai urlare quanto ti pare e piace, va bene?"

L'aveva immobilizzata contro la porta con un braccio intorno all'addome e una mano sulla bocca. Non sembrava che volesse ribellarsi: Jay lo prese come un segno positivo.

L'orrore che le si celava dietro gli occhi azzurri, tuttavia, sarebbe rimasto lì ancora per un po'.

Gli umani non la prendevano mai bene quando venivano a sapere dell'esistenza del soprannaturale. La mente le avrebbe fornito una serie di scuse riguardo ciò che era successo, e nessuna sarebbe stata ovvia. La sua reazione, però, aveva risposto almeno a una delle domande più scottanti.

Non aveva idea che Ichoriani e Hydraiani esistessero.

Il che significava che non sapeva nulla circa la vera natura del FAC.

Jay le tolse lentamente la mano dalla bocca e aspettò che lei reagisse. Quando non si mise a urlare, abbassò la mano e allentò la presa su di lei.

"Grazie," le disse lui a voce bassa, sincero. Era ovviamente terrorizzata, ma anche sveglia: Jay lo rispettava. "Ora, riguardo al mio favore. Devi chiamare l'uomo dell'ascensore e dirgli che ti serve un altro di quei bicchieri che ti porta di solito."

La ragazza inarcò le sopracciglia. "Tu… cosa?"

"Hai idea di cosa ci sia dentro il bicchiere?"

Lei scosse la testa.

"Ma lo dai alla ragazza con i capelli rossi, vero? Ogni quattro settimane?"

La cameriera riprese un po' di colore nelle guance e annuì.

"Immagino che ti paghino," continuò Jay.

Annuì di nuovo.

"Bene, ho bisogno che tu gli scriva o gli dica che hai

fatto cadere il bicchiere per sbaglio, voglio che tu lo faccia in vivavoce in modo che io possa sentire."

"Io… Io…"

"Ascolta, non ho molto tempo, e tutto quello di cui ho bisogno è una semplice telefonata, poi me ne andrò." Più tardi avrebbe potuto riferire tutto a chi voleva. Grazie alle abilità di Jay la ragazza non sarebbe stata in grado di descriverlo, le telecamere di sicurezza erano già state alterate grazie all'intervento di Mateo. Era tutto sotto controllo.

La bionda deglutì ma non si mosse.

Jay ritrattò il pensiero sull'intelligenza della ragazza. Lo shock le aveva chiaramente fatto fuori un paio di sinapsi.

"Sblocca il telefono e dammelo." Le mostrò il palmo della mano, in attesa.

Lei obbedì con mano tremante.

Jay controllò i messaggi con Stark e passò in rassegna un paio dei loro scambi precedenti, tutti con la stessa cadenza. Brevi e dritti al punto. Avrebbe potuto cavarsela.

Ho fatto cadere il bicchiere per sbaglio, cosa devo fare?

"Ho il sospetto che chiamerà." E non sarà piacevole. "Ho bisogno che tu parli con lui. Una parola su di me, e non ti piaceranno le conseguenze, chiaro?"

Lei gli fece un breve cenno mentre si faceva nuovamente pallida.

Jayson sapeva come impaurire le persone, quando voleva, ma tutto ciò era davvero ridicolo. Salvo tenerla ferma, non aveva fatto nulla di minaccioso. Era della Sentinella che la ragazza avrebbe dovuto preoccuparsi.

Il telefono prese a squillare dopo pochi secondi, e sullo schermo lampeggiò un nome: Gabriel Stark.

Beh, ci siamo.

La ragazza avrebbe cooperato, oppure no.

Jayson cliccò sul tasto del vivavoce e alzò un sopracciglio in direzione della cameriera.

"P-pronto?" Il nervosismo di lei era più che normale. Stark avrebbe dato per scontato che fosse spaventata dall'aver fatto cadere il bicchiere e dalla sua potenziale reazione.

"Hai fatto cadere il bicchiere," ripeté lui privo di emozioni.

"S-sono inciampata."

"Già."

"Mi-mi dispiace tanto."

"Lo credo, eccome," rispose Stark. "È ovvio che questo mese non verrai pagata."

Le si riempirono gli occhi di lacrime. "N-non può po-portarne un altro?"

"No." La risposta piatta fece il giro della stanza e fu seguita da un click di chiusura della chiamata.

Bridget guardò Jayson con un paio di occhioni da cerbiatto. Era chiaro che si aspettasse il peggio da lui, e non poteva biasimarla.

"Eccellente. Vedi, non è stato poi così difficile, vero?" Si allontanò da lei e fece cenno con una mano alla porta. "Sei libera di andare."

"T-tutto qui?"

"Te l'ho detto, volevo solo un favore."

Bridget aggrottò la fronte. "Dici sul serio?"

"Cerco di mantenere la parola, quando posso," le rispose premendo il pulsante dell'ascensore di servizio. "Oh, un piccolo consiglio, trovati un altro lavoro e cambia numero di telefono."

"Cosa? Perché?"

"Stark... Non è uno a posto. Quando si stancherà di te verrai rimpiazzata, e non intendo dire che verrai licenziata." Entrò nell'ascensore non appena si aprì.

"Buon pomeriggio." La salutò prima di premere nuovamente un pulsante che l'avrebbe portato al piano terra.

Prese in mano il telefono e qualche secondo dopo lo portò all'orecchio.

Jacque rispose al primo squillo. "Yo."

Jayson adorava la tecnologia militare, il suo amore si estendeva anche alle comunicazioni.

Ecco perché aveva un segnale perfetto anche dentro quella scatoletta di metallo.

"Ho bisogno di teletrasportarmi," gli disse.

"Dalle coordinate che mi hai mandato?"

"Sì." Jayson si era aspettato che qualcosa sarebbe andato storto, e avere un piano B non aveva mai fatto male a nessuno.

"Ricevuto." Il telefono si zittì.

Jayson inviò un messaggio a Issac mentre aspettava che l'ascensore arrivasse a destinazione.

Vado a Hydria per un resoconto.

Ci vediamo alle 16.30, la risposta arrivò non appena si aprirono le porte.

Jacque era nella lobby dell'edificio, appoggiato a una colonna con le mani nelle tasche dei jeans. La sua maglietta con il logo di una band rock e i capelli lunghi e svolazzanti fecero sorridere Jayson. *Casa.*

Lizzie guardò l'orologio per la millesima volta.

Il brunch sarebbe dovuto finire mezz'ora prima, ma la cameriera era sparita, quindi avevano appena finito di mangiare.

Lizzie consegnò il piatto di insalata mezza mangiucchiata al cameriere di riserva e si mise le mani in grembo. Sua madre aveva già fatto tre commenti sulla scelta di indossare qualcosa di nero.

Quel colore non ti dona per niente.

Perché ti sei vestita di nero, visti i tuoi capelli rossi e la vicinanza con Halloween?

Dico sul serio Elizabeth, sembra che tu sia in lutto.

Lizzie non avrebbe voluto fare altro che infilare una forchetta nella gola della madre.

Tuttavia rimase composta e tranquilla, iperconcentrata sulla disposizione dei fiori al centro del tavolo.

Stas le strinse una coscia, attirandole l'attenzione. "Che ne pensi di venerdì sera, Lizzie?"

Ehm... "Questo venerdì?"

Stas annuì. "È abbastanza in là da riuscire a organizzare una cena?"

Lizzie alzò le sopracciglia. Si era chiaramente persa una conversazione importante.

"Dipende da cosa si vuole mangiare." *E per chi lo devo preparare?*

"Mi è sempre piaciuta la tua cucina," commentò il dottor Fitzgerald.

"Anche a me," mormorò Issac. "C'è qualcosa che Gabriel non mangia?"

Chi diavolo è Gabriel?

Il dottor Fitzgerald alzò le spalle. "Sono certo che qualsiasi cosa decida, Lizzie lo soddisferà."

"Sentinella Stark," sussurrò Stas mentre Issac e il dottor Fitzgerald discutevano sull'orario. "Vogliono venire a cena da noi, venerdì."

"Perché?" sussurrò Lizzie di rimando.

Stas alzò le spalle. "Non lo so. Il dottor Fitzgerald ha ricevuto una chiamata e subito dopo ha menzionato la cena, dicendo che Stark vuole incontrarti."

"Perché?" ripeté Lizzie.

"Probabilmente perché gli ho parlato molto di te, oppure vuole venire da noi per suonarmele ancora un po'," borbottò Stas.

"È abbastanza scortese mormorare al tavolo in presenza di compagnia," commentò a voce alta la madre di Lizzie.

"Davvero? Perché sembri sempre molto contenta di sussurrare cattiverie nell'orecchio di Lizzie," l'attaccò Stas.

Oh, no.

La signora guardò Stas, ma prima che potesse dire qualcosa intervenne Issac.

"Vanno bene per te le sette, Elizabeth? O ti servirà più tempo per servire cinque persone?"

Quindi i miei genitori non ci saranno, bene. Non che avesse voluto qualsiasi compagnia, ma avrebbe potuto tollerare una serata con Stas e i colleghi.

"Le sette vanno bene," rispose.

Lizzie adorava cucinare, ma ultimamente non aveva voluto nemmeno avvicinarsi ai fornelli, nemmeno per preparare dei biscotti, che era il motivo principale per cui non aveva ancora consegnato quelle delizie al cioccolato a Jayson.

Quello, e anche perché lui non si era disturbato a mandarle nemmeno un messaggio dal loro non appuntamento, avvenuto cinque giorni prima. Al momento era in viaggio, quindi chissà se lo avrebbe rivisto.

Siamo solo amici, si ripeté per l'ennesima volta.

Lui non le doveva niente, a lei piaceva a malapena.

Il fatto che lo avesse sognato ogni notte di quella settimana non voleva dire nulla.

Si sentiva solamente sola.

Neanche quel bacio aveva significato granché. Le labbra le avevano formicolato per tutta l'ora successiva, ma era perché non baciava nessuno da più di un anno, era ovvio che avessero reagito in quel modo.

"Lizzie," mormorò Stas. "Va tutto bene?"

"Sto bene." La frase le uscì facilmente di bocca, proprio come accadeva ogni volta che qualcuno le faceva quella domanda.

Perché era la risposta che tutti si aspettavano.

L'uomo di cui sono stata innamorata per la maggior parte della mia vita è morto, ma sto bene.

Mia madre si diverte a distruggermi l'autostima, ma sto bene.

Avete appena invitato l'uomo che somiglia al defunto amore della mia vita a cena a casa mia, venerdì sera, ma sto bene.

La mia migliore amica ha deciso di lavorare per la stessa organizzazione che mi ha rovinato l'infanzia e ha ucciso Tom, ma sto bene.

Il nostro nuovo vicino mi ha baciata e non mi ha più chiamata, ma sto bene.

Bene.

Una bugia.

Lizzie non stava decisamente bene.

Era così da molto, molto tempo.

"Sto bene," ripeté per sicurezza.

Se l'avesse detto abbastanza, magari ci avrebbe creduto.

Prima o poi.

6 QUANDO UN FANTASMA SI AUTOINVITA PER UN CAFFÈ

Un collega del benefattore, il quale ha supervisionato l'esperimento odierno, ha suggerito di ampliare la formazione sociale del soggetto. Stiamo prendendo in esame il consiglio.

-Registro 109.04.4-7

Jay ne sentiva la mancanza.

Non avrebbe dovuto.

Tutto ciò era ridicolo.

Ma gli mancava.

Si rigirò il telefono nelle mani un paio di volte, pensieroso sul da farsi. Che male c'era a passare per un saluto, una visita?

Erano vicini, dopotutto.

Amici, persino.

L'ho baciata.

Poteva a malapena definirlo un bacio. B l'avrebbe mandato in terapia per aver anche solo pensato che fosse qualcosa al di là di un gesto platonico.

Jayson non baciava le donne in modo casto, le divorava.

Quindi quella mossa contava appena, non aveva infranto alcuna regola e il sigillo dell'amore proibito era ancora intatto.

Era passata una settimana dall'ultima volta che aveva parlato con Lizzie. La proteggeva ogni giorno senza che lei lo sapesse, o avesse idea che fosse stato al ristorante, due giorni prima.

L'espressione sconsolata della ragazza, quella mattina, lo aveva ucciso. Jay era solito scappare al primo accenno di emozione da parte di uomini e donne, ma il dolore provato da Lizzie lo aveva attirato in un modo incomprensibile.

"Merda," mormorò alzandosi in piedi.

Aveva bisogno di una corsa.

O di una scopata.

Magari di entrambe.

Lo stato di celibe gli dava alla testa, non era mai stato a lungo senza fare sesso. Jayson amava tutte le varietà, i tipi, le posizioni e le fantasie. Aveva persino condiviso le donne con altri uomini e viceversa.

Tremila anni erano troppo lunghi per non variare un po', una volta ogni tanto.

Un rumore di colpi alla porta lo fece sobbalzare, si alzò dal divano speranzoso di trovare una certa Rossa, venuta a trovarlo per un saluto.

Ad aspettarlo, appoggiato allo stipite della porta con espressione annoiata, trovò Ezekiel. Non gli chiese di entrare, si limitò a starsene lì in piedi, con le gambe incrociate alle caviglie in modo rilassato e un paio di occhi neri brillanti.

"Ti va un drink?" gli chiese, cogliendo di sorpresa Jayson.

"È una sorta di codice?"

Ezekiel gli mostrò una fila di denti perfetti in quello che avrebbe considerato un sorriso. "No, non stasera."

"Lascia che mi cambi." Jayson lasciò la porta aperta e si ritirò in camera per mettersi un paio di jeans, un maglione e prendere qualche coltello. Al suo ritorno Ezekiel era nello stesso punto dove l'aveva lasciato. "Se proverai a uccidermi, sappi che fallirai."

L'Ichoriano scrollò le spalle come a dire: *Forse*.

Jayson chiuse a chiave l'appartamento e seguì l'assassino dalla giacca di pelle giù per il corridoio e poi per le scale. Il fatto che gli desse le spalle era segno di fiducia, un modo per restituirgli il favore che Jay gli aveva fatto accettando quell'invito a un'uscita improvvisata, invece di sbattergli la porta in faccia.

"Come sta andando il corteggiamento della rossa sexy?" gli chiese tranquillamente Ezekiel mentre camminavano.

"Non la sto corteggiando."

"Oh, sono d'accordo sul fatto che non stia andando come avevi previsto," gli rispose l'Ichoriano annuendo. "È un peccato, visto che l'appuntamento in quella pizzeria di Brooklyn era andato piuttosto bene. Forse dovresti provare a chiamarla più spesso? Ho sentito dire che alle donne piace."

Jayson resistette l'impulso di conficcare una lama nella gola dell'uomo e si concentrò per mantenere un tono di voce calmo. "Non avevo idea che ti annoiassi così tanto, Zeke." *O che ci avessi seguiti fino a Brooklyn.*

Come avrebbe potuto tenere Lizzie al sicuro, se non si era nemmeno reso conto che un letale assassino li seguiva in ogni loro mossa?

"Ero più... *curioso*." Ezekiel esibì un altro dei suoi terrificanti sorrisi. "A ogni modo, che senso ha? Perché corteggiarla di notte e ignorarla di giorno? Sembra un giochetto da donne."

"Non sto cercando di corteggiarla," ripeté Jayson.

"Proprio così, Jay, perché stai facendo un pessimo lavoro." Ezekiel scosse la testa mentre si fermava davanti a un bar a pochi isolati da casa di Jayson. "Devo farti vedere come si fa?"

Dovrai prima passare sul mio cadavere.

Jayson ingoiò il desiderio di strangolare Zeke e cambiò argomento. "Quando hai detto di volere un drink pensavo ti riferissi a uno di quelli da pub."

"Questo è una specie di pub, però servono solo il caffè."

Il sospetto si fece strada nel petto di Jayson. Magari nel corso dei secoli aveva perso contatti con l'Ichoriano, ma sapeva bene che le abitudini dell'assassino non includevano rilassarsi in qualche locale informale.

"Cosa ci facciamo davvero qui, Zeke?"

"Giochiamo," gli rispose mentre apriva la porta. "Dopo di te."

Non andrà a finire bene.

Il pensiero fu confermato non appena vide Stas e Lizzie sedute su un divano di fronte all'ingresso. Un paio di grandi occhi marroni incontrarono il suo sguardo: prima si allargarono sorpresi, poi si restrinsero.

"Sì, è proprio arrabbiata con te." Ezekiel diede una botta al braccio di Jayson. "Vediamo se riesco a sistemare un po' la faccenda?" L'Ichoriano si diresse verso le ragazze in modo spavaldo.

Merda.

Jay sapeva che Zeke aveva un piano, ma non si era aspettato nulla di tutto ciò. Gli ci volle ogni sorta di controllo per mantenere un'espressione neutra e seguire l'assassino. L'occhiataccia di Lizzie sicuramente non era d'aiuto, e nemmeno lo sguardo preoccupato di Stas non appena staccò gli occhi dalla propria tazza di caffè.

"Jayson?" esordì Lizzie, confusa e ferita. "Pensavo che fossi in viaggio per affari."

"Lo eravamo," le rispose Ezekiel prima che Jayson pronunciasse una sola parola. "Siamo appena tornati e stavamo cercando un posto per prendere qualcosa da bere quando Jayson vi ha viste qui dentro." Fece un cenno verso la gigantesca vetrata che si affacciava sulla Broadway.

Beh, almeno non mi ha chiamato Jedrick.

Lizzie guardò Ezekiel con le sopracciglia leggermente inarcate. "Siete colleghi?"

"Più rivali in affari," le rispose tranquillo l'assassino e allungò una mano. "Sono Kiel, comunque."

Lizzie fece una piccola smorfia, ma le buone maniere prevalsero: "Lizzie."

"Lo so," rispose Ezekiel. "Jayson non smette di parlare di te."

Wow.

Se non avesse già voluto ucciderlo prima, in quel momento ne era sicuro.

"Quando ti ha vista da fuori ha suggerito di entrare e chiedere di unirci a voi, ma ora fa il timido." Zeke schioccò la lingua. "Non è da lui, oserei dire che la tua bellezza lo lascia senza parole, l'hai spaventato?"

Oh, per l'amor del cielo. L'aveva descritto come una mammoletta. Un coltello tra gli occhi neri sarebbe un bel ornamento facciale. Forse ne avrebbe aggiunti altri all'inguine dell'uomo. Ezekiel era noto per le sue decorazioni metallizzate, da lì il piercing alle labbra.

"Quello che Kiel sta cercando di dire è che siamo venuti qui per una tazza di caffè e vi lasceremo in pace tra un minuto." Jayson fece un cenno verso il bancone, ma ovviamente Zeke rimase fermo sul posto.

"Ma mi hai parlato così tanto di lei, voglio saperne di più. Non vi dispiacerebbe se ci unissimo a voi per un po', vero?" Il tono rassicurante di Ezekiel fece accapponare la pelle a Jayson.

Dannazione.

Di' di no, Rossa.

"Ehm..." Lizzie si voltò verso Stas in cerca di approvazione, ma la bionda era concentrata su Ezekiel. "Penso... penso che vada bene?" Sembrava aspettare che Stas prendesse la parola, ma le labbra dell'amica erano sigillate e tutta la sua attenzione era posta sull'Ichoriano in giacca di pelle.

Riusciva a percepire l'aura letale che circondava Ezekiel?

Tutti gli Hydraiani Anziani avrebbero voluto Stas lontana da New York. Era pericoloso, ma lei aveva ignorato il loro volere. Forse ciò l'avrebbe fatta finalmente ravvedere. Non era il metodo preferito di Jayson, ma la paura poteva essere un ottimo mezzo di motivazione.

"Eccellente," mormorò Ezekiel. Si rilassò contro uno dei cuscini del divano, proprio accanto a Lizzie. "Facci fare un giro, ok?"

Jayson incrociò le braccia al petto infastidito. "Questo non è un pub, Kiel."

"Giusto, allora prendo un cappuccino."

Jayson inarcò le sopracciglia. "E dovrei pagare io?"

"Ovvio che sì." Ezekiel si rivolse verso Lizzie e Stas. "Voi signorine desiderate qualcosa?" Guardò la tazza di Stas. "Magari un altro latte macchiato, tesoro?"

Quando lei si fermò a guardarlo, le nocche delle mani le diventarono bianche intorno alla tazza di ceramica, poi improvvisamente sbiancò.

Nessuna risposta.

Lizzie aggrottò la fronte verso l'amica, poi guardò Jayson. "Sono a posto, grazie."

"Ti senti bene?" le chiese Ezekiel, nel suo tono di voce si percepiva una punta di divertimento. "Sembra che tu abbia visto un fantasma."

Stas si schiarì la gola. "No, scusa." Si alzò improvvisamente. "Vado a prendere un po' d'acqua."

"Può portartela Jayson," offrì Ezekiel.

"Va bene così," gli rispose lei annuendo. "Torno subito."

Lizzie guardò Stas di traverso mentre si avvicinava al bancone del bar.

"Dovresti andare con lei, Jay," lo incoraggiò Ezekiel. "Ordina anche per noi."

Jayson strizzò gli occhi. *Se la tocchi ti ammazzo.*

Non è divertente? Sembrò la risposta di Ezekiel. "Vai pure, prometto di comportarmi bene e non mordere mentre non ci sei." Zeke guardò Lizzie con fare cospiratorio. "È così iperprotettivo."

Divertente, pensò Jayson irritato. "Torno subito," disse, solo per Lizzie. Un solo urlo e sarebbe stato al suo fianco.

"Va bene," replicò lei con la fronte increspata. Probabilmente pensava che fosse pazzo. Jayson desiderò, e non per la prima volta, che Lizzie sapesse la verità.

La tenne sotto controllo con la coda dell'occhio muovendosi all'interno del bar e sussultò quando Ezekiel la fece ridere.

Non c'era modo che quella giornata finisse bene.

Delle unghie gli si conficcarono in un bicipite attraverso il maglione, distraendolo dalla propria missione, i suoi occhi incontrarono uno sguardo terrorizzato color smeraldo. Istintivamente portò un braccio intorno alle spalle di Stas e la condusse fuori dalla portata visiva di Lizzie ed Ezekiel.

"Che succede?" le sussurrò Jayson.

Stas si teneva il telefono stretto al petto come se fosse la sua unica armatura.

"Parlami, dolcezza," le disse Jayson a bassa voce. Nessuno aveva notato il loro strano abbraccio, ma sarebbe stata solo una questione di tempo.

"Lui… Quell'uomo…" Stas rabbrividì e premette la fronte sul petto di lui. Se Lizzie li avesse visti, la loro copertura sarebbe saltata.

Jayson non avrebbe dovuto conoscere Stas.

Ezekiel emanava un'aura letale che la ragazza aveva ovviamente captato; in più, dal momento che lei era una Neonata, l'assassino Nizari era ulteriormente una minaccia.

"Lo conosci."

Stas annuì vigorosamente.

"Perché Issac te l'ha descritto? Oppure è una tua sensazione?" le chiese Jayson, curioso. I Neonati erano talmente rari di quei tempi, che le loro abilità innate rimanevano un mistero e Stas era tutt'altro che normotipo.

"No." Quella singola parola gli suonò così spezzata che dovette allontanarla per studiarle il viso.

Lacrime.

Orrore.

E un profondissimo dolore.

"Va bene, ho bisogno che mi parli, Stas." Quella donna aveva affrontato altri Immortali simili e non aveva mai reagito in quel modo. Era sopravvissuta a un Conclave, per la miseria. Un assassino Nizari avrebbe dovuto spaventarla, ma quella reazione andava ben oltre la paura.

La bionda emise un singhiozzo. "Jay…" Strizzò gli occhi e fece un respiro profondo. "Quello…" Un secondo respiro. "Quello è l'Ichoriano che ha ucciso i miei genitori."

"Quindi lavori nell'ambito delle acquisizioni?" gli chiese Lizzie incuriosita. Kiel, con i lunghi capelli neri, il piercing al labbro e la giacca di pelle sembrava molto più una rockstar che un uomo d'affari.

Sorrise. "Sì, è così. Per una specie di società rivale."

"Eppure siete amici?"

"Sì, immagino di sì per certi versi." Incrociò una gamba sull'altra e si rilassò contro il bracciolo del divano. "Si potrebbe dire che la storia tra di noi è molto lunga."

"Siete andati a scuola insieme?" gli chiese lei.

"Ci siamo allenati insieme, sì."

Era un modo strano per dirlo, ma la maggior parte dei manierismi e fraseggi dell'uomo erano diversi, così come il suo accento. "Da dove vieni?"

Kiel rise. "È una domanda complicata, definisci 'vieni'."

"Ehm, dove sei nato?"

"Babilonia," le rispose lui immediatamente.

Lizzie sbatté le palpebre davanti a quel nome fin troppo familiare. "Come l'antica città?"

"Esattamente, e tu?"

"Ok, ma aspetta, stai dicendo che sei nato proprio nella città di Babilonia, quella situata nell'area della… com'è che si chiamava, Mesopotamia?" Lizzie non era laureata in storia, ma quelle informazioni le sembravano corrette. "Oppure intendi un'altra città chiamata Babilonia?"

Kiel le si avvicinò e le pagliuzze negli occhi neri presero a sbrilluccicare. "Tu che dici?"

"Chiaramente ti riferisci a una città che prende il nome dall'antica Babilonia." La pelle pallida dell'uomo suggeriva che avesse radici nordiche, nessuno si sarebbe riferito a quelle zone del Medio Oriente come Babilonia. Avrebbero detto Iraq, o avrebbero accennato a qualsiasi fosse la città più importante in quei giorni.

"Certo." Kiel sorrise. "E tu dove sei nata?"

"A New York."

"Ne sei sicura?" le chiese.

Lei lo fissò. "Sì."

L'uomo annuì. "Capisco, affascinante. E hai passato qui tutta la tua breve vita?"

Un'altra frase piuttosto strana, ma Lizzie lasciò correre. "Sì, a Manhattan."

"Ti viene mai a noia?" le chiese catturandole lo sguardo con occhi ipnotici. Lizzie non lo avrebbe definito un bell'uomo come Jayson, ma era sicuramente sexy, in un modo molto oscuro.

"A volte," ammise lei ricordandosi della domanda. "Ma non saprei dove altro andare a vivere."

"In Grecia, immagino." Un'altra immediata risposta che la lasciò interdetta.

Tra tutti i posti che avrebbe potuto menzionare... "Perché la Grecia?"

Il sorriso da stregatto dell'uomo le ricordava il diavolo in persona. Seducente, eppure malvagio. Qualsiasi cosa avesse in mente di rispondere fu interrotto da Jayson, che posò sonoramente un vassoio pieno di tazze sul tavolino in mezzo ai due divani.

"Cappuccino," disse piatto.

"Fantastico, grazie amico." Kiel se lo portò alle labbra e sorseggiò. Arricciò il naso ma non fece alcun commento.

Lizzie lanciò un'occhiata al bancone, verso Stas, ma non la vide.

"La tua amica sta facendo una telefonata," le spiegò Jayson prendendo il posto vuoto lasciato da Stas, vicino a Lizzie. "Si è presentata e poi mi ha detto di avvisarti... Qualcosa riguardante il lavoro."

Ovviamente. Il FAC aveva in pugno l'anima della sua migliore amica. "Ho capito. Kiel mi stava dicendo che dovrei trasferirmi in Grecia."

"Ah, sì?" mormorò Jayson. "Beh, è un bellissimo posto, il tempo è sempre clemente e le isole sono stupende, ma non capisco perché Kiel ti stia suggerendo ciò. Non credo ci sia stato spesso."

L'amico li guardò da sopra la tazza di caffè. "Oh, ci sono stato più volte di quanto tu creda."

"Immagino." Jayson si allungò al di là di Lizzie per prendere la propria tazza e nel frattempo le sfiorò i seni.

Un'ondata di calore le pervase il collo, a partire dai capezzoli che si stavano inturgidendo.

Merda. Il reggiseno di pizzo sottile e il vestitino violetto non avrebbero nascosto bene quella reazione. *Forse penserà che abbia freddo.*

Oppure non lo noterà nemmeno.

Jayson non mostrò alcuna reazione mentre lasciava in equilibrio la tazza su una coscia. "Com'è stata la tua settimana, Rossa?"

"Ehm, normale." *Noiosa. Lunga. Triste. Solitaria. Quand'è che ha cominciato a fare così caldo, qui dentro?* Lizzie si schiarì la gola e pensò a un argomento di conversazione più sicuro.

"Com'è andato il vostro viaggio di lavoro?"

"C'è stato un piccolo incidente di percorso, ma ora penso che siamo prossimi alla conclusione del progetto."

Kiel si chinò in avanti con interesse. "Di che progetto parli, Jay?"

"Non sono affari tuoi, Kiel."

"Oh, se solo fosse vero," gli rispose stringendo le labbra. Finì il cappuccino e posò la tazza sul tavolo. "Era piuttosto mediocre."

"È stata tua l'idea di prendere qualcosa da bere."

"Sì, sì, è vero." Kiel si alzò e stiracchiò le braccia sopra la testa prima di sospirare. "Penso che andrò a cercarmi una bevuta come si deve da qualche altra parte. Immagino che tu preferisca stare qui…"

"La compagnia è decisamente migliore," gli rispose Jayson. "Quindi, sì."

"Mi ferisci, vecchio mio." Kiel non sembrava affatto ferito, solo divertito. "Per favore, di' alla tua amica che mi dispiace non essermi presentato ufficialmente. Magari la prossima volta cercherò di non sembrare così tanto un fantasma."

Lizzie aggrottò la fronte. "Non ho ben capito cosa sia successo, ma sono sicura che le farebbe piacere conoscerti, prima o poi." La rossa non aveva idea se e quando avrebbe incontrato di nuovo quell'uomo così eccentrico.

"Oh, ne dubito, ma solo il tempo potrà dirlo," le rispose lui criptico. "Jay, come sempre, è stato un piacere. In gamba, ok?"

Jayson appoggiò un braccio sullo schienale del divano dietro la testa di Lizzie e lanciò uno sguardo all'amico che lei non riuscì a decifrare.

"Anche tu, Z," replicò l'Hydraiano.

"Ciao, Jay," mormorò Kiel. "È stato un piacere conoscerti, Lizzie. Ci vediamo presto."

"Ehm, piacere mio." *E quando?*

Lanciò loro un occhiolino e si diresse verso l'uscita senza voltarsi indietro.

"Jay," ripeté Lizzie dopo che l'uomo sparì dietro la porta. "È il tuo soprannome?"

"Sì, la maggior parte delle persone mi chiamano Jay." Con una mano fece muovere il caffè dentro la tazza che teneva sulla coscia, mentre l'altra rimaneva dietro la testa della ragazza. "Tra tutti i miei amici, lui non è quello che avrei scelto di farti conoscere per primo… o per ultimo."

"Perché no?"

Jayson si concentrò sulla propria tazza, come se contenesse tutte le risposte. "Diciamo solo che non è una brava persona."

Lizzie annuì comprensiva. L'aveva capito dal comportamento dell'uomo, anche se era altrettanto carismatico. "È certamente un tipo strano."

"Che eufemismo." Jay prese un sorso di caffè poi poggiò la tazza sul tavolino. "Odio essere d'accordo con Kiel, ma questa brodaglia è terribile."

Lizzie sorrise. "Il caffè in Grecia è migliore?"

"Lo è."

"E tu lo sai perché hai vissuto lì?" Pose quella domanda in modo leggero e innocente, cercando di nascondere quanto volesse effettivamente una risposta.

Jayson non ci cascò.

"Oh, Rossa." Lasciò cadere il braccio sulle spalle della ragazza e si sporse verso di lei, invadendole lo spazio personale. "Mi sembra che prima tu mi debba qualche biscotto."

"Non sapevo quando saresti tornato." Una scusa piuttosto triste, dal momento che non aveva mai avuto intenzione di prepararli, ma lui non lo sapeva.

"Niente scuse, avresti potuto chiamarmi per chiedermelo."

"E tu mi avresti potuto scrivere per dirmi anche solo ciao, ma non l'hai fatto."

La risata di lui era bassa, sexy e fin troppo intima. "Mi stai dicendo che se voglio dei biscotti prima devo mandarti un messaggio?"

Lizzie deglutì, aveva la bocca secca. Quell'uomo aveva in un qualche modo trasformato il cucinare biscotti in un argomento caldo. Un'immagine di lui ricoperto di cioccolato le sfrecciò per la mente. *Sì, per favore.*

Il momento fu interrotto da qualcuno che si schiarì la gola.

Issac era in piedi davanti a loro, con Stas sottobraccio. Entrambi avevano una smorfia di disapprovazione dipinta in volto.

"Ehm, ciao Issac."

"Elizabeth," rispose lui. "Presentami al tuo amico."

La ragazza sussultò alla richiesta imperativa. "Presentatevi."

"Ok." L'Ichoriano fissò Jayson negli occhi. "Issac Wakefield."

"Jayson Masters," replicò l'amico di lei con un sorriso sornione. Non le tolse il braccio dalla spalla ma si spostò leggermente per lasciarle più spazio. "Sembri teso, forse hai bisogno di sederti."

"Divertente," gli rispose Issac. "Stavo per riaccompagnare Aya a casa, dovreste unirvi a noi."

Jayson ridacchiò. "Sì, signore."

"E se non fossimo pronti per andarcene?" si arrabbiò Lizzie.

Non sapeva cosa diavolo stesse prendendo a Issac, o perché la sua migliore amica non lo stesse rimettendo al proprio posto, ma Lizzie non avrebbe accettato quel comportamento. Miliardario o meno, non avrebbe potuto dirle cosa fare.

"Va tutto bene, Rossa," mormorò Jayson. "Possiamo andare."

"Per favore, Lizzie," la pregò Stas. "Possiamo fare due chiacchiere a casa? Ho bisogno di qualcosa di più forte del caffè."

Lizzie notò gli occhi gonfi dell'amica e il rossore sulle guance. Era come se avesse pianto. "È successo qualcosa?"

"Niente che non possa gestire, ma mi sentirei meglio se

andassimo a casa." Stas le rivolse uno sguardo di supplica che usava raramente.

Il codice tra ragazze prese il sopravvento.

Se Stas doveva andare a casa, qualsiasi fosse la ragione, Lizzie avrebbe acconsentito e non avrebbe fatto domande. Aveva imparato molto tempo prima che Stas le avrebbe ignorate. La sua migliore amica era il tipo di persona da aprirsi solo una volta che fosse pronta.

"Va bene," le rispose Lizzie. "Possiamo andare, certo."

Jayson si alzò per primo e allungò una mano affinché Lizzie potesse afferrarla per alzarsi. Non ne aveva bisogno, ma l'accettò comunque. Quando lui non solo non la lasciò andare ma intrecciò le loro dita, il cuore di Lizzie sussultò. L'occhiataccia da parte di Issac non fece altro che aumentare l'effetto del gesto.

Erano amici.

Ma non proprio.

Erano qualcosa di più?

Lui l'avrebbe baciata di nuovo?

Probabilmente no, visto lo sguardo truce di Issac.

Smettila.

Jayson le strizzò la mano mentre camminavano in silenzio e lei si voltò a guardarlo sorridendo. "Solo se mi racconti della Grecia."

"Affare fatto."

Stas si fermò sul marciapiede davanti a loro senza voltarsi. "Cosa c'entra la Grecia?" chiese loro con voce emozionata.

Lizzie aggrottò la fronte. "Ehm, Jayson viveva lì, anche se non vuole ammetterlo."

"Kiel, un mio collega, l'ha insinuato… ma io non ho né confermato né smentito la notizia."

"Viveva lì," confermò Lizzie. "Sta solo facendo il difficile perché vuole che gli faccia dei biscotti."

Jayson le lasciò la mano e le strinse un braccio intorno alle spalle, attirandola a sé. "Sei un guaio, Rossa."

"Lo siete entrambi," disse Issac. "Nei guai, intendo."

"Hai davvero bisogno di rilassarti, Wakefield." Jayson gli rivolse uno sguardo accusatorio. "Continua a camminare, siamo dietro di te."

"Lasciali stare," Stas spronò Issac a riprendere il cammino. "La faccenda si risolverà da sola."

"Beh, qualcosa risolveremo sicuro," le rispose Issac, facendo ridere Jayson.

"Non so perché si comporti così," gli sussurrò Lizzie. "Di solito è molto più cordiale."

"È protettivo," mormorò Jayson di rimando. "Non preoccuparti, Rossa. Non mi spaventa." Il sorriso gli sparì dal volto quando inciampò e si lasciò andare a un'imprecazione.

Issac lo riprese al volo. "Piano, amico," gli disse con tono accattivante.

"Il marciapiede può giocare brutti scherzi."

"Sai cos'altro può giocare brutti scherzi?" Jayson prese un respiro. "Il metallo."

Issac sussultò. "Ricevuto."

"Portateci a casa," ordinò Stas. "Ora."

Il sorriso di Issac gli raggiunse gli occhi. "Certamente, Aya."

Jayson non sembrava altrettanto divertito, ma riprese Lizzie sottobraccio e ricominciò a camminare. Sembrava distaccato e meno intimo, non la guardò più.

Quel comportamento la fece rimanere perplessa. Sembrava attratto da lei, o almeno così aveva capito Lizzie dalla sua poca esperienza con gli uomini, ma sembrava anche trattarla da semplice amica... come faceva Tom.

Tom non l'aveva mai baciata sulle labbra, solo sulle guance.

A ogni modo, Jayson non l'aveva baciata per davvero, perlomeno non nel modo appassionato in cui un uomo che desidera una donna avrebbe fatto.

Era stato un bacio casto e amichevole.

Perché è tutto così complicato?

Il portiere del palazzo li salutò tutti e quattro per nome. Lizzie sorrise ma non disse nulla mentre Jayson la scortava su per le scale e poi fino davanti alla porta dell'appartamento.

"Penso che Issac e Stas possano cavarsela, da qui in poi," le disse lui dolcemente.

"Non devi andare via." Il tono supplichevole nella voce le inacidì lo stomaco. Era stata così privata di emozioni tanto da dover implorare? Ahia.

"Non fa niente, Rossa. Ci aggiorneremo più tardi davanti a dei biscotti." Le diede un leggero bacio su una tempia. "Al cioccolato, per favore." Si tirò indietro e le fece l'occhiolino. "Ci sentiamo presto, Liz."

"Al cioccolato," ripeté lei. Giusto. Mandò giù il nodo che aveva in gola. "Va bene, 'notte."

Il fatto che lui se ne andasse non avrebbe dovuto turbarla in quel modo, ma proprio quando stava cominciando a divertirsi un po', il momento le era stato portato via, proprio come tutto ciò che aveva vissuto. Una serie di momenti rubati fatti di parole ammiccanti e risate.

Era solo quello a cui avrebbe potuto aspirare? Ci sarebbe mai stato qualcosa di più?

Mentre lo guardava salire le scale, la rossa si preoccupò di non saperlo mai.

Era un pensiero malinconico, ma se c'era una lezione che aveva imparato negli ultimi mesi era che la vita era breve.

La volta successiva che avrebbe visto Jayson gli avrebbe confessato i suoi sentimenti, perché si rifiutava di ricadere nello stesso errore che aveva commesso con Tom: lui era morto senza sapere che lei lo amava, e anche se non poteva ancora dirsi innamorata di Jayson, non voleva rischiare di non dirgli che le piaceva… Forse anche più di un amico.

Entrò dalla porta aperta e la richiuse a chiave dietro di sé.

"Se avete bisogno di me mi trovate in camera," disse alla coppia in piedi nell'ingresso.

"Liz…"

"Non preoccuparti, Stas. Goditi il tuo tempo con Issac." Rivolse un piccolo sorriso a entrambi prima di lasciarli per conto loro. Almeno la sua migliore amica era felice. Stas lo meritava più di qualunque altra persona Lizzie conoscesse… Anche più di se stessa.

7 SEGRETI E BUGIE

Il soggetto ha stabilito un legame emotivo con la coinquilina in un breve lasso di tempo, suggerendo che i futuri protocolli di memoria potrebbero richiedere modifiche di minore portata.

-Registro 118.10.4-7

Stas collassò tra le braccia di Issac, il cuore spezzato per tantissime ragioni.

"Non qui," le sussurrò lui all'orecchio, ricordandole della sorveglianza all'interno dell'appartamento. La trascinò in corridoio senza dire una parola, guidandola verso non si sa dove. Stas si rese a malapena conto che avesse chiuso la porta a chiave.

Odiava tutto.

Il FAC.

Il mondo.

Il destino.

Il mostro che aveva ucciso i suoi genitori.

Le braccia di Issac la aiutavano a reggersi in piedi

mentre le gambe le cedevano... proprio come aveva fatto quando erano fuori dal bar. Era arrivato dopo pochi minuti dalla chiamata di lei, dimostrandole che si trovava nelle vicinanze. Il fatto che sentisse il dovere di farle da babysitter avrebbe dovuto farla infuriare, ma Stas non era mai stata tanto grata della protezione irremovibile di lui come quella sera.

E poi Issac aveva ragione: rimanere in città era una missione suicida, ma lei non avrebbe potuto lasciare Lizzie. Soprattutto sapendo che ci fosse un assassino in agguato dietro l'angolo.

Rabbrividì. Le ci era voluto ogni grammo di forza per tornare dentro quel bar, per Lizzie. Quando erano rientrati l'uomo che aveva perseguitato i ricordi di Stas se n'era andato. Aveva tentato di fingere un sorriso, per il bene di Lizzie, ma si sentiva falsa. Era sbagliato.

Lui è reale.

E non era solo l'antagonista del suo passato, ma anche colui che avrebbe voluto distruggerle il futuro.

"Aya," mormorò Issac riportandola al presente. Erano in piedi nella tromba delle scale, raccolti in un abbraccio che Stas non avrebbe voluto sciogliere. Mai. "Lucian ha chiesto di fare una riunione."

"Riguardo…" Non riuscì a finire la frase, a pronunciare il nome dell'uomo.

Issac lo capì. "Ezekiel."

Stas deglutì e si sforzò di annuire.

"A Hydria," aggiunse. "Jacque sta venendo a prenderci."

La bionda annuì di nuovo, incapace di parlare. Il terrore che aveva provato quella notte… rabbrividì e si strinse forte a Issac.

Aveva ragione lui.

Non avrebbe potuto competere con un assassino. L'avrebbe fatta a pezzi e gli sarebbe anche piaciuto.

Quel sorriso… Dannazione, quel sorriso…

Issac le premette le labbra su una tempia e le strofinò la schiena. Stas sapeva cosa avrebbe voluto dire. Era giunta l'ora.

Era d'accordo con lui, ma non poteva lasciare Lizzie sola. "Che ne sarà di Liz?"

Non avrebbero potuto scappare a Hydria e lasciarla lì senza alcuna protezione.

"Jayson ha richiesto che uno dei suoi Guardiani vegli su di lei, intanto che sarà impegnato nella riunione con Luc. Jacque la sta accompagnando qui proprio ora."

"Ah."

Da quanto aveva capito Stas, gli Hydraiani più potenti facevano parte della scorta di sicurezza personale degli Anziani. Jayson aveva chiesto che i suoi rimanessero a Hydria, vista la minaccia Ichoriana in città. In più lui era in grado di nascondere la propria identità. Il fatto che gli altri avessero sentito la necessità di mandare qualcuno in assenza di Jay, per assicurarsi che Lizzie stesse bene, la diceva lunga. Anche loro volevano proteggerla.

Quel piccolo dettaglio aiutò Stas a calmarsi.

Gli importa davvero.

"Yo," una voce profonda li salutò da dietro. Stas aveva imparato a conoscere il teletrasportatore negli ultimi mesi, ed era solita sorridergli ogni qual volta lo vedesse. Non quella sera.

"Ciao, Jacque," mormorò Issac togliendo una mano dalla schiena di Stas. "Grazie del passaggio."

"Quando volete."

Il mondo intorno a loro prese a cambiare, mettendo in rivoluzione lo stomaco della ragazza. Issac mollò la presa su di lei, permettendole di rimettersi in piedi da sola. Una volta arrivati, Astasiya si voltò a guardare gli Anziani seduti attorno a un lungo tavolo. Niente cibo o bevande. Niente giochi. Solo una fila di espressioni serie, una lavagna bianca, dei computer alle loro spalle e un cesto pieno di cellulari.

Quella sembrava essere l'equivalente Hydriana di una sala operativa.

"Stas, Wakefield," li salutò Luc dal posto di capotavola. "Accomodatevi."

"Lucian," gli rispose Issac tirando indietro una sedia per Stas. "Hai chiamato Aidan?" Si sedette accanto a lei e le cinse le spalle con un braccio. Un gesto casuale, eppure significativo. Un segno di un rapporto di collaborazione e cura, uno di cui lei aveva particolarmente bisogno in quel momento.

"Sì, ci ho parlato prima," gli disse Luc. "Pensa che Ezekiel stia giocando di strategia e che sia assolutamente consapevole della discendenza di Stas."

"Lo penso anche io," mormorò Issac accarezzando un braccio di Stas con un pollice. "Aveva qualche consiglio da darti?"

"Crede che dovremmo stare al gioco," li informò Jayson irritato. Aidan aveva chiaramente perso la testa: Assecondare Ezekiel in uno dei suoi giochetti era l'ultima scelta che una persona sana di mente avrebbe fatto. "Io non sono d'accordo."

"Quali erano le ragioni di Aidan?" gli chiese Issac con espressione vacua.

"In poche parole, ci servono più informazioni." Luc si grattò il mento. "Il nostro piano migliore è quello di continuare a raccogliere dati mantenendo Elizabeth all'oscuro, siccome Ezekiel non ha alcuna intenzione di farle del male…"

"Non ancora," aggiunse Jayson, incapace di trattenersi. Conosceva l'assassino meglio di chiunque altro a quel tavolo, ma nessuno gli stavano dando ascolto.

Luc gli lanciò uno sguardo onnisciente. "La propensione di Ezekiel per la violenza è rinomata, eppure ha scelto di portare avanti una conversazione con Elizabeth, invece di ucciderla per divertimento. Mi piacerebbe sapere il motivo, a te no?"

Stas si schiarì la gola. "Onestamente no, non vorrei sapere il motivo." La voce le sembrava più morbida del normale, quasi rauca, ma la ragazza si raddrizzò sulla sedia a ogni parola. "Ma mi piacerebbe vedere la mia migliore amica al sicuro in un'altra postazione."

"Non possiamo proteggerla nel modo corretto senza il siero," le fece notare Luc. "E senza di esso, rischiamo di ucciderla."

Stas si riaccasciò e Issac la tirò maggiormente a sé. Gli occhi zaffiro dell'Ichoriano si spostarono su Luc e gli comunicarono qualcosa che solo i due sembrarono capire. Condividevano un padre, in un certo senso, e ciò aveva creato in loro un legame fraterno che andava avanti da secoli. Non reggeva il paragone con quello che Jayson, Luc, Alik e Balthazar avevano formato nelle migliaia di anni di vita passati insieme, ma la connessione tra Luc e Issac era fatta di lealtà, amore e famiglia. In quel momento tutti lo videro chiaramente.

"Non possiamo aiutare Lizzie fino a quando non sapremo cosa il FAC, ovvero mio padre, le ha fatto," commentò Tom a voce bassa. Normalmente ai nuovi Hydraiani non era permesso assistere a quel tipo di conversazione, ma le informazioni di Tom sull'argomento giustificavano la sua presenza.

Issac lo guardò e annuì. "Sono d'accordo con Thomas. Prendere Elizabeth ora potrebbe metterla a rischio. Prima di procedere abbiamo bisogno di più informazioni sulle sue origini."

Jayson imprecò sotto i baffi.

Logico.

Lui lo sapeva.

I loro ragionamenti perfetti non riuscirono a dissipare il tumulto interiore causato dagli eventi di quella sera. Anche se era d'accordo con il fatto che avessero bisogno di più dati prima di liberare Lizzie dalla situazione in cui si trovava, una parte sempre più grande di lui avrebbe voluto dirle la verità.

Il dolore negli occhi della ragazza, in piedi nel corridoio, lo aveva tormentato per tutto il tragitto su per le scale. Se non ci fosse stato Jacque ad aspettarlo nel suo appartamento, Jayson sarebbe sicuramente tornato a bussare alla porta di Lizzie, implorandola di dargli il bacio della buonanotte.

Che diavolo c'è di sbagliato in me?

Jayson non era solito struggersi per le donne. Ogni tanto ne frequentava qualcuna, ma la maggior parte delle sue avventure non duravano più di una notte o due.

Eppure quella rossa lo teneva a guinzaglio corto.

Era l'innata bontà di lei ad attrarlo. Dopo sei settimane passate a vedere quanto teneramente trattava i meno fortunati di lei, come il senzatetto a cui un giorno aveva ceduto il pranzo in metropolitana, Jayson non poteva fare a meno di sentirla vicina.

Per non parlare delle relazioni che aveva instaurato con i suoi studenti... Anche da lontano Jay riusciva a vedere quanto affetto provasse per loro. I bambini sapevano giudicare il carattere di una persona e adoravano Lizzie.

Perché è genuina.

Si passò le dita tra i capelli e guardò il soffitto, inondato dai ricordi. Tutti quei sentimenti diretti verso una donna che non se li aspettava.

Merda.

Lizzie meritava di molto meglio.

Jayson si sentiva in colpa a fare il proprio lavoro, il che aveva senso, almeno un po'. Quella di dirle la verità non era una sua responsabilità: quel compito spettava a Luc, Stas e Tom. Jayson avrebbe dovuto osservarla, riportare informazioni e proteggerla quando necessario.

Accidenti.

Lizzie doveva sentirsi molto sola e la colpa era di tutti loro.

Grace si trovava nell'appartamento di Jayson e stava proteggendo Lizzie dall'alto, ma la Rossa non avrebbe avuto modo di sapere o comprendere quella situazione.

Tuttavia, Luc e Issac avevano ragione.

Avrebbero avuto bisogno di un posto sicuro dove portare Lizzie una volta che avesse saputo la verità, e per farlo serviva che comprendessero meglio il make up genetico della donna. "Ci serve il siero," borbottò.

"Già," concordò Issac. "Il quale sarà l'obiettivo della nostra cena di venerdì sera, immagino."

Jayson annuì. Jonathan aveva proposto una rimpatriata a casa di Lizzie poco dopo il fiasco del brunch. Il fatto che avesse invitato Stark a unirsi a loro non faceva che confermare i sospetti.

"Ciò vuol dire che Stas deve tornare in città," aggiunse Jayson. "Dove Ezekiel sarà molto al corrente della sua presenza."

Tutti gli occhi si voltarono verso la donna in questione.

Astasiya si schiarì la gola e raddrizzò nuovamente le spalle. "È un rischio necessario, se vogliamo aiutare Lizzie. La prossima volta che lo vedrò sarò preparata." Il tono mancava della solita sicurezza indicando che, per la prima volta, stava capendo il grado di pericolo nel quale si era messa.

Sta imparando, finalmente.

"Perdona la mia insensibilità," mormorò Luc guardando Stas. "Ma sei sicura che sia stato Ezekiel a uccidere i tuoi genitori? Lo chiedo perché i suoi metodi sono sempre stati riservati e silenziosi, non passionali e caotici. Eppure, da quanto ho capito, i tuoi sono stati bruciati vivi. Mi sembra un modus operandi molto diverso."

Stas rimase in silenzio, completamente immobile. "Non dimenticherò mai il modo in cui le fiamme risplendevano nei suoi occhi neri. Era lui, ne sono certa."

Luc aggrottò la fronte in un modo che Jayson riconobbe immediatamente. Era dubbioso. I fatti non sembravano avere senso, nella sua mente onnisciente; lo lasciavano confuso, ma decise di non insistere.

"Mi dispiace, Stas. Posso immaginare che tutto ciò sia doloroso per te, ma è l'azione più logica da compiere. Aiuteremo Lizzie quando arriverà il momento. Hai la mia parola."

Stas non avrebbe capito la potenza di un'affermazione del genere da parte del re degli Hydraiani, ma Jayson e Issac sì. Luc aveva appena fatto una specie di promessa di sangue, ed era solito prenderle sul serio.

Lei non gli disse nulla, ma Issac rispose al posto suo con un leggero cenno del capo.

"Allora è deciso, venerdì sera a cena," concluse Luc.

Jayson stiracchiò le braccia sopra la testa. "Pare che potremo giocare ancora una volta a nascondino, Wakefield."

Issac sorrise. "Il mio gioco preferito."

"Cerca di non gettare la spugna troppo presto, questa

volta," gli suggerì Jayson, riferendosi alla parte in cui Issac aveva permesso alla cameriera di vederlo senza alcun preavviso.

"Forse dovresti lavorare sui tuoi tempi di reazione," gli rispose Issac.

Jayson scosse la testa e spostò l'attenzione su Jacque. "Sono pronto."

"Resta vivo," gli disse Luc mentre il teletrasportatore si materializzava al lato di Jayson, mano protesa verso di lui.

Jayson annuì in accordo. "Anche tu."

8 GIOCARE A NASCONDINO

Il benefattore del progetto ha richiesto che
vengano aggiunti degli integratori al regime del
soggetto. È necessaria l'osservazione.

-Registro 103.11.4-7

Jayson lanciò in aria una palla da baseball e la riprese
al volo, poi ripeté il gesto.

"Niente di nuovo?" chiese mentre Jacque faceva
avanti e indietro accanto al divano.

Erano passati un paio di giorni dall'ultima volta che si
erano visti.

Il teletrasportatore scrollò le spalle. "Amelia e Tom si
sono trasferiti nella loro nuova casa, nel weekend."

"Ah, sì?" Jayson sorrise. "Bene, mi piacerebbe avere
indietro casa mia, quando tornerò." Ci sarebbe stato
bisogno di pulirla a fondo, visto che i due piccioncini
l'avevano fatta loro nelle ultime settimane, ma almeno ne
avevano fatto buon uso durante il tempo che Jayson aveva
passato lontano dall'isola.

La palla gli atterrò sul palmo della mano, Jay l'abbassò. Aveva scelto di stendersi sul divano aspettando la chiamata di Issac, ma le gambe erano smaniose di muoversi. Jonathan e Stark sarebbero arrivati a momenti per godere della compagnia di Lizzie dietro una falsa promessa di amicizia. Una situazione simile a quella in cui lui le aveva chiesto di uscire a cena per allontanarla dall'appartamento, pensò Jayson. Tuttavia, loro avrebbero voluto drogarla con una qualche sostanza, mentre a Jayson piaceva sinceramente la compagnia della ragazza.

Lei avrebbe mai capito la differenza?

O lo avrebbe odiato, una volta scoperta la verità?

Jay non voleva essere tediato da domande alquanto banali, ma l'idea di darle un dispiacere lo turbava.

È solo una donna.

Una molto attraente, che avrebbe voluto vedere nuda, ma ciò valeva per la maggior parte delle donne che lui avesse mai incontrato.

Solamente che quella gli era entrata in testa.

È il senso di colpa, decise. Jayson si vantava sempre di essere un tipo sincero: anche se non le aveva mentito spudoratamente, le aveva nascosto informazioni importanti.

Per proteggerla.

"E va bene, che succede?"

Jayson smise di lanciare la palla. Il teletrasportatore gli stava accanto con le braccia incrociate e gli occhi argentei scintillanti. La sua espressione insolitamente seria impedì a Jayson di fargli qualche battuta.

"In che senso?"

"Sei molto distratto, Jay. Ti sto raccontando cosa Eliza ha fatto a Luc e tu sei nel mondo dei sogni a pensare a chissà che cosa." Ricominciò a fare avanti e indietro osservando il grande orologio da polso.

"Ehm…" Jayson non si era nemmeno reso conto che il teletrasportatore stesse parlando. "Scusa." Si sedette dritto poggiando i piedi per terra e dedicò tutta la sua attenzione a Jacque. "Che succede?"

"No, quello lo dico io… che succede a te?!" Si fermò di nuovo e piegò la testa su un lato. "È colpa della ragazza? Ha fatto colpo su di te?"

Jayson ridacchiò. "No, niente ha fatto colpo su di me. È una missione come le altre, eccetto più pericolosa." Stiracchiò le braccia sopra la testa e si rilassò sul cuscino dietro di lui. "Anche se sto iniziando a sentirmi un po' irrequieto a essere bloccato qui giorno e notte."

Per ragioni di sicurezza usciva raramente di casa. Se lo faceva era solo per seguire Lizzie e osservare l'ambiente circostante. Non era il passatempo più entusiasmante, considerando la routine monotona della ragazza.

Jacque annuì comprensivo. "Perché non esci, stasera? Una volta portato a termine il compito, intendo. Giusto per svagarti un po' e divertirti. Stas si prenderà cura della tipa al piano di sotto, è la sua coinquilina dopotutto, no?"

Jayson si passò una mano su tutto il viso. Aveva pensato più volte di godersi una serata a Hydria o semplicemente in città. Aveva bisogno di fare qualcosa che non fosse starsene seduto in solitudine. La ginnastica aiutava solo marginalmente a eliminare lo stress.

"Ci penserò," mormorò. Il corpo sognava la libertà, una notte di piacere e beatitudine, il perdersi nel corpo di una donna, senza alcun pensiero…

Era passato troppo tempo dall'ultima volta che aveva provato quel tipo di sollievo. Aveva già resistito un paio di settimane, ma due mesi segnavano un record anche per lui. Per lo meno nel secolo corrente.

Doveva essere una rossa di capelli.

Occhi marroni.

Gambe chilometriche.

Abbastanza formosa da riempirgli le mani.

Ovviamente avrebbe pensato a lei.

Sbagliato.

Strinse i pugni mentre un senso di responsabilità prevalse sul desiderio di ispessire il proprio sangue.

Non puoi lasciare Lizzie.

Ma non puoi nemmeno averla.

Il compito di Jay era quello di scoprire informazioni su di lei e soprattutto proteggerla. Una notte, anzi, un solo minuto, avrebbe potuto cambiare tutto.

Il telefono di Jayson prese a vibrare e gli fornì la distrazione di cui aveva bisogno per interrompere il proprio tumulto interiore. Avrebbe deciso come passare la serata solo dopo aver interrotto la festa al piano di sotto.

"Ci siamo," disse alzandosi in piedi.

I quattro avevano discusso un piano: Jacque avrebbe teletrasportato Jayson nella stanza di Stas. Poi Jayson avrebbe vagato per l'appartamento, così come aveva fatto al ristorante, con la differenza che Stas e Issac sarebbero stati in grado di vederlo. Una volta raccolte le informazioni di cui avevano bisogno avrebbe incontrato nuovamente Jacque, che l'avrebbe fatto teletrasportare di nuovo nel suo appartamento.

Facile.

Jay posò una mano sulla spalla del teletrasportatore e si preparò per la sensazione nauseabonda. Vista la breve distanza se ne accorse a malapena, non come succedeva con i viaggi più lunghi verso Hydria. Quelli erano un vero inferno per il suo stomaco... Anche se era sempre meglio rispetto al volare.

Jacque si accasciò sul letto di Stas, incrociò le gambe racchiuse nei jeans, si portò un braccio dietro la testa e con l'altro tirò fuori il telefono. A quanto pareva quello era il modo in cui aveva deciso di passare le successive ore.

Jayson sorrise e uscì dalla porta socchiusa della camera da letto. Dal fondo del corridoio si sentivano delle voci, a giudicare dal rumore Jonathan e Issac erano impegnati in una conversazione riguardante il mercato finanziario.

Interessante.

Jayson lasciava quel tipo di decisioni a Luc, era un mago quando si trattava di strategie di investimento. I soli fondi dell'Anziano avrebbero potuto mantenere Hydria per secoli, salvo improvvise catastrofi.

Come un'invasione Ichoriana o un attacco da parte del FAC.

Si fermò sulla soglia della cucina, un altro passo e gli ospiti in sala da pranzo sarebbero stati in grado di vederlo.

Sperava che Wakefield avesse intenzioni serie, quella sera.

O la va o la spacca.

Mosse un passo silenzioso sul pavimento marmoreo. Lizzie era in piedi vicino al forno e aspettava che suonasse il timer, tutti gli altri erano seduti al tavolo.

Nessuno si voltò a guardarlo.

Jonathan continuò a parlare dei mercati mentre Issac, Stark e Stas lo stavano ad ascoltare. Jayson fissò la Sentinella vestita in jeans e camicia.

Non lo conosceva bene, se non per il fatto che Jonathan lo considerasse il leader della sua unità e che Tom si riferisse a lui come a uno 'stronzo a sangue freddo'. Quella descrizione gli sembrò adatta. Stark non sembrava divertito, né interessato al dialogo tra i superiori, ma la postura rigida suggerì che fosse in allerta e vigile nei confronti dell'ambiente circostante.

Jayson sollevò un braccio in attesa di una reazione.

Niente.

Scrollò le spalle e si mosse verso la cucina, ammirando le gambe nude di Lizzie. Il vestito rosso scuro che le avvolgeva le forme gli fece desiderare di essere lì per ben altri motivi.

La rossa si fermò e storse il naso mentre Jay si muoveva con cautela dietro di lei.

"Sto impazzendo," sussurrò a se stessa suscitando un sorriso sulle labbra dell'Hydraiano.

Riusciva a percepirlo, o forse sentiva l'odore del dopobarba.

Il fatto che lo avesse riconosciuto gli fece molto piacere, così come il vestito attillato. Si posava sulle curve della ragazza nei punti più giusti. Le mani di Jayson non vedevano l'ora di esplorare ogni centimetro di lei, ma il timer del forno lo fece allontanare prontamente, posizionandolo al bancone vicino all'acquaio.

Stas si alzò in piedi ma Stark la redarguì con un burbero: "Fai fare a me." Si allontanò dal tavolo con aria autoritaria e si diresse verso la cucina.

"Come posso essere d'aiuto?" le chiese con quel tono ed espressione privi di emozioni.

"Ehm…" Lizzie si morse il carnoso labbro inferiore, facendo impazzire Jayson. Avrebbe voluto completare la missione solo per avere il permesso di esplorare la bocca di lei, anche solo per un momento.

Amico, che cazzo di problemi hai?

Scosse la testa. Forse avrebbe potuto chiedere a Jacque o a una delle sue Guardie Hydraiane di fare da babysitter a Lizzie mentre lui andava in cerca del necessario sollievo. Tutto quello struggersi per lei doveva finire.

Sbavare su una donna come fa un cane con l'osso.

Datti una regolata.

"Puoi prendere l'insalata e il pane?" Lizzie sembrava talmente dolce e timida, aveva un comportamento quasi docile. Il lato dominatore di Jayson adorava vederla così, mentre il lato più maschile desiderava la donna ribelle al di sotto.

Dov'è la mia Rossa sicura di sé?

"Certo." Stark prese in mano l'insalatiera e il cestino che gli stava accanto, portò entrambi in sala da pranzo. Lizzie lo seguì con una teglia di quelle che sembravano lasagne appena sfornate.

Jayson guardò il soffitto.

Non credeva in alcuna divinità, ma in quel momento si chiese: *Hai creato questa donna solo per me?*

La ragazza aveva un corpo fatto apposta per il peccato e abbastanza intelligenza da riuscire a intrattenerlo per giorni, in più amava il cibo. Se avesse creduto nell'anima gemella probabilmente, probabilmente avrebbe considerato Lizzie la propria, ma le migliaia di anni di esperienza lo mantenevano con i piedi per terra.

L'amore esisteva per pochi e anche in quei rari casi non durava per sempre. La maggior parte delle persone si stancano le une delle altre, se erano fortunate, dopo qualche decennio. La razza di Jayson viveva per sempre.

Gli Immortali non si imbarcavano in relazioni a lungo termine, ma Jayson non era opposto agli incontri di natura sessuale, anche se ripetuti nel tempo. Avrebbe sicuramente goduto di qualche incontro con una come Lizzie.

La rossa poggiò la teglia sul tavolo e si girò verso Stark. Jayson si sporse in avanti, pronto a intervenire, ma la logica prese il sopravvento e lo fece fermare.

Che diavolo credi di fare? Toglierglielo di dosso?

Si passò una mano tra i capelli.

Quella missione gli stava dando parecchio alla testa.

Di quel passo avrebbe avuto bisogno che Balthazar lo portasse a fare un giro, quella sera.

Magari sarebbero tornati a Rio, o avrebbero fatto un

salto a Dublino. Aveva bisogno di almeno un trio di rosse, per aiutarlo a soddisfare la voglia.

Merda.

Quella sensazione sarebbe solo andata a peggiorare, durante la missione, e Jay avrebbe avuto bisogno di tutta la concentrazione possibile. Una donna non avrebbe mai dovuto farlo agire contro i propri istinti. Mai.

Si sistemò di nuovo su uno sgabello del bancone e tirò fuori il telefono per mandare un messaggio a Grace.

Ho bisogno di una serata libera, una volta che questa cosa con Wakefield sarà finita. Organizza e dillo a B.

Dopo essersi assicurato che il dispositivo fosse in modalità silenziosa se lo rimise in tasca e guardo Stark aiutare Lizzie a prendere posto sulla sedia. Non era necessario che la toccasse così tanto. Sicuramente sarebbe stata in grado di sedersi da sola.

"Non ho preso i bicchieri…"

"Hai già fatto abbastanza," la interruppe la Sentinella. "Li prendo io insieme alle bevande."

Bevande, eh? Penso Jayson. Che coincidenza.

"Sembra buonissimo," mormorò Jonathan distraendo Lizzie dal rispondere mentre Stark le spingeva la sedia.

"Oh, ehm, grazie," rispose lei portando l'attenzione sul noto Ichoriano. Avrebbe visto solamente l'amministratore delegato del FAC: ciò che vedeva Jayson, invece, era un assassino traditore che aveva ucciso Eli, uno dei suoi più vecchi e intimi amici.

Un giorno ti ammazzerò, Jonathan.

Le spalle massicce di Stark impedivano la visuale a Jayson, ricordandogli il motivo per cui fosse lì. Gli ampi banconi e la zona bar davano al soggiorno un che di aperto, eppure la presenza di Stark che apriva il frigorifero consumava l'intero spazio.

Aveva un'aura pericolosa, e non solo per via delle sei

lame che Jayson gli aveva contato addosso. Era il suo modo di muoversi, come se sapesse di essere il predatore più pericoloso nella stanza.

Recuperò una bottiglia di vino bianco dal frigo.

"Dove tieni i bicchieri?" le chiese, concentrandosi su Lizzie.

Lei indicò un armadietto situato al lato opposto da dove si trovava Jayson. L'Hydraiano prese in considerazione l'idea di spostarsi, ma il minimo movimento avrebbe potuto far rilevare la sua presenza a Stark. L'uomo sembrava consapevole di ciò che gli stava attorno, come se riuscisse a sentire anche ciò che non doveva. Il rapporto di Tom menzionava la possibilità che Stark si fosse sottoposto a dei miglioramenti da parte del FAC. Visto il modo in cui si comportava, anche Jayson era d'accordo con quella teoria. Era apparsa una fila di calici, Stark stava stappando una bottiglia di vino e servendola in parti uguali. Normalmente quell'atto si sarebbe svolto in tavola, non accanto all'acquaio, ma il motivo di quel gesto divenne ovvio non appena tirò fuori una fiala di liquido trasparente dalla tasca.

Eccolo lì.

Stark versò un quarto del contenuto in uno dei calici, chiuse la fialetta e la poggiò sul bancone. Fece ruotare il vino all'interno del bicchiere un paio di volte, poi prese un secondo bicchiere e si diresse verso il tavolo.

Jayson incrociò lo sguardo di Issac prima di aprire lo stesso armadietto aperto da Stark poco prima. Sperava che Lizzie non avrebbe contato il servito, più tardi.

Non perse tempo a guardarsi alle spalle, se qualcuno l'avesse notato avrebbe sentito la loro reazione, ma si fidava che Issac gli avrebbe coperto le spalle.

La fiala non doveva contenere più di una cinquantina di millilitri di siero. Non avrebbe potuto prenderlo tutto, altrimenti avrebbe dato troppo nell'occhio, quindi ne versò lo stesso quantitativo usato da Stark e sperò che fosse sufficiente. Rimise la fialetta nell'identico posto in cui l'aveva trovata, tornò al proprio posto con il bicchiere in mano e qualche secondo di vantaggio.

Stark prese altri due calici e li portò al tavolo per poi tornare un'ultima volta. Si infilò la fiala in tasca senza controllarne il contenuto.

Jayson si rese conto che il modo incurante con il quale Stark aveva lasciato il siero in bella vista sul bancone fosse fin troppo conveniente. Quasi come se l'avesse fatto apposta.

Perché avrebbe dovuto farlo?

Stark non poteva sapere che Jayson era lì, ad aspettare una tale opportunità. A meno che non riuscisse a percepirlo.

La Sentinella si accomodò al suo posto senza guardarsi indietro, l'espressione rimase passiva.

No.

Stark non poteva percepirlo, se lo avesse fatto ci sarebbe stato un combattimento, invece la Sentinella sembrava quasi annoiata.

Jayson scosse la testa e fece ritorno nella camera da letto di Stas, dove Jacque lo aspettava disteso sul letto. Piegò i gomiti verso l'alto senza nemmeno alzare lo sguardo dal telefono. Jayson gli afferrò un braccio e immediatamente furono circondati dal salotto dell'appartamento di Jay. Il teletrasportatore era riuscito ad atterrare perfettamente sul divano, con le gambe incrociate e il telefono ancora tra le mani, mentre Jayson gli stava in piedi al fianco.

"Ricordo ancora quando non riuscivi a fare cinque metri senza catapultarti accidentalmente da qualche parte.

Tornavi parecchie ore dopo con un'espressione terrorizzata in volto."

Jacque alzò le spalle. "Ho affinato la tecnica."

"Lo vedo." Jayson poggiò con attenzione il bicchiere sul tavolino, prima di controllare i messaggi arrivati da Grace.

Sai che ti voglio bene, ma non faccio la babysitter. X

Sorrise. Tutti gli Anziani avevano una scorta personale di Hydraiani con abilità uniche. Jayson ne aveva cinque e Grace era una di loro. Jacque era principalmente al servizio di Luc, ma viste le sue capacità era legato a tutti.

"Torno sub…" Jacque sparì prima ancora di finire la frase.

A presto, G, digitò Jayson sapendo che Jacque la stava andando a prendere.

Pensò di disfarsi della maglietta e dei jeans ma non sapeva cosa avesse in mente di fare Balthazar. Probabilmente l'avrebbe portato in una discoteca europea, vista l'ora, o forse avrebbero potuto trovare qualcosa da fare negli Stati Uniti.

A ogni modo sarebbe stata una serata divertente e sfrenata, come sempre.

Il sorriso che anticipava quel pensiero non arrivò mai. Al suo posto si fece strada una sorta di dolore che gli partiva dallo stomaco.

"È una follia," mormorò.

Perché quel bizzarro malessere gli ricordava il senso di colpa, un sentimento che non aveva senso provasse. Non doveva niente a Lizzie e nemmeno lei a lui.

Tuttavia, avrebbe voluto doverle qualcosa.

Un sacco di cose, in realtà.

È la questione della relazione proibita, decise. Jayson amava le sfide, sentirsi dire di non poter avere qualcuno lo aveva solo incoraggiato a volerla di più. Dato l'insieme all'innocenza innata di Lizzie e le sue caratteristiche seducenti, non c'era da meravigliarsi che Jay ci fosse cascato in pieno.

Si portò una mano dietro al collo e sospirò. "Cazzo."

"Sì, penso che il tuo non veda l'ora di sfogarsi," mormorò ridendo Balthazar, materializzatosi al suo fianco. Era arrivato giusto in tempo, come sempre. "Dove andiamo, Jay?"

I tre bicchieri di vino bevuti da Lizzie non l'avevano aiutata ad attenuare il mal di testa che le faceva pressione dietro gli occhi.

Stava provando intensamente a sorridere e a godersi la conversazione, ma era difficile farlo quando ogni argomento girava intorno al FAC e altri affari politici.

Non me ne frega niente, avrebbe voluto dire più di una volta.

L'argomento del momento le faceva fare le capriole allo stomaco: l'allenamento di Stas.

"È pronta per la fase successiva," stava dicendo Stark.

"Lo shadowing."

"Ah, sì? Ti sei stancato di farmi il culo tutti i giorni?"

La Sentinella sorrise, o almeno così parve a Lizzie. Dalle sue osservazioni aveva notato che le espressioni facciali dell'Agente cambiassero raramente.

"Quello continuerà fino a quando non sarai tu a farlo a me. Quindi aspettati che duri in eterno."

Stas diede una spintarella a Issac. "Vedi, te l'ho detto che ogni tanto fa lo spiritoso."

"Immagino che questo sia il momento in cui mi mostro irritato, non è così? Parlando di un altro uomo che fa del male alla mia ragazza?" Issac lo chiese con un sorriso che però non raggiunse gli occhi.

"Si difende abbastanza bene," gli rispose Stark. "O almeno, ultimamente. Quando abbiamo iniziato pensavo preferisse rimanere sdraiata a terra, invece che all'impiedi."

"Ti ho detto anche che è uno stronzo, vero?" aggiunse Stas.

Il dottor Fitzgerald scosse la testa ridendo, mentre Lizzie si concentrò sul proprio calice di vino.

La serata sarebbe pur finita, a un certo punto.

Un tempo adorava avere una scusa per organizzare una cena, specialmente quando erano inclusi Tom e suo padre, ma l'interesse della ragazza era andato scemando nell'ultimo anno. Tutto era iniziato quando Stas aveva accettato il tirocinio al FAC, tutto era peggiorato quando aveva deciso di lavorare per l'organizzazione a tempo pieno, una volta finita l'università. Era diventata una Sentinella, proprio come Tom, e anche lei sarebbe finita sottoterra.

Al solo pensiero, la stretta di Lizzie sullo stelo del bicchiere si fece più forte.

Come mai nessuno si accorgeva del problema?

Erano tutti accecati dall'innata bontà del FAC e ignoravano la reale possibilità che Stas potesse farsi male, o peggio.

Tutti loro stavano ridendo del doloroso addestramento e della successiva fase, che avrebbe visto la bionda imparare a essere l'ombra di Stark all'estero. Ridevano come se quella fosse una commedia, invece di una tragedia.

Scosse la testa cercando di allontanare i brutti pensieri, ma la rabbia non faceva che montarle.

Non avevano alcun rimorso?

Il padre di Tom era a due posti di distanza, sorridente. Erano passate otto settimane dal funerale del figlio e lui sembrava del tutto imperturbabile, mentre Lizzie se ne stava lì, con il cuore spezzato a preoccuparsi che tutte le persone che avesse mai amato facessero una brutta fine.

A nessuno importava.

Intorno a lei la conversazione andava avanti, un tunnel di suoni che le trapassava le orecchie.

Parlavano solo e soltanto del FAC.

Nessun accenno alla morte di Tom.

Nemmeno un velo di tristezza.

Nessun rimorso.

Nessun ricordo.

Una discussione generale sul futuro di Stas nell'organizzazione che aveva derubato Lizzie di suo padre, lasciandola sola con Lillian Watkins.

Infinite lezioni di danza classica, concorsi di bellezza e lezioni su come comportarsi correttamente in società. Per non dimenticare gli incoraggiamenti a non mangiare e il disappunto generale riguardo avere obiettivi per un futuro professione che non fosse quello della perfetta casalinga.

Quando era piccola, Lizzie aveva odiato il padre per non averla mai protetta, e detestava il suo lavoro per averlo portato via da lei.

Una volta adulta aveva capito che non era davvero colpa del FAC, ma quell'odio irrazionale non l'aveva mai abbandonata, lasciandole una sensazione di disagio ogni volta che si avvicinava al loro quartier generale.

Inoltre, la morte di Tom le aveva fatto ricordare tutto, insieme all'impiego di Stas e alla decisione di unirsi all'unità che l'aveva ucciso.

Non capivano quanto fosse doloroso per lei starsene seduti lì, a sentirli parlare dell'organizzazione che lei aberrava, a essere l'unica incredibilmente triste mentre tutti gli altri ridevano, sorridevano e si *divertivano*.

Li odio.

Era un pensiero irrazionale.

Lo sapeva, ma continuava a frullarle per la testa fino a quando non le si formò un urlo in gola. Un sorso di vino lo respinse al suo posto, dentro al cuore. Sua madre le aveva insegnato a nascondere bene le emozioni, una delle poche abilità utili provenienti dall'infanzia.

Aveva bisogno di tenersi impegnata, quindi si alzò e si mise a rigovernare i piatti in silenzio. Riusciva a sentire lo sguardo preoccupato di Stas, ma fece finta di nulla.

Essere arrabbiata con la sua migliore amica le sembrava sbagliato, ma anche giusto. Una volta erano molto unite, si confidavano tutto e passavano tanto tempo insieme, ma ultimamente Lizzie sentiva di vivere con un'estranea.

Astasiya non tornava quasi mai a casa e quando lo faceva portava con sé Issac, oppure rimaneva solo per qualche minuto, prima di uscire di nuovo. Gli appuntamenti settimanali tra ragazze erano diventati mensili e poi finivano sempre presto. Lizzie non pensava che ne valesse più la pena.

Si sentiva molto sola.

Una lacrima minacciò di scenderle, ma la spazzò via.

Sto facendo la bambina.

Emotiva.

Irrazionale.

Aveva bisogno di un diversivo.

E forse anche di crescere un po'.

Tom l'aveva sempre vista come una bambina perché si comportava da tale, e fare i capricci in cucina non faceva altro che dargli ragione.

Lasciò l'ultimo dei piatti nell'acquaio.

Quella era la parte in cui li avrebbe lavati uno a uno e poi messi ad asciugare, ma le mani si rifiutavano di cooperare.

Perché mi sto facendo questo?

Non erano nemmeno le nove di un venerdì sera e lei se ne stava in cucina, da sola, a fissare una pila di piatti.

Le venne da ridere davanti all'assurdità della situazione. Ventiquattro anni e stava per compierne cinquanta.

Al diavolo.

Avrebbe fatto i piatti più tardi, o forse addirittura l'indomani.

Quel piccolo cambiamento nella sua routine le sollevò un peso invisibile dalle spalle. Tutto lo stress e la delusione della cena l'abbandonò in un sospiro.

Quando si rese conto che avrebbe potuto fare tutto ciò che voleva, venne sopraffatta da un senso di beatitudine.

Non aveva compiti da correggere, non doveva andare al lavoro e non aveva altri impegni se non gli ospiti seduti al tavolo. Tuttavia, nessuno di loro le rivolgeva la parola, quindi perché restare?

Magari avrebbe potuto chiamare Cam o Kristin. Era passato del tempo dall'ultima volta che aveva visto le sue compagne di confraternita. Perché non darsi appuntamento in un bar e lasciarsi andare un po'?

Oppure avrebbe potuto uscire da sola e incontrare uno sconosciuto. Scandaloso, le piaceva.

Sorrise e andò in camera, si diede una sistemata, si infilò un paio di tacchi a spillo che si intonavano bene con il vestito rosso e prese la borsetta.

Il suono del suo nome la fermò a metà del corridoio, al fianco della sala da pranzo.

"Sì?" chiese girandosi.

"Cosa stai facendo?"

"Sto uscendo," rispose Lizzie senza avere una precisa destinazione in mente.

Sua madre si sarebbe arrabbiata moltissimo, quando l'avrebbe saputo, ma non riusciva a preoccuparsene. Si era guadagnata quella tregua grazie alle cortesie sociali. "Buona serata."

"Aspetta, Liz…"

Lizzie non aveva intenzione di aspettare nessuno.

Aprì la porta e se la lasciò sbattere alle spalle, risoluta. Si mosse in direzione della tromba delle scale, poi si rese conto di cosa avesse in mente di fare il cuore.

Jayson Masters.

Perché avrebbe dovuto essere lui l'unico in grado di presentarsi a casa di qualcuno senza preavviso? Anche Lizzie sapeva essere spontanea, e se non lo avesse trovato sarebbe passata al piano B.

All'idea di quella sfida, le spuntò un sorriso.

Sì, quello era proprio ciò che avrebbe dovuto fare: godersi la vita.

Avrebbe cominciato andando a confessare i propri sentimenti a un certo vicino invadente. Non usando le parole, bensì le labbra.

9 COMMISSIONI MONDANE

Il soggetto sembra pronto per affrontare le prove di interazione umana. Fissato incontro con il moderatore per discutere i parametri e i requisiti necessari.

-Registro 117.12.4-7

"Sei pronto?" chiese Balthazar dalla porta della camera da letto. Era andato con Jacque a consegnare il liquido misterioso alla squadra di Luc, affinché potessero studiarlo. Il fatto che fossero in ritardo suggeriva che il loro amico onnisciente gli avesse fatto un bel po' di domande. Tipico.

"Quasi." Jayson si sistemò il colletto della camicia grigia lasciandosi aperto il primo bottone e aggiunse una giacca leggera. I jeans facevano sì che il look rimanesse casual, perfetto per la loro destinazione. Anche Balthazar era vestito in modo simile, fatta eccezione per la giacca.

"Avrò meno vestiti da togliermi, più tardi," mormorò in risposta all'osservazione mentale di Jayson.

"È proprio quello il divertimento, B."

"Vedi, ecco perché mi sei mancato. Gli altri non sono ancora arrivati al nostro livello." Diede una pacca sulla schiena a Jayson. "Andiamo a divertirci."

"Non lasciare che ti senta Luc." I tre avevano una competizione in corso e Luc manteneva bene il suo record. "Ha spaccato l'anno scorso, durante la sfida con lo sciroppo d'acero."

Balthazar sorrise mentre si diressero tutti verso la zona soggiorno. "Che gran bella settimana, quella."

"Come è riuscito a mettere quelle due donne in quella posizione…"

Jayson emise un fischio al ricordo. "Proprio un bello spettacolo."

"Si è meritato la vittoria," concordò Balthazar. "A mani basse… o alte, in effetti."

Balthazar ridacchiò. "Davvero."

"Voglio ancora sapere cosa avete combinato in Brasile," commentò Grace dal divano. Aveva i piedi nudi poggiati sul tavolino e una grossa ciotola di pop corn in braccio.

"Jay ha combinato eccome, parecchie volte."

Le sopracciglia dell'Hydraiano saettarono verso l'alto. "E tu no?" L'intera gara era iniziata dopo un disaccordo tra Luc e Balthazar riguardante, ancora una volta, quale fosse il cibo da colazione migliore tra i pancake e i waffle. La sregolatezza che ne era sfociata era riuscita a soddisfare Jayson per parecchie settimane.

"Ho dedotto che fosse auto-esplicativo." B lanciò un occhiolino a Grace sul divano. "Grace sa come tratto le donne in camera da letto, vero tesoro?"

C'erano alcuni dettagli che Jayson non avrebbe voluto sapere. Ad esempio quello.

"Penso che dovremmo andare, prima che perda

interesse." *Dobbiamo solo trovare Jacque*. Il teletrasportatore probabilmente era in cucina, a sgraffignare del cibo.

"Mmmh, dubito che succederà presto," gli rispose Balthazar con un sorriso smaliziato.

A Jayson non piaceva quello sguardo, sapeva cosa sarebbe venuto dopo. "Cosa…"

Un colpo alla porta lo interruppe.

"Dovresti rispondere." Balthazar si rilassò sul divano accanto a Grace. "Potrebbe essere importante."

Lizzie. Se fosse stato chiunque altro, Balthazar avrebbe aperto di persona.

Uno sguardo lungo il corridoio gli confermò il sospetto.

Jay piegò la maniglia e sorrise alla sua rossa preferita.

Lei si buttò a capofitto in una conversazione, senza aspettare risposta.

"Ho deciso che non sarai l'unico a poter fare irruzione senza preavviso."

La sicurezza nella voce della ragazza e il fatto che non lo avesse nemmeno salutato non fece altro che farlo sorridere di più.

"Beh, ciao anche a te, Rossa."

"Ciao," aggiunse lei, come ripensandoci. "Non so bene cosa voglia fare, ma voglio fare qualcosa."

Jayson alzò le sopracciglia. "Ah, sì? Tipo cosa?"

"Andare a ballare." Lo superò entrando nell'appartamento. "E magari bere, ancora."

La voce le si affievolì quando vide la coppia di persone sul divano.

"Oh…" Quel rossore familiare le prese possesso delle guance e del collo, poi si girò a guardare Jayson. "Mi dispiace tanto, oddio… è stato talmente maleducato da parte mia. Non sapevo che avessi compagnia, ma è ovvio che sia così… Io, ehm…" cercò di superarlo di nuovo ma Jayson le bloccò l'uscita.

"Ballare e bere," mormorò ripetendo la richiesta di lei.

"Vuol dire che sei finalmente pronta per venire a quel concerto con me?"

Lizzie rise e lo guardò di nuovo negli occhi. "Ho detto che voglio ballare, non sbattere la testa contro un muro ripetutamente."

Jayson si portò una mano sul cuore. "Così mi ferisci, Lizzie."

"Ne dubito," gli rispose lei con un ghigno.

"Non mi hai mai scritto per organizzarci per il concerto, quindi penso voglia dire che mi devi un'altra serata film."

Jay si sporse verso di lei, invadendole lo spazio personale. "Preferisco decisamente bere e ballare, al posto di quello," ammise dolcemente. "Ma se insisti, allora va bene."

"Uhm, gli do un cinque punto due," mormorò Balthazar avvicinandosi a Lizzie. Lei non avrebbe capito quelle parole, ma Jayson sì.

Dammi tregua, B. È una innocente. Se avesse forzato la mano sarebbe scappata a gambe levate.

Lascia che ti mostri come si fa, sembrava dire l'espressione di Balthazar.

"Tu devi essere la bellissima vicina alla quale Jayson non poteva fare a meno di pensare." Allungò una mano. "Sono Balthazar, il più caro e datato amico di Jayson. Lizzie, giusto?"

"Ehm, sì." Gli strinse la mano.

"Piacere di conoscerti." Si portò la mano di lei alle labbra.

"Piacere mio?" La voce roca di Lizzie fece venire la pelle d'oca a Jayson.

Non gli era mai importato della reazione delle donne a Balthazar. Quell'uomo era in grado di mettere in ginocchio ogni amante con un solo sguardo, il che lo rendeva la spalla perfetta e procurava a entrambi divertimento e piacere senza fine. Tuttavia, sentire quella reazione all'amico provenire da Lizzie infranse qualcosa dentro di lui.

Balthazar rilasciò fin troppo lentamente la mano di Lizzie e le chiese: "Immagino che resterai per la festa…"

"Festa?" ripeté lei.

Che stai facendo?

Shhh. Ci penso io, Jay, sembrarono dire gli occhi di B.

Oh, ci scommetto.

"Jay non te l'ha detto?" Balthazar schioccò la lingua. "È proprio da lui, non sa seguire i giusti comportamenti di chi dà una festa." Sussurrò in modo cospiratorio l'ultima parte all'orecchio di Lizzie, facendola ridere.

Ora stai solo facendo lo stronzo.

Balthazar sogghignò malizioso. "Come adesso, non ti ha ancora offerto da bere." Scosse la testa in segno di disapprovazione. "Cosa posso portarti, cara? Magari un bicchiere di vino?"

Jayson chiuse la porta perché era chiaro che Lizzie sarebbe rimasta per la festa che lui non aveva avuto alcuna intenzione di ospitare. La sbatté un po' più sonoramente di quanto volesse, ma nessuno sembrò accorgersene.

"Ehm." Lizzie si leccò le labbra. "In effetti amo il vino."

"Eccellente," mormorò Balthazar. "Fai come fossi a casa tua, io e Jay prepareremo dei drink. Per te una birra, Grace?"

"Ovvio," rispose lei dal divano. Aveva le gambe ancora poggiate sul tavolo, ma aveva spostato la ciotola di pop corn a lato.

"Andiamo, Jay," Balthazar fece un cenno con il capo

verso la cucina. "È ora di comportarsi da bravi padroni di casa."

"Certo," rispose Jay. "Lizzie, lei è Grace, prometto che per la maggior parte è innocua." Fece l'occhiolino alla sua Guardiana preferita mentre si allontanava. "Torno tra un minuto." *Devo andare a prendere a calci il mio migliore amico.*

Balthazar ridacchiò. "Avrai bisogno di ben oltre un minuto."

"Vedremo, non è così?" borbottò seguendolo attraverso la zona giorno.

Girarono l'angolo e trovarono Jacque seduto su uno dei banconi della cucina con in mano un cartone della pizza.

Jayson fissò il cartone vuoto. "Non ti danno da mangiare a Hydria?"

"Il tuo frigo è pieno di avanzi, ti sto solo aiutando a dare una pulita," gli rispose il teletrasportatore con la bocca piena.

"Affascinante," borbottò Jayson.

"Potrei dire lo stesso di te, Jay. Che diavolo era quello?" intervenne Balthazar riferendosi allo scambio con Lizzie. "Un mezzo flirt? Ti ho insegnato a fare di meglio."

"Oh, andiamo, come se mi avessi davvero mai insegnato qualcosa." Jayson aprì il frigo per cercare una bottiglia di vino che sapeva di non avere. "Sappiamo entrambi che so cavarmela alla grande, B."

"Ho sentito parlare di una festa?" Li interruppe Jacque.

"Perché avrete bisogno di più alcol."

"E persone," aggiunse Jayson. "Che diavolo ti è saltato in mente di invitarla a rimanere per una festa?"

"Lascia che me ne occupi io," sorrise consapevolmente l'amico. "Prima di tutto abbiamo bisogno di una bottiglia di vino, Jacque?"

"Ci penso io." Scomparve in un lampo.

Jayson si portò una mano dietro il collo ed emise un sospiro.

"Alla faccia della serata libera." Una colpa che ricadeva più su Balthazar che su Lizzie.

"Quand'è che ti ho mai deluso?" gli chiese B. "Ho tutto sotto controllo."

"Una nuova sfida?" tirò a indovinare Jayson con una risata. "Sputa il rospo."

"Oh, no. Questa è personale e solo con me stesso, ma ti ritroverai a pensare a me, domani mattina." La promessa nella voce conteneva tutti i secoli di perfezionata esperienza.

Jay scrollò le spalle. "Va bene." Quando Balthazar si metteva in testa qualcosa la portava a termine e su quello Jayson non aveva mai avuto nulla da ridire.

A patto che non ferisca Lizzie.

Aggrottò la fronte al solo pensiero. Perché avrebbe dovuto? Non si dovevano nulla. Lei gli piaceva eccome, ma era come un frutto proibito, una risorsa che lui non poteva toccare.

Lei questo non lo sa.

"È un bel dilemma," commentò Balthazar. "Lei ti tiene proprio in pugno, amico, ma non preoccuparti, le faremo mollare la presa." Scoccò una pacca su una spalla di Jayson proprio mentre Jacque riapparve con un paio di bottiglie di vino.

"Non sapevo quale preferiste, quindi ne ho prese due dalla cantina di Wakefield." Le posò sul bancone e si rivolse a Balthazar. "Immagino dovremo andare a prendere qualche altra persona e ulteriori bevande?"

"Sì, cominciamo da Maria." Allungò una mano proprio mentre Jayson spalancava la bocca, scioccato.

"Non puoi dire…" Era troppo tardi, B e Jacque erano già spariti.

Merda.

Maria era specializzata nell'alterazione della memoria a breve termine, il che voleva dire solo una cosa: Balthazar aveva intenzione di far teletrasportare estranei random trovati nei bar... Lì, nell'appartamento di Jayson. Nel bel mezzo di New York City.

Emise un lamento davanti alla stupidità di quel piano. Tanto valeva appendere un cartello che dava il benvenuto alla festa agli Ichoriani.

"Hai bisogno di aiuto?" gli chiese Lizzie voltando l'angolo. Guardò le due bottiglie di vino ancora chiuse prima di notare la posizione di Jayson, appoggiato al bancone. Si era messo lì a lamentarsi della propria situazione. "Dov'è andato il tuo amico?"

"Si sta occupando di alcuni dettagli della festa," le rispose lui vago.

"Ah, va bene. Vuoi che ti aiuti a preparare?" La nota speranzosa nella voce della ragazza la rendeva ancora più attraente.

"Posso aprire il vino." Jayson si mise a cercare il cavatappi. Erano stati Mateo e Issac ad arredare e fornire il suo appartamento, quindi doveva essercene uno da qualche parte.

Al suo fianco si aprì il frigo, così Jay si voltò a guardare Lizzie con fare interrogativo.

"Ti aiuto," spiegò lei con un sorriso dolce. Quella donna davvero non aveva idea di quanto la sua bellezza colpisse gli altri. "A preparare il cibo, intendo."

"Il cibo?"

"Sì, ad esempio i cracker con il formaggio, della frutta..." Le parole le morirono in gola alla vista delle mensole del frigo vuoto. "Oppure... no." Chiuse l'anta e inarcò un sopracciglio. "Come fai a dare una festa senza avere un briciolo di cibo?"

"Ehm…" La maggior parte delle feste di Jay finivano in camera da letto, non in sala da pranzo.

Lizzie inarcò anche il secondo sopracciglio. "Non hai intenzione di servire nient'altro che birra e vino?"

"Beh…" Jay si portò una mano dietro il collo. "Non stavo…" L'ardente bagliore nello sguardo di Lizzie gli fece perdere il filo del discorso. Le si sarebbero dilatate le pupille in quel modo anche a letto?

"Jayson Masters," lo rimbeccò. "Non puoi dare una festa senza servire del cibo!" Scosse la testa. "A che ora arriveranno gli ospiti?"

Jay pensò ai piani di Balthazar e scrollò le spalle. "Tra circa mezz'ora?"

Lizzie inspirò profondamente. "Non c'è tanto tempo, ma possiamo farcela." Mise la bottiglia di vino bianco in frigo, accanto alla scorta personale di birre di Jayson, e lasciò quella di rosso sul bancone. Jay sapeva che B avrebbe portato dell'altro alcol, ma quello sarebbe bastato quantomeno a dare il via alle danze.

"Andiamo." Gli afferrò una mano e gli diede un tirone, obbligandolo a seguirla. Il suo membro avrebbe voluto prendere la direzione opposta, quella verso la camera da letto, ma sembrava che Lizzie avesse altre idee per la testa.

"Dove andiamo?" le chiese.

"C'è un supermercato aperto ventiquattr'ore su ventiquattro tra la Settantasettesima e Broadway. Andiamo a prendere un paio di cose." Era già davanti alla porta. Jay intravide la borsa di lei sul tavolo prima che Lizzie si muovesse in quella direzione per prenderla. Meno male che anche lui aveva con sé il portafoglio, anche se non l'avrebbe mai fatta pagare in ogni caso.

"Divertitevi," li salutò Grace, palesemente divertita. "Farò da babysitter al tuo appartamento finché non tornate."

"Che carina," rispose lui.

Lei gli sorrise raggiante. "Ci provo, Jay, ci provo."

Lizzie lo strattonò lungo il corridoio prima che lui potesse rispondere. "Dunque, quante persone verranno?"

Conoscendo Balthazar… "Almeno una ventina." E la maggior parte sarebbero state donne.

"Posso farcela, allora."

Jay lanciò un'occhiata al fondoschiena di lei mentre scendeva le scale davanti a lui. Sì, riusciva a pensare a diversi passatempi peggiori piuttosto che lasciare che lei lo comandasse a bacchetta. Fatta eccezione per la camera da letto. Jayson amava troppo il controllo per concederle ciò.

Sulla via verso il supermercato la rossa snocciolò diverse idee riguardo gli "snack da festa" e Jayson acconsentì a tutti quanti solo per il gusto di farlo. La definizione di intrattenimento di Lizzie era molto diversa da quella di lui, ma non gli importava.

Tutte quelle formalità gli ricordarono Amelia, o almeno la precedente versione della donna. Quella che aveva fatto ritorno a Hydria un paio di mesi prima gli era sembrata meno entusiasta riguardo gli eventi sociali. Non che potesse biasimarla, la tortura ha il potere di cambiare le persone.

Jayson prese un cestino all'entrata e seguì gli ordini di Lizzie per tutto il supermercato. Quando consegnò la propria carta di credito al cassiere si meravigliò di quanto la ragazza fosse riuscita ad accumulare in soli dieci minuti di shopping.

"Sai certamente come fare compere, Rossa," mormorò.

"Oh, per me è una routine," rispose lei. "Dovresti vedermi con le mie sorelle della confraternita."

"Ah, sì? Dimmi di più su queste sorelle." Prese in mano le buste riciclabili che Lizzie aveva insistito nel comprare, in aggiunta al cibo. Diceva che fossero importanti per l'ambiente, fatto che Jay non si sentì di contraddire.

"Vuoi sapere dei party in intimo e le lotte coi cuscini, non è vero?"

"Assolutamente."

"Mi dispiace, ma queste cose non succedono."

Non è così, Rossa. Jay aveva partecipato a parecchi di quei party, nel corso degli anni. "Sembra una di quelle azioni da compiere che scrivi nella lista di tutto ciò che vuoi fare prima di morire."

Lei rise. "No, grazie."

"Nemmeno con me?" la provocò lui.

Lizzie divenne rossa. "Ehm, io..."

"Sto scherzando, Rossa." *Non proprio.* Le orecchie vergini della ragazza non erano ancora pronte a certi suggerimenti. "Ora dimmi, perché mi serve la farina?"

Liz arricciò le labbra in un sorriso. "Per i biscotti."

"Per me?"

"Per i tuoi ospiti."

"Oh, Rossa, non funzionerà. Non sono solito condividere ciò che è mio." Si riferiva a molto più che i soli biscotti. Certo, negli anni aveva adorato condividere una donna o due con Luc e Balthazar, ma mai quelle che aveva voluto per sé... come Lizzie. Tuttavia, non era di quello che stavano parlando.

"Chi ha detto che sono i *tuoi* biscotti?" lo prese in giro lei con occhi che le brillavano di gioia. Quel lato giocoso di Lizzie gli piaceva moltissimo, avrebbe perfino ammesso che il loro battibeccare fosse divertente.

"Prima di tutto, hai promesso di prepararmi dei biscotti," le ricordò. "È l'unico modo per sapere di più sui posti in cui ho vissuto, e poi ho pagato io gli ingredienti, quindi sono i *miei* biscotti, Rossa."

"Hai pagato la spesa perché è la tua festa.

Tecnicamente, sei in debito con me per averti salvato la pelle e aiutato a preparare degli spuntini per i tuoi ospiti." Nel suo sguardo si intravide della beffa. "Inoltre, non sono più interessata a conoscere il tuo passato."

"Oh, sappiamo entrambi che sei molto interessata," ribatté Jay. "Non mentire a te stessa."

"Non sei per niente arrogante, eh?"

"Mia cara Rossa, non hai nemmeno assaggiato una punta della mia arroganza, ma sentiti libera di esplorarmi più a fondo quando vorrai."

"Un gesto molto da *vicini*, il tuo."

"Ehi, sto solo cercando di essere ospitale." Fece un cenno alle buste che aveva in mano. "Questa ne è la prova."

Lizzie rise e scosse la testa. "Vuoi che ne porti una?"

"Lo chiede ora, quando siamo a due passi da casa." Jay scosse la testa in un gesto di finta delusione. "E definisce me un cattivo padrone di casa!"

Elizabeth boccheggiò. "Accidenti, avrei dovuto offrirti… Mi…"

"Sto scherzando, Lizzie. Non ti farei mai portare una di queste per me, potrò non essere il migliore dei padroni di casa, ma credo di sapere come essere un gentiluomo." *Anche se tutto ciò che vorrei fare è mollare queste buste, spingerti contro un muro e scoparti quella bella boccuccia.*

Lizzie si affrettò in avanti aprendo la porta dell'edificio e rivolse a Jayson un sorriso a trentadue denti. "Ora sto facendo quella socialmente accettabile."

"Sono abbastanza sicuro che tu sia sempre accettabile," le rispose mentre faceva un cenno al portiere, che se ne stava in piedi dietro Lizzie con un'espressione accogliente. "Ciao, Dennis."

"'Sera Jayson, Lizzie." Piegò in avanti il cappello e

controllò il davanti del palazzo una volta che i due fecero il loro ingresso.

Jayson prese in considerazione l'idea di avvertirlo riguardo la festa, ma Lizzie era già a metà delle scale. Quelle gambe da ballerina sapevano essere velocissime, quando voleva lei.

Lui la seguì con una risatina e salì le scale due alla volta per tenere il passo. Quando arrivarono in corridoio Jay ringraziò tra sé e sé del silenzio che veniva dall'appartamento. Balthazar non era ancora tornato, oppure aveva reclutato meno persone del previsto per la loro piccola soirée.

"Probabilmente è aperto," disse Jayson quando arrivarono davanti alla porta.

Lizzie girò la maniglia e si bloccò mentre della musica sensuale cominciò a fluire fuori dall'appartamento. "Avevi detto una ventina di persone…"

L'Hydraiano sbirciò sopra la spalla della ragazza. "Ho detto almeno una ventina." Sembravano esserci trenta o quaranta persone. Riconobbe diversi Guardiani tra la folla, erano leali fino a un certo punto. Se non avessero lasciato l'appartamento sarebbe andato tutto bene. Il resto degli ospiti erano semplici mortali, seppur rumorosi. Nessun Ichoriano in vista, fatta eccezione per Tristan.

Ecco spiegato il controllo del suono nel corridoio. Uomo intelligente.

Lizzie diede una gomitata a Jay. "Abbiamo bisogno di più cibo, Jayson."

"Andrà tutto bene, Rossa," la rassicurò. "Jacque potrà fare un salto a prenderne altro, se ce ne sarà bisogno."

"Jacque?" ripeté lei.

"Yo." Il teletrasportatore le apparve davanti, letteralmente. Non se ne accorse, perché fissava su Jayson.

"Oh." Lizzie fece un passo indietro e s'imbatté nel petto di Jayson. "Ciao."

"Ciao," le rispose Jacque. "Hai chiamato?"

Jayson alzò le braccia piene di buste della spesa, intrappolando Lizzie. "Jacque, porteresti queste in cucina?"

L'amico sorrise sfacciato. "Certo, Jay, ce le porto." Afferrò le buste e scappò via un po' troppo velocemente, aveva i livelli di energia alle stelle.

"Quello è Jacque," mormorò Jayson chiudendo le braccia sulla vita di Lizzie. Lei non si era allontanata, così lui l'aveva preso come un invito. "È un buon amico a cui piace andare in giro per commissioni."

"Oh," commentò di nuovo lei. Il corpo era caldo contro quello di lui. "Va bene."

"Dovremmo entrare," le sussurrò all'orecchio Jay. Le venne la pelle d'oca su tutto il collo e giù per la spina dorsale, dettaglio che spinse Jayson a fare di più. Si premette contro di lei, incoraggiandola a fare un passo avanti nell'ingresso, poi chiuse la porta con un calcio. Il panorama che gli si presentò davanti corrispondeva a quello che aveva previsto.

Danze.

Alcol.

Libertinaggio.

Tipico di Balthazar. Migliaia di anni prima si faceva chiamare Bacco. La sua leggenda tormentava ancora i libri di mitologia greca, anche se il nome più popolare con cui veniva riconosciuto era Dionisio, grazie ai greci. Nel corso della sua lunga vita aveva perfezionato l'arte di dare feste, e ciò che stava succedendo nell'appartamento di Jayson lo dimostrava.

La musica risuonava all'esatto volume, permetteva di fare conversazione e al contempo incoraggiava la gente a muoversi sul ritmo sensuale. Le luci erano abbastanza alte da poter vedere ma anche soffuse, per donare all'ambiente un po' di erotismo. Era come trovarsi in un mix tra un nightclub e una lounge, il tutto in un appartamento.

Era incredibile, sul serio.

Il famoso dio si avvicinò ai due con entrambi i lati occupati da due donne, la sua espressione era accogliente, in più di un modo. "Ho sentito dire che ci avete lasciati per andare a fare un po' di spesa?"

"Lizzie ha insistito per avere qualche snack per la festa," gli spiegò Jayson passando in rassegna le due belle morettine al fianco dell'amico. *Argentine?*

Balthazar gli fece l'occhiolino come a conferma, poi disse: "Che pensiero gentile, Lizzie."

"Grazie," gli rispose lei soddisfatta. "Avevi ragione sul fatto che Jayson fosse un pessimo padrone di casa."

Oh, che piccola sfacciata.

"Attenta, Rossa," le mormorò Jayson all'orecchio rafforzando la presa su di lei. "O ti farò vedere come faccio festa di solito."

Le guance le si scaldarono contro il naso di lui.

Mmmh.

Quali altre parti del corpo avrebbe potuto farle arrossire? I seni, decisamente. Le cosce si sarebbero arrossate piacevolmente sotto le sue attenzioni, così come avrebbero fatto altre parti più intime della ragazza. Il membro di Jayson si risvegliò, comandato dai pensieri che gli imperavano in testa, non si prese la briga di nasconderlo. Che motivo c'era, ormai? Lizzie doveva sapere che lui la voleva, anche se non avrebbe potuto averla.

Gli impulsi ormonali dell'Hydraiano erano la prova di quanto gli servisse una scopata, ma sembrava che solo una donna sarebbe stata in grado di soddisfare il fuoco che

Lizzie aveva evocato dentro di lui. Era una fortuna che ce l'avesse tra le braccia.

"Niente cibo?" tirò a indovinare la ragazza, con la voce ancora più roca di quando si era presa gioco di lui, poco prima. Il fatto che lei fosse capace di concentrarsi abbastanza da rispondere alla provocazione fece capire a Jayson che avrebbe dovuto alzare la posta in gioco.

Le mordicchiò un orecchio prima di sussurrare: "Dipende dal menù."

Il tremito che ottenne in risposta gli piacque particolarmente.

"Ora siamo su un livello sei," commentò Balthazar interrompendo il momento. "Approvo."

Sappiamo entrambi che sono solito operare a un livello undici, sulla tua scala da uno a dieci, ma mi sto trattenendo per necessità, gli rispose Jayson mentalmente sorridendo sul collo di Lizzie. Il profumo floreale di lei gli risvegliò gli istinti e lo invitò a esplorare di più.

Balthazar si limitò a sorridere. "Beh, ora che siete tornati entrambi, possiamo ufficialmente dare il via a questa festa." Il suo sguardo peccaminoso cadde sulla donna alla sua destra. "Lei è Delfina," si voltò a sinistra, "e lei è Sofia." Fece un cenno con la testa verso Jayson: "Ragazze, lui è l'amico di cui vi parlavo."

Due paia di amorevoli occhi chiari ricaddero su Jayson. Un tempo avrebbero innescato una serie di pensieri sordidi, ma non lo fecero. Sorrise senza percepire particolari emozioni, non erano come quelle che aveva provato battibeccando con Lizzie.

"Signore," le salutò guardandole per bene. Indossavano tacchi altissimi e vestiti cortissimi, segno che B le avesse recuperate da un nightclub, probabilmente a Buenos Aires. La maggior parte dei mortali presenti sembravano provenire da svariate parti del Sud America. Bellissimi e con le curve nei punti giusti, ricordavano a Jayson il suo ultimo viaggio nel continente.

Ben fatto.

Naturalmente, gli rispose Balthazar con uno sguardo più arrogante che mai.

Jayson mormorò alcuni complimenti in spagnolo e le donne ricambiarono. Adorava il loro accento sexy, ma riportò l'attenzione sulla rossa che cingeva tra le braccia e che stava cercando di allontanarsi.

"Vi… vi lascio chiacchierare mentre vado a preparare gli spuntini," disse quando lui le strinse le braccia intorno alla vita. Aveva cercato di essere educato, non interessato, e lei aveva chiaramente frainteso.

Non funzionerà, B, non con lei qui.

O forse anche così. Solo una donna sembrava solleticargli le fantasie, ultimamente, ed era colei che tentava di allontanarsi dalla sua presa inflessibile.

"Lizzie mi ha promesso dei biscotti." Le passò il naso sul collo per calmarla. "E io le devo un bicchiere di vino."

"Davvero, non c'è problema. Posso cavarmela da sola." Provò di nuovo a divincolarsi, ma le braccia di Jayson rimasero bloccate intorno a lei.

"Odio dovertelo dire, Rossa," iniziò Jayson infilandole le dita tra i capelli e inclinandole la testa in modo da potersi avvicinare con le labbra a quelle di lei, "ma non sono ancora pronto a lasciarti andare."

Le pupille le si allargarono nell'esatto modo in cui voleva lui. Quella serata era stata concepita per saziare la sua lussuria con un paio di donne, ma la presenza di Lizzie aveva cambiato tutto. L'idea di stare con un'altra non lo eccitava più, il che significava che avrebbe passato una serata non facile. Almeno avrebbe potuto soddisfare alcuni dei suoi desideri passando del tempo con la sua rossa preferita. Quella fissazione per lei gli sarebbe passata una volta che la missione si fosse conclusa e si fosse preso del meritato tempo per se stesso.

Sfiorò la bocca con quella di lei e sorrise quando sentì l'alito della ragazza sulle labbra. Almeno non era l'unico a dover combattere il desiderio tra loro.

"Vino?" le chiese dolcemente.

"O-Ok."

"Bene." Le disse a fior di labbra, poi non riuscì a trattenersi e la baciò delicatamente. "Andiamo, Rossa."

Jayson la rimise in piedi e cominciò a dire qualcosa a Balthazar e le sue accompagnatrici, ma il trio era di nuovo sparito tra la folla. B era circondato da donne, incluse le due di prima, e stava ballando, riuscendo in qualche modo a far sentire ciascuna di loro adorata al punto giusto.

Goditi la serata, Jay, sembrò dire lo sguardo che lanciò all'Hydraiano.

Una dimostrazione di solidarietà, rispetto e comprensione. Lizzie era un frutto proibito, ma se Jayson l'avesse portata a letto Balthazar non l'avrebbe giudicato. La sua capacità di percepire e controllare le emozioni, così come quella di leggere nel pensiero, gli garantiva una lettura più profonda dell'ambiente circostante rispetto agli altri.

Jayson ricambiò il cenno, grato. Non che avesse intenzione di fare nulla a riguardo... Il proprio autocontrollo lo avrebbe salvato.

Tuttavia, c'erano altri modi con cui soddisfare i propri bisogni.

Magari avrebbe potuto esplorarne qualcuno.

10 UNA PRIMA VOLTA PER TUTTO

SENSAZIONE E PIACERE SONO EMOZIONI INCOMPRENSIBILI
AL SOGGETTO. IL BENEFATTORE È SCONTENTO E CHIEDE
CHE SIA FATTO UN AGGIORNAMENTO ORMONALE. I
TECNICI DI LABORATORIO STANNO LAVORANDO A UN
MODO PER RIMEDIARE ALLA   SVISTA.

-REGISTRO 116.03.4-7

L izzie aveva bisogno di più vino. I tre bicchieri che
aveva già bevuto avevano perso il loro effetto durante
la passeggiata al supermercato con Jayson, quello nuovo
non era abbastanza forte da annientare la follia che
impazzava dentro di lei.

Ogni tocco le faceva ribollire il sangue.

Ogni sguardo seducente le suscitava la pelle d'oca.

Per non parlare dei baci.

Strinse le cosce.

Cosa sta cercando di farmi?

Nessun uomo l'aveva mai fatta sentire in quel modo, in
tutta la sua vita... nemmeno Tom. Lizzie non sapeva come

gestire la situazione e il vino non sembrava fare nulla per calmarla.

"Cosa vuoi che faccia con questa?" chiese Jayson indicando l'uva che Lizzie aveva comprato.

Anche quelle semplici parole sembravano avvolte in un doppio senso.

Lizzie doveva averlo frainteso.

Tutto quel toccare, però... è irrilevante.

Un uomo che desiderava il tipo di relazione che anche Lizzie voleva non avrebbe flirtato apertamente con altre donne di fronte alla diretta interessata. Jayson aveva sicuramente flirtato con le modelle che stavano nell'altra stanza; Lizzie non poteva biasimarlo, erano bellissime.

Siamo solo amici, si ricordò lei concentrandosi sul proprio compito.

"Dobbiamo lavarla e metterla in una ciotola." Ne tirò fuori una da un armadietto e la passò a Jay. "Io mi occupo dei cracker e i formaggi." Lizzie aveva pensato che gli snack da vino sarebbero stati la scelta migliore, visto ciò che lui preferiva bere, ma gli amici non sembravano particolarmente interessati al cibo, in quanto erano troppo impegnati a ballare e strusciarsi gli uni sugli altri.

A ognuno il suo, pensò Lizzie. Avrebbe sistemato il cibo sul tavolo per chi fosse interessato, poi avrebbe lasciato Jayson alla festa. Dubitava che lui avrebbe voluto averla lì, quelli erano i *suoi* amici, Lizzie avrebbe capito.

Magari avrebbe chiamato Kristin o Cam, doveva ancora loro una serata tra ragazze, non era troppo tardi per rimediare. Probabilmente erano fuori a bere da qualche parte. Lizzie avrebbe preferito unirsi a loro piuttosto che tornare a casa in solitaria. Issac e Stas probabilmente erano ancora lì; visto il modo in cui se ne era andata, Lizzie non ci teneva a vederli.

Finì di comporre il piatto e notò Jayson che la fissava. "Che c'è?"

Lui si avvicinò e le portò un pollice sulla fronte, nello spazio tra gli occhi, poi cominciò a massaggiare lentamente. "Sto cercando di capire chi o cosa ti ha fatto venire questa ruga qui in mezzo. Pensavo che ci stessimo divertendo."

"È così... No, intendo dire, non è così." Per l'amor del cielo! Le mani di Jay le impedivano di formulare frasi corrette. Lizzie si schiarì la gola e provò di nuovo: "Mi ero distratta."

"Hai bisogno di aiuto per concentrarti?" Le prese il coltello dalle mani e lo mise da parte, imprigionandola contro il bancone della cucina. "Perché sarei felice di aiutarti."

Il cuore le fece un sussulto e le si mozzò il respiro. "Ok," riuscì a dirgli.

Jayson fece sfiorare le loro labbra in uno dei suoi famigerati baci casti. A lei piacevano, ma ognuno di essi le approfondiva una sensazione di bisogno che le ribolliva dentro, non avrebbe potuto resistere ancora per molto. Lo stomaco le ricordava l'inferno: fiammeggiante, contorto e desideroso di uno sfogo che solo Jay avrebbe potuto fornire.

La rossa gli passò le mani sulle braccia, perdendosi nella seta italiana della giacca. Lizzie adorava quel look elegante e sexy, Jayson stava proprio bene. Gli tracciò la linea del colletto prima di passare le unghie sul collo e poi su, fino ai capelli.

Tutti i baci che si erano scambiati fino a quel momento erano stati sotto il controllo di lui, ma lei voleva di più.

Chiuse le dita in pugni e gli si avvicinò.

"Smettila di provocarmi e baciami," gli ordinò. Quella

voce non sembrava appartenerle, era bassa e calda, ma ottenne la reazione che voleva.

"Stai attenta a ciò che desideri, Rossa." La sollevò sull'isola, la tirò a sé e le si mise tra le cosce. "Potresti ottenerlo."

Quando lui le intrappolò le labbra in un bacio fatto per distruggerle i sensi, il corpo di Lizzie prese fuoco.

Oh, mio, Dio.

Quella lingua… Lizzie non sapeva che avrebbero potuto muoversi in quel modo. Lottò per stare al passo, affondandogli le unghie nel cuoio capelluto mentre lui la possedeva dentro e fuori. Non si sarebbe mai e poi mai pentita di aver desiderato ciò.

Lei aveva chiesto, lui aveva eseguito.

Jay le portò le mani sui fianchi e le fece venire i brividi, i capezzoli le si inturgidirono. Quando le raggiunse il collo, lei era come argilla nelle sue mani e gli avrebbe permesso di fare qualsiasi cosa.

Le piegò la testa su un lato, posizione che gli permise un'entrata più profonda in bocca, e allineò il corpo con quello di lei.

Una scossa elettrica le percorse la spina dorsale, tra shock e desiderio fisico. Nessun uomo l'aveva mai toccata lì, ma Lizzie riusciva a sentire Jayson attraverso la barriera sottile delle mutandine.

Indossava un vestito.

Aveva le gambe avvinghiate a un uomo.

In cucina di lui.

Deliziosamente sfrenato.

Lizzie non l'avrebbe mai immaginato, nemmeno nei sogni più reconditi, eppure il tutto sembrava accadere naturalmente. Al contempo era terrificante.

Il mix di emozioni viaggiava dalla bocca di lei a quella di lui, mentre la rossa tentava di ricambiare il bacio dimostrando abilità pari. La ragazza sapeva che la propria esperienza impallidiva di fronte a quella di lui, come era evidente dalla facilità con cui le dominava le labbra e le prendeva il controllo del corpo in un paio di mosse esperte.

Lizzie non riusciva a far sì che le importasse, non quando i livelli di euforia erano così alle stelle. Jayson aveva le dita nei capelli di lei e li tirava quanto bastava per farla rimanere ferma lì, a prendere quella lezione sensuale.

Le gambe di Lizzie si strinsero intorno ai fianchi di lui, lottando per qualcosa che nemmeno lei riusciva a capire bene.

Frizione.

Calore.

Di più.

Jay si allontanò imprecando, il fiato era caldo sulle labbra della rossa.

"Andiamo, non vi fermate per colpa mia." La voce poco familiare fece gelare il sangue nelle vene di Lizzie.

L'abbraccio di Jayson le aveva fatto dimenticare ogni pensiero e ragione, compreso il fatto che non erano per niente soli, in quell'appartamento. Un dettaglio che Liz non aveva nemmeno considerato mentre lui la divorava sul bancone della cucina.

A quanto pareva si erano guadagnati un pubblico composto da almeno una persona.

Jayson passò le dita tra i capelli di Lizzie, spazzolandoli, prima di abbassare le mani sui fianchi. Lei si aspettava che lui si allontanasse, ma non lo fece. Una parte di lei avrebbe voluto che lo facesse, in modo da potersi alzare e sistemarsi il vestito. Al contrario, l'altra parte si sentiva protetta dalla posa possessiva dell'Hydraiano.

Quel pensiero la lasciò senza parole, un po' mortificata per essere stata colta in flagrante, ma al contempo accaldata e vogliosa. Lizzie non infrangeva mai le regole dettate dal galateo, le aveva come incise nella mente dopo anni e anni di allenamento, ma Jayson aveva annientato quei limiti con quei baci che creavano dipendenza. Lizzie non se ne stava affatto pentendo.

"Che peccato," mormorò la voce quando l'uomo a cui apparteneva aprì il frigorifero.

"Tristan," grugnì Jayson. "Posso aiutarti a trovare qualcosa? La porta, magari?"

"Volevo altro vino ma sono stato distratto dallo show." Il frigo si chiuse con uno scatto. "Sai come la penso sul voyeurismo."

La stretta di Jayson si fece più forte. "Porta le tue fantasie altrove."

"Da quando ti dispiace avere spettatori?" gli chiese Tristan con una strana inflessione nella voce. *È irlandese, forse?*

Il bicchiere di vetro fece rumore sul bancone di granito mentre Tris si versava il vino. Lizzie riusciva a sentire il freddo della bottiglia vicino al fondoschiena, ciò le mandò un brivido lungo tutta la spina dorsale.

O forse era la vicinanza dello straniero a turbarla.

"Mi sembra di ricordare che ti piaccia fare l'esibizionista," continuò Tristan. "Non dirmi che anche tu stai cambiando gusti. Non posso sopportare l'idea di perdere due dei miei migliori amici per via delle loro animalette. Anche se devo ammettere che questa sia piuttosto carina." Le passò un dito su un braccio e Jayson la strattonò a sé.

Lizzie si aggrappò alle spalle di Jay per tenersi in equilibrio e finalmente rivolse un'occhiata alla figura alta dietro di lei. Un paio di occhi verdi la fecero prigioniera.

"Sì, è proprio carina." Il sorriso dell'uomo poteva essere definito solamente come malvagio. Guardò oltre lei, al ragazzo che aveva tra le gambe e aggiunse: "Ma vedo che non sei disposto a condividere, quindi troverò un altro spuntino altrove."

"Una mossa piuttosto saggia," replicò Jayson. "E cerca di non versare nulla."

"Ora mi stai insultando, Jay. So da solo che non è il caso di invadere il tuo spazio personale." Rimise la bottiglia di vino in frigo e prese in mano il bicchiere. "Posso darvi un consiglio?"

"Tanto lo farai comunque."

"Proprio così," annuì Tristan. "Vi suggerisco di spostarvi in una location più privata se non volete invitare spettatori. Potresti dare il messaggio sbagliato a chi ti conosce bene."

Lizzie deglutì e tornò a concentrarsi su Jayson. Quel tizio continuava a parlare di *condividere, stare a guardare* e lei aveva capito che fossero allusioni sessuali, ma fino a che punto? La poca esperienza della ragazza si limitava a un paio di esemplari maschili e niente movimento al di sotto della vita. Non sarebbe mai e poi mai stata all'altezza di ciò che Tristan stava insinuando.

"Grazie," rispose Jayson guardando l'amico. "Ora torna a essere utile nella sala da pranzo, sento un po' troppo rumore."

"Oh, ho come l'impressione che sentirai molto più rumore, più tardi, amico mio." Lo scherno nella voce di Tristan provocò una smorfia a Jayson. "Non preoccuparti, terrò tutto sotto controllo io per te, perché è così che mi comporto con gli amici."

Lizzie non aveva idea di cosa stesse dicendo, ma pensò che fosse una sorta di battuta tra loro, anche se l'espressione sul volto di Jayson suggeriva che "battuta" fosse il termine sbagliato da usare.

"Come se tu non ci guadagnassi nulla da ciò," replicò Jayson.

"Certamente," mormorò Tristan. "Per quale altro motivo pensi che metta a frutto i miei talenti per una situazione così ridicola?"

"Perché sei un ottimo amico?" suggerì Jayson.

"Apprezzo l'umorismo, Jay. Goditi la serata... So che io mi godrò la mia." Passò ancora una volta un dito sulle braccia di Lizzie, o almeno ci provò, perché Jayson lo fermò prima che arrivasse al gomito della ragazza.

"Smettila di giocare," gli disse Jayson a bassa voce.

Tristan sorrise e divincolò la mano. "Magari la prossima volta."

Gli occhi verdi scintillarono malvagi e incontrarono quelli di Lizzie. "Piacere di conoscerti, tesoro. Vado matto per le donne silenti."

Lizzie spalancò la bocca ma prima che riuscisse anche solo a formulare una risposta Tristan aveva lasciato la cucina con in mano il calice di vino e la ciotola piena d'uva preparata da Jayson.

Un paio di mani calde le accarezzarono le guance, riportandole l'attenzione sull'uomo che aveva tra le gambe. "Scusami Liz, è uno stronzo."

"Hai degli amici molto strani," si lasciò sfuggire lei. Prima quel suo collega, Kiel. Poi Balthazar (che non era strano, ma di una bellezza impossibile e fin troppo affascinante) e infine Tristan. "Come li conosci? Non ti sei appena trasferito qui? Chi sono tutte quelle persone? Parli spagnolo?"

Non riusciva a porre fine a quel vomito di parole, una conseguenza dell'essere sorpresa, imbarazzata e un pochino sopraffatta. "Ho bisogno di più vino," decise Lizzie.

Jayson la bloccò dal voltarsi, si allungò dietro di lei per prenderle il calice e glielo porse.

"Balthazar è qui per farmi visita dal posto dove vivevo

prima, Tristan è un vecchio amico che abbiamo in comune, vive qui in città. Quanto agli altri, riconosco qualcuno, mentre il resto sono conoscenze di Balthazar. È stato lui a voler organizzare questa festa, io parlo molte lingue." Le infilò una ciocca di capelli dietro le orecchie e sorrise. "Ho risposto a tutto?"

Lizzie si scolò il restante del bicchiere di vino e cercò di rispondere: "Quella... ehm, quella cosa del condividere?" Non aveva l'aplomb per chiarire ulteriormente, era diventata rossa anche solo per aver accennato alla questione. Forse era colpa dell'alcol. "Ne voglio ancora."

Gli porse il bicchiere e lui la guardò, studiandola. "Quanto hai già bevuto stasera, Rossa?"

"Mi stai accusando di essere sbronza?"

"No." Spostò il bicchiere su un lato. "Te l'ho chiesto perché voglio che tu sia sobria."

"Perché?" Bere non era l'obiettivo principale di dare feste?

Jay le portò le mani al viso e la costrinse a guardarlo negli occhi.

"Perché ho bisogno del tuo consenso."

Lei aggrottò la fronte. "Per cosa?"

"Per ciò che voglio farti." Le tracciò il labbro inferiore con un pollice. "Ma prima dobbiamo determinare i tuoi limiti."

Alle parole e al tono caldo della voce di Jay le si seccò la bocca. Tutto l'imbarazzo dovuto all'interruzione di Tristan era sparito e si era riaccesa quella strana sensazione di calore nelle vene.

"Tu mi piaci," gli disse Lizzie d'impulso. "Ecco perché sono venuta qui, stasera. Per dirti che mi piaci."

Molto matura, Liz, pensò lei rabbrividendo. Quanti anni aveva, dodici?

Fortunatamente Jayson sembrava più divertito che

infastidito. "Ah, sì? Penso che tu l'abbia fatto capire bene."
La baciò dolcemente. "Il sentimento è reciproco, Rossa,"
aggiunse con un bacio tenero. La fece scendere dal
bancone e le sistemò il vestito. "Seguimi."

Al diavolo.

Jayson sarebbe andato comunque all'inferno, almeno
avrebbe potuto divertirsi durante il viaggio.

Non incontrò lo sguardo di Balthazar mentre
trascinava Liz verso la camera da letto, ma sentì quello
dell'amico su di lui.

Lo sentiva soddisfatto, perché quello era stato
chiaramente il suo piano fin dall'inizio.

Quand'è che ti ho mai deluso? Sembrava chiedergli.

Mai.

E stasera non fa eccezione.

Bene. Jayson si sarebbe lasciato un po' andare. Dopo
due mesi passati a concentrarsi sulla missione se lo
meritava. Se Lizzie non lo avesse voluto non l'avrebbe
toccata, ma quel piagnucolare disperato in cucina aveva
confermato i sospetti di lui.

Lizzie non si rendeva nemmeno conto delle reazioni
del proprio corpo, o del fatto che fosse stata sull'orlo
dell'orgasmo dopo appena un paio di tocchi innocenti.

Jayson si frenò dal gemere davanti all'inesperienza
della ragazza: lo sbalordiva.

Quel desiderio tra loro era come una follia divoratrice
e presto avrebbero dovuto fare qualcosa a riguardo.

Tuttavia, ci sarebbero state delle regole: per lui non
per lei.

Lizzie aveva bisogno di un'introduzione lenta, Jayson si
rifiutava di sopraffarla. Si meritava molto di più.

Non avrebbe potuto scoparla come voleva fino a che non avesse saputo la verità.

Accidenti, Jayson non avrebbe nemmeno dovuto essere in quella situazione senza averle raccontato tutto, ma il senso dell'onore si era preso una pausa durante il loro intermezzo in cucina.

Quella serata sarebbe servita per farla godere e basta.

L'avrebbe perdonato per ciò, vero?

L'accompagnò alla propria camera da letto e chiuse la porta a chiave dietro di loro.

"Quindi, ehm…" Lizzie lo guardò attraverso le lunghe e spesse ciglia mentre arrossiva violentemente. "Hai parlato di limiti?"

"Sì, l'ho fatto." La intrappolò contro una parete, poggiando entrambi i palmi delle mani ai lati della testa di lei. "Niente sesso, stasera."

Lizzie spalancò la bocca. "Co-cosa?"

"Già. Questa reazione è esattamente il motivo per cui non faremo sesso, stasera." Le percorse ogni centimetro del vestito rosso fuoco con lo sguardo prima di guardarla di nuovo in faccia. "Ma sono aperto ad altre opzioni, se anche tu sei d'accordo." *Come toglierti questo vestito ed esplorare la carne al di sotto con la lingua.*

La lingua rosa di Lizzie uscì allo scoperto per leccare le labbra e Jayson si chiese che sensazione avrebbe provocato contro il membro.

Non che l'avrebbe scoperto quella sera.

Era il turno di Lizzie.

Passò il naso sul rossore delle gote di lei, fino all'orecchio. "Cominciamo con le domande più semplici," suggerì lui. "Che ne pensi se ti tolgo il vestito?"

Lei rabbrividì e lui sorrise. "Mmmh, quindi approvi. Anche io. Che altro, Rossa? Che altro mi è permesso rimuovere?"

Lasciò cadere una mano su un fianco di Lizzie e scivolò verso l'alto per sfiorarle la parte inferiore del seno. "Il reggiseno?" sussurrò lui. Un altro tremito seguito da un lieve gemito lo incoraggiarono a proseguire verso il basso, dove il tessuto del vestito finiva e iniziava la gamba di Lizzie. Esplorò l'orlo prima di pizzicare l'interno coscia.

Lizzie cominciò ad ansimare e Jayson si fermò.

"Un limite," mormorò. "Mmh, posso lavorarci."

"Io..." Il corpo le si fece rigido e prese a tremare. "Io... non lo so."

Perché nessuno l'aveva mai toccata lì prima. Jayson lo capiva.

"È per questo che abbiamo i limiti, Rossa," le disse in tono rassicurante. Non avrebbe mai forzato lei, o nessun'altra donna, in una situazione scomoda. Andava contro il suo codice personale. "Non sono... sicura." Un secondo tremito, più emotivo che sensuale.

Jayson le baciò il collo facendola rilassare nuovamente. Tolse la mano dalla coscia e la alzò per insinuarsi tra i capelli. "Sarei felice di poterti baciare per tutta la notte, Elizabeth. Con o senza vestiti. Sarà una tua scelta." Le baciò una vena in cui riusciva a sentire il battito cardiaco, succhiando leggermente e tirandole fuori quei gemiti bisognosi.

Così, dolcezza. Torna da me.

Lei gli conficcò le unghie nelle braccia, tirandolo verso sé. Jay premette i loro fianchi insieme, testando un altro limite. Elizabeth reagì inarcandosi verso di lui. L'Hydraiano spinse i propri bisogni da parte, insieme all'uccello dolorante, per concentrarsi su di lei. Si sarebbe potuto godere una bella doccia, una volta finito.

"Mmmh, penso che potremmo iniziare." Si allontanò per guardarla negli occhi. "Dimmi se mi spingo troppo oltre, Rossa. Una parola e io mi fermerò, capito?"

L'espressione stordita e un lieve cenno di assenso non erano abbastanza per lui.

Le strinse la presa sui capelli, tirando leggermente.

"Elizabeth, ho bisogno di sapere che userai la voce, oppure non potrà funzionare."

Riusciva a leggere tutti i segnali del corpo della ragazza, ma la partecipazione vocale era uno dei requisiti principali di Jayson.

Lei deglutì cercando di diradare la foschia dovuta dall'eccitazione abbastanza da concentrarsi. "Va bene."

"Non è abbastanza." Le mordicchiò la mandibola. "Cosa dirai quando avrai bisogno che rallenti il ritmo? Se qualcosa è troppo intenso?"

Lizzie lo guardò sbattendo le palpebre. "Di... ehm, smettere?"

A Jayson si scaldò il cuore davanti alla genuinità di quella risposta. Si sarebbe divertito un mondo ad addestrarla nell'arte della seduzione e del sesso. Forse un po' troppo. "Possiamo iniziare così, se vuoi, ma potrebbe servirti una parola diversa, prima o poi."

Lizzie incurvò le labbra verso il basso. "Perché?"

Jayson le portò le labbra a un orecchio. "Perché, Rossa, a un certo punto il piacere sarà talmente intenso che mi pregherai di smettere, anche quando sarà l'ultima cosa che vuoi."

"Avremo tempo di esplorare ciò, quando sarai pronta." Quelle parole bruciarono la pelle sensibile di Lizzie.

Oh. Mio. Dio.

Poteva farle un effetto simile?

Come?

La fece rabbrividire di nuovo portandole le labbra sul

collo. Come se essere intrappolata tra lui e la parete non fosse già abbastanza, aveva dovuto aggiungere le talentuose labbra all'equazione.

È tutto un casino.

Uno dei migliori, però.

O almeno, così sperava Lizzie.

Perché accidenti, Jayson stava muovendo di nuovo le mani in quel modo, le tracciava i fianchi e si fermava proprio sotto al seno. Lei avrebbe voluto spostarlo più in alto, ma non sapeva come fare.

"Girati," mormorò lui. "Metti le mani sul muro."

Lizzie non sapeva come sentirsi ma eseguì l'ordine perché voleva di più. Mentre lui le raccoglieva i capelli e glieli faceva cadere tutti su una spalla, nello stomaco le si liberarono un milione di farfalle. Jay percorse la zip del vestito da capo a piedi, mandandole il sangue in ebollizione.

"Respira, Rossa." Le baciò la nuca e le venne la pelle d'oca su tutta la schiena. O forse quello era il risultato di essere esposta centimetro dopo centimetro. Non lo sapeva, non le interessava, non riusciva a concentrarsi.

Mi vedrà nuda.

È come partecipare a una gara di costumi da bagno.

Non è assolutamente la stessa cosa.

Merda, che biancheria aveva addosso?

Bordeaux.

Giusto.

Abbinata al vestito.

Culotte, non un perizoma, e un reggiseno in seta. Proprio come un bikini, solo più scollato. Avrebbe potuto farcela.

Il vestito cadde a terra.

Oh, cielo.

Il calore le si estese su tutta la schiena mentre lui

premeva i palmi sulla pelle scoperta. "Così mi uccidi, Lizzie." La fece voltare lentamente per guardarlo in faccia, l'eccitazione sul volto dell'uomo le fece perdere l'equilibrio.

Non aveva mai visto un uomo guardarla in *quel* modo.

Famelico.

Sexy.

E incredibilmente eccitante.

Innescò qualcosa nel profondo della ragazza, una sicurezza che non sapeva di possedere.

Lui mi vuole. Lizzie poteva vederlo nel modo in cui gli occhi color cioccolato di lui le passavano in rassegna ogni centimetro di pelle, in un'ammirazione imperturbabile.

Liz non sapeva che farsene di quella nuova consapevolezza, ma avrebbe voluto baciarlo fino alle lacrime. Non aspettò o chiese, al contrario, sfruttò le scarpe col tacco per avvicinarsi a lui e premere le labbra contro quelle di Jayson.

Lui rispose immediatamente, prese il controllo del bacio con la lingua e sospinse Lizzie contro il muro. Lei gemette contro la bocca di Jay, mentre lui le apriva le gambe infilandoci una delle sue.

Che bello.

Lizzie voleva di più.

Quel fuoco si stava attizzando di nuovo, coinvolgente e consumante.

Jay le portò le dita tra i capelli ancora una volta, facendola piegare all'angolo che desiderava e con la mano opposta le spostò i fianchi in modo da farle avanzare il bacino. Lizzie sussultò quando quel punto dolce toccò la coscia muscolosa di Jayson.

Oh, le piaceva.

Quell'uomo risvegliava qualcosa dentro di lei di cui non era a conoscenza. Riusciva a capire i concetti di piacere e desiderio, ma raramente a sperimentarli. Anche quando ci aveva provato da sola, la notte, non era successo nulla. Riusciva a provare attrazione, perfino amore, ma niente di simile a quello che provava in quel momento.

Lo baciò più a fondo e lui ricambiò, continuando a tenere la gamba in mezzo a quelle di lei e applicare pressione dove Lizzie la desiderava di più.

Cosa mi sta succedendo?

Si sentiva disinibita, lasciva e del tutto viva.

Quando la sensazione si fece più forte, gli conficcò le unghie nel cuoio capelluto e lui sorrise contro le labbra di lei. "Di cosa hai bisogno, Rossa?"

Lizzie non riusciva a formulare una risposta, perché non lo sapeva.

Jayson le prese i seni tra le mani e lei si inarcò istintivamente.

Sì, voleva quello. Ardentemente.

"Pelle," riuscì a dirgli mentre il fuoco le danzava nelle vene.

Jay fece sparire il reggiseno e lei gemette dopo che lui le aveva dato ciò che voleva. Ma non era ancora abbastanza.

"Shhh, ci sono io qui," le mormorò contro la bocca. La prese in braccio e la portò sul letto, dove la fece adagiare fin troppo delicatamente. I palmi di lui le scivolarono lungo le gambe e le caviglie. Le tolse le scarpe e le lasciò cadere sul pavimento.

Ogni parte di lei desiderava avere di più, facendola contorcere sul materasso. Jayson la guardò con espressione affamata mentre si toglieva la giacca e la posava sopra la sedia nell'angolo.

Lizzie si bloccò quando la mano di lui si posò sul primo bottone della camicia elegante.

Il cervello le aveva messo insieme un'immagine che potesse evocare ciò che si celava al di sotto, inumidendole ancora di più lo spazio tra le cosce.

Oh, sì per favore.

Jay si slacciò lentamente i bottoni uno a uno, osservando le reazioni di lei con sguardo vorace.

"Cosa mi stai facendo?" gli chiese lei con un gemito.

"Sto prolungando il momento," rispose lui piegando la testa di lato con un sorriso consapevole. "Fidati di me, più tardi mi ringrazierai."

"Ora come ora, vorrei ucciderti."

"No, dolcezza, vorresti scoparmi. Capisco che tu possa confondere le cose, ma non sono collegate tra loro." Finì di togliersi la camicia e la canottiera, cominciò ad allentarsi la cintura.

Le labbra di Lizzie si spalancarono e lui si fermò. Come avrebbe potuto resistere a Jayson nudo?

Qualsiasi cosa lui avesse visto nello sguardo di Lizzie doveva averlo compiaciuto, perché continuò a liberarsi dei jeans.

Indossava un paio di boxer neri.

Anche da nudo, Jay aveva un ottimo senso modaiolo. Non allo stesso modo di altri uomini, che favorivano i completi, ma era un tipo da moda europea. Lizzie approvava alla grande, specialmente a vederlo andare verso di lei con tutti quei muscoli che si tendevano e flettevano.

Quando le si mise sopra, le mancò il respiro.

"Hai un seno meraviglioso," le mormorò contro un capezzolo.

Mantenne il contatto visivo mentre lo prese in bocca. Lizzie sussultò contro il letto in risposta, facendolo ridere.

"Mmmh, quindi approvi." Si spostò sull'altro e succhiò più forte. Lizzie emise un gemito disperato proveniente dalla gola.

Quelle sensazioni erano al contempo troppo e troppo

poco. Lizzie non sapeva di cosa avesse bisogno, ma solo ciò che voleva. E accidenti se lo voleva.

Jayson le posò dei baci lungo lo stomaco mentre lei si contorceva di piacere, finché non le arrivò in mezzo alle cosce non capì quali fossero le intenzioni di Jay.

Lizzie era sul punto di dire stop quando lui fece qualcosa con la bocca che lei non avrebbe mai potuto prevedere.

Ecco, le disse la mente mentre lei affondava le unghie nel materasso.

Era proprio *quello* che desiderava.

Il corpo prese a tremarle mentre lui le torturava il punto più intimo attraverso la seta delle mutandine e faceva pressione con la lingua.

Magia.

Quell'uomo aveva un tocco mistico.

Ecco cosa aveva causato tutto ciò. Anche mentre si toccava da sola lì sotto, non aveva mai sentito niente del genere e non le era nemmeno mai piaciuto farlo. In quel momento le piaceva *molto* ciò che lui le stava facendo con la lingua.

"Jayson," sussurrò incerta.

Lui si allungò a prenderle una mano e lei gliela strinse fortissimo. Quel sentimento era quasi doloroso e le fiamme le consumavano ogni pensiero.

Il ritmo di lui, il calore, la presenza... erano tutto ciò che lei conosceva.

E l'inferno che si diramava dentro di lei, in una zona segreta a cui non aveva mai avuto accesso prima di quel momento...

...si riverberò ed esplose senza avvertirla, mandandole l'anima in frantumi e sparandole lampi celestiali dietro gli occhi. Lo stato di estasi risuonò attraverso ogni centimetro del suo essere e le sgorgò dalle labbra in un urlo infinito.

Avrebbe dovuto vergognarsi, ma non aveva la forza di farlo. Non dopo ciò che lui le aveva appena fatto.

Quante altre volte aveva provato a raggiungere quella sensazione e aveva fallito? Era solita gettare la spugna ancora prima di iniziare, sapendo che non avrebbe funzionato, ma Jayson aveva giocato con il suo corpo come solo un maestro era in grado di fare, e lei aveva risposto.

Lizzie continuò ad ansimare e Jayson le si posizionò di nuovo sopra. Sulle labbra portava un sapore dolce e Lizzie realizzò con sorpresa che si trattava della propria essenza sulla lingua di lui, una ricompensa peccaminosa che le fece ispessire il sangue e offuscare il giudizio.

Jayson l'aveva corrotta del tutto e a lei non importava minimamente. Tutto ciò che avrebbe desiderato era... "Ancora."

"Tutta la notte, Lizzie." Jay approfondì il bacio e insinuò una gamba tra le cosce di lei. "Qualsiasi cosa tu voglia."

Lei scosse la testa. "Nudi." Avrebbe voluto sentire quella lingua dappertutto, e non attraverso una barriera di seta.

Lui schioccò la lingua. "Dunque, Rossa, abbiamo posto dei limiti all'inizio della serata ed eravamo d'accordo a tenere addosso le mutande, questa sera." Le si strofinò sul collo. "Sentiti libera di negoziare, la prossima volta."

Il sangue di Lizzie riprese a bollire al pensiero del futuro e si ritrovò ad annuire vigorosamente. Lui rispose ridendo e il petto gli vibrò in modo spettacolare. Poi la baciò, mettendo a tacere tutti i pensieri e utilizzando la pressione per farla morire di piacere ancora e ancora.

Tutta la notte, le aveva detto.

Oh, sì.

11 COLAZIONE

GLI INTEGRATORI ORMONALI SOMMINISTRATI NON
FUNZIONANO COME DESIDERATO. IL BENEFATTORE RICHIEDE
UN IMMEDIATO ULTERIORE AUMENTO DI DOSAGGIO.

- REGISTRO 116.07.4-7

Il piano di Jayson gli si era ritorto contro.

Pensava che passare una notte a letto a compiacere Lizzie lo avrebbe aiutato a curare le proprie tentazioni, ma non aveva fatto altro che intensificarle. La passione della ragazza si era fatta viva in modo inaspettato, facendolo impazzire ancora di più. Riusciva a sentire il calore della ragazza anche in quel momento, mentre gli stava rannicchiata contro. Si era trasformata in una dea sensuale sotto il tocco di Jayson, e lui aveva adorato ogni minuto insieme a lei.

Voleva di più.

Molto di più.

Jay si portò una mano sulla fronte ed espirò. Non sarebbe finita bene, lui lo sapeva. Il secondo dopo che

Lizzie avrebbe scoperto la verità tutto ciò sarebbe svanito, eppure l'Hydraiano non riusciva a pensare di portare avanti il loro rapporto con lei all'oscuro di tutto. Non era giusto nei confronti di Elizabeth.

Quell'enigma gli fece venire un mal di testa fortissimo e una potente erezione.

Aveva bisogno di una bella doccia, preferibilmente con la Rossa che gli usava la spalla come cuscino.

Le manie di controllo non erano mai state tanto importanti come la sera prima, quando lei lo aveva pregato di poterlo toccare e ricambiare il favore. Gli ci era voluta più energia del dovuto per dirle di no, principalmente perché continuava a silenziare le richieste della ragazza soddisfacendola sessualmente.

Si era accasciata su di lui verso le cinque di quella mattina, ecco perché si stavano svegliando nelle prime ore del pomeriggio. Jay aveva dormito più del previsto e si era svegliato con la voglia travolgente di averla sotto di lui e di possederla.

Accidenti, che strano.

A Jayson piaceva avere le donne nude nel letto, ed era solito intrattenerle con un secondo round di piacere mattutino, ma quello verso Lizzie era un desiderio innaturale. Andava molto più in profondità di un semplice desiderio carnale, ciò lo spaventò a morte.

Non era un tipo da 'una botta e via', più uno da 'una botta e poi forse un'altra botta più tardi?'.

Con Lizzie pensava di poter essere più un tipo da 'ama lei e solo lei'. Specialmente dopo averla vista lasciarsi andare tra le proprie braccia. Rispondeva al suo tocco come nessun'altra faceva da tempo immemore.

Deve essere uno scherzo.

Magari è qualcosa correlato con i suoi geni?

Avrebbe dovuto chiedere agli altri se anche loro

sentivano quella strana attrazione verso di lei. Quel pensiero gli stava incasinando la testa. Entrambe... le teste.

Lizzie spostò una coscia sopra quella di lui, arrivando a toccarlo nella parte in cui lui desiderava di più. Era come se il corpo di lei conoscesse i bisogni di Jayson senza nemmeno chiedere.

Quella donna era chiaramente stata creata per testare i limiti del controllo dell'Hydraiano e distruggerlo.

Jay tenne a bada un grugnito mentre lei gli premeva il seno prosperoso contro un fianco.

Paradiso. Ecco dove si sentiva con lei accanto. Ogni peccaminosa parte di lui lo stava pregando di tirarla maggiormente a sé e di scatenare le voglie più oscure. Tuttavia, Lizzie non era affatto pronta per lui e non solo a causa dei segreti tra loro.

La rossa spostò la gamba più in basso, poi più in alto, infine gli si mise a cavalcioni prima che Jay potesse reagire e lo fissò con occhi ancora insonnoliti.

"Buongiorno," mormorò con la voce lussuosa e piena di sonno. Era bellissima e quello sguardo era fatto della stessa sostanza del puro sesso non adulterato.

Le posò una mano sulla vita. "Buon pomeriggio," la corresse con un sorriso. "Dormito bene?"

"Sì." Dondolò i fianchi sull'erezione di lui mormorando, provocandogli un piacere che gli andò dritto ai testicoli. Jay rafforzò la stretta su di lei per costringerla a fermarli, ma Lizzie si ribellò e si piegò in avanti, poggiandogli il seno sul petto e baciandolo sulla mascella. "È un nuovo giorno, sono pronta a rinegoziare."

Merda.

"Lizzie..."

Lei lo zittì con un bacio con tanto di lingua, mettendo in gioco tutti i trucchetti che lui le aveva insegnato la sera prima. La velocità con cui lei aveva appreso certe preferenze lo stupì. A ogni modo, aveva fallito nel ricordare un importante elemento della loro relazione.

Jay rotolò sopra di lei e le immobilizzò le mani sul materasso, ai lati della testa. "Dimentichi un dettaglio importante, Rossa."

Un paio di bellissimi occhi marroni lo fissarono e le guance le si imporporarono. "Che cosa?" gli chiese lei con voce roca.

"Non sei tu ad avere il comando, tesoro." Le mordicchiò un labbro, poi passò all'orecchio. "E io dico che ancora non si rinegozia." Le passò la lingua lungo il collo, fino alla clavicola e ancora più giù, fino al picco roseo dei seni.

Avrebbero potuto testare un nuovo limite prima di colazione.

Invece di prendere il capezzolo sensibile tra le labbra e succhiarlo, Jayson lo sfiorò con i denti e sorrise quando lei si inarcò contro il letto. L'aumento di pressione le provocò un gemito soffocato che gli mandò una scossa elettrica dritta all'uccello.

Sembrava che a Lizzie Watkins piacesse mischiare un po' di dolore al piacere. Jay si sarebbe divertito a provare di nuovo, più tardi.

Lasciò andare il capezzolo torturato, poi le lasciò un bacio a bocca aperta sull'altro e la lasciò sola sul materasso.

Lei lo guardò confusa. "Dove stai andando?"

"A fare un brunch," rispose lui. "Abbiamo bisogno di mangiare." Gli istinti gli dicevano che qualcuno si dava da fare in cucina.

"Ma…" Lizzie si leccò le labbra e guardò l'erezione mal nascosta nei pantaloncini di Jayson. Lui combatté la voglia di mettersi a ridere. Sembrava che fosse pronta a divorarlo… se solo lui glielo avesse permesso.

"Quello non fa parte del menu, Rossa." Prese un paio

di boxer e una maglietta bianca da un cassetto e glieli lanciò. "Tieni."

Lizzie ignorò i vestiti. "Non ho fame."

"I tuoi occhi dicono il contrario." Tirò fuori una seconda maglia bianca e la infilò sopra la testa prima di prendere un paio di pantaloni della tuta. "Vestiti."

La piccola ribelle strizzò gli occhi. "Non possiamo mangiare dopo?"

Le piantò entrambe le mani ai lati della testa e la fissò intensamente. "Dimentichi di nuovo chi abbia in mano le regole del gioco."

Lizzie aggrottò la fronte. "Non ho mai acconsentito a ciò."

"Non è vero, dolcezza." Le sfiorò le labbra con le proprie. "Hai acconsentito a ciò nel momento in cui sei entrata in camera mia. E poi..." premette le labbra sull'orecchio di lei. "...adori i miei ordini." Sorrise contro il collo caldo della ragazza. "Ora alzati, così possiamo mangiare."

Se fosse stata distesa sulla pancia, Jayson avrebbe fatto seguire la frase da una bella pacca sul sedere. Invece si limitò a mordicchiarle il collo prima di rimettersi in piedi e inarcare un sopracciglio.

Lei lo guardò in cagnesco ma il rossore delle guance e lo stato dei capezzoli dissero a Jayson tutto ciò che avrebbe avuto bisogno di sapere su quanto fosse ancora eccitata. Lizzie avrebbe voluto che lui finisse ciò che aveva iniziato, ma lui aveva deciso di costringerla a farne a meno... Era il modo di Jayson di farle capire chi era a comandare.

E forse anche perché voleva che lei provasse una lieve forma di agonia che lui era solito infliggere.

Era giusto? Per niente.

Necessario? Sì, perché lui stesso aveva bisogno di una

pausa, prima di fare qualcosa di stupido, come scoparla fino a sfinirla.

Quel giorno avrebbe parlato con Luc, non solo della provetta di siero della sera prima, ma anche della relazione con Lizzie. L'avrebbe portata avanti ma non prima che lei fosse stata al corrente dei fatti. Meritava di meglio.

Jayson si pentì immediatamente della scelta di vestiti che aveva dato a Lizzie. Aveva visto molte donne in quello stato, eppure nessuna l'aveva affascinato quanto lei.

La maglietta bianca le arrivava ai fianchi, poco sopra l'inizio dei boxer. Il tessuto la cingeva in modo morbido, ma le curve lo guardavano di sottecchi. Avrebbe sicuramente fantasticato su quella scena, più tardi... una volta che lei se ne sarebbe andata.

"Contento?" gli chiese.

Jay le infilò le dita nei capelli e lasciò che un po' della sua eccitazione venisse fuori mentre la baciava con trasporto. La silenziò con la lingua mentre scatenava i propri desideri e la marchiava come preferiva. Le unghie di lei gli scavavano le braccia, spronandolo, finché non si allontanò lasciandola ansimante. "Ora sì," sussurrò rispondendo alla domanda di lei. "Mangiamo."

"Così mi uccidi," mormorò lei.

"Anche tu, Rossa." La baciò di nuovo un'ultima volta prima di prenderla per mano e trascinarla verso la porta. Lei lo seguì senza protestare, con le dita in quelle di lui mentre la guidava lungo il corridoio e in cucina, dove Balthazar se ne stava in piedi con addosso solo un paio di boxer. Quando i due fecero il loro ingresso stava adagiando un pancake su un piatto, poi si girò per metterlo al centro dell'isola.

"Sette punto sei, Jay. Ben fatto." Una vena di ilarità gli danzò nello sguardo mentre prendeva in considerazione lo stato malmesso di Lizzie.

"Sembri affamata, tesoro. Perché non prendi questo piatto mentre io finisco di preparare il resto?"

Jayson contò i piatti sull'isola mentre Lizzie era immobile accanto a lui. Il fisico di Balthazar aveva quell'effetto sulla maggior parte delle donne. Anche degli uomini, a dire il vero.

"Grace e Jacque sono ancora qui?" gli chiese Jayson incuriosito.

"Sono in salotto a recuperare i programmi televisivi americani," gli rispose B girando un altro pancake.

Otto piatti, tolti quelli di Lizzie, Jayson e i due in sala significava che Balthazar ne avesse riservati quattro per sé. *Ne hai portate solo tre a letto?*

B rispose con una scrollata di spalle.

Non era corretto. Forse non aveva intenzione di mangiare. *Quattro?*

"Hai bisogno di più piatti, Jay," commentò Balthazar prendendone uno dal bancone. "Credo che dodici sia un servizio standard, ma in questo caso ne ho bisogno di dieci."

Cinque? Jayson sorrise. *Fantastico.* "Sì, lo terrò a mente."

"Bravo." L'amico gli allungò un piatto pieno di pancake impilati l'uno sull'altro. "Luc ci ha invitati a bere qualcosa da lui, più tardi."

Ha finito di esaminare il siero? gli chiese Jay.

Balthazar alzò il mento annuendo. "Dice di andare non appena saremo liberi, per te va bene?"

"Sì." Jayson prese in mano il piatto di Lizzie e le urtò un fianco con il proprio. "Mangiamo, Rossa."

"Ok." Lizzie raccolse la mascella dal pavimento e lo seguì in sala da pranzo.

"Chiaramente non ho svolto bene il mio lavoro se trovi Balthazar più interessante di me," le disse mentre sedette accanto a lei, invece che di fronte.

"È praticamente nudo," sussurrò lei.

Jayson prese delle posate dal centro del tavolo e le passò a Lizzie. Balthazar gli aveva davvero insegnato tutto, quando si trattava di cucina... e anche della camera da letto, a dirla tutta.

"A Balthazar piacciono tutti gli aspetti della sessualità, incluso l'esibizionismo," le rispose. "Sono sinceramente sbalordito che abbia deciso di mettersi anche solo le mutande." Sospettò che l'unico motivo per cui l'aveva fatto era il bene di Lizzie. Chiunque altro in quell'appartamento l'aveva visto nudo centinaia di volte.

Lizzie lo guardò sconvolta. "Quindi tutto ciò è normale?"

"Per Balthazar? Senza dubbio."

"E per te?" gli chiese lei.

Jay alzò le spalle. "Non succede tutti i giorni, a B piacciono i pancake."

"No, intendevo le feste e..." Lasciò in sospeso la frase vedendo Balthazar uscire dalla cucina con due piatti e dirigersi verso la camera da letto. Seguirono una serie di risatine e Lizzie aggrottò la fronte. "Ricordami com'è che conosci tutti quanti?"

Jay glielo aveva già detto la sera prima, ma forse non aveva abbondato di dettagli.

"Non conosco la maggior parte di loro," ammise Jayson prendendo una forchetta e un coltello per se stesso. "Balthazar è un vecchio amico di Hydria, l'isola greca in cui vivevo prima di trasferirmi qui per lavoro." Le rivolse uno sguardo penetrante. "Mi devi ancora dei biscotti."

"E gli altri?" insistette lei invece di assecondarlo. Jay avrebbe riprovato più tardi con la questione dei biscotti.

"Jacque e Grace vengono da Hydria, sono in visita per il fine settimana. Tristan è l'unico che hai conosciuto che vive in città."

"E tutte quelle donne?"

"Sono amiche di Balthazar." Jayson trovò lo sciroppo che B aveva lasciato fuori per loro e sorrise davanti all'etichetta familiare. Era chiaro che Jacque l'avesse procurato dalla scorta privata di Luc. Il loro leader aveva un debole per i prodotti allo sciroppo d'acero.

"Ne vuoi?" le chiese sperando di tornare al battibecco sensuale di poco prima.

"Ehm, assolutamente."

Le versò dello sciroppo sui pancake prima di fare lo stesso con i propri. "Sembra che B abbia deciso di optare per quelli al cioccolato, oggi."

"Quindi organizza spesso feste del genere?"

Jayson rise. "Sì, immagino che si possa definire la sua specialità."

Lizzie non ricambiò lo sguardo divertito. "E di solito prepara la colazione per tutti, la mattina dopo?"

"Il sostentamento è molto importante dopo aver passato una serata a fare un vigoroso esercizio fisico," le rispose Balthazar mentre tornava in cucina a prendere il resto dei piatti. "È un comportamento ospitale," aggiunse prima di tornare in camera.

Lizzie lo guardò a bocca aperta prima di riportare l'attenzione su Jayson. "Quindi per voi andare a letto con le donne e dare loro da mangiare la mattina dopo è un'abitudine." Non era una domanda.

"Non la definirei un'abitudine..."

"Però succede spesso?"

Jayson si portò una mano dietro il collo. La maggior parte delle donne che si portava a letto capivano le sue intenzioni di non avere legami, ma Lizzie era diversa, per numerose ragioni.

"Non direi spesso." Dipendeva dalla definizione di 'spesso' di lei.

"Quante volte è successo a New York?"

"Questa era la prima."

"E in Grecia?"

"Dipende dalla settimana." Non le avrebbe mentito, ma non avrebbe nemmeno dato più di tante spiegazioni.

La rossa spalancò gli occhi e un'emozione le attraversò il viso, una che Jay non avrebbe mai voluto vedere gli occhi di lei. Dolore.

"Con donne diverse oppure sempre le stesse?"

Jayson sospirò. "Lizzie, cosa stai cercando di chiedermi? Quanto spesso porti a letto qualcuno? Cosa vuoi sapere?" Glielo avrebbe detto, entro limiti ragionevoli.

Balthazar scelse quel momento per comparire di nuovo. "Le ragazze vogliono lo sciroppo," mormorò con un occhiolino che sparì quando Lizzie inarcò le sopracciglia.

"Quante donne ci sono lì dentro?"

"Un paio," le rispose vago. Almeno erano passati a parlare della vita sessuale di Balthazar. Ciò avrebbe fatto respirare un po' Jayson.

"Ed è normale?" gli chiese Lizzie.

"Sì."

"Anche per te?"

"Normalmente non intrattengo cinque donne alla volta, se è quello che mi stai chiedendo." Jayson se ne pentì immediatamente.

"Cinque donne?" ripeté lei. "Hai già fatto un... un... un *menage a six* prima d'ora?"

Merda. Allarme rosso.

"Ascolta..."

Lizzie si allontanò dal tavolo prima che Jay potesse reagire e afferrarla. Non che avesse intenzione di toccarla, l'esperienza gli diceva che avrebbe solo peggiorato la situazione.

"Quante, Jayson?"

Sapeva cosa intendesse dire, voleva un numero di partner con cui era stato a letto. "Non vuoi davvero saperlo," le disse onestamente.

Non avrebbe capito, non senza capire prima la questione riguardante l'età e tutto il resto. E poi, non aveva un numero da darle. Aveva smesso di contare un migliaio di anni prima.

"Oddio." Lizzie sbatté rapidamente le palpebre. "Tristan ha parlato di condividere... Intendeva..." Si coprì la bocca e Jayson imprecò silenziosamente.

Fottuto Ichoriano.

"Non è..." Va bene, non c'era un modo migliore per dirlo. *Quello che pensi* sarebbe stata una bugia bella e buona, perché era esattamente il contrario. "Noi non lo faremo," decise di dirle. Non aveva alcuna intenzione di condividere Lizzie con nessuno.

Lei scosse la testa. "Io... Io..."

Le lacrime che le si palesarono negli occhi spezzarono il cuore di Jayson. "Lizzie..."

"No, non sono... non..." Le tremavano le labbra, lui si odiava da morire in quel momento. Non si sarebbe mai scusato per il proprio passato, non se ne era mai pentito, ma vedere cosa aveva fatto a Lizzie gli faceva più male di quanto avrebbe dovuto.

"Devo andare," annunciò lei e girò l'angolo.

Lui saltò in piedi per seguirla ma fu fermato da una mano su una spalla.

"Dalle tempo," sussurrò Balthazar, apparso dietro di lui nel suo solito modo misterioso. Sicuramente aveva sentito tutti i pensieri che passavano per entrambe le loro teste.

"Sappiamo entrambi che è la scelta peggiore da scegliere, in queste situazioni," gli rispose Jayson cominciando a seguirla.

La stretta su di lui si fece più ferma. "Hai ragione, ma il suo caso è tutto tranne che normale. Lasciala sbollire."

"Non posso lasciarla andare così, B."

"E io non posso lasciare che tu la insegua."

"Che vuoi dire?" Si voltò verso il suo più vecchio amico mentre la porta principale sbatteva con un tonfo. "Da quanto ti sta bene che una donna soffra in solitudine?" Balthazar era sempre stato il primo a fornire compassione e comprensione, soprattutto per via della sua abilità nella lettura del pensiero e nel controllo delle emozioni.

"Come ho appena detto, niente di questa situazione può considerarsi normale," gli rispose Balthazar con tono irritantemente calmo. "E tu non sei del giusto umore per occupartene."

"Come, scusa?"

"Vuoi dirle la verità," continuò B. "Non provare a negarlo, Jay. Ci hai pensato tutta la notte e non possiamo fidarci delle tue emozioni, in questo momento. Cederai."

La reazione istintiva di Jayson era quella di prendere a pugni il suo migliore amico, ma la ragione lo trattenne.

"Merda…" Si sfregò una mano sul viso prima di posare le mani su una sedia e stringerla fino a romperla.

"Cazzo."

"È esattamente quello che ti ho detto di darle ieri sera," mormorò Balthazar quando finalmente lo lasciò andare. "Con qualsiasi altra donna l'avresti fatto, ma non con lei. Dimmi perché."

Jayson scosse la testa. "È sbagliato, e tu lo sai."

"È chiaro che anche lei sia attratta da te. Quindi perché sbagliato?" Balthazar aspettò una risposta, ma Jayson non riuscì a formularne una abbastanza in fretta. "Perché sei preoccupato che non ti perdonerà mai, se glielo dici, un pensiero che non avevi mai avuto con nessun'altra."

"Non sono uno stronzo."

"Non ti sto dando dello stronzo," ribatté Balthazar. "Sto dicendo che non sei solito considerare un futuro con una donna, ma lo stai facendo con Lizzie. Ecco perché non ti lasci andare al desiderio, e anche perché non puoi andare a cercarla in questo momento. Sei troppo tentato di dirle tutto; anche se sono favorevole al fatto che entrambi saziate la vostra sete, non posso permetterlo. Non prima che gli altri abbiano dato il via libera."

Jayson sapeva che B aveva ragione, ma avrebbe voluto ignorare quella logica e inseguire Lizzie.

Il dolore negli occhi della ragazza… L'aveva provocato lui. Non di sua spontanea volontà, ma perché non era stato abbastanza svelto nella risposta.

"Odio tutto questo," ammise. "Tutto quanto."

"Risolveremo la questione, Jay," mormorò Balthazar. "Ma prima ho bisogno di una mezz'oretta per finire in camera da letto. Dopo potremo andare a far visita a Luc."

"Trenta minuti?" ripeté Jayson con un mezzo sorriso. Non riusciva a esserne propriamente divertito, con Lizzie che piangeva al piano di sotto, ma ci provò lo stesso. "Sei stanco, B?"

"Le ragazze hanno iniziato senza di me," replicò lui con una scrollata di spalle. "Ho dato loro un obiettivo e si stanno dando da fare."

"Giusto." Jayson scosse la testa, irritato. "Nemmeno quello mi fa venire voglia, in questo momento." Anche se avrebbe dovuto, visto che era coinvolto lo sciroppo d'acero. "Sarò qui quando avrai finito."

Lizzie lanciò la borsa sul letto e gli si accasciò di fianco. Era stata una completa idiota ad averla lasciata incustodita sul tavolo di Jayson all'ingresso per tutta la notte e ancora più un'idiota per essere andata a letto con lui.

Oppure era il fatto che avesse perso la testa per nulla a qualificarla l'Idiota dell'Anno?

Un singhiozzo le dilaniò il petto e si rannicchiò in posizione fetale.

Com'era possibile che quella notte di passione fosse finita in tragedia? Aveva lasciato che le insicurezze uscissero in campo nel momento peggiore, ma vedere quanto Jayson fosse indifferente alle vicende sessuali dell'amico le aveva dato fastidio. La loro notte insieme, che Lizzie aveva ampiamente apprezzato, aveva dimostrato quanto Jay fosse più esperto di lei e ciò la spaventava a morte.

Esibizionismo.

Condivisione.

Party erotici che finivano in ménage non si sa a quanti, compresi di colazione la mattina dopo.

Normalmente non intrattengo cinque donne alla volta. Quindi l'aveva fatto altre volte.

Le tremò il petto, ciò la costrinse a prendere un respiro.

Come avrebbe mai potuto soddisfare un uomo come quello? Ecco perché Jay non aveva voluto rinegoziare i termini del loro accordo, quella mattina.

Tutto quel parlare del futuro le aveva fatto sperare che lui volesse di più, che la stesse facendo abituare a quel tipo di passione per rispetto della propria inesperienza. Tuttavia le inclinazioni di Jayson erano a un livello che lei non avrebbe mai raggiunto; lui se n'era sicuramente accorto, la sera prima.

Lizzie era solo un diversivo per lui? La vicina vergine che voleva corrompere e deflorare?

La rossa sperava proprio di no. Il tocco dell'uomo

aveva risvegliato in lei qualcosa di estraneo. Jayson non aveva nascosto quanto la desiderasse...

A meno che quello non fosse il suo modo di guardare *tutte* le donne.

"Accidenti," sussurrò tra le lacrime.

Anche se Jay la desiderava, lei non sarebbe stata all'altezza dei suoi standard. Dopo il modo in cui aveva reagito andandosene, sicuramente lo sapeva.

Aveva decisamente esagerato.

Cinque donne alla volta? Non poteva essere normale. Come si definiva un atto del genere? Un *ménage a six*?

Se quello non era il numero abituale di Jay, allora quante donne era solito intrattenere?

Non vuoi saperlo.

Aveva ragione il cervello, Lizzie non voleva.

Jayson era stato il primo uomo a toccarla davvero, lei avrebbe voluto molto di più. Aveva rovinato la sua occasione comportandosi da pazza nella sala da pranzo di lui.

Forse era stato meglio così. Lizzie non aveva mai pianificato di aspettare fino al matrimonio, ma non aveva mai conosciuto nessuno che la tentasse abbastanza da volerci finire a letto. Nessuno, eccetto Tom. In quel momento Lizzie si chiese se avesse davvero voluto farlo con lui.

Le emozioni e sensazioni provocate da Jayson nelle ultime settimane erano niente in confronto al passato. Gli abbracci di Tom le facevano venire le farfalle nello stomaco, i baci di Jay le accendevano un fuoco dentro.

Le squillò il telefono, mandandole una scossa elettrica fino al cuore, seguita da un brivido di terrore. Aveva lasciato i vestiti e le scarpe nella stanza di Jayson. Probabilmente era lui che voleva ridarglieli, o peggio, che voleva che lei andasse a riprenderli.

Un secondo avviso la fece alzare per frugare nella borsa brontolando.

Il messaggio che apparve sullo schermo non era affatto ciò che si aspettava.

Oh, mio Dio! Non indovinerai mai cosa ha combinato Cam!

Ah, ed è meglio che stasera ti tenga libera, Liz. Non ti vedo da una vita e ho bisogno di una serata tra ragazze.

Un secondo dopo arrivò un altro messaggio.

Dico sul serio, chiamami appena puoi. Non sto nella pelle!

Lizzie premette la faccia sulle lenzuola e borbottò qualcosa tra sé e sé.

Al suo rientro era stata al contempo felice e triste di trovare l'appartamento vuoto. Mettersi a piangere davanti a Stas sarebbe stato mortificante, ma anche terapeutico. Kristin non le avrebbe offerto lo stesso servizio. Era un'amica con cui divertirsi, non una con la quale confidarsi.

Il telefono emise un ulteriore suono.

Kristin ti ha detto dei biglietti?

Cam aveva aggiunto un sacco di emoji esaltate, inclusa quella del diavoletto sorridente. Seguì una foto di un costume da angelo caduto in disgrazia e poi un altro messaggio.

Hai ancora il vestito che hai indossato alla festa in bianco e nero della Alpha, durante il nostro ultimo anno, vero?

Lizzie si sedette sul letto: era interessata.

Sì, rispose.

Sullo schermo comparirono tre piccoli puntini e qualche secondo dopo apparve la risposta di Cam.

Perfetto! Mettitelo stasera. È fottutamente sexy, amica.

Lizzie passò alla conversazione con Kristin. Prese in considerazione l'idea di mandarle un messaggio, ma chiamarla sarebbe stato più facile. Dopo qualche respiro profondo si schiarì la voce e compose il numero.

Dall'altro capo del telefono le arrivo uno strillo esaltato, che la obbligò ad allontanare il dispositivo dall'orecchio.

"Sei seduta?"

Lizzie si schiarì di nuovo la gola prima di dire: "Sì."

"Cam ci ha procurato dei biglietti per una festa di Halloween esclusiva stasera, tu verrai con noi: non si discute, Liz. Non ti vedo da qualcosa come due mesi e so come la pensi sui travestimenti."

Lizzie fece una smorfia. L'idea di agghindarsi per qualsiasi motivo non la stimolava nemmeno un po', ma non avrebbe potuto ammetterlo... non senza che Kristin le chiedesse di uscire lo stesso.

"Il modo più veloce di rimpiazzare un uomo è mettersi sotto a un altro" era uno dei motti preferiti di Kristin.

"A che ora?" le chiese Lizzie.

"Cam ha detto di essere da lei per le nove, vuole che indossi quel vestito da sballo che avevi al party in bianco e nero. Sai, quello dove lei è stata con Dean?" Si protrasse a snocciolare una serie di dettagli e commenti riguardo il proprio look prima di aggiungere: "Domande?"

"Dove sarà il party?" A Lizzie non importava molto ma pensava che sarebbe stato utile appuntarsi qualche informazione per quanto Stas sarebbe rincasata, più tardi.

"All'Arcadia," le rispose Kristin. "Si dice sia un club molto in, anche se non ci sono mai stata. Ogni anno organizzano una festa di Halloween con la loro clientela più esclusiva. Cam dice che dobbiamo aspettarci di vedere gente famosa."

Qualche mese prima quelle parole avrebbero fatto esaltare la rossa, ma in quel momento avrebbe solo voluto nascondersi. "Va bene," riuscì a dire. "Devo iniziare a prepararmi."

Kristin avrebbe pensato che Lizzie volesse iniziare a prepararsi fisicamente, ma in realtà la ragazza aveva bisogno di tempo per prepararsi mentalmente. Non sarebbe riuscita a mettere su un sorriso e fingere di essere felice con le ragazze mentre si struggeva per Jayson.

"Fantastico, a dopo Liz."

La conversazione si interruppe.

Lizzie fissò il proprio riflesso nello specchio sopra il cassettone.

Forse mi farà bene, pensò.

Non aveva più fatto uscite del genere, non dalla morte di Tom, avrebbe disperatamente voluto lasciare andare tutto quel dolore.

Un po' di alcol e una pista da ballo l'avrebbero aiutata a nascondere le ombre scure sotto gli occhi gonfi.

Un po' di innocuo flirtare l'avrebbe aiutata a superare Jayson e un'uscita con le sue vecchie amiche l'avrebbe fatta sentire meno sola. A Stas non sarebbe piaciuto, perché non le andavano molto a genio le amiche della confraternita femminile.

"Ma lei non c'è," mormorò Lizzie tra sé e sé. "Non c'è mai."

Quindi, perché non uscire e divertirsi un po'? Niente la frenava, eccetto lei stessa. A Jayson chiaramente non interessava il fatto che se ne fosse andata, altrimenti l'avrebbe fermata o perlomeno chiamata.

Andare fuori con le amiche sembrava una cura del tutto naturale. Sapeva già cosa mettersi, avrebbe solo dovuto decidere come acconciarsi i capelli e truccarsi.

"Posso farcela," si disse.

Frequentare un nuovo club non sarebbe stato un problema, in caso non le fosse piaciuto sarebbe tornata a casa: semplice.

"Ora devo solo trovare quel vestito."

12 ANGELI E DEMONI AL BALLO IN MASCHERA

ISCRIZIONE AL COLLEGE COMPLETATA. IL BENEFATTORE È
ANSIOSO DI VEDERE COME IL SOGGETTO SI COMPORTI IN
SITUAZIONI SOCIALI E DURANTE LE ATTIVITÀ
EXTRACURRICOLARI.

-REGISTRO 118.06.4-7

"Estrogeni?" chiese Jayson incredulo. Forse era quello il motivo per cui trovava Lizzie irresistibile? Lui adorava le donne, ma c'era qualcosa in lei che lo attirava più di qualsiasi altra che avesse mai avuto, ciò voleva dire molto per un uomo della sua età. "Stanno cercando di farla diventare una Succubus o qualcosa del genere?"

Lui si appoggiò al muro che aveva di fianco e si mise le mani in tasca. "È piuttosto avvenente, ma non penso che sia quello l'obiettivo."

"È una bellissima donna," aggiunse Balthazar. "Ma non la trovo irresistibile." Lo sguardo affilato e la scelta delle parole fecero capire che stava giocando con i pensieri di Jayson. Era il modo del telepatico di confermare che i sentimenti di Jayson gli appartenessero e non derivassero da un intervento scientifico.

Ciò non significava che il siero non fosse in parte responsabile.

"Quali erano le proprietà chimiche?" Qualcosa che provoca assuefazione, magari? Era così che Jayson avrebbe descritto il proprio sentimento verso Lizzie: infatuazione. Desiderava starle vicino, avrebbe voluto essere a New York con lei, non a Hydria. L'aveva di nuovo lasciata nelle mani di una guardia, ma se avesse lasciato l'appartamento l'Hydraiano non avrebbe potuto seguirla. Ciò non faceva che rendere nervoso Jayson, ansioso di tornare in città.

Luc si grattò il mento, pensieroso. "La soluzione è principalmente composta da estrogeni e un paio di ingredienti filler."

"Quindi è come una pillola anticoncezionale?" tirò a indovinare Stas. Era in piedi di fronte a loro, con Issac al fianco.

Nessuno dei due aveva accolto Jayson amichevolmente, probabilmente perché non approvavano il fatto che Lizzie avesse passato la notte da lui. Beh, peccato. Il suo unico rimpianto era stato il modo in cui se n'era andata poco prima, dettaglio a cui avrebbe messo rimedio non appena si fosse conclusa quella conversazione.

"Non proprio," le rispose Luc. "Non c'è nulla che prevenga il concepimento. È più un regime ormonale di estrogeni, ma non sono sicuro a cosa serva." Spostò l'attenzione su Tom. "Non vedo come questo siero possa tenerla in vita."

"Non ho mai detto che fosse così." Tom incrociò le braccia abbronzate; il giovane Hydraiano passava chiaramente parecchio tempo a bordo piscina con Amelia. "Tutto ciò che ho sentito era la menzione di una dose mensile e tutti quanti siamo saltati alla conclusione che le servisse per vivere. Le vostre ricerche dicono il contrario, a meno che gli ormoni non servano anche per respirare, oggigiorno."

"Discutibile," commentò Luc. "Possiamo replicare il siero, ma ho bisogno di un campione di sangue prima di proseguire."

"Di Lizzie?" l'espressione e il tono di Stas sfidavano chiunque a rispondere, ma ovviamente Luc non si tirava mai indietro davanti a una bella sfida.

"Sì." Piatto, diretto e autoritario.

"No," disse immediatamente lei. "No. Il prossimo passo è dirle la verità. Avete il siero, fatene una copia e portiamola al sicuro."

"Non spetta a te decidere," mormorò Luc con espressione educata. Solo quelli che lo conoscevano bene avrebbero visto il tic della mascella, che suggeriva il bisogno di affermare il proprio dominio.

"Forse no," acconsentì Stas. "Ma non entrerò nella sua stanza per rubarle il sangue senza permesso, come farebbe un vampiro."

Lanciò un'occhiata di scuse a Issac, che si limitò a scrollare le spalle in risposta. Astasiya emise un lungo sospiro e si concentrò di nuovo su Luc con espressione contrita, per un motivo diverso.

Luc e Stas erano stati in disaccordo fin dal primo giorno, soprattutto perché la ragazza temeva per il proprio futuro e considerava il suo protettore un tantino egoista. Jayson sospettava che la faccenda si sarebbe solo aggravata una volta che lei fosse diventata un'Hydraiana. L'innato dono di Stas di controllare le persone minava la sovranità di Luc a Hydria.

"Non ho più intenzione di mentirle, Luc," gli disse con tono privo della risoluzione di qualche minuto prima. "Eravamo d'accordo che ci servissero più informazioni su di lei, ora le abbiamo. Lei è sola a New York, in compagnia di più di uno scellerato, e questo è inaccettabile. È il momento di dirle tutto e trasferirla in un posto sicuro prima che…" si fermò per schiarirsi la gola e gli occhi le si oscurarono. "Prima che Ezekiel decida quale sia la sua prossima mossa."

Jayson annuì, era d'accordo con ogni parola ma non aprì bocca. Il suo ruolo nella discussione era compromesso dalle ragioni personali che lo portavano a voler dire la verità a Lizzie.

Un qualcosa che Balthazar non avrebbe faticato a far notare, se fossero arrivati al punto di dover votare.

"Stas ha ragione," disse Tom mantenendo un tono educato.

"Abbiamo fatto ricerche per due mesi e tutto ciò che abbiamo trovato sono stati dei drink corretti con gli ormoni. Non è molto, ma potremo ottenere più dettagli da lei una volta che sarà a Hydria… al sicuro."

Luc rimase tranquillo a considerare l'idea, poi incontrò lo sguardo di Issac. "Tu che dici?"

"Non penso che Elizabeth costituisca una minaccia per nessuno, al di fuori di se stessa," gli rispose. "Metterla al corrente del nostro mondo e del suo potenziale ruolo in esso non andrà bene, mi preoccupo della sua reazione: non per noi, ma per lei stessa."

"Ha ragione lui," mormorò Balthazar. "Avrete bisogno che le metta a tacere le emozioni, o potrebbe fare qualcosa di affrettato."

"Alik?" chiese Luc spostando lo sguardo sull'uomo in silenzio in un angolo della stanza.

"Io ho consigliato di portarla qui due mesi fa, ma tutti voi avete accettato di mandare Jayson a farle da babysitter." Alik aprì le braccia per poi mettere le mani all'interno delle tasche della giacca di pelle.

"Dovrebbe essere una risposta sufficiente alla tua domanda."

Luc prese in considerazione la risposta con un cenno, prima di portare lo sguardo su Jayson. "E tu?"

"Balthazar vi dirà che i miei sentimenti sull'argomento mi impediscono di fornire un'opinione imparziale," gli rispose onestamente. "Ma concordo con gli altri nel dire che è tempo che sappia la verità."

"Quindi pensate tutti che sia pronta, chi più chi meno." Il tono calcolato di Luc suggeriva che lui non fosse d'accordo ma che si sarebbe fidato delle loro opinioni.

"Non lo è." Issac avvolse il braccio intorno a Stas mentre lei rispondeva a quell'affermazione. "Ma credo che siamo arrivati a un punto morto. Per saperne di più abbiamo bisogno della sua collaborazione, l'unico modo per farla collaborare è dirle la verità. Non penso che aspettare che Ezekiel faccia la prossima mossa sia un piano intelligente."

Jayson annuì con un cenno, seguito dagli altri.

"Bene." Luc giunse le mani e alzò le spalle. "Questo ci porta alla prossima domanda... Chi glielo dirà e in che modo?"

Il motivo per cui Cam voleva che indossassero gli abiti del party in bianco e nero divenne subito evidente.

Angeli e demoni.

Non era un tema originale per una festa di Halloween, ma almeno era un gran classico.

La maggior parte degli ospiti indossava costumi sinistri fatti di pelle e catene, conferendo al club un'atmosfera gotica. Anche la musica sparata dagli altoparlanti e le luci soffuse contribuivano a dare un certo look al locale.

Non era sicuramente un luogo abituale per Lizzie, ma era perfetto per una serata spaventosa a base di alcol e danze.

"Signore," mormorò il barman allungando loro dei cocktail.

Cam sussultò davanti al bell'uomo mentre Kristin le passò la propria carta affinché aprissero un credito. Erano solite alternare il favore durante gli anni del college, pratica che si era protratta nel tempo anche dopo la laurea. Lizzie aveva pagato per la loro ultima serata tra ragazze e quella sera sarebbe toccato a Kristin.

"Sei raggiante," le disse Cam mordicchiando la cannuccia del proprio drink.

Lizzie sorrise. "È questa luce." Il suo look bianco purissimo composto da una minigonna, un paio di stivali al ginocchio e un top striminzito brillavano di un color violaceo. "Se solo avessi le ali." Sarebbe sembrata un angelo lilla.

"Il reggiseno è del tutto esposto," la provocò Kristin. "Anche noi avremmo dovuto vestirci di bianco, Cam." Entrambe avevano optato per il nero: Cam indossava una minigonna che a malapena le copriva il fondoschiena e una maglietta trasparente che lasciava intravedere il reggiseno di pizzo, Kristin invece sfoggiava un paio di pantaloni di pelle e un top che lasciava la schiena scoperta.

Due demoni e il loro angioletto domestico, Lizzie.

"Siamo troppo peccatrici per indossare il bianco," le rispose Cam, "E poi Lizzie è l'unica vergine, qui."

"Ehi! Non è…" La rossa avvampò mentre i ricordi della sera prima le riempivano la mente. Si schiarì la voce prima di concludere con un "…vero."

"È cambiato qualcosa negli ultimi due mesi?" le chiese Kristin muovendo le sopracciglia.

"Magari è stata accalappiata da un ragazzo ed è per questo che è sparita," commentò Cam.

"Esatto!" Quell'ipotesi esaltava Kristin. "Penso che tu abbia ragione. È così, Liz? C'è un uomo che ti tiene impegnata?"

Lizzie scosse la testa. "Siete assurde!" Tuttavia, l'immagine di Jayson le balenò in mente facendola accaldare di nuovo per poi farla rabbrividire quando si ricordò di come si era conclusa la faccenda.

Niente chiamate.

Niente messaggi.

Niente di niente.

Non che la ragazza si aspettasse qualcosa, si era comportata come una pazza. Che importava che lui avesse più esperienza di lei?

Molta di più.

Non poteva essere positivo?

"Oh, mio Dio, Cam ha ragione: te la stai facendo con qualcuno." Kristin poggiò il drink sul bancone e rivolse tutta la propria attenzione a Lizzie. "Spara, dicci tutto."

"Ehm... beh, c'è questo nuovo vicino. Non è niente, davvero... non saprei. È sexy e ci siamo baciati un paio di volte." Prese diversi sorsi dalla cannuccia nel tentativo di calmare il rossore delle proprie guance, ma l'alcol sembrò scaldarla ancora di più. "Davvero, non è niente di che."

"Jayson sarebbe molto deluso nel sentire ciò," disse una voce maschile dietro di lei.

Lizzie si girò e vide un petto muscoloso rinchiuso in una giacca di pelle, poi alzò lo sguardo e incontrò un paio di occhi neri pagliuzzati d'oro.

"Kiel," sospirò. "Ciao, non intendevo, cioè io..." Lizzie si schiarì la gola studiando l'espressione divertita di lui. Chiaramente pensava che lei fosse un'idiota, aveva ragione.

"Ignorami," mormorò.

"Al contrario, Cappuccetto rosso, ti trovo impossibile da ignorare." Kiel arricciò un dito lungo intorno a una delle ciocche di capelli lasciate libere da Lizzie e gli diede un piccolo tiro. "Presentami alle tue amiche."

"Oh, certo." Come se avesse potuto fare ancora brutte figure, Lizzie si era perfino dimenticata le buone maniere. Kiel rimase dietro di lei mentre si voltava a guardare le amiche, entrambe con la bocca spalancata. "Cam, Kristin, lui è Kiel. Lui... ehm, lavora con il vicino di cui vi stavo parlando."

"Salve, ragazze," mormorò lui oltre la spalla della rossa. "Posso presentarvi alcuni dei miei amici?"

Gli occhi di Cam si illuminarono all'idea. "Sì, penso proprio che dovresti," gli rispose con quel tono civettuolo che la contraddiceva. L'immagine da rockettaro di Kiel non si addiceva a Kristin, ma Cam non era solita fare discriminazioni. Se il lui in questione era bello e sicuro di sé, lei gli avrebbe dato una chance. Kiel soddisfaceva entrambi i requisiti alla grande.

"Fantastico." Kiel indicò al di sopra della spalla di Lizzie alcuni amici seduti in uno dei cubicoli allineati lungo le pareti del club. I posti a sedere sembravano ricoprire gran parte del posto, a eccezione della zona delle scale che dava accesso a una lounge VIP al secondo piano e una pista da ballo che occupava lo spazio centrale. Dopo aver perlustrato l'interno, le ragazze avevano deciso di iniziare dal bancone del bar più vicino all'entrata. A Kristin piaceva iniziare con un paio di giri che l'avrebbero aiutata a sciogliersi prima di iniziare a parlare con degli sconosciuti, ma Cam non aveva problemi a intavolare conversazioni anche da sobria, come aveva fatto in quel momento.

"Di cosa ti occupi nella vita, Kiel?" gli chiese mentre

altri due uomini si stavano dirigendo verso di loro. A differenza di Kiel indossavano dei completi neri. Lizzie riconobbe il marchio pregiato dei vestiti e sorrise sotto i baffi. Kristin si sarebbe buttata addosso a quei ragazzi in men che non si dica.

"Sono un assassino," le rispose Kiel con quel suo modo di fare tranquillo.

Cam e Kristin risero alla battuta a tema Halloweeniano, mentre Lizzie scosse la testa. Gli assassini non rispecchiavano il tema, l'uomo indossava la stessa giacca di pelle di qualche sera prima. Non era un tipo originale, ma magari non gli piacevano i travestimenti.

"Io sono un diavoletto," gli rispose Cam mimando con le dita un paio di corna sulla testa bionda.

"Ah, sì?" le chiese Kiel mostrandosi impressionato. "Mi chiedo se tu intenda tra le lenzuola o fuori."

"Perché non in entrambi i casi?" gli rispose Cam con espressione maliziosa.

Il petto di Kiel era abbastanza vicino alla schiena di Lizzie che lei riusciva a sentire la risata di risposta di lui. "Penso che ti aspetti una serata illuminante, tesoro," le disse una volta che i suoi amici li ebbero raggiunti.

"Zach, Lars, vi presento Cam e Kristin." Strinse un braccio intorno alla vita di Lizzie e aggiunse: "E questa è Lizzie, ma lei non è sul mercato."

Lizzie si contorse per voltarsi a guardarlo mentre gli altri si presentavano. "Non lo sono?" gli chiese incredula.

"Non lo sei," le rispose lui. "La tua relazione con Jay è molto più importante di quanto tu creda, giovanotta."

Lizzie sbatté le palpebre. "Ci hai parlato?" Il tono tradì una nota di speranza che la ragazza avrebbe preferito nascondere, ma di cui non riuscì a fare a meno.

"Non proprio." Lo sguardo di Kiel la passò in rassegna

in modo curioso. "Ci sono talmente tante cose che non sai... si vede dalla tua innata innocenza."

Lizzie aggrottò la fronte a quelle parole strane. Avrebbero dovuto farla sentire a disagio, ma al contrario destarono un certo interesse. Non c'era niente in Kiel che le ispirasse fiducia, eppure non le sembrava pericoloso o anormale. Era amico di Jayson, o perlomeno lo conosceva. Forse era per quello che lei si fidava di lui. Sapeva anche che le sue amiche erano lì per coprirle le spalle.

"Ti piacerebbe saperne di più, Lizzie?" le chiese Kiel piegando la testa di lato. "Su Jayson? Sul nostro mondo?"

"Intendi dire il vostro lavoro?" Non sembrava particolarmente interessante, anche se non le sarebbe dispiaciuto imparare di cosa si occupasse Jayson ogni giorno.

Kiel sorrise. "Jayson ti ha detto che cosa facciamo?"

"Acquisizioni."

"È tutto qui?" Schioccò la lingua. "Mia cara Lizzie, abbiamo tanto di cui parlare."

L'uomo annuì verso i propri amici e lei si voltò a guardare Cam e Kristin venir scortate sulla pista da ballo. Alla faccia del codice tra ragazze. Dovevano aver pensato che lei fosse al sicuro con Kiel, dal momento che si conoscevano già... però avrebbero almeno potuto chiedere.

"Vuoi unirti a loro?" chiese Kiel all'orecchio della rossa. "Oppure vuoi sapere di più riguardo il nostro mondo?"

Il nostro mondo...

Che modo bizzarro di formulare la frase, anche se era del tutto normale quando si trattava di Kiel. Era un uomo affascinante, bello, generalmente gioviale ma dall'aria letale... un atteggiamento che sembrava dire "non osate mettervi contro di me" e un accento che Lizzie non riusciva a collocare.

I loro sguardi si incontrarono di nuovo. "Cosa intendi dire con la parola mondo?"

"Vieni con me e scoprilo." Le lasciò andare la vita e le tese una mano. "Prometto di non mordere."

"Va bene," accettò lei prendendo la mano di Kiel. "Ma solo a patto di rimanere qui al club."

Lizzie si aspettava di essere condotta al cubicolo che gli amici di lui avevano lasciato libero, invece Kiel si diresse verso la scala piantonata dalla sorveglianza. Fece un cenno agli uomini vestiti di nero con gli auricolari, che gli fece capire di farsi da parte per far passare una coppia che stava scendendo le scale e Lizzie cominciò ad agitarsi, a disagio.

"Dove stiamo andando?" gli chiese, ma lui non la sentì per via della musica. Considerò l'idea di provarci di nuovo una volta che il ritmo elettronico si era attenuato, al piano superiore, ma ciò che si trovò intorno le suscitò una curiosità più intensa.

Un altro bancone bar e una varietà maggiore di cubicoli dagli interni in velluto tavoli in cristallo abbellivano il balcone superiore.

Kiel si diresse verso una delle cabine vuote che dominava la pista da ballo e le fece cenno di accomodarsi per prima. Lizzie obbedì mentre lui fermava una cameriera con addosso solo un top fatto di fili e delle catene al posto della gonna.

Molte delle altre donne indossavano look simili e guardavano Lizzie con occhi curiosi.

Sono chiaramente troppo vestita per stare qui.

O magari avrebbero voluto sapere cosa le dava il diritto di entrare nell'area VIP.

Lizzie forzò un sorriso ma nessuno la ricambiò.

"Sai cosa voglio," le disse Kiel. Non si era ancora seduto e al contrario rimaneva in piedi con le mani in tasca. "La mia amica vorrebbe qualcosa a base di frutta ma correggilo a dovere, ne avrà bisogno," disse alla cameriera tutta curve che gli si era avvicinata.

La morettina fece scorrere le unghie laccate sulla giacca dell'uomo e sorrise.

"Qualsiasi cosa per te, amore."

Le afferrò le dita e se le portò alla bocca. "Qualsiasi cosa?"

"Provocatore." Il tono della donna era leggermente ammonitore. "Sappiamo entrambi che non sono di tuo gusto."

"Mmh, purtroppo è così." La lasciò andare dopo averle mordicchiato un pollice. "Ma potrei aver bisogno di te più tardi, per una dimostrazione."

"Ah, sì?" Lo sguardo esaltato della ragazza si posò su Lizzie e poi tornò su Kiel.

"Fammi sapere quando e sarò tutta tua."

"Grazie, zuccherino." Le piantò un bacio sulla guancia prima di sedersi davanti a Lizzie e rivolgerle la completa attenzione. "Inizieremo quando Cynthia ci porterà da bere. Intanto… che ne pensi dell'Arcadia?"

"Ehm, non è esattamente un luogo che frequenterei abitualmente."

Kiel rise. "No, penso proprio di no. Mi sembri una da locale più rustico… o magari un pub con della musica disco?"

"Musica disco?" ripeté lei tenendo a bada una risatina. "Mi piace ballare ma ho bisogno di qualcosa di moderno."

"La musica disco non è moderna?" Kiel la guardò confuso.

"Perdonami, ma i decessi si mescolano facilmente. Accidenti, a volte anche i secoli lo fanno, anche se quest'era tecnologica è piuttosto affascinante."

Lizzie lo fissò. "Quanti anni hai?" Non sembrava

averne più di trenta, ma parlava del tempo in modo strano. Proprio come di tutto il resto.

Com'è che questo qui è amico di Jay? Sembravano persone molto diverse.

Kiel sorrise. "Ne parleremo presto, tesoro. Ti dispiace se faccio prima una telefonata? Ci metterò solo un momento."

"Ehm, certo." Lizzie cercò le amiche al piano di sotto mentre l'uomo armeggiava con il telefonino.

Appollaiata accanto alla ringhiera di cristallo riusciva a vedere la folla di corpi in movimento, ma riconoscere le singole facce tra le luci lampeggianti era impossibile. I cubicoli lungo le pareti erano più facili da scrutare, così come le persone al loro interno, ma Lizzie dubitava che Cam o Kristin fossero già a quel punto. Cam era una che correva, ma non così tanto.

"Buonasera Jedrick," biascicò Kiel in un tono che attirò l'attenzione di Lizzie. Incapsulava un'aura sinistra che non aveva ancora usato in sua presenza, prima di allora.

"Non è un buon momento? Allora sarò breve. Ho qualcosa che ti appartiene." Stette a sentire e gli occhi color ebano splendevano di un'emozione maliziosa che fece ribaltare lo stomaco di Lizzie.

Il giocoso incantatore di poco prima aveva lasciato spazio a qualcuno di più malvagio.

Venire qui è stata una pessima idea.

Ormai è troppo tardi, Liz.

"No, non proprio." L'uomo sorrise. "Vuoi dire ciao a Jay, Cappuccetto Rosso?"

Il sangue di Jayson si raggelò mentre stringeva in mano il telefono. "Lizzie…"

"Jay-Jayson?" La voce innocente di lei attraversò la cornetta, confusa. "Non…"

"Ascoltami bene Lizzie, devi…"

Lo schiocco della lingua di Ezekiel gli riempì l'orecchio, mettendo a tacere il tentativo di Jayson di avvertire la rossa. "Questo è giocare sporco, Jay. Ti offro la possibilità di dirle ciao, o forse dovrei dire addio in questo caso, e tu cerchi di rovinarmi il divertimento? Dov'è il tuo spirito sportivo, eh?"

La lampada accanto a Jay si frantumò a terra quando spazzò via qualsiasi cosa ci fosse sul tavolino nel salotto di Balthazar. "Se ti azzardi a toccarla…"

"Che fai, mi uccidi?" Kiel ridacchiò, Jay percepiva il divertimento dell'altro anche a chilometri di distanza. "Devo ammettere di aver sottovalutato i tuoi sentimenti per questa donna. Sarà molto divertente."

Jayson strinse i denti e si sforzò di pronunciare le parole: "Cosa vuoi?"

"Vedere quanto tu la voglia disperatamente indietro," mormorò Ezekiel.

"Vuoi sapere dove ci troviamo?"

"Sai che lo voglio," riuscì a dire Jayson con la mascella dolorante. *Così posso piantarti una lama in mezzo agli occhi.*

"All'Arcadia," gli rispose semplicemente. "Una delle amiche di Lizzie è riuscita a procurarsi un invito per la festa di stasera, magari non accidentalmente. Ma immagina la mia gioia quando la tua bellissima rossa ha fatto il suo ingresso vestita tutta di bianco. Ah, grazie Cynthia, ha un aspetto meraviglioso. Ti chiamerò se avremo bisogno di altro, per esempio di una dimostrazione. Grazie, tesoro."

"Che stai facendo?"

Jayson si accasciò sulle ginocchia a sentire il tono terrorizzato di Lizzie e la forza di volontà gli cadde ai piedi. Non avrebbe mai dovuto lasciarla sola, non con Ezekiel a piede libero. Cosa gli era saltato in testa di andare a Hydria mentre lei rimaneva a New York indifesa?

Aveva fallito alla grande.

L'Arcadia?

Cazzo.

Che diavolo è successo alla sua scorta?

La risposta fredda di Ezekiel non aiutò a calmarlo. "Fidati di me, tesoro, lo faccio per proteggerti, sospetto che il nostro futuro ci riserverà un bel po' di urla."

"Se osi…"

"Tieni a mente quel pensiero, Jay." La musica di sottofondo andò a scemare, rimpiazzata da un rumore di azzuffata che suggeriva che qualcuno si stesse ribellando e che finì con un urletto sommesso e un sospiro di Ezekiel. "Calmati."

"Non mi calmo!" urlò Lizzie. "Ci hai appena chiusi in una bolla di vetro!"

"Per motivi che capirai una volta che avrò riattaccato. Ora sta seduta in silenzio, o sarò costretto a farti stare zitta io."

Lizzie sussultò scioccata e impaurita.

Col cazzo.

Jayson avrebbe macellato Ezekiel per aver fatto un gesto simile.

Strinse i pugni mentre immaginava di smembrare l'Ichoriano arto per arto e bruciarlo, costringendo il bastardo a stare a guardare.

Tregua o no, l'avrebbe fatto fuori.

Lentamente.

In modo permanente.

Jay tentò di dare voce alle proprie minacce ma gli

mancavano le parole. Agonia, Furia e un pizzico di impotenza presero il sopravvento sulla ragione, riducendolo a un guscio di paura e disgusto.

"Ti ho detto dove siamo, ti conviene agire in fretta Jay." La comunicazione si interruppe e Jayson lanciò il telefono contro il muro. Si disintegrò in mille pezzettini proprio mentre Balthazar e Luc entrarono correndo.

L'Arcadia era l'unico posto al mondo dove Jay non poteva mettere piede, Ezekiel lo sapeva.

"Cazzo!" Jayson cominciò a prendere a pugni il pavimento, incurante delle crepe che gli si stavano formando sulle nocche delle mani. Sarebbero guarite in poco più di un minuto. Non poteva dire lo stesso di Lizzie.

"Che diavolo sta succedendo?" gli chiese Luc con tono autoritario.

"Jay ha perso la testa," rispose Alik dal suo posto sul divano. "Mi ricorda di quella volta a Roma…" Si zittì all'occhiataccia che gli lanciò Jayson. "Giusto, te lo ricordi."

Alik scrollò le spalle e si rimise a fare ciò che stava facendo prima al telefono. Jayson improvvisamente ebbe voglia di strapparglielo di mano e lanciarlo, contro il muro insieme ad Alik, ma una mano sulla spalla lo salvò.

"Parla con me," gli chiese Balthazar inginocchiandosi accanto a lui.

Jay non era ancora in grado di formulare una frase coerente, quindi ripensò alla conversazione con Ezekiel, stringendo e allentando i pugni contro il pavimento di legno.

Una violenza inaudita gli aveva aperto i pensieri, dividendo il desiderio in due parti: una lottava per la sanità mentale e l'altra sarebbe voluta partire per una missione suicida a New York.

"Ezekiel è con Lizzie all'Arcadia." Fu Balthazar a

tradurre per i due che non potevano sentire i pensieri dell'amico. "Chiama Wakefield, dobbiamo scoprire cos'è successo a Jennifer."

Jennifer. La presunta guardia di Lizzie.

Perché cazzo non mi ha detto che Lizzie era uscita?

"Me ne sto già occupando," disse Luc uscendo di casa.

"Non la ucciderà," gli disse Alik in quel suo calmo modo irritante. "Ha più valore da viva, per non parlare del divertimento. Ti sta prendendo per il culo e ci sta riuscendo."

Saltò su dal divano. "Se servo a qualcuno sono in piscina."

Balthazar strinse la mano sulla spalla di Jayson quando lo vide considerare l'idea di lanciare un coltello al loro vecchio amico. Non sarebbe stato il loro primo litigio, e nemmeno l'ultimo, ma era quasi sempre Alik a uscirne vincitore. La sua abilità di infliggere dolore con la mente sorpassava qualsiasi altro dono, senza contare la telepatia. Era un tipo potente.

"Sta cercando di reindirizzare la tua rabbia," gli mormorò Balthazar dopo che Alik se n'era andato sbattendo la porta.

"Sta funzionando."

"Bene. Ora alzati da terra e comportati da guerriero quale sei." Balthazar si allontanò da Jay e spense la televisione prima di andare in cucina. Jayson prese due bei respiri, si sforzò di tirarsi su e accettò la bottiglietta d'acqua che Balthazar gli stava offrendo.

"Alik ha ragione," commentò B. "Zeke si sta prendendo gioco di te. Non ucciderà Lizzie."

"Non puoi saperlo con certezza. È un cazzo di assassino, accidenti!"

"Che ha avuto molteplici occasioni per ucciderla e non si è preoccupato di farlo. No, deve esserci dell'altro sotto."

Balthazar prese un sorso d'acqua e si concentrò sulla porta poco prima che si aprisse. Erano Issac e Luc, seguiti da Stas e Tom.

"Jennifer si è addormentata," esordì Luc.

"Si è addormentata?" ripeté Jayson con tono morbido ma letale.

"Sì, pensava che Lizzie sarebbe rimasta a casa per la notte." L'espressione di Luc fece capire che non era contento di quella scusa. "Mi occuperò di lei una volta risolto il problema."

"Fallo, o lo farò io." Una retrocessione sul lavoro sarebbe stata l'ultima delle preoccupazioni di Jennifer.

Addormentarsi sul posto di lavoro.

Al diavolo.

Se Lizzie muore per colpa sua...

Arricciò le mani in pugni. Non avrebbe mai perdonato Jennifer... e nemmeno se stesso.

"Qual è il piano?" chiese Jayson.

"Mateo e Tristan sono già in viaggio," li informò Issac. "Che cosa hanno bisogno di sapere?"

"Zeke l'ha intrappolata in una sorta di bolla di vetro," grugnì Jayson.

"Copriva tutti i rumori."

Issac annuì. "Sono nella sala VIP, tutte le cabine hanno il controllo del suono per scopi che sono sicuro conosciate bene. Altro?"

"Ha intenzione di farla urlare." Le mani di Jayson si chiusero di nuovo sulla bottiglia di plastica che teneva in mano, accartocciandola.

Balthazar gliene passò un'altra immediatamente.

"Assolutamente no, Stas. Wakefield ci andrà da solo." Doveva aver risposto ai pensieri della ragazza perché assottigliò gli occhi.

"È la mia migliore amica." Il fuoco dietro gli occhi

della bionda era ammirabile, ma oscurato da un cuore infranto. Non sarebbe potuta entrare lì e pensare con lucidità. Jayson la capiva perché anche lui si sentiva in quel modo.

L'emozione sovrastava la logica. "E lui ha ucciso i miei genitori." Ricordò Stas a tutti con voce spezzata.

"Ed è per questo che non reagiresti razionalmente se lo vedessi," le rispose dolcemente Balthazar. "Non saresti d'aiuto, ma solo un ostacolo."

"L'unico modo in cui Issac sarà in grado di concentrarsi a salvare Elizabeth è quello di fargli sapere che tu sarai qui sana e salva ad aspettarlo," aggiunse Luc. La sua logica era infallibile. "Altrimenti rischierai di non vedere più nemmeno lui, oltre alla tua migliore amica."

"Lucian ha ragione," mormorò Issac. "Ricorderai l'Arcadia, Aya. Siamo sopravvissuti per un pelo la scorsa volta, e se fossi costretto a scegliere chi salvare sceglierei te, sempre te." Le mise le mani sulle guance e la tirò a sé. "Devo farlo da solo, tesoro. Lo sai anche tu, così come sai che faccio tutto ciò solamente per te."

"Anche tu sei troppo indispensabile. Supporto il fatto che tu prenda le tue decisioni, ma metteresti a rischio la tua vita inutilmente. Se andrai lì a dare ordini Ezekiel ti massacrerà in un secondo, e non permetterò che accada." La voce di Luc era insolitamente morbida, anche se pur sempre autoritaria. Aveva da sempre scelto con saggezza le proprie battaglie, quella era una battaglia che avrebbe combattuto solo se Stas glielo avesse chiesto. Anche Jayson l'avrebbe combattuta, insieme a Balthazar e Alik, se fosse stato necessario.

Stas premette la fronte sul petto di Issac e B annuì: era il suo modo di far sapere a tutti che la bionda avesse accettato l'editto implicito di Luc. Anche con le emozioni a mille, la ragazza riusciva a comprendere e ammirare la logica. Sarebbe diventata una brava Hydraiana un giorno, una volta che avrebbe accettato il proprio destino.

"Cosa farai?" chiese Tom a Issac con un'intensità sommessa. "Ho letto il file su Ezekiel. Non te la consegnerà tanto facilmente."

Issac passò le dita tra i capelli di Stas e la baciò dolcemente sulla fronte prima di fare un passo indietro. "Non sono preoccupato, Thomas," gli rispose di nuovo serio.

Non era arrogante, quanto sicuro di sé. Issac sapeva come gestire quel tipo di situazioni, ma una parte di Jayson trovava molto difficile farsi indietro e aspettare. Si passò una mano sul viso e combatté l'istinto di distruggere altri soprammobili di casa di Balthazar.

Quella reazione tanto furiosa non era da lui. Nemmeno la notizia della prigionia di Amelia lo aveva colpito in quel modo, e in quell'occasione era stato sicuramente arrabbiato. Eppure era riuscito a rimanere calmo mentre rifletteva sul da farsi.

Al contrario, la situazione di Lizzie gli aveva fatto venire voglia di andare lui stesso all'Arcadia per riprendersela, un qualcosa che Jayson stesso sapeva sfidare ogni logica e comprensione. Pochi secondi prima aveva elogiato la capacità di Stas di affrontare la faccenda in modo intelligente e in quell'istante pensava a una propria vendetta personale.

Ho qualcosa di sbagliato, B.

Il colpetto che ricevette sul braccio gli disse che tutto sarebbe stato risolto.

Se solo Jayson gli avesse creduto. L'idea che Issac andasse all'Arcadia a salvare Lizzie per conto suo lo infastidiva. Mettere piede in quel locale sarebbe stata una missione suicida per qualsiasi Anziano, anche uno in grado di camuffare il proprio aspetto. Jay l'aveva capito, ma affidarsi a un altro...

"È un buon piano," gli sussurrò Balthazar rispondendo ai pensieri dell'amico. "Se provi ad andare con lui, Alik ti metterà al tappeto."

"Mi piacerebbe vederlo provare," mormorò Jayson.

"Sta aspettando fuori," lo informò Balthazar a bassa voce affinché solo lui potesse sentire. "Quell'uomo ci conosce meglio di quanto voglia ammettere."

"Ciò non lo rende meno stronzo."

"Vero," acconsentì B e prese un sorso della propria acqua per nascondere un sorriso.

Lasciò che fosse il telepatico a provvedere al divertimento in una situazione altrimenti spiacevole.

"Hai chiamato," si annunciò Jacque apparendo al centro del salotto con indosso un paio di pantaloni del pigiama e nient'altro.

"Mentre noi stavamo discutendo di come darle la notizia domani, Elizabeth ha deciso di fare una visitina all'Arcadia," gli spiegò Luc.

Issac si passò una mano sulla cravatta per allisciarla e aggiunse: "Già, sembra che avrò bisogno di un passaggio in città."

13   GIOCHIAMO A DIRE LA VERITÀ

Il soggetto sembra ambientarsi bene alla vita universitaria, come previsto. Stiamo catalogando tutte le sue interazioni sociali per una futura revisione.

-Registro 118.10.4-7

"Non ti farò del male," disse Kiel a Lizze mentre lei faceva avanti e indietro nel piccolo spazio confinato tra il tavolo e la solida parete di vetro.

Era successo tutto così in fretta che la ragazza aveva avuto a malapena la possibilità di reagire. Non che avesse potuto fare molto. Kiel le aveva avvolto un braccio di granito intorno alla vita e l'aveva strattonata in quello angusto spazio rettangolare che tentava di esplorare.

Gli altri clienti del club erano del tutto imperturbabili.

Alcuni la osservavano come se fosse un animale allo zoo, altri continuavano a farsi i fatti propri come se niente fosse.

A quanto pare quelle capsule di vetro erano all'ordine del giorno, da quelle parti.

Lizzie si strofinò le braccia nel tentativo di scaldarsi, continuando a esaminare il piccolo cantuccio. Il vetro della trappola sembrava solido, spesso e a tutti gli effetti impenetrabile. L'interruttore con cui Kiel l'aveva messo in azione rimaneva nascosto, ma se Lizzie l'avesse trovato sarebbe potuta scappare.

E poi che faccio? Mi metto a correre?

Per poco non si mise a ridere. Kiel aveva già dimostrato di avere riflessi di gran lunga superiori a quelli della ragazza. Lizzie sarebbe rimasta bloccata lì fino a quando lui non l'avrebbe lasciata andare o sarebbe arrivato al nocciolo della questione.

"Che cosa vuoi?" gli chiese, o perlomeno ci provò. La domanda le uscì in un tono molto più morbido e traballante di quanto avesse voluto.

"Il desiderio non ha niente a che vedere sul motivo per cui ci troviamo in questa situazione, cara. Sono qui solo per darti certe informazioni, niente di più."

"Ah, sì?" Lizzie guardò Kiel. "Informazioni a proposito di cosa?"

"Cominciamo da Tom Fitzgerald. È un tuo amico, non è vero?"

Alla rossa vennero i brividi lungo la schiena. Non avrebbe voluto parlare di quell'argomento con nessuno e certamente non con un estraneo che l'aveva rinchiusa in una scatola di vetro. "Lo conoscevi?"

"No, non personalmente." Kiel si fermò per sorseggiare il proprio drink rosso sangue e le lanciò un sorrisetto sinistro. "Cosa diresti se ti dicessi che Tom è vivo e sta benissimo?"

Lizzie si accigliò. "Direi che sei un uomo crudele e senza cuore."

"Sono entrambi aggettivi adeguati, te lo assicuro, ma non si adattano a questa particolare occasione, perché anche se tu e il resto della razza umana siete stati portati a pensare che fosse morto da eroe durante una missione, io sono qui per dirti la verità. Ti piacerebbe sentirla?"

"Vorrei che tu mi facessi uscire da questa stupida gabbia," gli rispose lei.

Kiel schioccò la lingua. "Non hai risposto alla mia domanda. Cosa diresti se ti fornissi la prova, proprio in questo momento, del fatto che Tom sia vivo? Allora mi ascolteresti?"

Lizzie lo guardò a bocca aperta. Doveva trattarsi di uno scherzo di cattivo gusto, ma la ragazza non riusciva a capirne il senso. Kiel aveva già ammesso di non conoscere Tom, eppure aveva rivelato di sapere dell'amicizia tra lei e la Sentinella, un rapporto di cui non aveva mai parlato con Jayson e sicuramente non con Kiel. Li conosceva a malapena entrambi, eppure quell'uomo sembrava insinuare che la conoscesse molto meglio di così.

"Chi sei tu?"

"Ah, facciamo passi avanti." Kiel aveva un tono soddisfatto. "Prova a riformulare la domanda chiedendomi *cosa* sono, invece di *chi*... ci muoveremmo a una velocità molto più accettabile, in questo modo."

Lizzie sbatté le palpebre, sempre più confusa da quando era iniziata la serata. Cam e Kristin se la stavano spassando sulla pista da ballo mentre lei era intrappolata in un contenitore di vetro con un pazzoide.

Un pazzoide amico del suo vicino di casa.

Che lui aveva chiamato per riferirgli dove si trovassero.

Niente di tutto ciò aveva senso!

Se solo avesse potuto accedere alla borsa. Cam aveva suggerito loro di lasciare tutto a casa, dal momento che era il turno di Kristin di pagare il conto. L'unica cosa che

Lizzie aveva portato con sé era un documento per accedere al club, per niente utile.

Non si sarebbe mai aspettata di rimanere chiusa dentro una cabina di vetro insonorizzata con un maniaco.

Attraverso le parenti non passava nemmeno una singola nota, il che significava che non avrebbero sentito le urla, dettaglio che Kiel aveva già fatto intendere durante la chiamata con Jayson.

Lizzie doveva giocare d'astuzia e sperare che il vicino di casa sarebbe andato in suo soccorso o che le amiche avrebbero notato la sua assenza.

Era dubbiosa riguardo entrambe le opzioni ma le avrebbe considerate un piano di riserva.

Prima ho bisogno di un piano principale.

Grazie, capitan Ovvio.

Forse se avesse assecondato Kiel in quel gioco così stupido, lui l'avrebbe lasciata andare.

Improbabile.

Questo non aiuta.

Kiel sorrise e sorseggiò il drink, piegando la testa leggermente su un lato mentre prendeva in considerazione la mossa successiva. Stava chiaramente aspettando che succedesse qualcosa. *Una domanda, forse*, pensò Lizzie.

Lei gli aveva chiesto *chi* fosse.

Lui le aveva risposto qualcosa circa la formulazione della domanda.

"Cosa sei?" Lizzie non poté fare a meno di risultare incerta nel tono perché era ovvio che colui che le stava davanti fosse un uomo. Tuttavia, a Kiel piaceva distorcere le parole e le frasi, trasformandole nel suo proprio linguaggio.

"Siediti, Lizzie."

"Perché?"

"Risponderò alla tua domanda." Fece un cenno al

posto davanti a lui che Lizzie aveva liberato il secondo dopo che si erano attivate le pareti di vetro. Avrebbe avuto la schiena rivolta al balconcino: non era una posizione di attacco, ma nemmeno di difesa. Se Kiel avesse voluto farle del male avrebbe potuto farglielo da in piedi.

Tanto valeva riposare le gambe, in caso le avesse dato la possibilità di scappare, anche se sembrava piuttosto improbabile farlo all'interno della loro piccola prigione.

Lizzie si accomodò dietro al tavolo e incrociò le braccia. La cameriera le aveva portato un cocktail alla frutta rosato che in un'altra occasione le sarebbe piaciuto molto, ma non quella sera.

"Il mio vero nome è Ezekiel," mormorò lui. "Ho da poco deciso di farmi chiamare Kiel, mi piace cambiare dettagli ogni tanto. Vedi… vivere per sempre è noioso. Sono le piccolezze a farci divertire."

Elizabeth annuì. "Certo." *Sei completamente pazzo.*

"Quando ho conosciuto il tuo Jayson si faceva chiamare Jedrick… era circa il 1700 AC, a Babilonia. Siamo nati in circostanze dissimili, io da una donna povera stuprata da un soldato, lui da un dio della milizia. Suo padre, Artemis, non era proprio un dio ma un Ichoriano con sete di sangue e l'abilità di controllare le menti. Ci torneremo sopra più tardi… Mia madre è morta di una malattia quando avevo nove anni, ciò mi costrinse a imparare a prendermi cura di me stesso in fretta. Dire che avevo un talento particolare per la sopravvivenza sarebbe stato un eufemismo. Vedi, identificare una preda facile e ucciderle silenziosamente sono grandi abilità, Lizzie, capacità che ho fatto mie fin da giovane."

Kiel si fermò a sorseggiare il drink mentre Lizzie combatteva la voglia di mettersi a ridere.

Prima di tutto aveva detto di essere nato a Babilonia, la città antica.

Ciò voleva dire che avesse circa tremila anni...

Si stava inventando parole come "Ichoriano", sosteneva che Jayson fosse figlio di un dio e che lui stesso, Kiel o Ezekiel, comunque volesse essere chiamato, fosse un assassino.

Quell'uomo era un pazzo travestito da sano.

Assurdo.

"Osiris si è avvicinato a me quando ero molto giovane," continuò. "Non hai ancora avuto occasione di incontrarlo per bene, ma un giorno lo farai. A ogni modo, mi è apparso come un dio e mi ha detto che le mie abilità erano uniche e che si adattavano alle sue esigenze. Mi presentò suo figlio Sethios e incoraggiò la nostra amicizia. Avevamo circa la stessa età quindi abbiamo legato rapidamente, mi sono trovato in una nuova casa, circondato da principi unici che non si applicavano alla mera umanità ma a un universo più grande."

Kiel sorrise e Lizzie rabbrividì da capo a piedi. "Ti piacerebbe sapere un segreto, Lizzie?"

La ragazza si schiarì la voce ma le ragnatele che aveva in fondo alla gola le impedirono di parlare. Probabilmente era meglio così, dal momento che non si sarebbe fidata di se stessa in quel momento.

Lizzie annuì, sospettava che un rifiuto l'avrebbe deluso e lei non aveva alcuna intenzione di fare arrabbiare una persona del genere senza avere una via di fuga.

"Sono a conoscenza della tua esistenza da un po' di tempo, ben prima che tu conoscessi Astasiya. Tuttavia, non è questo il mio segreto." Fece un cenno con la mano e sorrise, divertito dal suo stesso comportamento. "Ciò che intendo dire è che sono stato io a far sì che capitaste insieme, al primo anno. È stato il risultato della mia pigrizia, ma credo tutto si sia risolto per il meglio, non sei d'accordo?"

Quel rumore sinistro nelle orecchie di Lizzie non poteva farle bene. Non aveva mai detto a lui o Jayson il vero nome di Stas.

"Chi sei tu?" sussurrò ancora una volta.

Kiel si rilassò sullo schienale. "Non mi stai affatto ascoltando, vero?"

"S-sì invece," balbettò lei. *Ma stai raccontando una storia immaginaria che non ha alcuna rilevanza nella realtà.*

Fatta eccezione per il fatto che conosceva il nome completo di Stas. 'Astasiya' era un nome troppo specifico per tirare a indovinare.

"Ho il sospetto di essere a corto di tempo, quindi proviamo un nuovo approccio," le disse Kiel facendo roteare il bicchiere mezzo pieno sul tavolo.

"Dimmi cosa ne pensi del FAC. Ti sei mai chiesta cosa faccia in realtà la sua unità paramilitare? Come una Sentinella come Tom abbia potuto rimanere ucciso in una missione umanitaria?"

"Lui…" Lizzie prese finalmente un sorso del proprio drink, rivelatosi un daiquiri alla fragola. Il lato logico si sentiva in imbarazzo, ma aveva bisogno di qualcosa per alleviare la gola, che sembrava essere farcita di batuffoli di cotone.

"Tu occupati di bere, risponderò io per te, cara. Il FAC non è ciò che il pubblico pensa che sia, dettaglio che non penso ti sorprenderà. Ogni volta che ti trovi al quartier generale il tuo istinto ti dice che c'è qualcosa che non va. Ho ragione?"

Se non avesse già catturato l'attenzione della ragazza, quello sarebbe stato il momento in cui Lizzie drizzò del tutto le orecchie. Non aveva mai rivelato a nessuno il sentimento che Kiel aveva appena descritto, nemmeno a Stas.

"Come fai a saperlo?" riuscì a chiedergli con voce roca.

"Perché ti ho vista lì innumerevoli volte nel corso degli anni e ho osservato i tuoi cambiamenti biologici. Sei terrorizzata dal FAC, fai bene a esserlo. Si chiama memoria muscolare, cara. Ti hanno fatto cose ignobili e anche se tu stessa non ne hai memoria, il tuo corpo si ricorda per te."

Lizzie deglutì. "Che vuoi dire?" Era stata poche volte al quartier generale dell'organizzazione, anche da bambina, ma Kiel aveva ragione riguardo alla reazione incontrollata. Quell'edificio la terrorizzava per ragioni inspiegabili.

"Vorrei che potessimo parlarne più nel dettaglio, ma il nostro incontro è quasi finito e non abbiamo ancora affrontato le basi."

Kiel guardò Lizzie negli occhi e mantenne lo sguardo. "Mi hai chiesto chi sono e te l'ho rivelato. Riguardo a ciò che sono, sono un Ichoriano, proprio come il padre di Jay. Osiris mi ha trasformato il giorno del mio diciottesimo compleanno mortale, donandomi l'immortalità e prima che tu dica qualcosa sì, so di avere l'aspetto di un trentacinquenne. I mortali di oggi invecchiano in modo molto diverso rispetto all'era in cui sono cresciuto io."

Lizzie non era affatto sul punto di dire nulla, ma annuì comunque. Era vero, somigliava a qualcuno sulla trentina, ma forse l'immortalità aveva qualcosa a che fare con l'invecchiamento? O la mancanza di esso…

Sto davvero credendo a tutto ciò?

"Devo confessare che c'è un piccolo svantaggio nell'essere Ichoriani. Abbiamo bisogno di sangue mortale per sopravvivere." Le allungò il proprio drink. "Guarda qui dentro e vedi tu stessa."

Lizzie esitò, specialmente dopo le osservazioni impertinenti dell'uomo, ma fece come le suggeriva aggrottando la fronte.

"Sembra un Bloody Mary." Era un drink strano da bere in una tazza da caffè, ma tutto di quel posto le pareva insolito.

"No, tesoro, è il sangue di uno dei miei donatori preferiti, laggiù. Se non ci credi, prendine un sorso."

Lizzie tirò su con il naso e lo arricciò quando un'ondata di nausea la pervase.

Di sicuro non sapeva di vodka e succo di pomodoro.

Tuttavia, non poteva essere serio.

Sangue? Che schifo.

"Sei un vampiro?" Le uscì come una sorta di cigolio.

Kiel ridacchiò. "Un vecchio mito, ma ti assicuro che il concetto è simile. Cerca di non usare quel termine ad alta voce, fuori da queste mura di vetro, cara. Alla mia specie non piace essere paragonata a quelle vili creature della notte. I nostri antenati sono persone molto migliori."

Lizzie si aggrappò al bordo della propria sedia. "Sei… ma è… impossibile. Non è…" Scosse la testa vigorosamente cercando di schiarirsi i pensieri. "Non posso…"

I vampiri non sono reali. Il soprannaturale non esiste.

"Se vuoi posso chiamare Cynthia per una dimostrazione." Kiel sembrava tanto ragionevole e normale, come se parlasse di vampiri e immortalità tutto i giorni. "Oppure potresti voltarti a guardare la cabina sotto di noi, vicina alla pista da ballo. Se riuscissi a tenere a bada gli urli, le mie orecchie te ne sarebbero grate."

Prese un altro sorso da quella tazza sanguinolenta e aspettò che Lizzie prendesse la propria decisione.

Se avesse chiesto una dimostrazione Kiel avrebbe dovuto far sparire le pareti in vetro e lei sarebbe potuta scappare.

"I tuoi occhi fanno trasparire benissimo i tuoi pensieri, Lizzie. Se dovessi scegliere la dimostrazione prima dovrei legarti, credimi quando ti dico che sarebbe per proteggerti. Una donna del tuo standard che se ne va a spasso in questo club non sopravviverebbe più di cinque minuti senza essere attirata in una cabina, che le piaccia o no."

Lizzie sussultò. Il modo in cui Kiel aveva pronunciato quella frase era stato terrificante e irritante al tempo stesso. "Perché mi stai dicendo tutto questo?"

"La tua è un'ottima domanda." Posò la tazza sul tavolo esibendo un sorriso genuino. "Io ho i miei motivi, ma considero infastidire Jayson decisamente un bonus."

"Lui è al corrente di tutto questo?"

"Certo, come ho detto siamo cresciuti insieme. Il padre di Jay, Artemis, è un Ichoriano amico di Osiris, ecco come ci siamo conosciuti. La propensione alla guerra e alla distruzione hanno fatto sì che si creasse un legame tra noi, arenatosi circa cinque secoli fa. Vedi, la mia specie ha realizzato che la nostra progenie, gli Hydraiani, possedevano sangue letale in grado di distruggere la razza Ichoriana e, beh, senza andare nei dettagli, il risultato è stato che sono morti molti immortali."

Lizzie non riusciva a parlare. Sembrava tutto molto reale, ma improbabile.

Hydraiani?

A Kiel piaceva inventare parole?

Jayson aveva menzionato una parola simile, quella mattina. Hydria, forse. Il posto da dove erano in visita Jacque e Grace.

La rossa spalancò gli occhi. *Gli Hydraiani vengono forse da Hydria?*

Scosse la testa. Era troppo. Credere a quelle assurdità le avrebbe fatto guadagnare un posto in un ospedale psichiatrico.

Eppure... ciò che Kiel aveva detto sul FAC e i sentimenti di lei era giusto, anche quel commento rilassato sul fatto che la stesse osservando da lontano l'aveva fatta impaurire. Aveva informazioni su Stas…

Lizzie cedette alla tentazione di dare un'occhiata in giro per il club, come le aveva consigliato lui.

Niente di particolarmente strano, solo una coppia impegnata in effusioni.

Strizzò gli occhi mentre le luci sul soffitto presero a lampeggiare, illuminando per bene i due.

Quella è…

Si coprì la bocca con una mano.

Una testa dai capelli scuri.

C'era un uomo, sotto al tavolo, adagiato tra le gambe nude di lei e intento a baciarle l'interno coscia. Lizzie si aspettava di vederlo spostarsi verso l'alto, ma non lo fece.

Il corpo della donna sembrava immobile nel tempo e nel frattempo l'uomo si era spostato a leccarle una scia di sangue che le colava da una ferita sul collo.

Lizzie si alzò in piedi e posò le mani sulla parete in vetro per chiedere aiuto urlando ma presto si rese conto che anche le coppie adiacenti erano impegnate in pose simili.

"Oddio…" Cam e Kristin… Doveva trovarle, avvertirle.

"Le tue amiche staranno bene," le mormorò Kiel. "Zach e Lars potranno usarle come snack, ma gli ho ordinato di riportarle a casa sane e salve."

"Perché?" Perché avrebbe dovuto farlo?

"Consideralo una dimostrazione di buona fede," le rispose. "Inoltre, la maggior parte dei mortali che lasciano questo posto hanno ricordi di una serata euforica e niente di più. È il nostro modo di mantenere sana l'offerta di cibo, anche se c'è chi preferisce andare nelle fattorie di sangue."

Lizzie si girò e lo vide scrollare le spalle.

"Capisco le scelte di entrambi… Stiamo divagando di

nuovo. Vuoi parlare di Tom? L'amico che hai seppellito e che invece è vivo e vegeto?"

Le gambe di Lizzie minacciarono di cederle, costringendola a tornare a sedere all'altro capo del tavolo, di fronte a Kiel. Dieci minuti prima lo aveva definito crudele anche solo per aver osato esporre un pensiero simile. In quel momento si sentiva attanagliata dalla speranza, seguita da un'ondata di tristezza.

Tom le avrebbe davvero permesso di piangerlo mentre si rifaceva una vita senza di lei?

Erano amici.

Lei gli voleva bene.

Perché avrebbe dovuto farle ciò?

"Per essere chiari, gli Hydraiani sono il risultato di padre Ichoriano e madre umana. Il tuo amico Tom è il risultato di un padre Ichoriano, Jonathan Fitzgerald, e una donna mortale di nome Anna."

Kiel sollevò un braccio sulla schienale del divanetto su cui era seduto e cominciò a tamburellare le dita lunghe producendo un suono che Lizzie non riusciva a sentire, per via del sangue che le risuonava nelle orecchie.

Tom non è umano? John è un Ichoriano?

È... no.

È ridicolo e per niente vero.

È solo una storiella, una farsa.

"Tom ha organizzato una messinscena in mezzo ai boschi con altri Hydraiani e qualche Ichoriano, alla vecchia baita della madre di lui. John pensa che una delle Sentinelle abbia sparato e colpito Tom con un proiettile incendiario, uccidendolo, ma era tutta un'illusione orchestrata da Issac Wakefield."

"Issac?" ripeté lei. *C'entra anche lui?*

"È un Ichoriano, te lo dimostrerò tra un minuto, e ha

salvato la vita del tuo amico. Immagino che fosse un regalo per Astasiya, dal momento che tiene molto a quella donna di talento. Questo è tutto, Tom è vivo, vive a Hydria e sì, Stas ne è al corrente. Tutto questo ci riporta all'inizio, non è vero? Perché ti hanno tenuta all'oscuro di tutto? Ho delle teorie a riguardo, ma sfortunatamente non abbiamo più tempo."

"Ah, no?"

"Già." Kiel piegò la testa verso al bar. "I tuoi soccorritori sono in arrivo, circa dieci minuti prima di quanto pensassi, sono stupito."

Lizzie seguì lo sguardo dell'assassino fino a trovare Issac e altri due uomini in giacca e cravatta che stavano salendo le scale della sezione VIP. Issac fece un sorriso al barman che le fece capire che fosse di casa, oltre che a salutare con un cenno del capo altri individui all'interno del club, e tutti ricambiarono.

Ecco la prova, come le aveva appena detto Kiel, che Issac era un Ichoriano.

Conosceva tutti i membri del locale.

Lizzie avrebbe potuto pensare che si trattasse dello status da miliardario dell'uomo, che conoscesse tutte quelle persone tramite l'alta società, ma lei, che era solita frequentare la cricca più esclusiva di New York, non ne conosceva nemmeno uno.

L'Arcadia vantava un look opulento, come a ostentare un'antica ricchezza, un tipo che Lizzie era stata abituata a riconoscere fin da bambina. Eppure riconosceva solo l'uomo che si stava approcciando alla loro gabbia.

"Lizzie, se tieni alla tua vita dovrai rimanere calma, durante la nostra chiacchierata. Io non ho intenzione di farti del male, ma non sono sicuro che valga lo stesso per gli altri, qui dentro. Se fai una scenata ti metteranno a tacere in maniera poco educata."

A Elizabeth si gelarono le vene e rimase bloccata lì mentre il vetro si levava verso l'alto e si ritraeva nel soffitto.

Anche se avesse voluto gridare, non avrebbe potuto farlo.

Le vie respiratorie le bruciavano per mancanza d'ossigeno.

Una parte di lei pensava che fosse tutto un brutto sogno, ma Ezekiel si era dimostrato calmo e rilassato per tutto il tempo. Cosa avrebbe dovuto fare il portatore di informazioni? Terrorizzarla? Rassicurarla forse, oppure insegnarle qualcosa.

Lizzie non lo sapeva.

Quando le pareti scomparvero del tutto la rossa prese a tremare, non per via dell'aria ma per aver perso quello strato protettivo.

Kiel le aveva raccontato tutte quelle storie dentro una stanza insonorizzata... Voleva proteggerla in caso avesse reagito.

Ma perché?

Era chiaro che non gli importasse di lei.

Qual era il suo obiettivo?

Irritare Jayson.

Perché Jayson non avrebbe voluto che sapesse la verità. Nessuno aveva voluto che la sapesse, nemmeno Issac e Stas.

E Tom.

Il cuore le doleva al pensiero.

Lo sapevano tutti, tranne lei.

"Buonasera, Issac," esordì Kiel. "Ti va di unirti per un drink?"

Issac si infilò sul divanetto accanto a Lizzie e le sfiorò una coscia gelida con la propria. Poggiò le dita sul tavolo concentrandosi su Kiel.

"Non voglio mancarti di rispetto, Ezekiel, ma se non

liberi Elizabeth all'istante sarò costretto a reagire per il suo bene."

La letalità silenziosa che si celava sotto le parole dell'amico fece rabbrividire Lizzie.

Sembrava proprio un predatore.

Un cattivo.

Un vampiro.

La ragazza si morse un labbro per non reagire, ma la sensazione di terrore che le si stava propagando nel petto minacciava di trapelare.

La sua coinquilina e migliore amica era fidanzata con un mostro, uno che sembrava completamente a suo agio in quel club, dove servivano sangue in tazze da caffè e banchettavano con le arterie al piano inferiore.

Come aveva potuto nasconderglielo Stas?

"Mmmh, credo che il suo bene sia non reagire affatto," gli rispose Kiel finendo il proprio drink. Lo mise da parte con un sorriso. "Beh, se non ti va un drink, che ne dici di una passeggiata?" Guardò i due uomini in piedi accanto a loro, come a formare una guardia, poi riportò lo sguardo su Issac. "Basteremo noi tre," disse sorridendo a Lizzie. "Immagino che in questo momento ti andrebbe un po' d'aria fresca, vero tesoro?"

Le labbra della ragazza formarono una risposta che la voce non riuscì a esprimere. Se avesse voluto condurla fuori lei non si sarebbe opposta. Avrebbe fatto di tutto pur di lasciare quel posto orribile.

"Credo che voglia dire che acconsente," disse Kiel. "Andiamo?"

Issac fece un cenno ai suoi amici e tese una mano a Lizzie.

Due giorni prima la ragazza l'avrebbe accettata.

Magari anche solo un'ora prima.

Ma in quel momento?

No.

Forse Kiel era un pazzo dall'immaginazione fervida.

Forse si sarebbe svegliata in cinque minuti.

Forse gli unicorni esistevano davvero.

Non ne aveva idea, ma un dettaglio le era chiaro: Non si fidava di Issac Wakefield. O di Tom Fitzgerald. O di Jayson Masters. O di Stas Davenport.

Sono davvero sola.

"Che cosa le hai fatto?" chiese Issac rivolgendosi a Kiel.

"Ci siamo divertiti a raccontarci storie mentre stavate arrivando, ma continuiamo la discussione fuori di qui. Odierei attirare l'attenzione di qualcuno d'importante."

Issac strinse una mano a pugno e la lasciò cadere lungo i fianchi.

"Infatti," ringhiò mentre si allontanava da Lizzie per darle modo di alzarsi dal divanetto.

La ragazza lo fece attentamente, con gambe tremanti. Tutti quegli anni di danza non le erano serviti, quella sera. Si mosse come una vecchietta dalle ossa fragili per via di anni passati a zoppicare.

Kiel era accanto a lei e il calore dell'uomo le era di conforto nell'altrimenti gelido club.

Cosa diceva quel dettaglio della sanità mentale della ragazza?

Si stava fidando dell'unica persona di cui non avrebbe dovuto, ma lui era stato l'unico a dirle la verità.

Ha anche detto di essere un assassino.

Accidenti… Non si sarebbe mai ripresa.

Se tutto si fosse rivelato vero, Lizzie… come avrebbe…?

La ragazza rabbrividì.

Cosa ne sarebbe stato di lei?

Kiel aveva appena accennato al FAC, ma persino

quelle poche parole avevano confermato le paure più recondite di Liz: erano malvagi. L'uomo le aveva fatto capire di avere una ragione per temerli ma non si era dilungato nelle spiegazioni.

Non c'era più tempo.

Ezekiel fece strada lungo le scale mentre lei lo seguiva muovendosi come uno zombie, con Issac alle calcagna.

I corpi impegnati sulla pista da ballo le passarono accanto sfocati, così come il bancone del bar.

Lizzie non si disturbò a cercare Cam e Kristin.

Cosa avrebbe potuto fare? Urlare loro qualcosa sui vampiri? Probabilmente avrebbero riso, e lei sarebbe morta.

Kiel le aveva detto che erano al sicuro. Voleva credergli, in fondo non le aveva ancora mentito. Aveva detto la verità anche quel giorno in caffetteria.

Babilonia.

Intendeva la città originale, quella esistita migliaia di anni prima.

Come faceva tutto ciò a essere credibile?

Jayson ha la stessa età, magari qualche anno in più…

Il cervello di Lizzie non poteva stare al passo con quella logica. Non riusciva a comprenderla. Aveva baciato… una mummia vivente.

O un dio, pensò. Non che quello la fece sentire meglio.

I dotti lacrimali dietro gli occhi provarono ad azionarsi, fallendo. Lo shock li aveva resi inutili.

"È un'ottima serata per una passeggiata," proclamò Kiel una volta fuori dal pub. Alzò lo sguardo sorridendo. "Fantastico, andiamo da questa parte?"

Issac accelerò il passo per affiancarsi a Lizzie, senza toccarla. Lei li seguiva come con il pilota automatico, una marionetta controllata da un filo invisibile legato a Kiel.

Attraversarono due isolati prima che Issac iniziasse

finalmente a parlare. "A che gioco stiamo giocando, Ezekiel?"

"Perché deve per forza essere un gioco? Magari ti sto aiutando."

"Lo dubito fortemente."

L'assassino ridacchiò. "Forse hai ragione, ma non sono qui per giocare. Quello sei tu e, se mi permetti, il tuo è un gioco piuttosto pericoloso."

Issac sbadigliò e si mise le mani in tasca. "I tuoi indovinelli mi annoiano."

"Ah, sì?" Kiel si voltò e si appoggiò a un edificio. "Che ne dici di un suggerimento, allora?" Incrociò una caviglia sull'altra, gli occhi scuri pagliuzzati d'oro si fecero seri. "Fai trasferire Astasiya lontano dalla città prima che il Conclave scopra i suoi segreti... E non mi riferisco al suo allenamento da Sentinella."

Lizzie faticava a respirare e l'aria tra i due uomini si raffreddò. Era troppo... Tutte quelle minacce, commenti sull'immortalità, la realizzazione che tutti le avessero mentito...

Significo così poco per loro?

"Perché non hai fatto la tua mossa?" chiese Issac a Ezekiel. La voce era bassa ma letale, provocò la pelle d'oca a Lizzie.

Pericoloso.

Predatore.

"Ho le mie ragioni," gli rispose Ezekiel rimettendosi in piedi. Spostò lo sguardo su Lizzie, che rabbrividì di nuovo.

Corri.

Dove andrei?

Non poteva fidarsi di nessuno.

"Ci vedremo presto, tesoro, anche se temo che il nostro prossimo incontro non sarà in circostanze tanto favorevoli." Il tono era al contempo di scuse e impertinente. Lizzie non aveva idea di come rispondere.

"Divertiti a sistemare questo casino, Jedrick," aggiunse, fermando qualcosa che gli avrebbe altrimenti colpito il naso. "Un altro ricordino, che gentile." Si infilò l'oggetto di metallo nella tasca della giacca e sparì nella notte.

Letteralmente.

Lizzie non poteva credere ai suoi occhi, tutti quei comportamenti non proprio umani la fecero accasciare sulle ginocchia. Issac le cinse la vita con un fianco in modo da non farla cadere, ma lei si allontanò istintivamente, si appoggiò a un muro e cercò di localizzare Kiel.

"Dove...? Come...?" Un momento prima stava camminando, quello dopo era stato avvolto da un manto oscuro ed era scomparso.

Nel bel mezzo di New York.

In strada.

Com'era possibile?

"Lizzie." La voce di Stas catturò l'attenzione della ragazza verso sinistra, dove venne approcciata da Jayson e quel ragazzo che aveva conosciuto la sera prima, Jacque.

"Ezekiel non ha tenuto la bocca chiusa," dichiarò Issac piatto. "Non sono sicuro della quantità di informazioni rivelate, ma sono state chiaramente numerose."

Stas tentò di toccare l'amica, che barcollò all'indietro.

"Oh, Liz..."

Lizzie incontrò lo sguardo della bionda, la donna che conosceva da sette anni.

Si fidava di lei.

Le voleva bene.

"Dimmelo," le sussurrò Lizzie vogliosa di sapere. "Dimmi che non è vero." Per l'amor del cielo, aveva appena visto un uomo smaterializzarsi, doveva per forza essere un'illusione.

Tutto ciò che le aveva detto Kiel... erano bugie, vero?

I vampiri non esistevano.

"Dimmi che è tutta una bugia," ripeté in tono più disperato di prima. "Dimmi che lui non sta bene, per favore."

Stas guardò Issac senza parole. Il cuore di Lizzie si agitava in battiti irregolari nel petto.

Oddio.

La sua migliore amica non le avrebbe mai nascosto tutto ciò, vero?

No.

Non avrebbe potuto.

Ma tutto quello che aveva detto Ezekiel...

"Tom è vivo?" La voce di Lizzie era stranamente roca, sembrava estranea persino alle orecchie stesse della ragazza.

Stas deglutì visibilmente.

Poi annuì.

"Lui..." Stas si fermò per schiarirsi la gola. "Sì. Tom è vivo."

"E Issac è un vampiro?" La domanda uscì dalla bocca di Lizzie come un cigolio. "E anche Jayson."

Dio, non ce l'avrebbe fatta a continuare.

Era tutto assurdo.

Follia pura.

Stas si fece avanti. "Liz..."

No!

La mano della rossa reagì spontaneamente, planando sulla guancia di Stas con un rumore sinistro.

Era così bello poter colpire qualcosa, o meglio, qualcuno.

Lizzie avrebbe voluto farlo di nuovo, più forte.

Le avevano mentito tutti.

Tutti quanti.

"Me lo sono meritato," mormorò Stas. "Ma Liz…"

Lizzie la interruppe con un grido. Stava montando dentro di lei da ore, giorni, forse mesi, così esplose in una scarica di suoni che non riuscì a contenere.

Agonia.

Paura.

Rabbia.

Dolore.

Culminarono tutti in un unico momento e la ragazza non si preoccupò di nascondersi, collassando sul marciapiede senza alcuna riserva, se non quella di liberarsi completamente.

E si liberò, eccome.

Più e più volte.

Finché sentì una strana sensazione intorno a lei.

Una specie di *whooosh*.

La distrasse dal proprio incantesimo e la buttò in uno diverso, fatto di luci danzanti e suoni surreali che le fecero girare la testa.

Poi la catapultò in una nuova realtà.

Sulla spiaggia, in una serata dove le onde si infrangevano in lontananza.

"Va tutto bene, Rossa," mormorò Jayson. "Andrà tutto bene."

Che razza di pazzia era quella? Era forse un sogno? Un cambio dimensionale? Lizzie aprì la bocca per fare una domanda ma si sentì di colpo assopita.

"Ha bisogno di riposare," le disse Issac in risposta a qualcosa. Una domanda, magari. Qualcosa che Jayson… Forse…

Dormire le sembrò bellissimo.

Era stato tutto un incubo, ecco spiegato tutto. L'indomani si sarebbe svegliata.

Tutto sarebbe andato per il meglio.

Sì.

"Ci sono io," le sussurrò Jayson mentre una sensazione di calore l'avvolgeva.

Stava galleggiando.

Il cielo era privo di stelle.

Il paradiso.

14 ERA TUTTO UN SOGNO?

IL CURRICULUM UNIVERSITARIO DEL SOGGETTO NON
RAPPRESENTA UNA SFIDA ADEGUATA. SI SUGGERISCE CHE
DURANTE LA FASE DI SVILUPPO LE FUTURE ITERAZIONI
SUBISCANO UN REGIME ACCADEMICO MENO RIGOROSO.

-REGISTRO 119.04.4-7

"Andrà tutto bene," sussurrò Jayson a Lizzie
rimboccandole le coperte del proprio letto.
Nessuno aveva aperto bocca sul fatto che l'avesse fatta
accomodare lì, nemmeno Stas. Le sistemò una ciocca di
capelli dietro un orecchio e le stampò un bacio sulla fronte.
Non poté fare a meno di fermarsi qualche secondo in più
del dovuto.

È al sicuro.

"Non ti lascerò mai più senza alcuna protezione," le
giurò. Lizzie non poteva sentirlo, ma non aveva
importanza. Quella promessa era più per se stesso, perché
aveva il sospetto che una volta sveglia la ragazza non
avrebbe voluto più niente a che fare con lui.

Realizzare ciò lo aveva ferito più di quanto pensasse.

Con le nocche di una mano le sfiorò una guancia e si allontanò per unirsi agli altri in salotto. Amelia e Tom stavano condividendo una poltrona con espressione cupa. Stas era in piedi in un angolo, con il volto nascosto dal petto di Issac, Luc sorseggiava del tè seduto sulla poltrona reclinabile preferita di Jayson.

Balthazar entrò nella stanza con un paio di birre in mano e ne allungò una a Jay. "Ho pensato potesse esserti utile."

L'alcol non aveva alcun effetto sugli immortali, ma l'Hydraiano l'accettò comunque. Qualcosa di fresco avrebbe potuto fargli bene.

"Non mi perdonerà mai," disse Stas a voce bassa a Issac, tuttavia il riverbero si sentì in tutto il salone. Anche le donne più forti avevano bisogno di un momento di debolezza, ed era proprio quello che stava succedendo a Stas.

La rabbia e il dolore di Lizzie erano palpabili. E quell'urlo… Jayson avrebbe avuto gli incubi a riguardo. C'era talmente tanta agonia in quel grido che avrebbe voluto fare del male a qualcuno. Sussultò al ricordo e per tutta risposta si massaggiò il petto, anche se non servì ad attenuare quel fastidio profondo che stava crescendo in lui.

La questione del perdono di Stas riguardava anche lui. Quella di tenere Lizzie all'oscuro di tutto non era mai stata una sua decisione, ma con un falso pretesto aveva iniziato una relazione con lei, il che lo rendeva un bastardo.

"Giusto. Dobbiamo sapere cosa le ha detto Ezekiel nel dettaglio. Ha ovviamente fatto menzione di Tom e Issac, ma che altro?" Luc posò la tazza. "Penso che dovremo svegliarla."

"Si metterà a urlare," lo avvertì Jacque apparendo alle spalle della poltrona, stava sicuramente ascoltando dalla cucina. "E forte," aggiunse il teletrasportatore rabbrividendo.

In risposta, Luc alzò le spalle. "B sa come risolvere il problema."

"Non possiamo," esordì Stas con voce stranamente insicura.

Si staccò da Issac e spostò lo sguardo smeraldo e stanco su Luc. "Le abbiamo portato via tutto, non possiamo portarle via anche questo. Si è guadagnata questo dolore e noi ci meritiamo di sentirlo tanto quanto lei."

Jayson si passò una mano sul volto e sospirò. Stas aveva ragione.

Attutire le emozioni di Lizzie avrebbe voluto dire privarla di un'ulteriore scelta e avevano già fatto abbastanza danni.

"A ogni modo non risolveremo nulla tenendola in coma." Luc guardò Issac con sguardo interrogativo. "A meno che tu non ci stia parlando attraverso i sogni?"

"Visto come ha reagito quando sono arrivato all'Arcadia, penso che lei lo consideri più un incubo," gli rispose l'Ichoriano.

Il salotto cadde nel silenzio.

Non avrebbero più potuto rivelarle le informazioni poco per volta. Ezekiel l'aveva data in pasto agli squali senza alcun mezzo di salvezza, aspettandosi che sapesse nuotare.

Stronzo bastardo. Anche se Ezekiel non l'aveva ferita fisicamente, l'aveva fatto a livello mentale.

"Sono d'accordo con Luc." Il tono cupo di Tom descriveva l'atmosfera tra i presenti. "Le abbiamo già fatto abbastanza male. È ora di affrontare le conseguenze delle nostre decisioni."

"Tu la stavi proteggendo," gli mormorò Amelia con un palmo appoggiato sul petto di lui.

"Forse, ma lei non la vedrà in quel modo." Tom baciò Amelia su una guancia prima di alzarsi. "Svegliamola, sono pronto."

"Io no," gli sussurrò Stas. "Non hai visto come mi ha guardata."

"Credo che quello sguardo sarà niente in confronto a come tratterà Thomas," commentò Issac.

"Grazie, amico," gli rispose Tom fintamente sincero.

Issac si limitò a scuotere le spalle, imperturbato.

"Ho un'idea," disse Balthazar. "Una che potrebbe renderla più docile, una volta sveglia, e che non prevede la presa di alcuna decisione da parte nostra nei suoi confronti. Potrebbe perfino dirci qualcosa su ciò che le ha rivelato Ezekiel."

Aveva gli occhi di tutti puntati addosso, aspettavano che si spiegasse.

"Funzionerà solo se Jayson starà al gioco," aggiunse con uno sguardo che Jayson conosceva fin troppo bene.

Ogni volta che Balthazar parlava di un gioco, di una sfida, finivano sempre per vincere, ma non Lizzie non sarebbe stato quello il caso. Sarebbe stato difficile e Jayson avrebbe potuto uscirne ferito; B gli stava chiedendo se fosse in grado di farcela.

Jay posò la birra sul tavolino e inarcò un sopracciglio.

"Cos'hai in mente, B?"

Lizzie galleggiava su una nuvola che sapeva di cedro, dall'odore mascolino e caloroso. Allungò le gambe sulle lenzuola di seta e affondò il volto sul cuscino di muscoli che le stava sotto la testa.

Jayson, pensò con un sorriso. Un secondo dopo le

riaffiorarono alle mente brandelli di ricordi e aggrottò la fronte.

L'Arcadia, Kiel e le storie sull'immortalità e il sangue. Si alzò di scatto e sbatté le palpebre nell'oscurità.

"Rossa?" mormorò Jayson con voce impastata di sonno.

Lizzie era piuttosto confusa.

Come era finita di nuovo nel letto di Jay?

A meno che…

Non fosse stato tutto un sogno.

Lizzie si passò una mano sui vestiti che stava indossando: un paio di boxer e una maglietta troppo grande per lei. Era scalza, niente vestiti bianchi e stivali.

Jayson si tirò su e le accarezzò la schiena con un palmo caldo. "Stai bene?" le chiese con voce bassa e sexy.

"Io…" Lizzie si leccò le labbra. "Non lo so." Le era sembrato tutto troppo reale, tranne per l'ultima parte, il fruscio e l'oscurità. Era forse la fine di un incubo?

Si voltò e gli mise una mano sul petto nudo. Beh, era decisamente vero. Fece danzare le dita sugli addominali prima di ridistendersi al suo fianco.

"Ho fatto un sogno stranissimo," ammise. *Almeno credo.*

E se fosse stato tutto frutto della sua immaginazione? Lizzie era in grado di inventarsi un sacco di storie folli, ma quella sembrava fin troppo assurda.

"Di cosa parlava?" le chiese lui con uno sbadiglio. La mano sulla schiena si muoveva in cerchi fatti apposta per calmarla e sciogliere la tensione. Si appoggiò a lui cercando ancora più conforto. Quel sogno l'aveva davvero scossa.

"Penserai che sono pazza," gli disse scuotendo la testa. Jay le portò la mano su una spalla e cominciò a massaggiargliela. "Che bello."

"Vieni qui." Jayson si spostò affinché Lizzie potesse

posizionarglisi tra le gambe e lui potesse mettere entrambe le mani al servizio della schiena della ragazza. "Parlami del tuo strano sogno, e deciderò se sei davvero pazza."

La rossa emise un verso di piacere diretto alle parole quanto al massaggio. Il sogno doveva averla stressata non poco, magari parlarne avrebbe aiutato. Tuttavia, non avrebbe potuto rivelargli tutto.

Non fece menzione della disastrosa conversazione avvenuta a colazione davanti a un piatto di pancake e si concentrò su ciò che era successo al party di Halloween, all'Arcadia.

"Andava tutto bene fino a quando non si è presentato Kiel," mormorò Lizzie. "I suoi amici hanno invitato Cam e Kristin a ballare e nel frattempo lui mi ha chiesto se avrei voluto sapere di più sul vostro mondo." Era un termine proprio strano, uno che Lizzie non avrebbe mai usato, al contrario di Kiel che l'aveva ripetuto spesso durante il sogno.

A meno che non fosse per nulla un sogno.

Jayson le tirò una ciocca di capelli. "Non lasciarmi in sospeso, Rossa. Che ti ha detto del nostro mondo?"

Era solo un incubo, niente di più.

Lizzie si schiarì la voce. "Ehm, mi ha detto di essere cresciuto con te a Babilonia, l'antica città…" dettaglio che sicuramente aveva carpito durante la conversazione con Kiel al caffè, "E mi ha detto che tuo padre era un dio della guerra. A dire il vero l'ha definito un Ichoriano. Devo essermi inventata questo termine dopo l'accenno al discorso sul sangue perché, sai com'è… le parole *ichor* e *Ichoriano* si somigliano, vero?"

Era stato davvero quello l'ordine degli argomenti di conversazione? Liz non ricordava, era tutto così assurdo e…

"Conosci l'ichor?" le chiese lui evidentemente sorpreso.

"Ehm, sì. L'ho studiato a scuola." Perché quella notizia avrebbe dovuto scioccarlo?

"Ichor," ripeté Jayson sempre più incredulo. "È uno degli argomenti di studio nelle scuole private di New York?"

"Sì, alle superiori, credo." Molte conoscenze di Lizzie provenivano da un background confuso per via di tutti i viaggi, i concorsi di bellezza e il dover imparare tutte le nozioni di sfuggita. Lizzie non riusciva mai a ricordare quando avesse imparato una determinata lezione, sapeva solamente di avere quell'informazione in testa... Era tutto ciò che importava, in fin dei conti.

"A ogni modo, ha anche detto qualcosa sul fatto di conoscere me prima di conoscere Stas." Lizzie attribuì nuovamente quella conversazione al tempo che avevano passato insieme a Stas, quel giorno al caffè. "Dopodiché Kiel ha bevuto del sangue davanti ai miei occhi, è stato disgustoso." Rabbrividì davanti a quel ricordo fin troppo reale.

"Ti ha definito un immortale *Hydraiano*." Elizabeth si sforzò di ridere. "Immagino di essermi inventata quel termine in base a ciò che mi hai detto su Grace e Jacque, sul fatto che provengono da Hydria..." Lasciò andare la frase pensando a *quando* lui le aveva rivelato quel dettaglio.

Era la mattina della disastrosa colazione.

Che non era mai avvenuta...

"Di solito non sono così creativa," aggiunse perplessa.

Jayson non aveva mai menzionato Hydria, ma Lizzie era brava in geografia. La piccola isola del mar Egeo faceva parte della Grecia. Tuttavia, come mai aveva scelto quella località in particolare?

Si concentrò sull'ambiente circostante e guardò al di là delle lenzuola setose e l'uomo sexy che le stava alle spalle.

C'era qualcosa che non andava. Non era la

temperatura della stanza o l'atmosfera… quello era decisamente uno spazio che apparteneva a Jayson, ma…

È troppo silenzioso.

"Non sento il rumore della città," si rese conto. "E hai le tende." Andavano dal soffitto al pavimento. Non le aveva notate, prima? Era stata troppo preoccupata da altro, ma le sembravano in qualche modo fuori posto. Come se le nascondessero una grande finestra, ma Lizzie sapeva che nel loro edificio non ce n'erano.

"Lizzie," mormorò Jayson passandole le mani sulle braccia. "Devo dirti una cosa."

La ragazza si focalizzò sulle tende in seta e il movimento nella parte bassa del tessuto: era aria fresca? Impossibile.

Jay le portò una mano sotto il mento e le inclinò la testa per far incontrare i loro sguardi. Gli occhi di lei sembravano sfere misteriose nella stanza buia. "Mi dispiace."

Sentendo quelle parole a Lizzie si contrasse lo stomaco. "Perché?" riuscì a chiedergli con la bocca asciutta.

"Perché non era un sogno," le rispose. "Da quanto hai detto finora… Ezekiel ti ha detto la verità."

Lizzie sbatté le palpebre. Aveva capito ciò che aveva detto Jayson ma non riusciva a processarlo. "Quindi sei…" Non riuscì a finire. No, Jay doveva aver capito male.

"Sono un Hydraiano e questa è camera mia… A Hydria."

Lizzie si allontanò da lui e Jay la lasciò fare, rilassando le braccia. Lizzie si accasciò sulle ginocchia e si voltò verso di lui.

"In Grecia." Non riusciva a nascondere l'incredulità nella propria voce. "Mi hai addormentata e fatta volare fino in Grecia?" Certo, perché gli ufficiali di volo non avrebbero fatto alcuna domanda davanti a una persona priva di sensi che veniva portata al di là dei confini nazionali.

"Jacque ti ha teletrasportata qui, anche lui è un Hydraiano, così come Balthazar e Grace."

"Accendi le luci," gli ordinò. Voleva delle prove.

Le lenzuola di seta si mossero sotto il corpo di Jay e poco dopo si accese una luce. Le apparvero davanti pareti di un ricco color panna e dei mobili in mogano, insieme alla tenda blu acceso che si muoveva nella brezza notturna.

"È un balcone," mormorò lui. "Che si affaccia sul mar Egeo."

Lizzie scivolò giù dal letto e si diresse in quella direzione: aveva bisogno di vederlo con i propri occhi.

Le porte oltre la tenda erano aperte e rivelavano un cielo stellato sull'oceano increspato. La rossa afferrò la ringhiera per tenersi dritta, le ginocchia minacciavano di cederle di nuovo e Jayson si alzò per andare da lei.

"Sei... Questo..." Lizzie deglutì. Alzò le dita della mano libera per portarsela al collo mentre le immagini dell'Arcadia le fluttuavano tra i pensieri. "Tu bevi sangue?"

"No," mormorò lui. "Gli Hydraiani non hanno bisogno dell'essenza mortale per rimanere in vita. Uno dei dettagli che gli Ichoriani odiano di noi." Jay si spostò fino a poggiare i gomiti sulla balaustra e le spalle gli caddero in avanti mentre guardava il panorama notturno. "L'unica volta in cui ti ho mentito è stato riguardo il mio lavoro, Lizzie. Sono sempre stato sincero, ho solo omesso qualche informazione. Tenerti all'oscuro di tutto non è stata una mia decisione, so che sembra una scusa ma è la verità."

"Io... io non capisco. Perché? Come?" Le parole di Kiel le tornarono in mente tutte in una volta, costringendola ad aggrapparsi alla porta per rimanere in piedi. Non sapeva se piangere, urlare, correre o saltare. Ogni emozione le vibrava dentro intensamente.

"Non siamo una minaccia per te," le disse Jayson come se potesse percepire la paura crescente in lei. "Al contrario, in realtà. Sono stato mandato a New York per proteggerti."

"Proteggermi?" squittì lei. "Da cosa?"

"Dal FAC." Jay si girò per guardarla e si sporse sul balcone. Il petto nudo risplendeva nella notte stellata, donandogli un aspetto regale che in un'occasione diversa lei avrebbe apprezzato maggiormente.

"Ho passato gli ultimi due mesi insieme a Stas a cercare di capire cosa ti stessero facendo, ma le nostre scoperte sono state a dir poco minime. Avevamo intenzione di dirti tutto questa settimana per farti unire alle ricerche, ma Ezekiel aveva i propri piani."

"Ricerche?" ripeté lei.

"Riguardo qualunque cosa ti abbiano fatto quando eri piccola," le rispose Jayson a voce bassa. "Ezekiel ti ha spiegato la vera natura delle Sentinelle?"

Lizzie scosse la testa in risposta a tutto ciò che stava dicendo Jayson riguardo l'infanzia e alla menzione della prominente unità paramilitare.

"Le missioni umanitarie sono una scusa per coprire uno scopo molto più letale e sinistro. Le Sentinelle sono addestrate a cacciare e uccidere gli immortali dissidenti, Ichoriani e Hydraiani. È un progetto che sta molto a cuore a Jonathan Fitzgerald."

"Kiel ha detto che John è un Ichoriano," sussurrò Lizzie. "Anche Issac lo è."

"È vero, ma se Jonathan è un mostro, Issac è un alleato. Lavora con Stas per acquisire più informazioni sul tuo conto, o almeno ci sta provando."

Lizzie lasciò finalmente andare la porta e si strofinò le braccia. Nonostante l'aria tiepida si sentiva infreddolita e completamente sola.

"Lo sapevano tutti," mormorò più a se stessa che a Jayson.

Jayson, Issac, Stas, Tom... glielo avevano tenuto nascosto tutti.

"Lui è qui?" gli chiese. Kiel le aveva detto che Tom era vivo. Tutto il resto che aveva detto si era dimostrato vero, sarebbe stato lo stesso per Tom?

"Tom è qui?"

"Sì," le rispose Jayson dolcemente. "È in soggiorno."

Lizzie annuì, i piedi le si stavano già muovendo.

Non si preoccupò di controllare in che stato fossero i capelli o come fosse vestita, non le importava. Niente le importava. Quelle persone le avevano mentito, le avevano nascosto dei segreti e l'avevano fatta soffrire da sola. Poteva davvero considerarli amici?

Aveva percepito il cambiamento in Stas mesi prima. Era stato allora che aveva scoperto la verità? Per tutto quel tempo Lizzie non aveva fatto altro che comportarsi da buona amica, la migliore, mostrandole supporto e Stas aveva mentito ogni volta che aveva potuto.

A ogni modo, niente di tutto reggeva il confronto davanti all'inganno più grande di tutti.

Tom.

Il funerale dell'amico l'aveva distrutta. Aveva passato le giornate a piangere, sola nella sua stanza perché Stas era stata sempre troppo impegnata a lavoro. Lizzie pensava che alla bionda non tenesse a Tom tanto quanto lei, ma non era quello il motivo. Stas non aveva pianto la morte di Tom perché sapeva che era ancora vivo. A Lizzie non l'aveva detto nessuno.

Seguì la luce nel corridoio verso uno spazio aperto colmo di persone che riconosceva. In quel momento, però, le sembravano tutti degli estranei. Specialmente l'uomo che stava al centro e la guardava con espressione preoccupata.

Quegli occhi scuri nascondevano un sacco di bugie.

Lizzie pensava che Tom tenesse almeno un po' a lei, ma quella situazione le dimostrò che tutti i suoi sentimenti erano sbagliati.

Quando si vuole bene a un'altra persona non si vorrebbe mai farle passare le pene dell'inferno senza dire nulla.

Eppure quell'uomo l'aveva fatto.

Lo stesso che quando era piccola guardava con ammirazione, il quale pensava che avrebbe amato più di qualsiasi altra persona al mondo.

Si sentì tradita.

"Lizzie," le sussurrò lui vedendola avvicinarsi. "Sono…"

Il pugno della ragazza volò sul volto dell'uomo con abbastanza forza da farlo indietreggiare: una parte di lei era contenta di quel colpo, l'altra avrebbe voluto buttarsi a terra per il dolore. Toccarlo l'aveva reso reale e vivo.

Era tutto vero, lei lo sapeva, ma avere delle prove concrete cambiava tutto. "Come hai potuto?" lo accusò con le lacrime agli occhi. "Come hai potuto?"

"Era l'unico modo per tenerti al sicuro," sussurrò Tom.

"Avevamo bisogno che John credesse che fosse morto," le disse Stas cercando di avvicinarsi, lo sguardo di Lizzie la fece fermare di colpo.

"Tu l'hai saputo per tutto questo tempo e non mi hai detto nulla." Nella voce non c'era la rabbia che sapeva montarle dentro, forse era semplicemente esausta. "Voglio andare a casa, nel mio appartamento. Voglio stare sola, subito."

"Non te lo consiglio," mormorò Issac, era seduto accanto a una brunetta dai simili occhi azzurri.

Sua sorella, realizzò Lizzie. Una donna la quale, durante una delle loro colazioni tempo addietro, Issac aveva detto essere morta. "È sempre stata tutta una bugia," disse Lizzie scuotendo la testa.

"Abbiamo saputo che Amelia era viva solo di recente," le disse una voce proveniente dalla sinistra. Balthazar piegò la testa su un lato e prese a studiare Lizzie.

"Quando Issac ti ha detto che era morta, lo credeva davvero."

"Lo credeva... Ma tu... Mi hai appena letto nel pensiero?" Lizzie scosse la testa. "Non importa, è ovvio che tu possa sentire ciò che penso, probabilmente potete farlo tutti." Non riuscì a trattenere la nota di sarcasmo, né la successiva risata. "Riportatemi a New York."

Issac incrociò le braccia sul petto. "Come ho già detto..."

"Non me ne frega niente di quello che hai detto," scattò Lizzie, a un tratto spazientita.

"Ne ho avuto abbastanza per stasera, lasciatemi andare. A meno che non sia prigioniera qui..."

"Ovvio che no," s'intromise un uomo biondo seduto su una poltrona. "Sarai nostra ospite fino a quando vorrai esserlo."

"Non può tornare là," sussurrò Stas. "Non finché non capirà."

"Sei stata tu a volere che non decidessimo più per lei, non è così?" le chiese il biondo inarcando un sopracciglio. "Lei chiede di tornare a casa e io suggerisco di darle ciò che vuole." Si alzò, l'altezza e la forza dell'individuo fecero sì che Lizzie pensasse a Jayson. "Sarai sempre la benvenuta, Elizabeth. Siamo a una mera chiamata di distanza." Detto ciò, se ne andò.

"Dobbiamo parlarne," le disse Stas. "Non sarai al sicuro all'appartamento, Liz. Non lo capisci."

"E di chi è la colpa?" ribatté Lizzie. "Voglio che prendi le tue cose e te ne vai dal mio appartamento entro la fine della settimana. Tanto non è che ci passassi poi così tanto tempo. Magari il tuo vampiro, o forse John, ti daranno un posto dove stare gratis, io e te abbiamo chiuso."

"Lizzie, sei ferita e lo capisco, ma devi darci la possibilità di spiegare." L'autorità nel tono di voce di Tom la spinse al limite della sanità mentale.

"Tu hai perso quell'occasione quando ti ho seppellito," sputò fuori Lizzie.

"Saresti l'ennesima versione della faccenda che non voglio stare a sentire. Il Tom Fitzgerald che amavo è morto e francamente a te non devo nulla."

Stas sussultò. "Lizzie."

Non riusciva nemmeno a guardarla, le faceva troppo male. "Voglio andare a casa," disse la rossa per la millesima volta. "Sono stanca delle menzogne e delle manipolazioni. Non è stato sufficiente venire a sapere tutto quanto da Kiel, avete anche dovuto mettere in piedi la farsa del risveglio. Basta, *portatemi a casa.*"

"Va bene, possiamo andare," le disse Jayson.

Quattro parole.

Lizzie le aveva comprese, ma non del tutto.

"Non ho bisogno di un babysitter, Jayson," gli rispose Lizzie. "Puoi rimanere qui, starò bene da sola."

"Non è come…"

"Non lo è?" ribatté lei prima che Jay potesse finire. "Hai detto tu stesso che sei stato mandato a New York per proteggermi, no? Quindi che hai fatto, quando ti sei accorto di non avere abbastanza informazioni hai deciso di diventare mio amico?" L'espressione di lui confermava i sospetti della ragazza, il che la ferì e la fece arrabbiare ancora di più. "Avresti potuto farlo senza quei benefici in più," aggiunse piano.

Quante volte Jayson le aveva detto che erano solo amici? Solo in quel momento Lizzie si rese conto di cosa stesse cercando di fare, allontanarla da qualsiasi accezione romantica. Non aveva mai voluto andare a letto con lei, ecco il perché di tutti quei baci platonici. Erano stati tentativi di calmarla, ma poi lei aveva preso in mano la situazione alla festa e lo aveva baciato, quindi lui non aveva avuto altra possibilità se non ricambiare.

Jayson non l'aveva mai voluta. Lei non era alla sua altezza, dettaglio che gli amici erano stati fin da subito felici di sottolineare.

Si era trattato di un lavoro per lui, un obbligo.

Perché le faceva così male? Perché tutto il resto l'aveva indebolita fino a quel punto, oppure perché aveva iniziato a tenere a lui come a nessun'altra persona?

Sono una stupida.

Pensare che un uomo come Jayson avrebbe mai potuto volerla...

Almeno aveva avuto conferma dei sentimenti per Tom. I rifiuti dell'amico non le avevano mai fatto così male.

"Devo andarmene," sussurrò con le interiora a pezzi. "Subito."

Se fosse stata in quella stanza ancora a lungo non avrebbe retto. Aveva bisogno della propria camera, del proprio letto e della propria solitudine prima di lasciarsi alle lacrime.

"Teletrasportarti a New York così presto ti farà venire la nausea," commentò una voce sottile. "Tuttavia posso portarti, se è quello che vuoi."

Lizzie incontrò lo sguardo argenteo di Jacque, pieno di compassione e tristezza. Era stato lui a portarla lì, a detta di Jayson.

"Mi porterai al mio appartamento?"

"Sì," le promise allungandole una mano. "Se me lo

permetti."

Lizzie non ci pensò due volte e prese la mano di lui. Avrebbe potuto teletrasportarla in una fossa piena di fiamme e sarebbe stata meglio rispetto a dove si trovava in quel momento.

"Chiudi gli occhi," le sussurrò. "Ti dirò io quando potrai riaprirli."

L'aria intorno a loro prese a muoversi e Lizzie fece come le aveva detto Jacque, con lo stomaco in subbuglio per via dell'indesiderata inerzia. Il movimento le ricordò una lunga galleria del vento che si fermò tanto velocemente quanto era iniziata.

"Ci siamo," esordì Jacque. "Ora puoi guardare."

Erano di nuovo nel soggiorno della ragazza, che per poco non si mise a piangere dal sollievo. "Grazie."

Jacque l'accompagnò al divano e si piegò a scrivere qualcosa sul quaderno aperto sul tavolino. "Questo è il mio numero, aggiungilo alla rubrica e chiamami quando sarai pronta a tornare. Sei sconvolta e non ti biasimo, ma loro sono la tua famiglia, Lizzie. Ti vogliono bene."

L'uomo sparì prima che lei potesse aprire bocca, lasciandola sola come non lo era mai stata prima. Era proprio quello che voleva.

Eppure le sembrò di sentirsi ancora più a pezzi.

Sono sola.

Completamente sola.

Niente avrebbe mai potuto essere come prima.

Non riuscì a infilarsi a letto come aveva avuto intenzione di fare, si accasciò semplicemente sul pavimento e lasciò andare ogni emozione.

Solo molto più tardi, quando Lizzie lesse il messaggio di Jacque, si rese conto che non avrebbe potuto chiamarlo quando voleva. Le sarebbe servito un telefono, uno che non aveva perché si trovava nella borsetta a casa di Cam.

15 SPIRITO LIBERO

DEPRIVAZIONE DEL SONNO REGISTRATA A SETTE GIORNI, IL
SOGGETTO NON DIMOSTRA SEGNI DI DEGRADO. IL
BENEFATTORE CHIEDE CHE LA SIMULAZIONE CONTINUI A
TESTARE LA RESISTENZA.

-REGISTRO 105.07.4-7

Jayson si passò una mano sul volto e Jacque sparì con
Lizzie al seguito.

"Beh, è andata bene," mormorò l'Hydraiano. Il
dolore di Lizzie era tangibile, viscerale e aveva messo a
tacere ogni parola che Jay avrebbe voluto dire.

Avresti potuto farlo senza quei benefici in più. Quelle parole lo
avevano toccato in modi che nessun altro aveva fatto.

Jayson avrebbe dovuto proteggere Lizzie senza
toccarla, ma aveva ceduto all'impulso di farlo.

Si sentiva frustrato perché anche se sapeva che ciò che
aveva fatto fosse sbagliato, a lui era sembrato del tutto
giusto. Come avrebbe fatto a scusarsi di qualcosa di cui
non si pentiva del tutto?

"Mi aspettavo che fosse arrabbiata, ma così..." Stas lasciò andare la frase, aveva il viso più pallido del solito. "Non può rimanere lì da sola."

"Non succederà," le rispose Jayson. "Ci sarò io con lei." Non sarebbe stata materia di discussione. Lizzie non voleva un babysitter, bene, allora le avrebbe fatto da guardia.

Tom annuì in accordo con il piano di Jayson. Si era accomodato di nuovo sul divano con Amelia al fianco, ma non sembrava affatto rilassato. Si passò le dita sulla mascella, anche se Jayson dubitava fosse ancora per il dolore inflitto dal pugno di Lizzie. Era stato un bel gancio che aveva sorpreso la maggior parte dei presenti e che aveva avuto un impatto anche emotivo su Tom, glielo si leggeva in faccia.

"Non posso lasciare che si concluda tutto così," esordì Tom. "Quando Jacque sarà tornato, gli chiederò di teletrasportarmi da lei e proverò a convincerla a parlare con me."

"Penso di dover essere io a parlarci," gli rispose Stas. "La conosco meglio e..."

"Tu non tornerai a New York." Il tono di Issac non ammetteva repliche. Stas aprì la bocca per rispondere ma lui la zittì con un empatico: "No, non ne discuteremo, Astasiya. Ezekiel sa che tu sei una Neonata, non sappiamo perché non abbia ancora fatto nulla a riguardo, ma questa informazione cambia tutto."

Lei scosse la testa. "Non spetta a te decidere."

"Ah, no?" Issac inarcò un sopracciglio, sfidandola a dargli torto. "Sembri dimenticare il fatto che la tua vita non sia l'unica a rischio, in questa situazione. Se Ezekiel informasse Osiris del tuo status, chi è che riceverebbe una sentenza peggiore?"

Stas spalancò gli occhi ma l'Ichoriano non si fermò.

"Ho infranto ogni Legge del Sangue per supportare le tue decisioni, Astasiya. Sarà stato un comportamento ammirabile, ma finisce qui. Non ho intenzione di discutere con te. Chiama Jonathan e digli che hai bisogno di una vacanza, che ti licenzi, quello che ti pare. Non lascerai Hydria fino a che non capiremo le intenzioni di Ezekiel."

"E tu?" ribatté lei, chiaramente furiosa. "Anche tu rimarrai qui?"

"È ancora da decidere," le rispose lui calmo. "Devo prendere in considerazione le mie creature e ho una società da mandare avanti."

Stas incrociò le braccia al petto. "E io non ho niente, invece."

"No, se sarai morta." Una risposta semplice che non sembrò calmare il fuoco che si alimentava dietro gli occhi di Stas.

Se Issac stava cercando di distogliere l'attenzione della ragazza dal fatto che avesse ferito Lizzie, allora stava facendo un ottimo lavoro. Tuttavia, Jayson sospettava che la faccenda fosse più complicata di così. Tutto ciò che l'amico le aveva detto era vero, anche se Stas non era pronta a crederci.

"Perché tu puoi rischiare la tua vita e io no?" gli chiese lei.

"Perché non valgo tanto quanto te," le rispose senza esitare. "Lucian ha accettato a malincuore che tu ti mettessi a rischio con il FAC per via di uno scopo più grande e io gli avevo promesso di tenerti al sicuro, ma ora non posso più garantirglielo."

Astasiya strizzò gli occhi. "Cosa succederà quando Ezekiel parlerà inevitabilmente con Osiris?"

"Lascia che mi preoccupi io di quello."

"Vaffanculo." Gli occhi le si riempirono di lacrime. "Fanculo anche solo per averlo pensato! Credi di essere l'unico che può preoccuparsi, qui dentro? Ho partecipato a quel Conclave, Issac. Ciò che ha fatto Osiris... Non puoi pensare che resterei ferma lì a guardarlo fare qualcosa di simile a te, che non lotterei *per* te."

"So che lo faresti." Issac rimase impassibile davanti a quel turbine di emozioni. "Ecco perché resterai qui. Non posso proteggermi, se sono troppo occupato a salvare te." Le mise una mano sulla guancia, poi scese lungo il collo e lei cercò di allontanarsi.

"Non farlo, Aya. Sei sconvolta ed è comprensibile, ma non puoi lasciare che i sentimenti prendano il sopravvento sulla ragione, altrimenti ce ne pentiremo entrambi."

Stas aveva l'espressione di chi avrebbe voluto dire ancora qualcosa, ma apparve Jacque con un'espressione cupa in volto. "Le ho lasciato il mio numero, in caso volesse un passaggio per tornare qui," disse al gruppo prima di rivolgersi a Jayson. "Pronto?" Il teletrasportatore lo conosceva bene.

"Sì."

"Terrei un profilo basso per qualche giorno," gli suggerì Balthazar, che se ne stava appoggiato al muro. Era rimasto a osservare la lite tra Stas e Issac con sguardo serio. Tempo prima gli Anziani avevano concordato che se la sicurezza della ragazza si fosse rivelata un problema più grande del previsto, avrebbero preso provvedimenti per trattenerla a Hydria.

Non era giusto ma necessario, Issac aveva ragione: il dono della persuasione di Stas sarebbe stato cruciale nella successiva guerra immortale. La vita della bionda valeva molto di più di quella dell'Ichoriano, quantomeno da un punto di vista strategico.

"Non posso restarmene qui a non fare niente," si lamentò Stas scuotendo la testa contro Issac.

"È per il bene di tutti," mormorò Tom. "Per quanto

possa non piacerti, gli altri hanno ragione. La tua vita vale molto di più rispetto a un paio di segreti del FAC... Abbiamo quello che ci serve per mantenere Lizzie al sicuro, non c'è più bisogno che tu rimanga là."

Stas si liberò dalla presa di Issac. Lui non provò a toccarla di nuovo, ma la guardò in quel modo che aveva affinato nel corso dei secoli che aveva passato sulla Terra. "Non abbiamo Lizzie."

"Lascia che me ne occupi io," gli rispose Jayson. "Dammi una settimana."

Balthazar annuì. "Da ciò che ho carpito dalle emozioni della ragazza e dai suoi pensieri, Jay è la nostra unica speranza."

Stas sbuffò. "La conosce a malapena."

"La conosco abbastanza," le rispose Jay irritato. Quel comportamento era durato fin troppo. Jayson capiva che Stas non si fidasse di lui all'inizio, era stato tutto nuovo e travolgente, ma da quel momento in poi la bionda avrebbe avuto bisogno di un bel calcio nel sedere. "Devi iniziare a rispettare la nostra esperienza, visto che supera di gran lunga la tua."

La frustrazione sul volto di lei lasciò spazio allo shock.

"Io... Non è..."

"Lo è, invece," insistette lui. "La tua incapacità di avere fiducia nel nostro mondo ha messo a repentaglio le nostre relazioni fin dall'inizio. Capisco che tu non sia pronta per l'immortalità, ma devi accettare il tuo futuro. Magari puoi usare le prossime settimane qui a Hydria per esplorare il mondo a cui dovrai unirti."

Jay non aspettò una risposta, al contrario si concentrò su Jacque. "Andiamo, Lizzie è già stata sola per troppo tempo."

❦

Lizzie esitò. Se avesse bussato e nessuno le avesse risposto, cosa avrebbe dovuto fare poi? Chiamare la polizia da un telefono che non aveva con sé? Dire loro che i vampiri esistono e che avrebbero dovuto fare un controllo all'Arcadia?

Quasi si mise a ridere per l'assurdità della situazione.

Nessuno le avrebbe creduto e tutte le persone con le quali avrebbe potuto confidarsi erano dei bugiardi.

"Bussa e basta," si disse prima che le lacrime cominciassero a scorrere di nuovo.

Dopo aver pianto per tutta la notte si sentiva come sbronza, non aveva dormito e non era riuscita a bere o mangiare nulla per tutta la mattina. Forse il mal di testa era il risultato di tutte quelle domande che la assillavano.

Chi poteva saperlo, tuttavia la borsa e il telefono le sarebbero serviti.

Con la mano bussò prima piano, poi sempre più forte una volta che il panico le attanagliò lo stomaco. Quando Cam andò ad aprire, un minuto dopo, con indosso il pigiama di seta e una smorfia sul volto, Lizzie le si buttò al collo e l'abbracciò fortissimo.

"Hai idea di che ore siano?" le chiese Cam dando delle pacchette sulla schiena dell'amica. "E perché stai cercando di soffocarmi?"

"Ero davvero preoccupata," ammise Lizzie piangendo sollevata. Kiel le aveva detto la verità su Cam; la rossa si allontanò per dare un'occhiata alla zona del soggiorno. "C'è anche Kristin?"

"No, si è portata a casa Zach. A proposito, Lars è ancora in camera mia, quindi... che ti serve?" Tipico di Cam, sempre vogliosa di tornare all'uomo nel proprio letto.

"Lui ha...?" Lizzie sussultò notando il morso sul collo

di Cam. "Non importa." L'aveva morsa ma non l'aveva uccisa, non ancora. "Ho bisogno della mia borsa."

"Ah, sì. È ancora in sala da pranzo. Puoi chiudere la porta, quando esci."

Lizzie afferrò il braccio dell'amica. Le parole che avrebbe voluto pronunciare, *È un vampiro*, si rifiutarono di uscirle dalla bocca. Quindi si limitò a chiedere: "Ti fidi di lui? Voglio dire, vi siete appena conosciuti."

Cam ridacchiò e scosse la testa. "Oh, Lizzie la verginella. Sei proprio carina… Ti assicuro che starò bene." Le diede una pacca gentile sulla testa, come si fa con i bambini. "Ti chiamo dopo, bella."

Lizzie guardò impotente l'amica che tornava in camera da letto. Anche se le avesse detto la verità, Cam non le avrebbe creduto: avrebbe riso e l'avrebbe detto a Lars, poi non sarebbe finita bene per nessuno.

Se non l'aveva ancora uccisa era solo una questione di tempo, giusto?

Liz avrebbe potuto chiamare Stas e chiederglielo, oppure chiamare quel tizio del teletrasporto, oppure ancora Jayson, ma le avrebbero detto la verità?

Lizzie trovò la borsa e tirò fuori il telefono. Cosa avrebbe potuto dire? *Ehi, chiamo per sapere se l'Ichoriano in camera ha intenzione di uccidere la mia amica.* Ridacchiò, era ridicolo. E poi non si fidava di loro, non dopo tutto quello che era successo.

Non aveva nessuno con cui confidarsi.

Non poteva fidarsi dei propri genitori, soprattutto dopo ciò che avevano detto Jayson e Kiel riguardo al FAC. La sua migliore amica le aveva mentito per mesi. L'uomo che era convinta di amare aveva finto la propria morte e l'aveva lasciata a una vita tristissima senza di lui. L'uomo di cui si stava innamorando si era rivelato essere un babysitter in missione per incantarla ed estorcerle informazioni.

Le sorelle della confraternita si stavano divertendo con dei mostri succhiasangue.

Lizzie fissò il telefono, come se potesse fornirle tutte le risposte e notò le diciannove chiamate perse: tutte da parte della madre.

Le aveva mandato anche svariati messaggi.

Probabilmente Lizzie si era persa una qualche cerimonia o funzione. O forse la chiamavano per sapere come stesse.

Si mise a ridere. *Già, come se gli importasse qualcosa.*

L'ultimo messaggio risaliva a venti minuti prima. Arrendersi non era tipico della madre. Lizzie scommise che avevano mandato qualcuno all'appartamento a darle un'occhiata, il che voleva dire che non sarebbe potuta tornare a casa.

A ogni modo, non avrebbe voluto farlo.

La roba di Stas era ancora lì. Sarebbe potuta passare a prenderla in ogni momento e trasferirsi, Lizzie non avrebbe voluto affrontarla o stare a guardare mentre succedeva.

Se avesse chiamato Jacque l'avrebbe riportata a Hydria, un posto che l'avrebbe resa infelice ma almeno le avrebbe fornito delle risposte.

Scosse la testa. Non era pronta nemmeno per quello.

"Accidenti," sussurrò socchiudendo gli occhi mentre cercava di capire che fare.

Un pezzo di plastica scintillante che le sporgeva dalla borsa le catturò l'attenzione. Una carta di credito illimitata. Era collegata al conto del padre ma riportava il nome di Lizzie. Frugò nella tasca esterna in cerca del portafoglio mentre nella mente le si stava formando un piano. Un diavoletto le saltò su una spalla, un angioletto sull'altra. Era solita ascoltare la creaturina con l'aureola, ma quel giorno erano le corna a parlare la sua stessa lingua.

Non è una buona idea.

Stai scherzando? È un'idea fantastica.

Non è sicuro.

Nemmeno New York lo è, a quanto pare. Cosa può andare storto?

Tutto!

E vivi un po'!

Domani devo lavorare.

Sul serio? È questa la tua scusa? Manda una mail e prenditi la settimana libera, te lo meriti.

"Sì," annuì Lizzie. "Me lo merito." Vivere in una scatola e stare alle regole aveva reso la sua esistenza molto solitaria. Tutti gli altri le avevano mentito, l'avevano tradita e ferita. Perché non poteva essere *lei*, in quel momento, a fare qualcosa di spontaneo e un tantino pericoloso?

C'è un vampiro nell'altra stanza, pensò ridendo. La notte prima aveva frequentato un pub pieno di vampiri, si era teletrasportata in Grecia per conoscere altri esseri soprannaturali, aveva scoperto che la sua migliore amica faceva parte di quel mondo da mesi e non glielo aveva detto, aveva addirittura visto un uomo tornare dal mondo dei morti.

Già, un giretto pagato dal paparino non sarebbe stato *niente*, in confronto.

Aveva proprio bisogno di una vacanza, di un posto che l'avrebbe aiutata a rilassarsi e pensare, lontana da tutte le distrazioni e i problemi. Al suo ritorno Stas si sarebbe già trasferita altrove e Lizzie avrebbe potuto tornare a condurre la propria vita normalmente.

Oppure no.

A ogni modo, si era guadagnata quell'escursione.

Decisa, inviò una mail al posto di lavoro affermando che avrebbe avuto bisogno della settimana libera. I piani per le lezioni erano già stati completati e un supplente non avrebbe fatto fatica a seguirli.

Fatto ciò, Lizzie lasciò l'appartamento di Cam e si diresse verso l'aeroporto. Il vestito blu scuro che indossava era abbastanza appropriato per un volo in aereo, poi avrebbe potuto comprare dei vestiti nuovi con la carta del padre, una volta arrivata. Lui non controllava mai il conto e anche se l'avesse fatto si sarebbe semplicemente limitato a pagare.

A volte avere un padre ricco tornava utile.

"Abbiamo un problema," esordì Jayson il secondo in cui Mateo rispose al telefono. "Lizzie è all'aeroporto e ha appena comprato un biglietto per un volo di linea, ma non sono riuscito ad avvicinarmi abbastanza per vedere la destinazione."

"Capisco," mormorò Mateo. "Quale sportello?"

Jayson rispose con il nome della compagnia aerea.

"Hai idea di che carta possa aver usato?"

"Se non ero abbastanza vicino per sapere dove stia andando, ovviamente non l'ho vista," gli rispose Jayson, la cui pazienza andava scemando a causa di una rossa in fuga. L'aveva costretto a un inseguimento attraverso Manhattan, poi in un edificio a caso e successivamente alla Penn Station, dove era salita su un treno per Newark. Jay aveva scritto a Luc per avvertirlo ma non si aspettava che la ragazza comprasse davvero un biglietto aereo.

"Dammi cinque minuti." Mateo chiuse la chiamata mentre Jayson guardò Lizzie attraversare il controllo sicurezza dell'aeroporto.

"Che volpe," mormorò. Mandò un nuovo rapporto a Luc scuotendo la testa.

Quella ragazza aveva bisogno di un corso accelerato su come si prendessero delle decisioni più intelligenti, perché quella non lo era sicuramente.

Jayson capiva il fragile stato mentale in cui si trovava Lizzie, ma prendere addirittura un aereo! Era stata una mossa immatura e impertinente, aveva minato l'opinione di lui riguardo l'intelligenza di lei.

Gli vibrò il telefono e Jay rispose. "Dimmi tutto, M."

"Hai a portata di mano il tuo passaporto americano?"

Jayson aggrottò la fronte. "No, l'ho lasciato a casa."

"Ok, ti suggerisco di chiedere a Jacque di passare a prenderlo e portartelo, non abbiamo più molto tempo." Mentre Jay era impegnato a parlare con Mateo il cellulare emise un suono. "Congratulazioni, ha appena riservato l'ultimo posto *Polaris Business* del nostro volo per Roma, che partirà tra sessantasette minuti."

"Dimmi che il posto è accanto a quello di Lizzie," grugnì Jayson.

"Ovviamente. Fai buon viaggio, Jay." Mateo interruppe di nuovo la chiamata e Jayson giurò di averlo sentito ridere.

"Merda." Quella donna aveva scelto l'Italia come destinazione last minute? Non capiva che il FAC era pericoloso? Che la sua stessa esistenza era un mistero per tutti?

L'Hydraiano scosse la testa. Era ovvio che non lo sapesse, perché non aveva dato loro nemmeno l'occasione di spiegare. Tuttavia, saltare su un volo per l'Europa era una mossa piuttosto infantile.

Scrisse un messaggio a Jacque, dove gli chiedeva di recuperare il passaporto; non fece in tempo a smettere di scuotere la testa che l'amico dai capelli scompigliati arrivò, allungandogli l'oggetto in questione.

"Sono davvero contento di non essere la causa di quello sguardo che ti ritrovi," scherzò il teletrasportatore consegnando a Jayson il libretto blu scuro. "Cerca di non punirla troppo duramente."

Jayson sorrise. "Oh, quando metterò le mani su di lei non si azzarderà mai più a fare niente di tanto imprudente." Tra tutte le opzioni aveva deciso di fuggire dal Paese. Che donna incosciente.

"Bene, divertiti allora." Jacque non sembrava così sicuro e fece un passo indietro.

"Ne ho tutte le intenzioni," gli rispose Jayson. Lo pensava sul serio.

Avrebbe smesso di essere gentile.

Le aveva nascosto delle informazioni, era vero, ma l'aveva fatto per proteggerla.

Mai più.

Se lei avesse voluto la verità non solo gliel'avrebbe detta, gliel'avrebbe persino mostrata.

Lizzie si chiese, e non per la prima volta, se salire a bordo di quell'aereo non fosse stata una delle decisioni più stupide che avesse mai preso in vita sua. Poi era arrivato lo champagne, quindi aveva smesso di preoccuparsi.

Guardava gli addetti ai lavori dalla finestra mentre sorseggiava il proprio flute. Quel volo nel tardo pomeriggio si era rivelato molto meglio dell'opzione Parigi. Lizzie aveva paura di cambiare idea se avesse aspettato troppo tempo, quindi aveva scelto Roma dopo aver dato un'occhiata a tutte le destinazioni disponibili. La maggior parte dei voli verso l'Europa partivano verso sera, ma quello sarebbe decollato alle cinque e mezza. A bordo avrebbe guardato un film, provato a mangiare qualcosa e sperava anche di dormire un po'.

Il sedile accanto a lei si increspò quando qualcuno vi

prese posto. Le postazioni della prima classe erano abbastanza vicine da poter scambiare qualche parola, ma fornivano anche un ampio spazio per la propria privacy. Lizzie aveva continuato a sperare che quello accanto a lei rimanesse vuoto. Purtroppo la fortuna non l'aveva assistita.

"Benvenuto a bordo, signore," squittì l'hostess. "Posso portarle qualcosa prima del decollo? Magari un drink?"

"Mmmh, sì," rispose una voce familiare. Lizzie spalancò le labbra non appena si rese conto di chi le si era appena seduto accanto e che invece di rivolgersi a lei continuava a guardare l'hostess.

"Mi piacerebbe del whiskey liscio, per lo meno prima del decollo," le rispose lui facendole l'occhiolino.

Vuoi flirtare ancora un po', magari?!

"Certamente, signore," gli rispose la morettina prima di allontanarsi mentre Jayson la fissava con un sorrisetto.

Lizzie avrebbe voluto colpirlo. Non per aver passato in rassegna l'hostess tanto palesemente, ma per essersi seduto accanto a lei senza dirle una parola. Per averla seguita, per comportarsi come se non si fosse reso conto che lei lo stava fissando.

Jayson rilassò i gomiti sull'ampia poltroncina e guardò le gambe della donna che gli stava preparando il drink sul fronte della cabina. Era come se Lizzie non esistesse, eppure era chiaro che l'avesse seguita fin lì.

"Che ci fai qui?" sibilò lei, incapace di contenere l'irritazione.

"Questa è proprio una bella domanda, Elizabeth." Jay si allacciò la cintura, poi finalmente incontrò gli occhi di lei, decisamente poco divertiti da tutta quella situazione. "Roma?"

Lizzie si ritrovò le labbra di Jayson all'orecchio e le arrivò una scossa elettrica, dritta alla spina dorsale. "Ti piacerebbe che lo facessi, ma non sono sicuro che lo meriteresti."

La rossa rabbrividì. Quelle parole nascondevano una promessa che lei non poteva capire, una che le suscitava dei sentimenti proibiti che non avrebbe potuto intrattenere su un aereo, per di più con Jayson.

I vampiri sono reali, ricordò a se stessa nel tentativo di rimanere coi piedi per terra.

Già, ma ormai è storia vecchia, le risposero gli ormoni. *E poi si chiamano Ichoriani.*

Quindi stava perdendo la testa, fantastico.

Jayson le mise una mano sul ginocchio, riportandola al presente.

Un'energia le attraversò la pelle e la mano di Jay cominciò a salirle lungo l'interno coscia.

Non avrebbe dovuto piacerle tanto, quando invece stava succedendo.

Lui le aveva mentito.

Tutti l'avevano fatto.

Eppure quel tocco sembrava disfare la frustrazione della ragazza e rimpiazzarla con un'emozione molto più calda. Una che le faceva contorcere lo stomaco dall'eccitazione.

Il cervello emetteva domande a raffica alla bocca che non riusciva a esprimerle, non riusciva a muovere la lingua per formare le parole. Quell'uomo l'aveva catturata con il proprio tocco.

Magia.

"Per la cronaca, potrò anche essere molto più vecchio di quanto tu immagini, ma non significa che ti abbia mai vista come una bambina." Le leccò un orecchio, facendole venire i brividi sul collo. "Sei una donna meravigliosa, Elizabeth. Fare il babysitter non è un'attività che mi piace considerare in tua presenza. Tutt'altro." Le mordicchiò un lobo, poi tornò al proprio posto.

La lasciò lì, confusa e scossa. Lizzie avrebbe dovuto essere arrabbiata con lui, non... febbricitante, e... non importa.

Era diventato suo amico solo perché voleva delle informazioni, non perché lei gli piacesse.

Però l'aveva di nuovo definita 'meravigliosa'.

E poi il modo in cui l'aveva toccata non era stato esattamente amichevole.

"Allacciati la cintura," le disse mentre l'aereo si allontanava dal gate. "Quando saremo in aria faremo un gioco."

Lizzie dovette deglutire tre volte prima di riuscire a dire: "Un gioco?"

"Sì, uno dove io detto le regole e tu devi seguirle."

Già, non era sicuramente d'accordo con quel piano. "Buona fortuna, allora." Alle parole mancava il tanto desiderato effetto. Dannati ormoni.

Gli occhi di lui ardevano quando incontrarono lo sguardo di lei e lo sostennero. "Sono stato buono con te, Elizabeth, ma quel periodo è finito nel momento in cui hai deciso di fare a meno del buon senso e hai preso un aereo per fuggire dal Paese."

Lizzie aprì la bocca per protestare, ma lui la zittì con uno sguardo.

Forse era stato stupido salire su un aereo per Roma, ma aveva le sue buone ragioni per comportarsi in quel modo. Scappare le era sembrato un buon piano, solo che non aveva previsto che qualcuno l'avrebbe seguita.

"Alla fine di questo volo," continuò lui, "avrai capito perché sono riuscito a sopravvivere così a lungo e a guadagnarmi il titolo di Anziano tra i miei simili.

Dopodiché accetterai di stare alle mie regole perché vorrai, non perché dovrai."

Non sarebbe mai successo. "Chiaramente non mi conosci." Ecco, era tornata un po' della sicurezza in sé.

Jayson la zittì nuovamente con un sorriso famelico, come un re che sorride alla sua conquista prescelta.

"Oh, è qui che ti sbagli." Spostò lo sguardo sulle labbra di lei prima di guardarla di nuovo negli occhi. "Il tuo corpo mi parla in modi che ancora non capisci, ma lo farai, molto presto."

16 CAPITOLO SEDICI
IL TRATTATO DEL 1747

Il benefattore è soddisfatto del quoziente intellettivo del soggetto e richiede maggiore concentrazione sulle funzioni di   memoria.

-Registro 106.09.4-7

Se Jayson l'avesse chiamata di nuovo per nome intero, Lizzie si sarebbe messa a urlare.

Aveva ordinato per lei: *Per Elizabeth il filetto*, poi aveva ignorato le proteste della ragazza e aveva continuato a chiacchierare del più e del meno riferendosi a lei chiamandola Elizabeth per tutto il tempo. In quel momento stava di nuovo ordinando un drink da dessert *per Elizabeth*.

Lizzie non avrebbe mai pensato che le sarebbero arrivati a mancare i propri soprannomi, ma era quello che stava succedendo.

"E se non volessi un drink da dessert?" gli chiese irritata.

"In quel caso ne berrò due io."

"Ordini sempre per le donne che stalkeri?" Lizzie aveva cominciato ad appellarlo in quel modo, dal momento che non gli piaceva il termine babysitter.

"Solo per quelle che non si comportano bene," le rispose lui rilassandosi nella propria postazione, poi prese a fare zapping tra i numerosi titoli di film che aveva a disposizione sullo schermo.

Quello non era per niente ciò che la rossa si era aspettata quando Jayson aveva menzionato l'idea di un gioco. Sembrava più un'esibizione di potere che altro, magari un modo sottile per farle capire che sapeva cosa le piaceva, dal momento che la cena che aveva scelto era esattamente ciò che Lizzie avrebbe voluto. Il drink da dessert e i cioccolatini le piacevano molto.

Ma non era quello il punto.

Jayson non poteva semplicemente salire sull'aereo e mettersi a guardare un film. Non dopo tutto quello che Lizzie aveva passato nei due giorni precedenti. L'intero motivo della fuga era che lei dimenticasse, ma lui gliel'aveva reso impossibile quindi tanto valeva che le fornisse qualche risposta.

"Sei davvero nato a Babilonia?" gli chiese.

"Sì." Jay continuò a giocare con la lista dei film, invece che guardarla.

"Sei figlio di un dio della guerra?"

Jayson ridacchiò. "Artemis si considera tale, ma è semplicemente un Ichoriano in grado di controllare e manipolare il metallo."

Il rumore di sottofondo nella cabina aerea nascondeva a tutti la loro conversazione, spingendo Lizzie a continuare la propria crociata per ottenere delle informazioni. "Spiegami che intendi."

"Prendi in mano il cucchiaio," le rispose lui.

"Non ne vedo il motivo…"

Jay le rivolse un'occhiata. "Lo capirai, se mi ascolti."

Lizzie sbuffò. "Va bene." Sollevò il cucchiaio. "Contento?"

Jayson non le rispose, ma il cucchiaio si piegò a metà facendola sobbalzare. Lizzie lo fece cadere sul vassoio.

I passeggeri dall'altro lato della cabina lanciarono loro delle occhiate incuriosite e Jayson disse ad alta voce: "Giusto, niente film horror."

"Come hai fatto?" gli sibilò lei. Il pezzo di metallo tornò nella forma originale sotto lo sguardo stupefatto di Lizzie.

"Gli Ichoriani tramandano le loro abilità soprannaturali alla loro progenie, il che significa che Artemis mi ha trasmesso il dono di controllare il metallo. Quello del cucchiaio è un giochetto. Riesco a sentire ogni vite e bullone sull'intero aereo, così come gli orologi, le collane, le cinture e via dicendo. Se volessi potrei manipolare tutti questi oggetti insieme, oppure uno alla volta."

Lizzie spalancò la bocca. "Davvero?"

Jayson scrollò le spalle. "È importante sapere che non tutti i doni immortali sono uguali. Ho incontrato telecinetici in grado di sollevare una pinzatrice e altri che riuscivano a tirare su una casa intera. Quelli con le abilità più forti vivono più a lungo."

"Quindi anche tuo padre era in grado di fare questo?"

"Sì." Jayson la guardò finalmente in faccia. "Artemis, l'Ichoriano che mi ha creato, è ancora vivo."

"E tua madre?"

"È morta molto tempo fa," mormorò lui. "Ezra, mia madre, era una mortale. Artemis l'ha uccisa quando avevo dieci anni umani."

Lizzie strabuzzò gli occhi. "Perché?"

"Perché stava invecchiando." Jayson fece una pausa,

come a considerare cosa avrebbe detto dopo, poi scrollò le spalle. "Avrebbe potuto trasformarla, ovviamente, ma si era stufato di lei. Invece di lasciarla andare l'ha uccisa davanti ai miei occhi. La considerava una lezione sulla mortalità e sul perché gli immortali non dovrebbero mai affezionarsi troppo agli umani... perché muoiono."

"È..." Lizzie non riuscì a finire la frase. Era un gesto orribile da fare di fronte a un ragazzino.

"Ho passato gran parte della mia infanzia a cercare di compiacerlo e a dimostrargli il mio valore per non andare incontro allo stesso destino, ma il giorno del mio diciannovesimo compleanno mi ha tagliato la gola." Lizzie sussultò per la franchezza di quelle parole, ma Jay proseguì indisturbato. "Lui non invecchiava per via dei geni Ichoriani e aveva sperato di prendere la mia identità per nascondere la sua immortalità dai mortali, affinché potesse diventare il nuovo regnante. Tuttavia, il giorno dopo mi sono svegliato. Lui ci ha riprovato ma io mi sono ripreso di nuovo, così mi ha dichiarato suo vero figlio Ichoriano."

L'hostess tornò in quel momento con il vassoio dei dessert. Prese in cambio quelli della cena mentre Jayson le sussurrò qualcosa nell'orecchio. La donna arrossì e Lizzie alzò gli occhi al cielo. Quel bastardo aveva flirtato con la morettina per tutta la cena e continuava a farlo.

Ciò diede a Lizzie il voltastomaco e le fece passare la voglia dei cioccolatini che aveva davanti. Si buttò sul vino che li accompagnava, aveva bisogno di alcol per anestetizzare i sensi. Se Jay se ne fosse andato con quella donna, Lizzie sarebbe impazzita.

Non che lui le dovesse qualcosa, non stavano insieme. Lei era solo una missione temporanea per lui, niente di più.

Tranne quando la toccava.

"Cosa stavo dicendo?" le chiese mentre la morettina si allontanava ondeggiando visibilmente i fianchi.

"Che sei uno stronzo?" gli suggerì Lizzie. *Ok, forse basta con l'alcol.*

Jay sorrise. "Sei gelosa, Elizabeth?"

Lei gli rivolse un'occhiataccia. "Prima di tutto, no. Secondo, smettila di chiamarmi Elizabeth."

Il sorriso di lui si fece più ampio, rivelando un paio di preziose fossette. "Pensavo che il soprannome che ti avevo dato non ti piacesse, o almeno... un tempo era così."

"Io... Non è questo il punto. Mi chiami Elizabeth come se fossi nei guai."

"Oh, ma lo sei." Selezionò un cioccolatino dal vassoio e lo portò alle labbra della ragazza. "Apri."

"No, questo..." Mise a tacere la protesta facendole scorrere il dolcetto sulle labbra.

"Sì, goditelo mentre continuo a raccontarti la mia storia." Jay abbassò lo sguardo sulle labbra di Lizzie, che prese a masticare controvoglia. Sputarlo avrebbe voluto dire sprecare un cioccolatino in perfette condizioni, e decisamente poco femminile.

"Artemis credeva che fossi la sua creazione Ichoriana, ma ha subito scoperto che non mi piaceva il sangue mortale e nemmeno ne avevo bisogno. Inoltre non vantavo una sola abilità, ma ben due."

Jayson prese un secondo pezzo di cioccolato e lo premette sulla bocca di Lizzie. Lei avrebbe davvero voluto rifiutare, tuttavia dire di no le sembrava come commettere peccato. E poi, se lui avesse voluto darle tutto il suo dessert, lei non si sarebbe affatto lamentata. Anche se non avrebbe condiviso il proprio.

"Il secondo talento viene da mia madre. Sono in grado di manipolare il modo in cui gli altri mi vedono e li confondo riguardo i miei tratti somatici. Lo faccio costantemente, senza pensarci, al punto che devo attivamente voler condividere le mie sembianze, come sto facendo in questo momento con te. Sei l'unica su questo aereo a vedermi *davvero*."

Lizzie sbatté le palpebre e deglutì. "Che mi dici della Signorina Flirterina?"

Jay aggrottò la fronte. "Chi?"

Lizzie guardò il fronte della cabina. "L'hostess con cui continui a flirtare." Aveva detto loro il proprio nome, ma Lizzie non se lo ricordava. Probabilmente perché ogni volta che si fermava da loro, la donna si concentrava solo su Jayson.

Jay era divertito. "Mi piaci quando sei gelosa."

Lizzie alzò gli occhi al cielo. "Non sono gelosa."

"Sì che lo sei," le disse lui sorridendo. "E per rispondere alla tua domanda… non ricorda esattamente i miei lineamenti, ma sa che sono attraente."

"Non è per niente arrogante."

"Non lo è," confermò lui. "Perché è vero."

Le apparve davanti un altro cioccolatino prima che potesse rispondere. Gli sfiorò le dita con i denti di proposito, guadagnandosi uno sguardo di fuoco.

"Attenta," mormorò lui. "O lo prenderò come un invito."

A cosa? si chiese Lizzie.

"Tornando a cosa stavo dicendo," continuò lui studiandole la bocca. "Non ero affatto un Ichoriano, dettaglio che Artemis ha dedotto dopo un po', e ha indetto una riunione. È stato il primo Conclave, a dire il vero, anche se al tempo non lo chiamavano così. La parola usata non ha una traduzione precisa, dal momento che è in una lingua morta, ma in breve implicitava il fatto che fossero degli dei."

Jayson agitò il vino nel calice prima di continuare.

"Gli Ichoriani di tutto il mondo si riunirono per parlare di me, solo per scoprire che ne esistevano anche altri. Quello fu il giorno in cui ho incontrato Balthazar, Lucian, Alik e Eli, insieme a un'altra ventina di immortali dai talenti simili." Sorrise affettuosamente, come se stesse rivivendo quel momento, poi scosse la testa.

"Alcuni ci definivano un dono dall'alto, altri delle minacce. Inutile dire che il consiglio di amministrazione, ora conosciuto come Conclave, votò di mantenerci in vita per poter testare il nostro valore."

Lizzie sorseggiò la propria acqua prima di metterla da parte e concentrarsi su Jayson. "Cosa significa? Testare il vostro valore?"

Jay la studiò a lungo prima di aprire bocca. "Niente di buono. Diciamo solo che esplorarono i nostri limiti in termini di morte, poteri e compagnia bella. Non tutti siamo sopravvissuti."

Lizzie inarcò le sopracciglia. "Ma hai detto che erano i tuoi genitori, giusto? Artemis è tuo padre, quindi è ovvio che anche Balthazar abbia un genitore Ichoriano?"

"I nostri padri," mormorò Jayson. "La mia specie viene al mondo quando un maschio Ichoriano procrea con una femmina umana. Riguardo ciò che stai insinuando... sì, torturano i propri figli in nome della ricerca. L'unica cosa che non hanno mai fatto è assaggiare il nostro sangue, perché il Conclave l'aveva definito ignobile. Tutto il resto era considerato terreno di gioco fertile."

Jayson inclinò il bicchiere per finire il vino e lo riappoggiò sul tavolino come a dire che l'argomento era chiuso.

"È orribile," sussurrò Lizzie, la voce ovattata dai motori dell'aereo.

La civettuola assistente di volo si era materializzata per portare via i vassoi del dolce e aggrottò la fronte trovandoli ancora mezzi pieni. Jayson le disse qualche altra sciocchezzuola, facendola arrossire di nuovo. Una volta che si fu allontanata, Lizzie scosse la testa.

Sussultò quando Jayson le rubò un cioccolatino dal piatto e se lo mise in bocca. "Ehi!" Lizzie cercò di schiaffeggiargli la mano, ma Jay fu più veloce.

"Ho promesso a Rebekah che avremmo finito nel giro di poco."

"Rebekah?"

"Scusa, per te è Signorina Flirterina."

Lizzie brontolò un paio di parole sotto i baffi. Ovviamente la donna aveva anche un nome sexy, oltre a quel lungo paio di gambe e tutte quelle curve.

Jay cercò di farle mangiare altro cioccolato ma lei si rifiutò. Non aveva certo bisogno di cuscinetti di grasso.

"Per rendere più corta una storia piuttosto lunga, gli Ichoriani decisero che potevamo essere utili, finché ci usavano come cavie. Ci trattavano come cittadini di seconda classe, dei contadini insomma, ci usavano per i loro scopi. Uccidevano la progenie che avrebbe potuto prendere il loro posto e permettevano solamente ai bambini più utili di rinascere immortali."

"Quindi gli Immortali possono essere uccisi?"

Jayson annuì. "Non è facile, ma è possibile se si taglia la testa e si brucia il corpo, riducendolo in cenere."

Lizzie sussultò davanti a quell'immagine. "Che schifo."

"C'è anche la questione che il nostro sangue è tossico per gli Ichoriani, una scoperta risalente a circa un millennio fa. Ci ritorneremo quando ti avrò spiegato da dove vengono gli *Hydraiani*." Rubò l'ultimo cioccolatino dal piatto di lei e poi bevve un sorso d'acqua. "Vuoi dell'altro vino?"

Lizzie scosse la testa. Due bicchieri erano più che sufficienti.

Jay fece cenno all'assistente di volo con uno dei suoi soliti sorrisi e Lizzie si chiese se la Signorina Fliterina fosse davvero in grado di vederli. Doveva essere così perché si era illuminata all'attenzione di lui e per poco non si era diretta verso di loro saltellando. Lizzie avrebbe dovuto chiedere a Jayson di spiegarle meglio quella faccenda della manipolazione facciale.

Quando avrebbe finito di flirtare.

I vassoi sparirono, dando loro di nuovo un maggiore spazio per muoversi. Lizzie si sedette accovacciata sulle proprie gambe nell'ampio sedile e si sporse verso Jayson. Lui aveva una caviglia appoggiata sul ginocchio opposto, offrendo alla rossa una bella visuale di quelle gambe forti.

Aveva addosso un paio di pantaloni color kaki e un maglione, sembrava proprio un modello. Aveva perfino i capelli scompigliati e lo sguardo seducente.

"Dopo diversi secoli passati a testare il nostro coraggio e a determinare il modo migliore per gestire la popolazione, ci hanno dato un posto e delle risorse limitate dove vivere per conto nostro. Era un modo per tenere sotto controllo la mia specie, un dettaglio che molti di noi avevano colto, ma non avremmo mai rifiutato l'opportunità di avere anche solo una parvenza di libertà. È stato allora che abbiamo colonizzato Hydria."

Lizzie non riusciva a credere che ne stessero parlando in maniera tanto tranquilla, ma sembrava molto più credibile detto dalle labbra di Jayson che da Kiel. "Quindi è per questo che vi fate chiamare Hydraiani?"

"Sì. Luc, il biondo che hai conosciuto brevemente l'altra sera, è un maestro nelle strategie e suggerì di darci un nome in modo da promuovere l'unità all'interno della specie." Jay sorrise, l'affetto per quel ricordo e quell'uomo erano palpabili. Era stato un momento storico che aveva chiaramente significato qualcosa, forse era stato uno dei primi ad averlo reso felice?

"Luc viene comunemente considerato onnisciente, ma non è proprio così che stanno le cose. Il suo dono gli permette di ricordare qualunque cosa, non importa quanto piccola o banale, in più è sulla terra da molto prima di me ed è stato creato da un Ichoriano dalle abilità simili. Tra tutti e due, è come se sapessero tutto."

Lizzie riconobbe l'affetto nella voce di Jay, molto diversa rispetto a quando aveva parlato del proprio padre. "Sembra che Luc abbia avuto un'infanzia diversa dalla tua…"

Jayson ridacchiò. "È così, in molti modi. Mio padre mi ha messo al mondo con il solo scopo di rubarmi l'identità dopo un certo periodo di tempo, cosicché potesse nascondere la propria immortalità ai mortali. Aidan, il padre di Luc, gli vuole davvero bene. Anche lui viene considerato uno degli esseri più longevi sulla Terra, a differenza di molti suoi simili desidera la pace e l'uguaglianza tra immortali. Credo derivi dal suo amore per le strategie."

"Sembra un tipo a posto," annuì Lizzie. "La sua opinione ha mai dato problemi?"

Jayson si grattò il mento. "Beh, sì, ma come ti ho detto è vecchio e quindi tutti lo rispettano. Ho menzionato il fatto che il sangue Hydraiano può uccidere gli Ichoriani, dettaglio scoperto solo circa mille anni fa. Questa realizzazione diede credito a coloro che avrebbero già voluto sterminare la nostra specie a causa dei nostri doppi poteri, hanno istigato secoli di violenza."

L'Hydraiano si fermò a riflettere.

Lizzie gli posò una mano sulla sua, appoggiata sul bracciolo e la strinse delicatamente, risvegliandolo da qualsiasi visione in cui si fosse rifugiato. Jay si schiarì la gola e si riconcentrò, gli occhi pieni di ricordi tormentati.

"Ho perso molti amici, parecchi di loro erano tra i più anziani della mia specie, ma quelli che sono sopravvissuti si sono dimostrati resilienti. Nel corso degli anni gli Ichoriani si sono fatti pigri, il controllo che avevano sulla mia specie era implicito e scontato, così non si sono resi conto che alcuni dei loro figli erano diventati estremamente potenti, poiché avevamo imparato a nascondere i nostri talenti fin da subito."

"Alik, per esempio, non ha mai ammesso che sapesse torturare con la mente… Gli Ichoriani pensavano che la telepaticità donatagli dal padre fosse la sua primaria abilità. Per molto tempo ha finto che il secondo dono fosse un'affinità con una lingua minore, ma in verità avrebbe potuto paralizzare un esercito di centinaia di immortali con un solo pensiero."

"È terrificante," ammise Lizzie sottovoce.

Jayson annuì. "Sì, ma è anche molto utile. Se unisci le sue capacità con la mia affinità con il metallo, la strategia di Luc, il talento di Balthazar nel manipolare le emozioni, un paio di Hydraiani in grado di controllare il fuoco e parecchi dotati di abilità combattive ottieni un esercito formidabile. Il fatto di aver sviluppato armi rivestite del nostro sangue, che possono uccidere all'impatto, ha sicuramente aiutato."

L'hostess apparve di nuovo con delle bottigliette d'acqua e un sorriso rivolto solo a Jayson, che quella volta non lo restituì. Liquidò la donna con poche parole e si concentrò su Lizzie.

"Nel 1747 è stato stipulato un armistizio tra Ichoriani e Hydraiani che metteva pace in regioni specifiche. Hydria sarebbe stata zona franca per noi Hydraiani, mentre New York lo sarebbe stata per gli Ichoriani."

Lizzie rifletté su quelle parole con un cipiglio. "Il fatto che tu stia a Manhattan non costituisce una violazione?"

"No, il Trattato afferma espressamente che possiamo avventurarci oltre i confini a nostro rischio e pericolo. Significa che se l'Ichoriano sbagliato mi trovasse a New York avrebbe tutto il diritto di uccidermi."

"Kiel è un Ichoriano e un amico?" Le uscì come una domanda poiché Kiel parlava di Jayson in modo affettuoso, ed era chiaro che si frequentassero anche se avrebbero dovuto essere rivali. Kiel si riferiva a quello quando aveva parlato delle loro specie in guerra, o qualcosa di simile?

Jayson buttò fuori un respiro aprendo la bottiglietta d'acqua e bevendone un sorso. "Ezekiel non è un amico, ma un nemico rispettato, addestrato a uccidere i Neonati, altrimenti conosciuti come la progenie degli Ichoriani che non sono ancora rinati sotto forma Hydraiana."

Jay si mosse sul sedile e Lizzie rimase in attesa. Era tutto molto complicato, ma Jayson glielo stava spiegando in un modo che l'aiutava a capire.

Stas era al corrente di tutto questo?

E come?

Cosa c'entra il FAC?

"Esiste un veleno che se ingerito è in grado di bruciare il sangue Ichoriano, uccidendo i Neonati. Lo chiamano veleno Nizari, prende il nome dal gruppo di assassini che lo somministra… Ezekiel è il loro capo.

Lizzie aprì la bocca. "Quindi non è un amico."

"Decisamente no, anche se ultimamente sembra fare il proprio gioco. Immagino che sia il risultato della noia, finirà quando avrà voglia di uccidere di nuovo." Jay studiò Lizzie. "Ha detto altro di interessante?"

Mi leggi nel pensiero? gli chiese lei, sospettosa. Lizzie stava pensando alla migliore amica giusto pochi secondi prima e il cambio di argomento le sembrò strano, ma l'espressione di Jay rimase educatamente incuriosita.

Coincidenza?

Forse.

Lizzie ripensò alla conversazione con Kiel. Nonostante fosse sciocata e in balia delle emozioni, ricordava quasi ogni parola.

"Ha detto di aver fatto sì che io e Stas vivessimo insieme durante il primo anno al college." Il che era stato strano. "Conosceva il suo nome per intero, anche se non l'avevo mai menzionato né a te né a lui e 'Astasiya' non è un nome facile da indovinare."

"No, non lo è, ciò vuol dire che sa più di lei di quanto ci aspettassimo," le rispose Jayson con espressione assorta. "Ha detto solo questo?"

"Riguardo a Stas? Sì," gli rispose lei. "Ha parlato principalmente della sua giovinezza e di come Osiris l'abbia preso con sé quando era bambino, crescendolo insieme al proprio figlio Sethios, a Babilonia."

Jayson osservò Lizzie per un lungo momento. "Ha detto di essere cresciuto con Sethios? Intendi dire che hanno la stessa età?"

"Sì, è quello che ha fatto intendere lui, almeno." Lizzie era brava a ricordare fatti e discussioni; un'abilità che le era tornata utile al college, perché non doveva mai studiare.

"Che altro ha detto riguardo Osiris?"

Lizzie scrollò le spalle. "Non molto, solo che un giorno l'avrei incontrato e che è amico di Artemis. Perché?"

Jay tracannò la bottiglietta d'acqua strizzando gli occhi, concentrato. Quando finalmente li rialzò per guardarla di nuovo, Lizzie notò una sorta di risoluzione in quello sguardo, come se dentro di lui avesse combattuto una guerra fino a quel momento.

"Osiris è un essere che temono tutti, inclusi gli Ichoriani. È in grado di persuadere gli altri a obbedire ai propri ordini tramite comando vocale." La sua espressione si indurì mentre lasciò che Lizzie comprendesse la pesantezza della frase. "Immagino che Ezekiel intendesse dire che Osiris ha trasformato Sethios, o forse che l'ha cresciuto così come Aidan ha cresciuto Issac."

"Ehm… Aidan?" Tutti quei nomi le facevano venire il mal di testa.

Jayson l'aveva già menzionato in precedenza come il padre di Luc, ma mai in relazione a Issac.

L'Hydraiano sorrise come se le avesse letto nel pensiero e le fece scivolare una mano sulla nuca per massaggiarle via un po' di tensione nel collo.

"L'immortale che ha trasformato Issac in un Ichoriano," chiarì lui. "È anche il padre biologico di Luc e Amelia, ma questo non ha importanza."

Jayson si mosse invadendo lo spazio personale di Lizzie e le posò un palmo su una guancia. "Il giorno che ci siamo incontrati ho promesso a me stesso che non ti avrei mai mentito, ho mantenuto la parola ma ho anche omesso delle informazioni. Prima di oggi, intendo. Tuttavia credo davvero che questo sia un argomento che dovrebbe affrontare Stas, non io."

A Lizzie si contorse lo stomaco dall'ansia, ma non avrebbe potuto fermarsi lì. "Non puoi dire così e non darmi spiegazioni."

Jay le tracciò il profilo del labbro inferiore con un pollice. "Ti ho spiegato che l'unione tra Ichoriani e umani dà vita ai Neonati…"

"Che mi dici di un Hydraiano e un'umana?" gli chiese prima che lui potesse finire.

"Gli Hydraiani non possono procreare," le rispose. "Ma non è questo il punto. Voglio che tu pensi al motivo per cui Stas dovrebbe essere al corrente del nostro mondo... e non è perché lavora per il FAC."

Lizzie aggrottò la fronte. "Stai dicendo che è un'immortale?"

"Non ancora, ma ci sei vicina."

"Una Neonata?" Come aveva potuto Stas nasconderle un dettaglio del genere?

Jayson annuì. "Sì, il suo potere è simile a quello di Osiris in quanto è in grado di persuadere attraverso l'uso della voce."

Lizzie spalancò gli occhi. "Cosa?!"

"Shhh." Jay le strinse la presa sul collo, come per avvertirla. "Non vogliamo fare una scenata."

"Mi hai appena detto che la mia migliore amica può ordinare alle persone cosa fare," gli rispose lei con un sibilo. "La mia reazione è giustificata."

"Lo è, purché sia tranquilla," le rispose lui.

Lizzie lo guardò male ma lui ricambiò con un sorrisetto divertito.

"Capisco, è uno sviluppo interessante."

L'eufemismo dell'anno. La loro intera conversazione e le ultime ventiquattr'ore erano state a dir poco uno *sviluppo interessante* per Lizzie.

"Qual è il secondo potere di Stas?" Aveva abbassato la voce di un'ottava, ma il cuore continuava a batterle forte per via della vicinanza di Jayson e dell'argomento di conversazione. Menomale che avrebbe dovuto essere facile credere a tutto ciò.

"Ancora non lo sappiamo, perché non è rinata." L'espressione di Jayson si trasformò in una di compassione. "Si è rifiutata di fare il passo successivo per diverse ragioni, una delle quali sei tu."

"Io?" Lizzie era sorpresa. "Perché?"

"Perché non può lavorare per il FAC se diventa

un'Hydraiana. Doveva rimanere umana per poter diventare una Sentinella e raccogliere informazioni. All'inizio era rimasta lì per salvare la sorella di Issac dalla prigionia, un'altra storia di cui parleremo più tardi, e poi per aiutare te. Mentre lavorava lì, Tom ha trovato un file con il tuo nome, ma ha dovuto mollare tutto prima di riuscire a raccogliere maggiori dettagli."

Jayson le fece scivolare il palmo sul collo, dove le dita presero a massaggiare la zona tesa sopra la spina dorsale. Era un tocco divino, ma non cancellava l'orrore di quelle parole.

"Hai idea di che cosa ci sia in quel file?"

Jay scosse la testa. "No. Abbiamo passato due mesi a cercare di capirlo e abbiamo fallito. Avevamo in mente di dirti tutto ma Ezekiel ci ha battuti sul tempo."

"Io… Io non capisco. Cosa potrebbero avere su di me?"

"Qualsiasi cosa sia, tu per loro hai un grande valore." Jayson si rimise a sedere sul proprio sedile ma rimase inclinato verso di lei. "Ricordi la prima sera che sono passato da te? Scommetto che dopo è arrivata una Sentinella, vero?"

Lizzie annuì. "Charlie."

"Succede spesso?"

La rossa scosse le spalle. "A volte, a mia madre piace mandarle per vedere come me la cavo."

"In quel caso si è fermato per controllare il tuo sistema di sorveglianza. Ho attivato un'interferenza tramite il mio orologio, per testare i loro tempi di reazione. Mi hanno sorpreso."

Lizzie sbiancò e il palmo di Jayson andò a coprirle la bocca prima che potesse reagire vocalmente. Lei gli strinse il polso con le dita, allontanandolo. "Non farlo."

"Non urlare."

"Non ne avevo intenzione."

L'uomo inarcò un sopracciglio. "E non mentire."

"Parli proprio tu."

"Non ti ho mai mentito, Elizabeth." La severità che si nascondeva sotto quel tono di voce la fece rabbrividire, così come il modo in cui lui la studiava intensamente. "Nasconderti tutto questo non è stata una mia decisione e non sarebbe toccato a me dirtelo, anche quando avrei voluto."

Lizzie deglutì.

Erano stati Stas e Tom a tenerla all'oscuro di tutto. Anche Jayson l'aveva fatto, ma in modo diverso. Gli avevano ordinato di farle da guardia e diventarle amico. Il fatto che avesse voluto dirle la verità significava molto, sempre che lo pensasse davvero. Gli occhi dell'uomo dicevano che era così, ma il cuore di Lizzie si rifiutava di credere a qualsiasi cosa, per il momento

"Ho bisogno di tempo," ammise lei. "Per pensare bene a tutto quanto."

"Anche se lo capisco, scappare a Roma improvvisamente non è la risposta giusta." Jayson la sfidò a contraddirlo, ma Lizzie non ci riuscì. Aveva ragione lui, anche se lei non l'avrebbe mai ammesso.

"Sei riuscita a dormire un po' ieri sera?" le chiese con voce dolce.

Lizzie scosse la testa. "Non proprio."

"Allora riposiamoci un po', così saremo freschi domani mattina. Possiamo fare un giretto turistico prima di decidere quale sarà la prossima destinazione."

"Davvero?" Lizzie si illuminò all'idea. "Non mi manderai a Hydria?" Una parte di lei si sarebbe aspettata un party di benvenuto in aeroporto, una volta arrivati.

"Sceglierai tu la prossima meta." Jay sorrise, poi aggiunse: "Sappi solo che verrò con te."

Lizzie prese a giocare con una ciocca di capelli che le ricadeva su una spalla. "Non devi farlo." Da come aveva detto lui stesso, sembrava ingiusto e pericoloso. "Ma non sono ancora pronta per affrontarli," ammise contrita.

Restare a Hydria avrebbe significato lasciarsi alle spalle tutto ciò che avesse mai conosciuto.

Non che avesse molto per cui essere grata, a Manhattan. I suoi genitori non avrebbero sentito la sua mancanza e gli amici avrebbero voltato pagina, proprio come avevano sempre fatto. Lizzie non ricordava l'ultima chiacchierata con un compagno di liceo.

Alcuni di loro erano rimasti in contatto durante il primo anno al college, ma poi erano andati avanti con le loro vite. Era stato allora che Lizzie aveva incontrato Stas, il loro legame le era sembrato più reale di qualsiasi altra cosa mai provata.

Pensando alla perdita di quell'amicizia le si strinse il petto. Sarebbe stata irrevocabilmente cambiata dagli eventi degli ultimi mesi, Lizzie si chiese se avrebbero mai potuto rimediare.

Jayson si alzò e distese le braccia sopra la testa, rivelando un lembo di pelle tra il maglione rosso ei pantaloni kaki.

A proposito di distrazioni.

Tuttavia, Lizzie non era stata l'unica ad accorgersene.

La Signorina Flirterina lo stava guardando con una domanda negli occhi, ma Jayson la ignorò e si girò per posare le mani sul bracciolo del sedile di Lizzie, sporgendosi verso di lei e invadendole lo spazio personale.

"Per quanto sia irritato da questa avventura improvvisata, capisco anche il tuo desiderio di scappare. Ecco perché sono disposto a chiudere un occhio sull'assurdità delle tue azioni, questa volta."

Le prese il mento con forza e la costrinse a guardarlo

negli occhi. "Tuttavia, Elizabeth, se dovessi mai fare un altro scherzetto del genere, sappi che ti farò piegare sopra le mie ginocchia ed esprimerò tutto il mio disappunto in un modo che ti farà pensare a me per settimane. Non esiterò a farlo anche in pubblico, è chiaro?"

Lizzie aveva la bocca asciutta. "Non lo faresti…"

"Oh, sì invece," le giurò lui.

La rossa si mosse sul sedile, a disagio con i sentimenti che le aveva risvegliato quel tizio. Una sculacciata non avrebbe dovuto incuriosirla. Era sbagliato, eppure il potere che emanava la posizione di lui mentre si appoggiava a lei e il modo deciso in cui manteneva alto lo sguardo scatenava le qualcosa dentro. Un desiderio estraneo, che sembrava disinibito e inappropriato… e incredibilmente giusto.

"Cosa mi stai facendo?" gli sussurrò.

Jayson portò la bocca su un orecchio di lei. "Sto imparando quali sono i tuoi limiti, tesoro. Ora dormiamo un po'."

17 UN TOUR AUTOGUIDATO

Lizzie si svegliò sentendo Jayson che parlava ininterrottamente.

Diede una sbirciatina tra le folte ciglia e notò che la Signorina Flirterina aveva fatto il suo ritorno. Era appoggiata su un fianco al bracciolo del sedile di Jayson.

Aveva lo schienale dritto, al contrario di Lizzie che era rannicchiata sulla postazione distesa a mo' di letto, sembrava in allerta.

L'hostess arrossì davanti a qualsiasi cosa detta e annuì.

Jayson prese il telefono dalla tasca, mormorò qualcosa di sexy e glielo porse affinché digitasse qualcosa. Lei lo fece, esibendo un sorriso trionfante.

Lizzie osservò lo scambio a occhi socchiusi.

Ecco perché Jay aveva acconsentito al giretto turistico e

a rimanere un po' più a lungo. Non era riuscito a portarsi a letto la donna sull'aereo, quindi stava prendendo impegni diversi.

Ciò non avrebbe dovuto ferire Lizzie.

Invece lo fece.

Non stavano nemmeno insieme e lui era stato chiaro circa lo scopo della loro relazione, ma allora perché flirtare con Lizzie? A meno che lei non avesse mal interpretato tutti i segnali di lui. L'esperienza della ragazza in materia era a dir tanto minima.

Jayson menzionò Balthazar rimettendosi il telefono in tasca e Lizzie inarcò un sopracciglio. Tristan aveva accennato al fatto che a Jayson piacesse condividere le proprie donne, era forse quello che intendeva?

Lo stomaco di Lizzie fece una capriola.

Non avevano ancora tirato fuori la conversazione di quel pomeriggio, quella dove aveva scoperto che a Jay piacesse andare a letto con più di una donna contemporaneamente. Inoltre dovevano ancora discutere dei commenti fatti dall'amico la sera della festa.

Lizzie aveva chiaramente interpretato male i segnali. Un momento prima avrebbe potuto giurare di piacergli, quello dopo era tornata a essere una missione.

Devo scendere da questo aereo.

Lizzie si mise a sedere per controllare lo stato del volo sul proprio schermo: mancava un'ora all'atterraggio. Bene.

Jayson stava parlando di lei rivolgendole un cenno e l'hostess annuiva entusiasta, poi si allontanò saltellando.

"Rebekah ti porterà la colazione," le mormorò Jay.

Lizzie non gli rivolse la parola mentre rimetteva il sedile in posizione verticale. Si sistemò a gambe incrociate e si pettinò i capelli con le mani sentendo gli occhi di lui addosso.

A quanto pareva si aspettava una risposta.

E va bene.

"Non ho fame."

Non sei per niente petulante, Liz.

Fottiti.

"È un peccato, visto che mangerai lo stesso," le rispose lui. "Cammineremo molto oggi, quindi devi essere ben nutrita."

Lizzie finalmente lo guardò. Il viso di Jay appariva del tutto divertito. "E dov'è che cammineremo?"

"Dipende da cosa vorrai vedere. Potrei fornirti un tour storico, se sei interessata. Non come quello che ti fanno fare le agenzie turistiche, ma uno che si basa su eventi reali." Mentre aspettava una risposta, sul volto di Jayson apparve un entusiasmo quasi infantile.

"Vuoi davvero portarmi in giro?"

"È ovvio, non mi sarei offerto se non fosse così."

Forse i piani con la Signorina Flirterina si sarebbero svolti al termine del loro giro turistico. Lizzie avrebbe potuto provare a sfinirlo in modo che non avesse più energie per una buona performance, anche se non era sicura che gli uomini come Jayson finissero mai le scorte di energia.

Un'emozione indesiderata le punzecchiò il petto.

Non aveva il diritto di essere gelosa. Certo, lui continuava a toccarla, ma aveva anche flirtato apertamente con l'hostess di volo e i due si erano scambiati i numeri.

Jayson non era un uomo fedele e non avrebbe mai potuto interessarsi a Lizzie.

"Perché stai facendo tutto questo?" gli chiese confusa. "È perché ti senti in colpa, o qualcosa del genere?"

Jay si girò verso di lei. "Ho davvero bisogno di una ragione per volermi divertire con te?"

Lizzie lo fissò. "Ti divertiresti?"

Lui sorrise. "Oh, senza dubbio. Probabilmente anche

più di quanto dovrei, ma dal momento che ho già infranto qualsiasi regola, con te, che sarai mai una gita esplorativa?"

La rossa aggrottò la fronte. "Regole? Quali regole?"

"Luc ama gli editti," le rispose lui vago. "Ora smettila di cambiare argomento e dimmi dove vuoi andare, una volta atterrati."

Quello sguardo color cioccolato la intrappolò al proprio posto, obbligandola a obbedire.

La gita turistica sarebbe stata divertente... Jay aveva ragione, era un vantaggio avere una guida che aveva camminato per quelle strade mille anni prima. Anche due o tremila anni.

Come farò ad abituarmi a tutto questo? si chiese Lizzie.

Oh. Lo scopo della richiesta di lui la colpì improvvisamente.

Le stava offrendo una distrazione... Perché provava pena per lei... O forse per un altro motivo?

Importa qualcosa? No. Accolse quella tregua a braccia aperte.

"Ehm, beh, ho già visto tutte le principali attrazioni turistiche, ma è passato un po' di tempo." Ci era stata con i genitori circa una decina di anni prima. I ricordi di quel viaggio erano a dir poco sfocati e le ricordavano più un sogno, che una vera e propria esperienza. "Hai un posto in particolare che consiglieresti?"

Jay si mise a pensare. "Hai già visto Roma, giusto?"

"Circa dieci anni fa, ma sì."

"Sei mai stata a Pompei?"

Lizzie aggrottò la fronte. "Non è a Roma."

"Ne sono consapevole." Jayson si allungò per prenderle tra le dita una ciocca di capelli che le penzolava vicino al seno. "Ci sei mai stata?" le chiese sfiorandole la pelle con il dorso della mano. Lui non diede a vedere se il tocco fosse intenzionale, ma il corpo di lei reagì comunque.

Lizzie si sforzò di scuotere la testa dal momento che la bocca, improvvisamente secca, non riusciva più a formulare parole. No, non ci era mai stata. Sua madre preferiva lo shopping e la moda ai siti archeologici.

"Poi ci dirigeremo verso sud per una gita in giornata, mangeremo la pizza napoletana e passeremo la notte a Roma, se è quello che vuoi." Le lasciò andare i capelli e le accarezzò una guancia. "Sei così bella quando arrossisci, Rossa."

La Signorina Flirterina scelse quel momento per tornare con il vassoio della colazione. Bel tempismo da parte dell'assistente di volo.

La mano di Jayson si posò su una spalla di Lizzie e rispose alla donna: "Grazie, Rebekah."

Lei rispose in italiano mentre Lizzie si dava da fare con il tavolino. Accettò il vassoio con un sorriso forzato e mormorò un "Grazie." Sua madre le aveva insegnato a essere educata in ogni situazione, compresa quella.

Jayson tracciò il collo di Lizzie con un pollice e chiese due tazze di caffè. Quando chiese due bustine di zucchero e il latte per Lizzie, lei spalancò gli occhi. Adorava prendere il caffè in quel modo, ma non l'avevano mai preso insieme.

"Come fai a sapere come prendo il caffè?" gli chiese mentre l'hostess si allontanava.

"Osservo," le rispose lui tracciandole dei cerchi sulla pelle pulsante. "Ho imparato molto su di te negli ultimi due mesi… Non in qualità di stalker, ma di guardia di sicurezza."

"I bodyguard devono sapere come i loro clienti prendono il caffè?"

Jay sorrise. "Forse no, ma tutti i giorni ti fermi in quel café sulla Broadway, prima di andare al lavoro."

Lizzie inarcò le sopracciglia. "Mi hai seguita?"

"Sì." Nessuna traccia di vergogna, solo una risposta diretta. "Volevo vedere dove e quando il FAC interferiva nella tua vita."

"L'hanno fatto?"

"Solo una volta al mese."

Lizzie si accigliò. "Quando?"

"Durante il brunch," le rispose. "Parliamone dopo che avrai mangiato. Tra poco atterreremo, quindi devi sbrigarti."

In quel momento Lizzie non era più sicura di voler mangiare. "Il brunch?" ripeté. "Ma non ha senso."

"Che ne dici di mangiare quell'omelette, intanto che ti spiego?" Jay formulò la frase come se fosse un suggerimento, ma il tono indicava che fosse un ordine, non una richiesta.

Un compromesso. Va bene. Lizzie avrebbe potuto acconsentire, anche se l'idea della colazione non le andava a genio.

Tagliò una fetta di frittata e se la portò alla bocca con fare scettico.

Jayson sorrise soddisfatto e lasciò cadere il braccio sul bracciolo tra loro. "Bene, ti dirò quello che sappiamo ma ti avverto che non è molto."

"Un bordello," gli disse Lizzie, aveva le sopracciglia aggrottate. "Con un letto fatto di pietre."

Jayson rise. "Impediva agli uomini di rimanere lì a poltrire, una volta finito."

La ragazza studiò la piccola e ben conservata stanzetta pompeiana e annuì. "Nemmeno io vorrei rimanere sdraiata lì."

La loro piccola avventura in quel sito archeologico le

era servita come perfetta distrazione dalla conversazione che avevano avuto in aereo. Ovviamente ogni qualche minuto Lizzie mormorava qualcosa riguardo quanto tutto ciò fosse assurdo, specialmente dal momento che Jayson conosceva dettagli intimi e personali riguardo alla cittadina.

Passò le dita lungo i muri prima di uscire alla luce del sole. I capelli rossi le risplendevano lussuosi, ma era stato il look della ragazza a catturare maggiormente l'attenzione di Jay.

Un paio di jeans attillati, degli stivaletti neri e una camicetta svolazzante.

Era sexy da morire.

Lizzie aveva scelto quei capi all'aeroporto mentre lui organizzava gli spostamenti. Gli ci era voluto tutta la forza di volontà per andare a Pompei invece di trovare un hotel carino con un letto decente. Perfino in quel momento avrebbe voluto attirarla in una delle sezioni meno affollate, spingerla contro un muro e baciarla con trasporto.

Al contrario, si portò le mani dietro la schiena.

"Questo posto ti fa tornare alla mente dei ricordi?" gli chiese lei dolcemente.

Jay fece spallucce. "Era principalmente un porto di scambi, quindi non ho mai passato molto tempo qui… Ho sempre preferito Roma." Per una serie di ragioni, ma soprattutto per le donne.

"Nemmeno nel bordello?" La presa in giro nella voce di lei sembrava finta, così come il sorriso.

"Vuoi davvero la risposta a questa domanda, Rossa?" Lo disse con fare di scherno, ma anche come lezione. *Non chiedere dettagli che non vuoi davvero sapere.* Jay sospettò che sarebbe stato un problema per loro, data l'età e l'innocenza di lei. Era una sfida che Lizzie avrebbe voluto vincere, ma non sapeva bene da dove iniziare. O perché sentisse il bisogno di piangere.

"Probabilmente no." Lizzie guardò verso il basso. "Non importa." Accelerò il passo ma Jay le prese una mano e la fece tornare al proprio fianco.

"Dove corri?" Fece intrecciare le loro mani e la obbligò a rallentare.

"Non stavo, intendo dire, stavo solo…"

"Per rispondere alla tua domanda," iniziò lui interrompendola, "non pago per il piacere." Lasciò sedimentare la frase prima di continuare: "Quindi no, non ho sprecato il mio tempo in quel bordello."

"Oh, io non volevo dire che…" Lizzie arrossì e lasciò in sospeso la frase.

"Sì, invece sì," le rispose lui dolcemente. Non poteva biasimarla, avevano appena scalfito la superficie dell'esperienza di lui, un qualcosa che sicuramente la intimidiva, e a ragione. A ogni modo… "Non posso scusarmi per il mio passato, Liz." Le strinse la mano. "Ma posso provare un nuovo approccio per il nostro futuro."

La rossa inciampò, era facile farlo su quella strada fatta di pietre, ma lui sospettò che fosse per colpa di quelle parole.

"Il nostro futuro?" ripeté lei.

"Sì." Jay fece per sorridere ma i peli delle braccia gli si drizzarono, come per avvertirlo.

Piombo.

Il dono di Jayson si attivò istintivamente e bloccò con la mente il proiettile diretto verso di lui, lo fece schiantare a terra molto prima che raggiungesse il corpo.

Un cecchino. La sua postazione sulla collina gli dava una perfetta visuale su Via dell'Abbondanza, il che significava che Lizzie e Jayson avrebbero dovuto allontanarsi dalla via principale. Erano circondati da quelli che una volta erano stati le dimore e i negozi e che in quel momento fornivano il posto ideale per giocare a nascondino.

Jayson percepì l'avvicinamento di due pistole e due coltelli.

C'erano delle Sentinelle sul posto, a circa cento metri da loro. Non si preoccupò di localizzarli, una battaglia combattuta tra i turisti avrebbe solo causato vittime ingiustificate.

Avevano una sola opzione: scappare.

Jayson avvolse le braccia intorno a Lizzie e la attirò verso una zona off limits di Pompei.

"Cosa…"

"Sentinelle," le spiegò strattonandola tra due pilastri in pietra, poi fecero qualche altro passo. Il modo in cui la costringeva a seguirlo avrebbe certamente creato scompiglio, se qualcuno li avesse visti. Fortunatamente quell'area era chiusa al pubblico e nascosta da alcune mura antiche.

Ringraziamo la preservazione.

Jay sbatté con la schiena contro una vecchia porta mentre con la mente smantellava le pistole delle Sentinelle. Erano ancora vicine, ma si erano sparpagliate e non avrebbero notato il suo intrufolarsi nei loro affari, qualcosa che Jayson usava sempre a proprio vantaggio. Diede un'aggiustatina anche ai coltelli e li perquisì da lontano, alla ricerca di ulteriori armi.

"Jayson," sussurrò Lizzie conficcandogli le unghie negli avambracci.

"Scusa, Rossa," mormorò lui allentando la presa. L'aveva afferrata con un po' troppa veemenza, era stata una reazione all'avvicinamento delle armi. "Dobbiamo andare."

"C-come fai a sapere che…"

"Le pistole," le rispose velocemente. "Ora seguimi." La prese per mano e la tirò verso un'uscita laterale che chiaramente non faceva parte dell'architettura originale.

Jayson continuò a scannerizzare la zona in cerca di associazioni tra il metallo e la polvere da sparo mentre tirò fuori il telefono dalla tasca. Aveva mandato un messaggio a Luc aggiornandolo sulla loro posizione una volta arrivati, inoltre aveva avvertito Jacque di restare in attesa.

Jayson sospettava che il FAC sarebbe arrivato a rovinare la loro gita, un giorno o l'altro, ecco perché aveva pensato a un piano B.

Jacque rispose al primo squillo. "Yo."

"Il FAC ci ha trovati," spiegò Jay all'amico mentre Lizzie gli balbettava al fianco. "Abbiamo bisogno di teletrasportarci, subito. Chiama B e digli che ti spieghi dove è collocato l'apodyterium. Ha dei bei ricordi riguardo quel posto."

"Ricevuto."

La chiamata si interruppe e Jayson oltrepassò una corda. Si girò, prese Lizzie per i fianchi e la portò dall'altro lato.

"Sono capace di farlo da sola," sbottò lei.

Jayson sorrise, nonostante le circostanze. "Probabile, ma così è più divertente, Rossa." Le prese una mano e fece intrecciare le loro dita. "Stammi dietro."

Lizzie mormorò qualcosa di incomprensibile, facendo divertire Jay ancora di più mentre si muovevano a passo lungo e svelto. Almeno la personalità scoppiettante della ragazza non era svanita con l'arrivo del FAC.

"Dobbiamo sbarazzarci del tuo telefono," le disse una volta entrati in un'altra casa. Avevano lasciato la borsa di lei nel bagagliaio della macchina a causa delle restrizioni di Pompei riguardo a borse e zaini, ma Lizzie aveva portato con sé il telefono e Jay sospettava che la stessero tracciando. Oppure il chip si trovava dentro di lei, così come era successo con Amelia.

Lizzie non si oppose, gli allungò il telefono e lo guardò mentre Jay lo faceva a pezzi nell'angolo della stanza. "Me ne comprerai uno nuovo."

"Certo, tesoro."

Lizzie gli prese la mano, ansiosa di essere guidata da qualche parte, Jay sorrise. Avrebbe dovuto essere terrorizzata, ma negli occhi le leggeva la fiducia che riponeva in lui. Jayson pensò che il fatto che non sapesse del cecchino o non conoscesse il numero delle Sentinelle sul posto l'aiutasse a rimanere calma.

"Ricordami di baciarti, più tardi," le mormorò. Era un tempismo del tutto pessimo, ma Jayson adorava le donne testarde.

Lizzie aggrottò la fronte ma lui non le diede modo di rispondere.

Le *Stabian Baths* che tanto desiderava gli apparvero davanti, mentre lui si spostava insieme a Lizzie verso un nuovo set di pareti in pietra e poi accelerò il passo una volta arrivati in un'area scoperta.

Parecchi turisti si aggiravano nei paraggi facendo foto, avrebbero potuto essere un'ottima copertura, se non fosse stato per i capelli rosso fuoco di Lizzie.

Il FAC l'avrebbe identificata in un minuto.

"Lì dentro," le disse facendo cenno verso una solida porta che affacciava sul bagno delle signore.

"Sembra un vicolo cieco."

"Esatto," annuì lui guidandola al proprio fianco. "Continua a muoverti."

Lei lo fece, rallentò solo quando s'imbatterono in una zona piena di preziosi mosaici. "Wow," sussurrò Lizzie mentre cercava di concentrarsi sui propri passi e non sull'ammirare l'arte.

"Prometto che ci torneremo, un giorno," le giurò Jay. "Ma ora ho bisogno che tu sia del tutto concentrata. Cammina."

Lizzie annuì e continuò a camminare finché non arrivarono alla fine della strada. Jacque non era ancora arrivato, il che non era un buon segno.

"Ehm, che facciamo ora?" gli chiese lei a bassa voce.

"Aspettiamo o combattiamo." Jayson non aveva armi con sé, a causa del viaggio in aereo, ma non ne avrebbe avuto bisogno. Eccelleva in tutte le arti marziali e un altro paio di tecniche non risalenti al periodo storico corrente. Per non parlare dell'affinità con il metallo.

"Sei sicuro che il FAC sia qui?" sussurrò Lizzie.

"Sì." L'Hydraiano scannerizzò l'area con i propri sensi. Le Sentinelle sembravano dividersi, ciò suggeriva che il telefono di Lizzie avrebbe potuto essere ciò che stavano tracciando, oppure qualcosa in quelle vecchie mura stava interferendo con il segnale.

"Va bene." Si morse il labbro inferiore e lo succhiò nervosa. "Non ho visto nessuno che potessi riconoscere."

"Non mi sorprende; per quanto non mi piacciano, le Sentinelle sono ben addestrate."

Lei annuì. "La maggior parte di loro vengono reclutate dalle Forze Speciali, o qualcosa di simile. Ho sempre saputo che ci fosse qualcosa di strano in loro. Non tornavano mai i conti... perchè tutti quei viaggi e quella segretezza?"

"Fanno ancora del bene nel mondo," ammise Jayson.

"Ma è soprattutto per mantenere la copertura."

Percepì due pistole fare ingresso nei bagni.

Quattro.

"Stanno arrivando," l'avvertì. "Oltrepassa la corda e mettiti con la schiena contro il muro."

Lizzie studiò il mosaico sul pavimento e guardò Jay in modo scettico. "Non è illegale?"

Nonostante la situazione Jayson colse lo humor, seppur solo per un secondo. Poi la sollevò e la mise dove voleva, intrappolandola tra il muro e il proprio corpo. "Non ti muovere." Tanto lei non avrebbe potuto.

"Ma…"

Le premette un dito sulle labbra mentre un paio di turisti entrarono nella stanza attraverso l'unica fessura. Si guardarono intorno sorridenti, scattarono qualche foto del mosaico a pavimento accanto ai piedi di Lizzie e se ne andarono.

Adoro questo paese. Le effusioni in pubblico passavano inosservate e indiscusse.

Il divertimento di Jayson durò poco e venne interrotto dall'avvicinarsi di una canna da fucile.

Dalla postazione e dalla vicinanza, dedusse che si trattasse di un paio di Sentinelle con un paio di armi da fuoco.

Facile.

18   FIDUCIA E CONVINZIONE

IL BENEFATTORE NON HA APPROVATO LA MANOMISSIONE
DEL SANGUE. IL SOGGETTO DOVREBBE RIMANERE PURO E
VENIR TRACCIATO TRAMITE METODI PIÙ RAGIONEVOLI.

-REGISTRO 101.02.4-7

"Cerca di non gridare," sussurrò Jay allontanandosi per posizionarsi all'altro lato dell'entrata. Lo sguardo di Lizzie gli sciolse il cuore, ma doveva concentrarsi.

Le Sentinelle pensavano di essere armate, il che era un vantaggio per Jayson.

Cinque.

Quattro.

Tre.

Due.

Quando il primo soldato attraversò la soglia, Jayson gli piantò una mano sulla gola, mettendolo momentaneamente fuori combattimento.

Sfortunatamente ciò diede al suo partner abbastanza

tempo per reagire. Il biondo cercò di usare la sua arma inutile non appena si rese conto che non funzionava, la scagliò contro Jayson. Fece seguire un pugno, che Jayson schivò, e un calcio nelle costole.

Il tutto si trasformò in una danza di forza bruta distribuita equamente in pesi e intensità.

Jayson si sporse per colpirlo, ma l'opponente continuava a bloccare il colpo e a restituire il favore.

Poi la Sentinella compì un grave errore: notò Lizzie appoggiata al muro. Jay riconobbe la Sentinella e usò quella distrazione a vantaggio.

Il pugno di Jay incontrò la mascella del biondo, lo destabilizzò e l'uomo cadde dritto sul ginocchio di Jayson. La Sentinella si accasciò a terra e Jay gli salì sopra, portandogli le mani al collo. Il biondo cominciò a sputacchiare e cercò di contrastare la mossa, senza riuscirci.

"Ti direi che non è una questione personale," iniziò Jayson. "Ma sarebbe una bugia." Aveva riconosciuto il bastardo: era quello che si aggirava nel condominio qualche settimana prima. Era stato mandato a controllare come stesse Lizzie dopo che Jayson aveva manomesso il sistema di sorveglianza nel palazzo.

Gli occhi della Sentinella cominciarono a spegnersi man mano che la mancanza di ossigeno si faceva sentire.

Sarebbero bastati solo un paio di…

"Jayson!" squittì Lizzie mentre l'altra Sentinella cercava di sparare con la propria arma dal punto dove giaceva a terra. La pistola non si azionò, quindi tirò fuori un coltello e si alzò in piedi. Si era ripreso prima di quanto si aspettasse Jay.

"Oh, sembra divertente," commentò Jayson. Piegò la lama con la forza della mente nel momento in cui il biondo sotto di lui perdeva conoscenza.

"Codice H, nei bagni," provò a dire la Sentinella, ma non uscì alcun suono dal momento in cui la gola non si era ancora ripresa. Alla faccia della richiesta di soccorso. Sembrava che non si fossero accorti di avere a che fare con un Hydraiano. Affascinante. Avevano forse pensato che il cecchino avesse preso male la mira?

Jayson si alzò in piedi e si mise in posizione di difesa. Arrivò a loro una presenza familiare, seguita da un proiettile che andò a conficcarsi nel cranio del nemico.

Beh, quello era sicuramente un modo veloce per concludere la situazione in fretta, anche se molto meno divertente.

"La prossima volta dovrai essere più specifico," lo sgridò Balthazar da dietro. "Ho frequentato diverse stanze da bagno, a Pompei, non solo questa."

"C'è un solo *apodyterium*, B." Jayson si girò pulendosi le mani sui jeans.

"Nei record storici, certo," gli rispose l'amico. "Ma la mia memoria è molto più vasta di un misero testo."

"Possiamo andare?" chiese Jacque allungando una mano. Lui e Balthazar erano in piedi nel bel mezzo dell'area recintata dalla corda mentre Lizzie continuava a rimanere schiacciata al muro con gli occhi spalancati.

Giusto.

Quello non era un buon momento per discutere di storia con Balthazar.

Jay saltò al di là della corda per vedere come stesse la sua compagna di viaggio. Lizzie sussultò quando lui le sfiorò il viso con le dita.. "Calma, Rossa. È tutto ok."

"Tu... hai ucciso Charlie," balbettò.

Doveva essere il nome del biondo, da come l'aveva detto Lizzie doveva conoscerlo bene.

"Si sta solo facendo un pisolino, Liz. Si sveglierà tra qualche minuto."

Lizzie guardò Jay negli occhi. "Hanno tentato di ucciderti," sussurrò preoccupata.

"Lo fanno sempre." Jayson la staccò dal muro e l'avvolse tra le braccia. "Dovremo finire di fare il nostro tour più tardi."

"Ma questo… Io…"

"Shhh," le mormorò mentre l'abbracciava. "Ne parleremo quando saremo al sicuro. Chiudi gli occhi, Rossa." Fece un cenno a Jacque di unirsi all'abbraccio di gruppo insieme a Balthazar e fece una smorfia quando la sensazione di nausea gli si impossessò dello stomaco.

Attorno a loro si materializzò il soggiorno di Jayson, seguito da un rumoroso sussulto proveniente dalla donna nuda sul divano.

Amelia.

Era una delle donne più attraenti del mondo: capelli scuri, un paio di fantastici occhi azzurri e i lineamenti di porcellana. Sembrava un angelo, anche se in quel momento, con un biondo tra le gambe, non pareva affatto angelica.

Jayson non avrebbe voluto vedere una donna che considerava come una sorella in quelle condizioni. Fortunatamente il vero fratello di lei non era tra i partecipanti al comitato di benvenuto, altrimenti si sarebbe scatenato l'inferno.

I riflessi di Tom non delusero: prese al volo una coperta e la lanciò ad Amelia, rimettendosi in piedi con addosso solo un paio di boxer. La sua espressione senza vergogna si trasformò in shock non appena registrò chi avesse davanti.

I due piccioncini avevano quasi finito di costruire il loro nido d'amore, per fortuna.

Lizzie tremava, aveva la faccia nascosta dal petto di Jayson ed era lontana anni luce dalla scenetta romantica.

"Niente male," commentò Balthazar con occhi che sorridevano maliziosi.

"Dedurrei qualche punto per l'esecuzione, visto che otterresti un'angolazione migliore dal bancone della cucina, per esempio, ma considerando tutto direi un sette pieno. Jay?"

"Non bussate mai, cazzo?" chiese loro Tom.

"Non in casa mia, accidenti," gli rispose Jayson. "E non ho intenzione di dare un voto a questa scena, B."

Un paio di chiazze rosse decoravano le guance di Amelia quando Lizzie si irrigidì di colpo. Aveva ovviamente riconosciuto la voce di Tom.

"Scusate, non vi aspettavamo," mormorò Amelia mentre prendeva per mano Tom e lo strattonava leggermente. Lui si mise a sedere accanto a lei ma rimase concentrato su Jayson, o meglio, sulla rossa che stringeva tra le braccia.

"Già, il FAC ci ha trovati a Pompei. Il che mi ricorda: devo scannerizzare Lizzie alla ricerca di dispositivi di tracciamento." Non che lì importasse poi molto. Le Sentinelle non si sarebbero avvicinate a Hydria, ma esistevano altri tipi di tecnologie che potevano essere in esecuzione sui suoi sistemi.

"Il mio era alla base del collo," spiegò Amelia dolcemente, sbiancando un po'. "Tom l'ha rimosso."

"Controllerò lì," le rispose Jayson mentre disegnava dei cerchi calmanti sulla schiena di Lizzie. La ragazza non aveva detto una parola, né aveva cercato di muoversi durante tutto il loro scambio di battute. Jay le portò le labbra a un orecchio. "Sei ancora con me, Rossa?" Le rivolse una voce fatta di soffici sospiri, solo per lei.

Era aggrappata al sottile maglioncino di lui talmente forte che Jay riusciva a sentire le unghie trapassargli la stoffa. "N-non ci riesco."

Quella risposta gli solleticò gli istinti protettivi.

"Andiamo a parlare," le mormorò piano affinché lo sentisse solo lei.

"Ci trovate in camera mia," disse poi agli altri.

"Ehi, aspetta un momento." Tom era di nuovo in piedi. "Penso che sia una pessima idea."

Jayson sollevò Lizzie tra le braccia e inarcò un sopracciglio verso il giovane immortale. "La mia non era una domanda."

Non aspettò una risposta, al contrario si diresse verso il corridoio principale che portava alla camera da letto padronale, chiudendosi la porta alle spalle. Jayson si mise in piedi al centro della stanza, stringendo Lizzie tra le braccia e ammirò la vista al di là delle finestre che davano sul balcone.

Gli mancava casa, Hydria, il mare e il sole. Tuttavia, non aveva mai provato quell'esatta sensazione. Era come se un pezzo mancante di lui avesse fatto ritorno, anche se non aveva niente a che vedere con la stanza, il panorama ma era grazie alla donna che teneva tra le braccia.

Il peso di quel momento lo colpì in pieno petto, riscaldandolo dentro e fuori. Tutto era al posto giusto, come se in quel preciso istante Jayson fosse destinato a stare lì, con *lei*.

L'Hydraiano non aveva mai creduto nel destino o nell'anima gemella. Aveva vissuto troppo a lungo per pensare che tutto ciò fosse reale, ma quella connessione tra loro andava oltre ogni logica.

Avrebbe voluto incolpare il siero o dire che era un particolare feromone nel sangue di Lizzie a sedurlo, ma nessun altro tranne lui riusciva a percepirlo.

È tutto parte di Lizzie.

L'intelligenza della donna lo stupiva quasi quanto il gran cuore.

Era un tripudio di sincerità che toccava tutti quelli che incontrava, Jay lo adorava. Era affascinante, spiritosa e bella da far male.

Era spacciato, ma al diavolo se gliene importava qualcosa.

Tutto ciò che gli interessava era lei.

Si abbassò fino a poggiare i piedi di lei sul pavimento, tenendola stretta finché lei non riacquistò l'equilibrio. Gli aveva conficcato le unghie nei bicipiti, un'indicazione fisica che non volesse lasciarlo andare, dettaglio che a Jay andava più che bene.

"Parlami, Rossa," le mormorò contro la nuca. Nel frattempo le passò le mani sulla pelle in cerca di un chip. Non c'erano protuberanze o segni particolari. Le ispezionò l'attaccatura dei capelli ma tutto risultava normale. Le passò le dita sul volto, facendole rilassare la testa all'indietro. Un paio di grandi occhi marroni incontrarono i suoi, mentre le labbra di lei presero a fremere.

"N-non ci riesco," balbettò. Le stesse parole di poco prima. La paura di Pompei era stata rimpiazzata da un'emozione più profonda, una che le aveva fatto adombrare i lineamenti e increspare gli angoli della bocca.

Dolore.

Oh, Jayson capì tutto.

"Non sei pronta a stare qui." Le prese una ciocca di capelli fuori posto e la rimise dietro un orecchio. "Va bene, Liz. Possiamo andarcene, ma devo controllare che tu non abbia sistemi di tracciamento addosso, prima." Non voleva che il FAC li seguisse.

"D-dove?" Lizzie sbatté le palpebre.

"Dove andremo? O dove devo controllare?" le chiese.

"La prima," sussurrò lei.

Jay le tracciò il labbro inferiore con un dito. "In un posto lontano, soltanto noi due, intanto che si sistemerà questo casino. Ma prima ho bisogno di sapere che il FAC non ci seguirà fino a lì."

La tensione di Lizzie si sciolse, gli occhi le brillarono dal sollievo. Si strinse a lui. "Grazie."

Jay le baciò la fronte, poi una tempia e la tenne vicina a sé crogiolandosi nella lussuria e perfezione di quel momento.

Lei gli portò le braccia al collo e lo strinse con molta più forza di quanta lui si aspettasse. Ricambiò l'abbraccio e appoggiò il mento sulla testa della ragazza. "Che ne dici di Santorini o della Turchia?"

"Non sono qui vicino?" gli chiese lei piano.

"Sì, ma sono entrambi bellissimi posti." Jay fece una pausa, aspettando di vedere se Lizzie avrebbe risposto, ma rimase in silenzio.

Ci serve qualcosa di più lontano.

La maggior parte dei paesi europei erano off limits a causa dei sistemi di sorveglianza, allo stesso modo lo erano gli Stati Uniti e molti paesi dell'America Latina. Il FAC aveva accesso a diversi sistemi a livello mondiale, tutti dotati di riconoscimento facciale.

Un'isola sperduta sarebbe stata la scelta migliore.

Però i Caraibi erano troppo vicini a New York, per i gusti di Jay.

"Che ne dici del sud del Pacifico?" si chiese a voce alta. "Tahiti, le Fiji o qualcosa del genere?" Erano tutti posti piuttosto isolati, privi di telecamere al di fuori della zona aeroportuale. Dal momento che avrebbero usato il teletrasporto, non sarebbe stato un problema.

"Come Bora Bora?" gli chiese Lizzie dolcemente.

Jay sorrise. "Sì, se l'idea ti piace." Sarebbero potuti andare ovunque lei volesse. Uno dei vantaggi del vivere per sempre era l'accumulo di ricchezza. La maggior parte dei fondi di Jayson contribuivano a mantenere Hydria sana e fiorente, ma aveva anche un conto privato.

Lizzie gettò la testa all'indietro per guardarlo e la differenza nell'espressione della ragazza lo sorprese. Niente dolore, solo una leggera curiosità. Era riuscito a fare ciò solo con un paio di parole di comprensione.

A Jayson piaceva sentirsi in quel modo.

"Sembra un posto caldo," gli disse lei.

"C'è un sacco d'acqua con cui rinfrescarsi."

"Bora Bora," Lizzie rise. "Davvero? Possiamo andare lì?"

"Beh, non possiamo tornare a New York e tu non sei pronta a rimanere qui, quindi non vedo perché non andare in qualche posto esotico. La Polinesia francese è riservata, bellissima e lontana da tutti. Mi sembra perfetta." *E tu vivrai per la maggior parte del tempo con solo un costume addosso.* Non c'era niente di cui lamentarsi.

Lizzie cominciò a ridere, poi si bloccò e spalancò gli occhi. "Io... Wow, non posso credere che questa sia la mia vita. Ero a New York, poi a Roma, Pompei, ora in Grecia, e tu mi stai parlando di raggiungere la parte opposta del mondo." Aggrottò la fronte ridendo di nuovo, nella sua voce c'era un tocco di deprecazione.

"Il FAC ha mandato delle persone a uccidermi, tu hai qualcosa come tremila anni e Stas è una Neonata. Il suo ragazzo è un vampiro, Tom è vivo e tu hai dato il benservito a Charlie. Io me ne sto qui, sola soletta con qualche ormone maggiorato. Ma perché? Non..."

A Jay non piaceva la piega che stava prendendo il discorso, nemmeno il fatto che Lizzie stesse impallidendo e quei bellissimi occhi scuri si stessero riempiendo di disperazione.

"È tutto un casino, non è vero?" continuò lei, con la voce ridotta a un sussurro. "Io sono un casino, e tu sei..."

Oh, non puoi lasciare casa tua per me, Jayson. Non è giusto nei tuoi confronti e io…"

Jayson le passò le dita tra i capelli e la baciò appassionatamente.

Lei aprì la bocca, forse per protestare, ma a lui non importò. Quell'episodio sclerotico gli aveva fatto ribollire il sangue. Ogni parola minava la sicurezza di Lizzie fino a quando lei non iniziò a guardando con un'espressione che lui non avrebbe più voluto vederle in volto.

Incertezza.

Diretta verso di lui.

Ai suoi sentimenti, al suo orgoglio, al posto che avrebbe occupato nella vita della rossa.

Diavolo, no.

Con la lingua le separò le labbra in un battibaleno e Jay non sprecò tempo a farla sua. Lizzie si lasciò andare a dei gemiti tra le braccia di lui, incitandolo nella conquista di ogni centimetro della propria bocca, che gli apparteneva.

Mia.

Niente domande.

Niente discussioni.

Solo fatti.

"Al diavolo tutte le scommesse, Rossa." Le leccò il collo fino in basso. Lizzie conosceva la verità, il che significava che non si sarebbe frenato. La regola di Luc che proibiva il sesso non avrebbe più potuto applicarsi, almeno non nella mente di Jayson.

"Non-non capisco."

Oh, Jayson ne dubitava. Il corpo di lei capiva benissimo, inarcandosi verso di lui e supplicandolo di avere di più.

Tuttavia, avrebbe potuto dirglielo a parole, se era ciò che le serviva.

"Intendo divorare ogni centimetro di te, Lizzie." Le baciò il collo dove poteva sentirle il battito del cuore e poi la mascella. "Ti farò godere più di quanto tu possa mai immaginare." Le passò il naso sulla guancia, facendo avvicinare le loro labbra. "E vedrai quanto riuscirò a farti arrossire usando solo la lingua."

Il sussulto di Lizzie sapeva di dolce sulle labbra di Jay.

"Sì, penso proprio che tu capisca benissimo," le sussurrò prima di baciarla nel modo in cui preferiva: esplorandola, leccandola e memorizzandola.

Lizzie si sciolse contro di lui e sospettava che l'unico supporto provenisse dal braccio di Jay che le circondava la schiena. Se il bacio non lo avesse rapito tanto quanto a lei, l'Hydraiano avrebbe sorriso.

Jayson voleva di più.

Così se lo prese.

Le limitazioni della settimana precedente non valevano più.

Quando Lizzie gli strinse la presa sul collo, attirandolo a sé, Jayson capì che anche lei voleva quella connessione tra loro, tanto quanto lui.

I gemiti di soddisfazione non facevano che approfondirsi man mano che lui le palpava il fondoschiena e l'avvicinava al proprio uccello palpitante. Erano passati due mesi dall'ultima volta che era stato sfiorato da una donna, eppure solo Lizzie sarebbe stata in grado di soddisfarlo. Nessun'altra.

Lei gli fece scorrere le mani sui fianchi e sotto il maglione per esplorargli meglio i muscoli e la pelle calda. Piccola furbacchiona vogliosa.

Jay adorava il modo in cui si lei gli si scioglieva tra le braccia.

Sotto tutta quell'innocenza c'era una donna passionale che aspettava di essere liberata.

Jay avrebbe voluto che fosse una dimostrazione, non una rivendicazione, ma accidenti se avrebbe voluto dominarla in quell'esatto momento. Quella donna provocante aveva molto più controllo su di lui di quanto gli piacesse ammettere.

Tuttavia, quello non era né il momento né il posto giusto. Specialmente per via del pubblico indesiderato.

Aveva percepito il metallo spostarsi verso di loro mentre qualcuno apriva la porta, Jay riconobbe il nuovo arrivato con la pistola in mano.

Solo una persona sarebbe stata tanto ingenua da entrare armata nella camera di Jayson. Probabilmente era colpa dell'abitudine, ma il mancato bussare suggeriva una minaccia, così come l'onda di rabbia che proveniva dalla porta.

Jayson concluse il bacio lentamente e strofinò le labbra sulla guancia di Lizzie, continuando a mantenere una stretta possessiva su di lei.

"Non lo farei, se fossi in te," disse minaccioso con tono pieno di rabbia.

Lizzie gli bloccò le mani sull'addome. "Cosa?"

"Sta parlando con me," le rispose Tom con tono ugualmente irritato. "Sono qui per vedere come sta."

"Come puoi vedere, sta bene."

"Ah, sì?" gli rispose Tom, sembrava un fratello maggiore. Se non lo avesse fatto arrabbiare così tanto, Jayson avrebbe riso.

Durante la spiacevole conversazione, Lizzie si era irrigidita, facendo infervorare Jay ancora di più. Al punto che avrebbe voluto spingere la testa del giovane immortale attraverso un muro per aver interrotto quella che altrimenti sarebbe stata una piacevole esperienza. Jayson capiva la reazione protettiva, ma allo stesso tempo odiava la dimostrazione di diffidenza a lui rivolta.

"Ti suggerisco di allontanare te e la tua arma da fuoco dalla mia stanza, prima che accada qualcosa che sconvolgerà ancora di più Lizzie."

"Sei preoccupato che possa ucciderti?" gli chiese Tom, arrogante come sempre. Jayson era solito apprezzare quella qualità in lui, ma non quel giorno.

"Anche se sarebbe molto divertente mettere i miei poteri contro i tuoi, vederti morire sconvolgerebbe Lizzie," gli rispose Jayson, sicuro di sé. Tom era un Hydraiano molto forte con capacità sorprendenti, ma l'età e l'esperienza avrebbero fatto vincere Jayson.

Gli sguardi dei due uomini finalmente si incontrarono sopra le spalle di Lizzie e Tom finalmente comprese la severità della sua trasgressione. "Amelia è come una sorella per me, Tom. In quanto tale, capisco le tue preoccupazioni e sono disposto a lasciar correre, per questa volta. Riprovaci e ci saranno delle conseguenze."

C'era un motivo se Jayson era sopravvissuto fino ad allora, ed era meglio che Tom se lo ricordasse. Lasciò che quella convinzione gli si manifestasse in volto qualche secondo in più prima di riportare l'attenzione sulla donna irrigidita che stringeva tra le braccia.

"Ce ne andremo presto," le sussurrò. "Te lo prometto."

Lei annuì lentamente mentre le pupille le si dilatarono. Quello sguardo lo uccise, non sapeva come avesse fatto a convincerla a fidarsi di lui, ma non avrebbe mai dato per scontato quel privilegio.

"Devo ancora controllarti, poi penso che Luc vorrà prelevare un campione del tuo sangue. Dopodiché andremo dove vorrai, per tutto il tempo che ti servirà, va bene?"

"Un campione di sangue?" ripeté lei incerta.

"Ha finito le alternative, dal momento che il siero del FAC non ci ha fornito molte risposte."

"Ah…"

"Puoi dire di no," la rassicurò. "Tutto quello che accadrà sarà con il tuo consenso, sempre." Jay non si riferiva solo alla ricerca, ma anche alla camera da letto.

Lizzie annuì di nuovo. "Non sono mai stata a Bora Bora."

Lui sorrise. "L'adorerai."

"Va bene," acconsentì lei facendo un piccolo sorriso.

Jay le toccò il naso. "Va bene."

Quel breve scambio, sebbene dovesse essere privato, doveva aver calmato Tom, poiché se n'era andato senza dire una sola parola.

Quello della fiducia sembrava il tema del giorno.

19 UNA LEZIONE SULLA SICUREZZA
DI SÉ

IL BENEFATTORE HA NEGATO LA RICHIESTA DI RIMOZIONE DEI
RECETTORI DEL PIACERE, AFFERMANDO CHE IL SOGGETTO
DOVREBBE ESSERE IN GRADO DI ESSERE SODDISFATTO.
AGGIORNAMENTO IMMINENTE.

-REGISTRO 116.11.4-7

Lizzie si era aspettata una camera da letto con vista sulla spiaggia, non uno splendido e isolato appartamentino sull'oceano. Ce n'erano altri come quello, ma ognuno era posizionato in modo strategico per poter offrire a tutti un po' di privacy. Era dotato di piscina privata e un pontile che dava sull'acqua salata.

E un letto enorme.

"È incredibile," esordì Lizzie aprendo le finestre del terrazzo.

L'esame di Jayson non aveva rilevato alcun dispositivo, ciò voleva dire che si sarebbero potuti godere la vacanza senza alcuna interruzione. Le due grosse valigie che aveva portato loro Jacque suggerivano che si sarebbero fermati per un po'.

Lizzie aveva accennato al proprio lavoro (non che le importasse più qualcosa) e Jayson aveva detto che se ne sarebbe occupato di persona... qualsiasi cosa volesse dire. Una vocina le diceva che non avrebbe lavorato per un bel po', forse mai più.

Essere coccolata in quel modo avrebbe dovuto infastidirla, ma dopo i fatti degli ultimi giorni Lizzie si crogiolò nella sensazione e non fece domande. Era semplicemente grata di essere lontana da Hydria e da Tom. Anche da Stas. L'amica si era presentata alla fine della visita medica con Luc e aveva provato a esprimere il proprio rammarico, ma non aveva funzionato.

Lizzie non era pronta.

Capiva le ragioni per cui Stas e Tom le avevano nascosto tutto, per lo meno a livello logico, ma ciò non la lasciava meno affranta. Aveva bisogno di tempo per pensare e non avrebbe potuto farlo se loro avessero continuato a tartassarla con le loro scuse.

Tutto quello che aveva davanti, il mare, l'aria fresca e la nuova esperienza erano ciò di cui aveva bisogno. Il fatto che Jayson lo sapesse e lo capisse l'aveva sorpresa.

Sarebbe dovuta essere arrabbiata con lui allo stesso modo, invece addossava tutte le colpe solo a Tom e Stas. Più che altro perché erano stati loro a mentirle per mesi, perfino anni, non Jayson.

Tutto ciò che l'Hydraiano le aveva detto era la verità, seppur con qualche dettaglio mancante. Erano omissioni importanti ma nemmeno lontanamente devastanti tanto quanto ciò che le avevano nascosto i suoi migliori amici.

Tom era vivo.

Stas controllava le persone e un giorno sarebbe stata immortale.

Erano informazioni molto importanti che due veri amici non avrebbero nascosto.

L'unica colpa di Jayson era stata quella di sapere la verità e non dirle niente, ma in fondo non sarebbe stato compito suo farlo. Lizzie l'aveva capito dopo la loro discussione sull'aereo e forse lo sapeva già da prima.

Il dolore iniziale era stato il risultato dei sentimenti intensi che provava per lui e della situazione in generale. Ci voleva del tempo per imparare tutti i difetti e i segreti di qualcuno, in più la loro amicizia era relativamente fresca. Lizzie pensò che quello fosse il motivo per cui si era arrabbiata così tanto con Stas e Tom e non con Jayson.

O forse c'erano ragioni più profonde.

Il loro legame andava ben oltre la comprensione. Stare da sola in una stanza con lui avrebbe dovuto terrorizzarla, eppure riusciva a sentire solo un senso di soddisfazione e forse anche di un po' di anticipazione. Specialmente per via del modo in cui lui la stava guardando in quel momento.

"Jacque ti ha portato dei vestiti," le disse mentre portava avanti una delle valigie.

Lizzie aggrottò la fronte. "Ah, sì? Come faceva a sapere la mia taglia?"

"Gli ho fornito le informazioni di cui aveva bisogno."

Lei guardò la valigia e poi di nuovo Jayson. Le taglie cambiavano a seconda del negozio, una delle ragioni per cui sua madre adorava ridicolizzarla, perché a quanto pareva Lizzie aveva il potere di controllare l'industria modaiola. "Sei sicuro di avergli detto giusto?"

Jayson la guardò da capo a piedi lentamente e in tutto e per tutto, lasciandola senza fiato.

"Sono convinto delle mie misurazioni." Appoggiò la valigia su uno stand fatto apposta e l'aprì. "Sentiti libera di provarli, Rossa. Io mi metto il costume da bagno."

Lizzie deglutì mentre lui si allontanò con la propria valigia nella direzione del gigantesco bagno.

Costume da bagno, va bene. Lizzie poteva farcela.

La percezione del tempo era del tutto sottosopra dopo essere stata a Roma, Hydria e poi Bora Bora, ma Lizzie pensava che fosse mattina. Un'occhiata all'orologio confermò la teoria.

A proposito del giorno più lungo di sempre. Si sarebbe abituata volentieri ad avere un teletrasportatore a portata di mano.

Sbirciò il contenuto della valigia e sorrise davanti all'ampio spettro di colori. Prendisole, infradito e parecchi costumi da bagno.

Perfetto.

Non appena trovò la lingerie spalancò la bocca. Conosceva bene quel marchio francese, ma non aveva mai comprato nulla.

"Oh, merda," ansimò. Quegli indumenti fatti a mano non avevano niente a che fare con ciò che era abituata a indossare, in più erano molto sexy.

Li ha scelti Jacque? Lizzie arrossì. *Santo cielo.*

"Credo davvero che tu debba provarteli," le disse Jayson entrando in camera da letto con solo un paio di pantaloncini da bagno neri. Niente maglietta.

La bocca di Lizzie prese a salivare davanti a tutti quei muscoli in bella vista e si spalancò a sentire quelle parole.

"Io... Questi..." Si schiarì la gola. "Penso che mi metterò un costume."

Ne afferrò uno alla cieca e si diresse rapidamente in bagno. Una gigantesca vasca, una doccia in marmo e due grossi lavandini occupavano più o meno un quarto dello spazio. Il water si trovava su un lato e di fronte c'era un'ampia cabina armadio. Il muro adiacente era contornato da un lungo bancone, anch'esso in marmo.

Era un sacco di spazio per solo due persone. Non c'era da meravigliarsi che Jayson avesse riservato solo una stanza.

Lizzie si tolse l'abito che aveva acquistato a Roma e lo ripose piegato sul bancone, poi prese in mano il bikini.

Lo tenne davanti a sé e per poco non ingoiò la propria lingua.

Non era una mutanda intera, ma un perizoma con delle cordicelle ai lati.

Ecco cosa si meritava per aver affrettato il processo di selezione, ma diamine, chi è che indossava dei costumi a perizoma?

Lizzie si strinse il ponte del naso. Avrebbe dovuto controllare il costume prima di spogliarsi. Andare là fuori stretta in un asciugamano per mettere le mani nella valigia avrebbe attirato l'attenzione, così come rivestirsi e rifare tutto da capo.

Accidenti.

Perché Jacque avrebbe dovuto comprarle dei look così sexy? Era un'abitudine europea? Forse tutte le donne di Hydria indossavano un perizoma. Jayson non ci avrebbe fatto caso, vero? Oppure l'avrebbe paragonata a ogni altra donna nella sua vita?

No, Lizzie non avrebbe dovuto pensarci altrimenti avrebbe perso tutta la sicurezza di sé.

Giusto, bene. Lo avrebbe indossato e si sarebbe coperta con un asciugamano. Jayson non si sarebbe accorto di nulla, soprattutto se si fosse buttata in acqua subito dopo di lui.

Il reggiseno del bikini le calzava a pennello, così come le mutandine, ma ciò non la sorprese. Non c'era poi così tanto tessuto in un perizoma.

Trovò un asciugamano e ci si avvolse, tornando in camera a piedi nudi, dove Jayson era in piedi ad aspettarla con il telefono dell'hotel in una mano. Con l'altra si accarezzava il petto e Lizzie non poté fare a meno di non portare l'attenzione sui muscoli di lui.

È così sexy.

Specialmente nel modo in cui si portava il palmo della mano dietro al collo, stringendolo e accentuando i bicipiti.

L'immortalità sembrava donare agli uomini un incredibile sex appeal. Tra Jayson, Issac e Balthazar, il genere femminile non aveva scampo. Nemmeno quello maschile, a dire il vero.

Come se riuscisse a sentire i pensieri della rossa, Jayson si girò e le fece l'occhiolino mentre ascoltava chiunque fosse all'altro capo della cornetta.

"Ha riassunto bene il tutto, grazie." Riattaccò. "Ho fatto preparare una cena sulla spiaggia subito dopo la nostra nuotata. Penso che per le quattro o giù di lì avremo di nuovo fame."

"Ehm, certo." Lizzie fece un cenno verso il pontile. "Va bene, dopo di te."

Lo sguardo di Jay danzò su di lei mentre le andò incontro invece di dirigersi verso le porte aperte. Lizzie indietreggiò al muro e sussultò quando lui le invase lo spazio personale, senza troppi preamboli.

"Perché ti nascondi?" le chiese con voce fintamente morbida. Il calore del petto di Jay quasi scottava Lizzie, ma non la sfiorò. Non fisicamente, almeno.

"No-Non mi nascondo."

Jayson accarezzò il lembo superiore dell'asciugamano vicino al seno di lei. "Bugiarda."

Tirò il fermo che Lizzie cercò di afferrare, prima che il tessuto cadesse a terra. Aveva lo stomaco invaso da farfalle e Jayson sorrise di fronte a quella reazione istintiva.

"Ti ho avvertito, Rossa." Un tirone mandò

l'asciugamano sul pavimento. "Non ho più intenzione di trattenermi."

Lizzie cercò di coprirsi ma lui le catturò i polsi e li strinse contro il muro, portandoli ai lati della testa della ragazza. Il calore le si diffuse tra le gambe durante quell'atto dominante, che la fece contorcere e spuntare un sorriso sul volto di Jayson.

Con lo sguardo le tracciò ogni centimetro di pelle nuda, lasciandola calda ed eccitata.

"Questo colore ti dona moltissimo." L'approvazione gli aveva approfondito il tono e aveva fatto venire i brividi a Lizzie, nonostante il clima caldo. "Immagino di essere pronto a rinegoziare i nostri limiti."

Lizzie deglutì. "Che cosa avevi in mente?"

Le passò le mani sopra la testa, con un grosso palmo le intrappolò entrambi i polsi. Quel gesto l'aveva lasciata esposta e impotente, ma Lizzie si fidava del proprio aguzzino. Era più che pronta a nuove esplorazioni in sua compagnia.

"Qui non si tratta di me, ma di te, dolcezza." Con il braccio libero le tracciò il percorso da un braccio fino alla clavicola e poi più in basso. I capezzoli si inturgidirono a sentirlo giocare con la scollatura. Lui strinse uno dei picchi rigidi senza preavviso, suscitando un lamento in Lizzie, che si inarcò contro di lui. Le aveva fatto male, ma il modo in cui lo massaggiò subito dopo fu divino.

"Mmmh, ci possiamo lavorare," mormorò mentre portava il proprio tocco più verso il basso. Il respiro di Lizzie si fece più pesante quando lui le accarezzò l'ombelico e si avventurò verso il piccolo triangolino di stoffa che le copriva le parti intime.

Jayson mantenne il proprio sguardo su di lei mentre con il pollice disegnava un vialetto seguendo il costume, fino all'interno coscia. Nelle vene di Lizzie scorreva elettricità pura e l'anticipazione ispessì l'aria attorno a loro.

"Non è un limite," ansimò lei, dicendogli con le parole e il corpo che era pronta a qualsiasi cosa lui avesse voluto farle.

Ma invece di prendere quello che lei offriva, Jayson passò le nocche lungo la coscia, sul sedere nudo. Le prese in mano una natica e cominciò a stringerla, costringendo Lizzie ad avvicinare i fianchi a quelli di lui.

"Lo senti questo, Lizzie?" le chiese con voce bassa e seducente. "Riesci a sentire quanto ti voglio?"

Oh, sì. Lizzie annuì.

"Con le parole, Lizzie." Le pizzicò il sedere per punirla, poi lo massaggiò così come aveva fatto con il capezzolo. "Senti quanto sono duro?"

Lei deglutì e cominciò ad annuire di nuovo quando realizzò ciò che le aveva chiesto. "S-sì," riuscì a dire, anche se le era uscito più come un lamento.

"Bene." La mano di Jay scivolò verso le cordicelle del costume. "Non sminuirti mai nascondendoti, Rossa."

Continuò a guardarla negli occhi. "Ho promesso di non mentirti mai, non faccio eccezione ora quando dico che sei stupenda, Elizabeth. L'ho pensato dal primo momento che ho posato gli occhi su te e la mia attrazione non ha fatto che crescere." Rafforzò ciò che le aveva appena detto premendole la patta contro il ventre e facendola gemere di nuovo.

"Ci sono andato piano con te, l'altra sera, piccola," sussurrò piano. "Ma i tuoi limiti si sono estesi e io ho intenzione di esplorarli in tutto e per tutto."

"Sì, per favore," ansimò lei inarcandosi contro di lui. Avrebbero potuto farsi una nuotata più tardi. O durante. A Lizzie non importava se ciò avesse significato ricevere ancora un po' di quel piacere che lui le aveva dato la settimana prima. Era stato diverso da tutto ciò che avesse mai vissuto e ne desiderava ancora.

Jayson tirò i laccetti che componevano un fiocco sui fianchi di Lizzie e lo sciolse. Il battito di Lizzie accelerò quando lui prese a giocare con i ricciolini esposti.

"Scommetto che anche loro sono rossi." Le accarezzò le labbra con le proprie, mormorando ogni parola. "Non vedo l'ora di vedere come arrossirai laggiù mentre ti assaggio."

A Lizzie cedettero le ginocchia di fronte a quell'immagine mentale. Come sarebbe stato non avere alcuna barriera?

Il secondo fiocco si sciolse e le mutandine le caddero a terra, tra le gambe. Jayson le leccò il labbro inferiore, mordicchiandolo un po'. "Tieniti forte, Rossa," le sussurrò lasciandole andare le mani. "Ho intenzione di divorarti."

Quello fu l'unico avvertimento che le diede prima di inginocchiarsi e baciarla proprio *lì*.

"Oh, Dio.." Lizzie cercò di aggrapparsi al muro ma non ci riuscì.

Era tutto bellissimo, bagnato e sfrenato.

Fece cadere la testa all'indietro mentre lui la esplorava nell'intimo. Lizzie pensava che il piacere provato quella sera fosse stato intenso, ma non era niente in confronto a quel momento. Le mani di lui sui fianchi erano l'unico sostegno che le impediva di cadere.

Lizzie lo chiamò per nome, come a chiedergli di non fermarsi mai, ma Jayson era al comando di ogni mossa. Lizzie era una schiava ai suoi ordini e del ritmo che decideva di mantenere con la bocca.

"Di più," lo pregò. Non sapeva cosa volesse dire, ma aveva bisogno di qualcosa in più. Le tremavano le gambe di piacere e si chiese quanto ancora avrebbe resistito a stare in piedi.

Jay le portò via la possibilità di scelta alzandosi in piedi e baciandola profondamente. Il sapore della propria eccitazione le fece cedere ulteriormente le gambe. Lui la prese in braccio senza esitazione e la portò sul letto.

Le lenzuola morbide le rinfrescarono la pelle accaldata, ma solo l'uomo che stava sopra di lei avrebbe potuto alleviarle il dolore tra le cosce. Gli passò le mani tra i capelli e lo forzò a baciarla di nuovo. Jayson sorrise sulle labbra di lei e silenziò quella richiesta facendole scivolare la lingua in bocca e mettendo il proprio sigillo sull'anima della ragazza.

Dentro di sé Lizzie sapeva che nessuno l'avrebbe mai fatta sentire nemmeno lontanamente come stava facendo Jayson. Aveva delle capacità incredibili e lei non avrebbe accettato niente di meno.

"Fai l'amore con me," gli sussurrò. Lui avrebbe preferito se gli avesse chiesto di scoparla, ma Lizzie non riusciva a pronunciare quelle parole. Le sembravano sporche e volgari, inappropriate per quel momento.

Le accarezzò una guancia e la baciò fin troppo dolcemente. "Amore non è una parola che uso con leggerezza, Lizzie." Un'altra carezza di labbra seguita dalla lingua che prese a danzare con quella di lei mentre le sganciava il fiocco dietro il collo. Le passò il naso su una guancia e le premette la bocca su un orecchio. "Ma è una parola che potrei usare con te."

La pelle di Lizzie era in fiamme mentre lui le lasciava piccoli baci sulla gola e sul petto. Le fece scivolare le dita dietro la schiena per sganciarle il reggiseno e metterlo da parte. Lei si chinò mentre lui le succhiava un capezzolo con una forza che Lizzie non si aspettava. Il dolore si mischiava all'euforia e le confondeva i nervi, oltre che aumentarle le pulsazioni tra le cosce. Quando Jayson fece vagare la propria mano verso il basso per esplorare l'intimità bagnata della ragazza, Lizzie gemette.

Era come se lui avesse già memorizzato ogni fibra del corpo di Lizzie, sapeva esattamente dove e quanto toccarla per farla impazzire.

Lizzie aveva le mani nei capelli di lui e li tirava mentre tremava incontrollabilmente sotto il peso del corpo di Jayson.

Poi la penetrò. Non nel modo in cui lei aveva richiesto, ma con due dita lanciate in un delizioso movimento che le fece venire le lacrime agli occhi.

Combatté la pesantezza negli arti e cercò di raggiungere il climax, che però la eludeva.

Lizzie grugnì quando Jayson si allontanò e rimase impietrita alla vista di lui che si toglieva il costume da bagno. Lo fece lentamente, come se stesse performando uno spogliarello solo per lei e rivelando la parte di sé che la rossa doveva ancora vedere.

Alla vista di lui completamente nudo, pronto per essere esplorato, Lizzie si leccò le labbra.

Lui le prese una mano e se la portò alla bocca, mordicchiandola a mo' di avvertimento. "Toccami ora e lo faremo in modo completamente diverso," le mormorò sistemandosi tra le cosce di Lizzie.

"Non mi importa di come lo faremo," sussurrò lei. "Voglio te."

L'erezione le stimolò le pieghe umide e trovò l'entrata con facilità. Lizzie fletté i fianchi come incoraggiamento, ma Jayson la tenne ferma.

"Impertinente," le mormorò con tono di ammonimento. "Ti stai di nuovo dimenticando chi comanda." La grossa punta la penetrò mentre parlava e Lizzie si fermò sotto di lui. "Farà male, Rossa."

Lei fece per rispondere ma al posto delle parole emise

un sussulto scioccato mentre Jayson penetrò la sua innocenza in un movimento fluido e rapido.

L'avvertimento di lui non la preparò alla grave realtà di quell'esperienza. Lizzie pensava che ci sarebbe andato piano, non si aspettava di essere divisa a metà dalla lunghezza impressionante di Jayson.

Le vennero le lacrime agli occhi, ma non positive. Si aggrappò alle spalle di lui pregandolo di non muoversi.

"Respira." Le strofinò il naso sul collo. "Concentrati su di me, piccola. Senti la mia bocca," le disse leccandole la gola, "e il mio tocco."

Portò le mani ai lati e le strinse i seni. Lizzie piagnucolò mentre lui le tormentava i capezzoli turgidi.

"Così, Rossa, concentrati su di me." Le mordicchiò la mascella mentre con le dita faceva magie intorno ai monticelli duri. Lizzie si premette contro di lui e sussultò quando sentì di nuovo la sensazione di pienezza; non faceva più male come prima, era più un formicolio.

Sollevò i fianchi per testare l'attrito e si accorse che quel movimento era molto più piacevole di quanto si aspettasse. Un secondo cambiamento la fece gemere di piacere.

L'asta di Jay la brandiva dall'interno, facendola sua in un modo che nessun altro uomo avrebbe avuto. Jayson avrebbe per sempre conservato la verginità della rossa, un regalo che lei non avrebbe mai dato a nessun altro; Lizzie era stranamente in pace con quel dettaglio.

Jay prese possesso della bocca di lei e iniziò a muoversi: inizialmente piano, come a provocarla, poi aumentò costantemente il livello di potenza e ferocia. Le afferrò l'anca per controllare il ritmo mentre con l'altra mano le accarezzò una guancia.

Lei gli teneva le braccia intorno alle spalle e si teneva stretta a lui mentre la possedeva dentro e fuori. Ogni spinta la faceva avvicinare a qualcosa di intenso e ogni colpo di lingua veniva percepita come una promessa tra anime.

Mio, diceva una parte di lei.

Una risposta irrazionale, ma che in quel momento non avrebbe potuto negare.

Tutto ciò che le importava era che quell'uomo le padroneggiava il corpo.

Gli conficcò le unghie nella schiena, marchiandolo mentre lui continuava a devastarle il futuro: nessuno avrebbe mai potuto essere paragonato a Jayson e ai sentimenti che le provocava.

"Sei così perfetta," le sussurrò contro le labbra. "Dannatamente perfetta." Portò una mano da un fianco al centro di piacere di lei, dove trovò il bottoncino rigonfio. Quel tocco le mandò scosse elettriche in tutto il corpo e mise in moto un desiderio oscuro che Lizzie non riusciva a ignorare.

"Avvolgi le gambe intorno a me," la esortò. Lei intrecciò le caviglie contro il sedere di lui e urlò quando Jayson affondò più profondamente e deliberatamente dentro di lei.

"Oh, Jayson…" Gli occhi di Lizzie si rovesciarono all'indietro. Quel nuovo punto, combinato al tocco esperto di lui, stavano distruggendo la presa della ragazza sulla realtà.

Sensazione e respiro era tutto ciò a cui riusciva a pensare.

E il piacere.

Un disagio intenso, eppure estatico.

Lizzie non riusciva a pensare.

Non riusciva a respirare.

A muoversi.

Si crogiolava nei movimenti e nelle sensazioni del corpo di Jayson che comandava il suo.

"Lasciati andare, Lizzie," le ordinò. "Lascia andare tutto e vieni per me."

Il cuore le batteva a mille tra i pensieri e il corpo che cedeva sotto il comando di Jay. Lui fece pressione con il pollice mentre la penetrava più prepotentemente di prima, fino a quando il mondo di Lizzie non divenne nero e poi una luce, un'esplosione si detonò dentro di lei.

Suoni che non sapeva nemmeno essere in grado di emettere le uscirono dalle labbra mentre tremava incontrollabilmente per via dell'orgasmo più intenso della sua vita che continuava ad attraversarla ancora e ancora.

La vista l'abbandonò.

Era ridotta a una pozza di beatitudine e nient'altro.

Jayson grugnì il nome di lei e la seguì oltre l'oblio dopo un paio di spinte feroci. Un calore le si riversò dentro, unito alla propria eccitazione che li fece cadere entrambi in un mare di estasi.

Lizzie ansimava per via dell'amplesso e il cuore le batteva a un ritmo forsennato.

Tutte le sue amiche si erano lamentate delle loro prime volte, ma Lizzie poteva dire onestamente di non avere alcun rimpianto. Era stato fenomenale e non appena fosse riuscita a parlare, gli avrebbe chiesto il bis.

Jayson ridacchiò contro il collo della rossa. "Non preoccuparti, Rossa. Continueremo la nostra esplorazione dopo aver fatto un tuffo nell'oceano."

Lizzie provò a rispondere, ma non ci riuscì. Il fatto che lui potesse percepire cosa volesse non la sorprese; Jay aveva più volte dimostrato di essere più che capace di leggere il linguaggio del corpo di Lizzie.

Si tirò su sui gomiti ai lati della testa di lei e le chiese: "Che ne dici di farci un bagno nudi?"

20   COMPORTAMENTO MALIZIOSO

IL SOGGETTO È UTILIZZABILE PER IL CONCEPIMENTO. IL
BENEFATTORE STA CERCANDO UN CANDIDATO IDEALE PER
IL TEST INIZIALE.

-REGISTRO 118.01.4-7

Lizzie sembrava proprio una sirena adagiata sulla spiaggia, con i capelli rossi bagnati che le ricadevano sul prendisole blu. Aveva accettato l'offerta di Jayson di fare il bagno nudi e lui l'aveva ringraziata a dovere, due volte. Come risultato, la rossa appariva del tutto soddisfatta.

"Perché mi fissi in quel modo?" gli chiese.

Lui sorrise. "La tua ingenuità mi sorprende, Rossa." Lizzie non aveva idea di quanto gli apparisse sexy mentre attorcigliava la lingua intorno alla cannuccia del proprio drink. Jayson continuava a immaginare che al posto della cannuccia ci fosse l'uccello.

Lo scopo di Jayson di introdurla lentamente alla loro relazione sessuale vacillava pericolosamente. Avrebbe voluto presentarle le sue voglie più oscure piano piano, ma se lei avesse continuato a leccare la cannuccia in quel modo lui l'avrebbe messa in ginocchio nel giro di cinque minuti, facendole sprofondare l'asta in gola. Sarebbe stata una bella visuale per la cameriera, vero?

Lizzie succhiò in dentro le guance sorseggiando il drink continuando a guardare Jayson: accidenti, era la visione più innocente ed erotica che lui avesse mai visto.

"Se continui così non arriveremo nemmeno alla portata principale."

Perché l'avrebbe divorata.

Lizzie spalancò gli occhi e la bocca. "Che intendi dire?"

Jayson le fece cenno di avvicinarsi incurvando le dita. "Vieni qui, Rossa."

Lei si guardò intorno alla zona meno popolata della spiaggia. Jayson aveva organizzato una cena privata nei pressi dell'acqua, invece che in uno dei ristoranti. Ciò significava che la cameriera li avrebbe lasciati soli per periodi più lunghi e che ci sarebbero state più occasioni per fare qualche esperienza romantica, ma anche che chiunque sarebbe potuto passare di lì.

Lizzie si leccò le labbra. "Non…"

"Subito."

"Ehm." La rossa si schiarì la gola. "Sì, va bene."

Si alzò e aggirò il tavolo che avrebbe accomodato anche quattro persone, poi si fermò accanto a Jayson e inarcò un sopracciglio. "Contento?"

"Non ancora." Si rilassò sulla sedia e si colpì una coscia con una mano. "Siediti."

"Sai che non sono un cane, vero?" mormorò lei eseguendo l'ordine.

Lui le cinse la vita con un braccio, attirandola a sé come più gli piaceva. Trovò l'orecchio di lei con la bocca.

"Lo senti, Lizzie?" Sapeva che era così dal modo in cui lei si era immobilizzata dopo avergli piantato il fondoschiena sull'asta dura. "È perché tutto quello a cui riesco a pensare è che vorrei sostituire quella cannuccia con il mio uccello."

Sentendo quelle parole volgari Lizzie aprì la bocca e due macchie rosse le colorarono le guance. "Oh…"

"Già, *oh*," mormorò Jay mentre le posò una mano sulla coscia esposta e cominciò a salire. "Mi fai impazzire, Rossa, nel miglior modo possibile… È per questo che andarci piano con te è tanto *dura*, lo capisci?"

Tracciò il contorno delle mutandine nuove di Lizzie con il dito indice e quando lei cercò di contorcersi la tenne ferma. Nessuno avrebbe potuto vedere cosa stesse facendo, se ne era assicurato posizionando il corpo di lei in una certa maniera, ma Lizzie non avrebbe potuto saperlo.

"Abbiamo a malapena grattato la superficie di ciò che ho intenzione di farti, Elizabeth." Premette il pollice sul clitoride e massaggiò il bottoncino attraverso la seta tessuta a mano mentre lei faticava a respirare. "I miei appetiti superano gli standard tradizionali… è il risultato dell'età e dell'esperienza."

Le succhiò un lobo dell'orecchio continuando a fare pressione in basso. L'eccitazione di Lizzie filtrava attraverso la barriera sottile mentre cercava di spostarsi per chiudere le gambe. Il palmo di lui impediva alle cosce di toccarsi e il braccio intorno alla vita la stringeva in avvertimento.

"Verrai per me," le sussurrò. "Ma lo farai in fretta, prima che arrivi la nostra cena."

"Jayson, non so se…" L'uomo aumentò il ritmo e l'intensità del tocco e lei lasciò andare la frase. Il tessuto bagnato confermava il godimento, anche se la mente di lei gli si stava ribellando.

Jayson aveva solo bisogno di superare la barriera mentale della ragazza.

"Concentrati sul piacere, piccola. Riesci a sentire quanto sono duro in questo momento? Sei tu a farmi ciò, Rossa." Le leccò il collo in maniera ipnotica, sentendole aumentare il battito del cuore, poi la mordicchiò dolcemente. Il respiro di lei si fece più intenso e poi si irrigidì, perdendo ogni riferimento con il mondo esterno, proprio come lui avrebbe voluto. Jayson non aveva pianificato di darle quel tipo di lezione a cena, ma non era riuscito a ignorare l'opportunità di gioco.

Le strofinò il collo mentre lei cominciava a tremare. "Così, tesoro. Lasciati andare alle sensazioni." Spostò la mano dal ventre verso l'alto, pizzicandole un capezzolo turgido. "Fammi sentire che vieni, Lizzie. Adesso, piccola."

La rossa rabbrividì e pronunciò il nome di lui come se fosse una benedizione. Jay non si sarebbe mai stancato di quel suono, o del lamento che ne era seguito mentre lei si immergeva a capofitto nell'oblio e gli tremava in modo incontrollabile sulle ginocchia. L'uccello lo pregava di piegarla sul tavolo e scoparla fino a farla urlare, ma si trattenne e si concentrò sulla donna che gli si stava disintegrando tra le braccia.

Ho così tanto da insegnarle…

Gli sarebbero serviti anni, forse decenni per soddisfare la propria voglia di lei.

Sono spacciato e non me ne importa niente.

Jayson riposò la fronte appoggiandosi alla spalla di Lizzie, che si stava riprendendo da tutto quel piacere. Jay si accorse di quando tornò coi piedi per terra perché lei si irrigidì e tentò di alzarsi.

"Fallo di nuovo e ti tirerò fuori un altro orgasmo, Rossa." Rafforzò il punto sfiorandole il clitoride sensibile. Lei fece uno scatto contro di lui e si lasciò andare a un altro di quei deliziosi gemiti.

"Cosa mi stai facendo?" gli chiese senza fiato.

"Ti addestro," le rispose contro il collo. "E tu stai rispondendo meravigliosamente."

Le tolse la mano dal mezzo delle cosce e le portò un pollice alle labbra. "Lecca," le ordinò.

Lei lo assecondò con un tremolio. "Dio…"

"Mmmh, accetterò volentieri quel soprannome." Le prese il mento e lo tirò a sé per baciarla. "Hai un sapore meraviglioso, Lizzie. Penso che sarai tu il mio dessert, più tardi."

Le guance di lei si tinsero di quel bel colore scuro che Jay adorava. "Va bene, ma solo se anche io potrò assaggiare te."

Lizzie non aveva idea di quanto fossero eccitanti quelle parole, specialmente se dette in modo tanto innocente.

"Ti prenderò assolutamente in parola," le promise. "Dopo cena." La aiutò a risistemarsi il vestito proprio mentre la cameriera si diresse verso di loro con un vassoio colpo di piatti.

"Tempismo eccellente, Jana," l'accolse Jayson con un sorriso da bambino. "Ha un profumino fantastico."

La donna minuta lo guardò raggiante e cominciò a decorare il tavolo con il cibo. "Spero che gradisca, signor Jayson."

"Sono sicuro che lo faremo," mormorò lui facendole l'occhiolino. "Grazie."

"Posso portarle qualcos'altro?" Il doppio senso nel tono della donna avrebbe dovuto intrigarlo, ma non lo fece. Nemmeno un po'. Al contrario lo irritò, considerando l'accompagnatrice, ma alcune donne l'avrebbero sempre vista come una sfida.

A ogni modo, Jayson non avrebbe potuto essere scortese.

"Per il momento no," le rispose con un sorriso che le donne adoravano sempre. "Grazie, però."

"Mi faccia sapere quando è pronto per il dolce, va bene?" Un altro doppio senso, che gli fece pensare ai propri piani per la serata.

"Sicuramente." Sorrise con un po' troppo entusiasmo immaginandosi Lizzie a gambe aperte, stesa sul loro letto. Sarebbe sicuramente stata una serata piacevole. "Grazie, Jana," le disse nel tentativo educato di congedarla.

"Davvero nessun problema, signor Jayson." Gli lanciò uno sguardo promettente prima di allontanarsi con il vassoio, lasciandosi alle spalle Jayson che scuoteva la testa divertito.

La cameriera era abbastanza attraente, ma non era niente in confronto alla bellezza che gli stava di fronte.

Jay aprì il tovagliolo e diede un'occhiata alla serie di piatti sul tavolo. La cucina francese era una delle sue preferite, ma la sua compagna non sembrava altrettanto contenta. Strano, gli era sembrata entusiasta riguardo al menu quando avevano fatto le ordinazioni.

"Che succede, Rossa?" le chiese, confuso riguardo l'espressione furiosa di lei. "Perché mi stai guardando male?"

Lizzie inarcò le sopracciglia. "Sul serio?"

Quella era una risposta che un uomo non avrebbe mai voluto sentirsi dire.

Jayson sorseggiò la propria acqua e aspettò che lei dicesse di più.

"Sei uno stronzo," commentò finalmente lanciando il tovagliolo sul tavolo. "No, scusa, non è il termine giusto: sei un donnaiolo. Ovviamente lo sapevo già. Sono un'idiota per aver pensato che questo... che noi, o qualsiasi..." Lizzie scosse la testa. "Sai che c'è? Non importa, non ho fame." Si allontanò dal tavolo ma lui le afferrò il polso prima che lei potesse andarsene.

"Mettiti. Seduta." Due parole dette piano, in tono autoritario.

"Oppure che succede?" ribatté lei. "Mi farai avere un altro orgasmo al tavolo e poi andrai a chiamare la cameriera per il dolce, più tardi?" Lo fissava con sguardo implorante e occhi che luccicavano di lacrime non ancora cadute. "Non posso stare a guardare, Jayson. Solo…" Si morse il labbro inferiore tremante. "Lasciami andare, per favore." La rottura nella voce lo atterrò.

"Lizzie."

"Non farlo, ti prego. Voglio solo…" Tirò su con il naso e chiuse gli occhi. "Sto bene."

Jayson si alzò e l'attirò tra le braccia perché era chiaro che non stesse affatto bene. Si era irrigidita, il che fece al contempo infuriare e intristire Jay. Come aveva fatto la loro cena a passare dal piacevole e promettente a *quello*?

E di che diavolo stava parlando con quella storia del dessert? Che diavolo avrebbe dovuto volere lui dalla cameriera, quando aveva Lizzie?

"Dovrai aiutarmi," ammise lui. "Ho appena finito di dirti cosa ho intenzione di farti dopo la nostra cena e tu stai insinuando che io voglia la cameriera. Come sei arrivata a pensarlo?"

Lizzie sbuffò e cercò di allontanarlo. "Non puoi fare sul serio."

"Sono molto serio," grugnì lui, le parole e le scenate di lei cominciavano a infastidirlo. Le passò le dita tra i capelli e le tirò indietro la testa in modo da poter leggere bene l'espressione che aveva in volto, poi aggiunse: "Sono sempre stato onesto con te fin dall'inizio. Eppure tu ti comporti come se ti avessi presa in giro e fai commenti sgradevoli sulla mia personalità, quindi voglio capirne il motivo."

Lizzie deglutì e i primi accenni di insicurezza si

palesarono. Stavano finalmente andando a parare da qualche parte. "Stavi flirtando con la cameriera così come hai fatto con l'assistente di volo," gli disse. "Di fronte a me, come se io non ci fossi."

"Flirtando?" ripeté lui, accigliato. "Stavo cercando di essere educato."

"Provandoci con loro!" esclamò lei, improvvisamente di nuovo un fuoco. "Ho visto l'hostess che ti dava il suo numero e hai appena promesso alla cameriera che avresti accettato la sua offerta per il dolce, che so non avere niente a che fare con il cibo. Sarò anche inesperta e ingenua, ma so riconoscere un'allusione sessuale, Jayson."

"Capisco." Jayson pensò a quale punto avrebbe potuto attaccare per primo e decise per la cameriera. "Vuoi sapere a cosa stavo pensando quando Jana mi ha chiesto del dolce?"

Lizzie impallidì. "Non voglio saperlo."

"Ah, no?" Jay inarcò un sopracciglio. "Peccato, perché era proprio una bella immagine, con te protagonista... decisamente nuda, sul nostro letto."

Lizzie strabuzzò gli occhi. "Cosa?"

"E per quanto riguarda Rebekah," continuò lui ignorando la confusione della rossa. "Mi ha dato il suo numero affinché lo passassi a Balthazar, perché le loro preferenze in camera da letto combaciano perfettamente." Era indeciso se includere quell'ultima parte oppure no, ma pensò che trattenersi avrebbe solo peggiorato la situazione.

"Sull'aereo ha fatto una proposta a entrambi, Rossa. Sembra che i *ménage a trois* con le belle coppie vadano di moda. Ho gentilmente rifiutato l'idea e le ho suggerito di contattare B la prossima volta che sarebbe stata in Grecia."

Lizzie arrossì e spalancò la bocca dallo stupore.

"Una cosa a tre?" sussurrò scandalizzata.

"Sì, sono piuttosto comuni, ma come ho detto a Rebekah sull'aereo, non ho intenzione di condividerti con nessuno. Mai." Le parole gli uscirono con molta più convinzione di quanto credesse, ma era bello poterlo ammettere ad alta voce. "Non ti condividerò mai con Balthazar." Quella frase era più diretta a se stesso che a Lizzie, gli mandò una scossa al cuore.

Jayson non aveva mai negato a Balthazar la condivisione di una donna.

Ma Lizzie...

Gliel'avrebbe negata, eccome.

A Jayson ribolliva il sangue anche a solo a pensare a Balthazar che sfiorava la sua rossa.

Questa è una novità.

Era solito condividere sempre.

Ma non lei.

"Mi stai facendo male," gli disse Lizzie con voce tesa.

Jayson rilassò il braccio attorno alla schiena di lei e anche la mano nei capelli. "Scusa, Rossa." Non intendeva stringerla tanto forte, nemmeno si era accorto di starlo facendo. "La mia mente ha pensato a qualcosa di poco piacevole."

Lei deglutì e annuì aggrottando la fronte. "Quindi, ehm, non avevi intenzione di vedere l'hostess, a Roma?"

"Certo che no. Mi aspettavo che il FAC ci avrebbe trovati, anche se speravo che non accadesse. Non ho mai avuto intenzione di rivederla e non ho alcun interesse nella nostra cameriera."

"Ma hai accettato il dolce…"

"Sì, con te," mormorò lui sorridendo. "Se per caso hai percepito del desiderio nella mia risposta non è mai stato diretto a lei, Rossa. Solo a te."

Lizzie strinse le labbra e Jay capì che avrebbe voluto dire qualcosa, ma continuava a ripensarci. Quando lei scosse la testa e gli fece un sorriso, l'Hydraiano capì che la conversazione non era affatto finita.

"Dimmi quello che devi dire, Lizzie. Non girarci intorno o nasconderlo. Mi aspetto che ci sia onestà tra noi e non accetterò niente di meno. Funzioneremo solo in questo modo."

Lei sbatté le palpebre. "Parli di noi come se avessimo un futuro insieme."

"Non è così?" Jayson la guardò nei bellissimi occhi in cerca di risposta, ma trovò solo altre domande. "Devi aiutarmi, Rossa. Pensavo che volessi una relazione a lungo termine, mi sbaglio?" Jayson sperava di avere ragione perché un rapporto a breve termine non avrebbe funzionato per lui, non con lei.

"Che significa a lungo termine, per un uomo che ha tremila anni?" gli chiese. "Voglio dire, da quello che ho capito dai tuoi amici ti piace andare a letto con più donne alla volta e fare colazione in gruppo dopo una notte di escursioni sessuali. Oh, e Tristan ha insinuato che siete soliti condividere. Quindi, uomo dalle mille esperienze, dimmi… cosa dovrei aspettarmi?"

"Non lo so," ammise lui, passandole le dita tra i capelli umidi. "Tutte le mie relazioni sono sempre state di natura aperta. L'eternità è un tempo molto lungo per legarsi a una sola persona, un qualcosa che tutte le mie partner precedenti hanno sempre capito. Erano solite avere altri partner per mantenere le cose interessanti e venivano da me quando erano alla ricerca di familiarità, e viceversa."

Lizzie storse il naso e strinse le labbra su un lato. "Ok, quindi una relazione aperta dove io vado a letto con chi mi pare e anche tu?"

A Jayson si contorse lo stomaco al solo pensiero di un altro uomo che toccasse Lizzie. "Assolutamente no."

La rossa spalancò gli occhi. "Ma è quello che hai appena descritto."

"No, voglio dire, sì è vero, ma non mi riferivo a noi." Lasciò andare la schiena di Lizzie per portarsi una mano dietro il collo.

Perché era tanto difficile? Jayson capiva le donne, le adorava, le portava a letto frequentemente, eppure quella lo rendeva irrazionale e gli toglieva la capacità di parlare. Gli aveva appena offerto l'alternativa di andare a letto con lei e tenere aperte le altre opzioni e lui l'aveva rifiutata immediatamente.

Avrebbe avuto bisogno di farsi vedere.

Jayson non era un tipo geloso. Era uno spirito libero e la descrizione di Lizzie gli calzava a pennello, eccetto quando si trattava di lei.

"Non voglio che tu abbia altri partner, Lizzie. Con o senza di me, la nozione che un altro uomo possa toccarti è abbastanza da farmi impazzire, un dettaglio che posso ammettere onestamente non essere mai stato un problema per me." La lasciò andare completamente per poter fare un passo indietro, con entrambe le mani nei capelli mentre camminava avanti e indietro davanti a lei.

"Nemmeno io voglio condividerti," gli disse lei piano. "Vederti flirtare con altre donne mi ferisce, molto."

Piegò le spalle in avanti e guardò in basso, facendogli capire che non era stato facile pronunciare quelle parole, ma lui doveva sentirle.

Nel corso dei secoli Jayson aveva masterizzato il proprio fascino utilizzandolo sulle donne per attirarle verso il proprio letto. Gli veniva talmente naturale che non doveva nemmeno pensarci, lo faceva e basta. Ciò feriva chiaramente Lizzie.

Le prese il volto tra le mani e le inclinò la testa verso l'alto, deglutendo rumorosamente davanti al dolore che irradiavano quei bellissimi occhi. "Avevi ragione tu," mormorò. "Sono proprio uno stronzo."

Lizzie cominciò a scuotere la testa ma lui la fermò sfiorandole le labbra con le proprie.

"Pensavo che tutte le mie prime volte fossero ormai nel passato, ma questo... noi, è decisamente qualcosa di nuovo per me." Premette la fronte contro quella di lei e le infilò le dita nei capelli.

"Mi fai venire voglia di provare qualcosa di diverso, Rossa. Qualcosa che non ho mai considerato prima, ma ci vorrà pazienza e tempo perché le mie abitudini sono molto radicate e dovrai dirmi quando ti ferisco, proprio come hai fatto stasera. Puoi farlo, Lizzie? Puoi essere sincera con me e dirmi quando faccio qualcosa che ti ferisce?"

Il tono implorante nella voce di lui era decisamente raro, ma Lizzie faceva venire fuori un lato di lui che raramente permetteva a chiunque di vedere. Jay lo considerava il proprio tallone d'Achille, ma anche la sua più grande forza.

Il cuore.

Non le avrebbe detto di amarla, non si conoscevano abbastanza per quel sentimento, ma riusciva a vedere il potenziale di farlo. Lei lo aveva toccato in modo che pochi altri avevano fatto, ogni parte di lui era smanioso di rivendicarla.

Sei mia.

Un impulso naturale che non era solito sentire nei confronti di una donna, ma Lizzie gli sfiorava ogni istinto possessivo. Il dominatore in lui capiva la pazienza, mentre l'anima riconosceva Lizzie come potenziale anima gemella.

Lizzie si leccò le labbra e le aprì un paio di volte prima di rispondere. "Posso darti del bastardo, quando ne avrò bisogno."

"Sì?" Sorrise lui.

Anche lei sorrise, poi annuì. "Magari anche dello stronzo."

Jay si fece indietro in finta sorpresa. "Hai appena detto una parolaccia?"

"Io le dico, a volte… quando ci vuole." Lizzie abbassò le sopracciglia. "Mia madre mi ha sempre detto che le persone usano le parolacce quando non hanno niente di più intelligente da dire."

"Già, beh… tua madre è una stronza del cazzo, quindi penso che ignorerò la sua eloquente deduzione."

Lizzie rise. "Lo dici come se la conoscessi."

"Potrò non averla mai incontrata, ma l'ho vista al brunch con te, quel giorno, quindi il mio commento è piuttosto accurato. Mi ci è voluto un bel po' di controllo per non scaraventarla fuori dalla finestra."

Lizzie strabuzzò gli occhi. "Eri al brunch?"

"Il drink agli ormoni, ricordi?" le chiese. "A proposito, probabilmente dovremmo mangiare il nostro cibo, ormai è freddo. A meno che tu non abbia intenzione di digiunare?" Inarcò un sopracciglio sfidandola a negare il bisogno di cibarsi. Se lei gli avesse detto di non essere affamata, gli avrebbe ferito l'ego.

Per fortuna lei annuì in accordo. "Cena." Lo guardò attraverso le ciglia lunghe e aggiunse: "Seguita dal dessert."

"Come se fosse mai stato in dubbio," mormorò lui contro le labbra di Lizzie. "E domani faremo colazione a letto."

Lizzie gli rivolse un sorrisetto impertinente. "Adoro quest'idea."

21 FACCIAMO UN GIOCO

IL BENEFATTORE HA RICHIESTO AL PROPRIO ASSOCIATO DI
ASSAGGIARE IL SOGGETTO PER RAGIONI DI TRACCIAMENTO.
È NECESSARIA UNA VISITA SUPERVISIONATA.

-REGISTRO 107.11.4-7

Due settimane di sesso e sole donavano molto a Lizzie. Brillava di un colorito sano e gli occhi risplendevano dei segreti che le aveva confidato Jayson. Le labbra sembravano perennemente incurvate in un sorriso. La lingerie sicuramente aiutava quell'ultimo fattore.

Agganciò le calze di seta alle giarrettiere e aggiustò la scollatura nel reggiseno di pizzo. La settimana prima Jayson le aveva spiegato come indossare quegli indumenti di lusso francesi e da allora Lizzie si divertiva a provocarlo.

Lizzie amava la moda. La sua nuova ossessione per il pizzo non se ne sarebbe andata tanto presto. Adorava come ogni pezzo sembrasse rivelatore quando poi non mostrava niente di davvero intimo... e poi amava le reazioni di Jayson.

Si guardò un'altra volta allo specchio e sorrise ancora di più.

Perfetta.

Tra i regali che Jayson le aveva fatto in quelle settimane c'era anche un incremento di autostima. Dopo le ore passate nuda in sua presenza, le sembrava ridicolo nascondersi.

Inoltre, il modo in cui lui la guardava dopo che gli si presentava vestita in quel modo valeva ogni attimo di esitazione.

Si avviò in camera da letto per aspettarlo. L'Hydraiano le aveva preparato un bagno caldo nell'enorme vasca prima di recarsi al mercato per comprare della frutta fresca, ma Lizzie si aspettava che tornasse da un momento all'altro.

Si versò un calice di vino e ammirò la calma delle onde. Jayson le aveva detto che gli ricordavano casa, un commento che Lizzie aveva ricondotto al fatto che avrebbe voluto presto fare ritorno a Hydria.

Luc era andato a trovarli due volte, entrambe le visite erano state brevi e piene di domande personali, simili a quelle di un dottore, per prelevare altri campioni. A Lizzie non piaceva molto fargli da essere cavia da laboratorio, ma dal momento che anche lei era desiderosa di risposte, lo lasciava fare.

Nel profondo sapeva che se avesse voluto *davvero* sapere la verità avrebbe dovuto lasciare Bora Bora.

Il suo lato egoista sbuffò all'idea, quello che invece adorava Jayson si fermò a pensare all'ingiustizia del forzarlo a rimanere lì. Non che a lui dispiacesse più di tanto dal momento che… "Beh, ma che bella vista."

Una voce familiare dietro di lei le fece venire la pelle d'oca. Proveniva da un uomo che non si sarebbe mai aspettata di rivedere.

Mandò giù il nodo che aveva in gola e si voltò a incontrare un paio di occhi scuri divertiti. L'aria paterna sembrava essere stata sostituita da quella di un uomo che Lizzie riconosceva a malapena. Il modo in cui la guardò, apprezzandole ogni curva del corpo, le fece salire la bile all'interno dello stomaco.

"Dottor Fitzgerald," riuscì a dire lei.

"Andiamo, Lizzie, vestita così puoi chiamarmi John." Fece un cenno verso il biondo accanto a lui. "Ti ricordi di Stark, vero?"

Lizzie provò ad annuire ma non ci riuscì, i due uomini l'avevano accerchiata vicino all'acqua. Avrebbe potuto saltare, ma dove sarebbe finita? Sulla spiaggia? Le gambe da ballerina non si sarebbero mosse bene in acqua, senza contare che gli indumenti in pizzo l'avrebbero appesantita. I due uomini l'avrebbero presa sicuramente, o raggiunta sulla sabbia.

Probabilmente non erano nemmeno soli.

"Andiamo?" chiese Stark con voce annoiata. Non si era preoccupato di guardare Lizzie, né di spiarle il look attraente, un dettaglio per cui lei gli era sommessamente grata, specialmente dopo il modo in cui John continuava a fissarle il seno e le gambe.

Per ventiquattro anni l'aveva sempre trattata come una figlia.

Eppure era stata tutta una bugia e Lizzie poteva vederlo nello sguardo lascivo del dottore.

"Non ancora." John annullò la distanza tra loro. Le prese tra le dita una ciocca di capelli. "Vuoi cambiarti, prima che andiamo?" le chiese in maniera innocente e la sminuì con un sorrisetto che gli arrivò fino agli occhi.

Lizzie si era sempre chiesta perché John sembrasse non avere un giorno più di trentacinque anni, ma ormai sapeva che fosse il risultato del sangue Ichoriano. "Lo farei," ammise incapace di mentire.

Da ciò che era riuscita a capire, John era bravissimo a tirare fuori la verità alle persone, con lei non era diverso.

"Fallo, per favore," le indicò la valigia. "Capirai perché dovrai farlo di fronte a noi, immagino. Ti ho già persa una volta e non posso farlo di nuovo. Sei un investimento costoso, dopotutto."

Lizzie rabbrividì di fronte alla franchezza di quelle parole. "Che intendi dire?"

"Ne parleremo per strada," aggiunse lui. "Hai due minuti per cambiarti, ti suggerisco di usarli bene."

Lizzie prese in considerazione l'idea di mandarlo al diavolo, ma optò per fare ciò che aveva più senso. Non avrebbe provato a scappare indossando quella lingerie, avrebbe sicuramente attirato l'attenzione. Un paio di pantaloncini di jeans, una canottiera e un paio di scarpe da tennis sarebbero stati sicuramente più appropriati.

Prese a spogliarsi e si sentì viscida come un serpente a sapere che il dottor Fitzgerald la stava guardando. Stark continuava quasi a non accorgersi di lei e si concentrò sul perimetro.

Sta cercando Jayson.

Se fosse riuscita a trovare un modo di rimandare la partenza, magari sarebbe tornato e avrebbe massacrato John.

Lizzie finì di vestirsi indossando una canottiera sopra la testa e incrociò le braccia per nascondersi alla vista di John. Era riuscita a tenere coperti i punti più importanti, ma il sorriso dell'uomo le diceva che non gli importava.

Quel John, nonostante l'aspetto simile, le sembrava un estraneo e la faceva sentire usata e inadeguata.

Lizzie rabbrividì vedendolo sorridere sempre di più.

"Penso che dovremmo fare un giochetto e vedere

quanto sia profonda la tua infatuazione," esordì lui. "Ti piacerebbe, Lizzie? Sapere come la pensa davvero Jayson?"

"Abbiamo tempo, signore?" gli chiese Stark un con tono stizzito che non coincideva con l'espressione annoiata.

"Certo che sì. Perché altro saremmo dovuti venire qui preparati?"

"Perché abbiamo dato per scontato che lui fosse qui, signore."

"E io sospetto che sarà qui a momenti." John si toccò un orecchio. "Nessun segnale dell'Anziano?" Annuì a qualsiasi cosa gli avesse detto la persona dall'altro capo delle comunicazioni.

"Eccellente." Guardò Stark. "Te l'avevo detto che i gadget di Patel avrebbero funzionato."

La Sentinella scrollò le spalle e tirò fuori la pistola. "Non lo sapremo finché non entrerà da quella porta."

"Hai ragione." Un paio di occhi scuri incontrarono quelli di Lizzie. "Fai la brava e mettiti in piedi vicino a me, per favore." Un ordine tanto educato e in perfetta linea con John.

Eppure, il loro intero rapporto era cambiato.

Quell'uomo era un mostro, un Ichoriano che aveva fondato un'organizzazione per dare la caccia agli altri immortali. Aveva fatto qualcosa anche a lei, anche se nessuno era ancora riuscito a capire cosa. Lizzie pensò a ciò che Jayson le aveva detto riguardo Tom e un'Hydraiana di nome Amelia.

La rossa non si sarebbe mai e poi mai fidata ancora di Jonathan Fitzgerald, di sicuro non si sarebbe fatta toccare da lui.

"No," gli rispose, sorprendendo sia se stessa che lui. Anni passati ai corsi sull'eleganza avevano fatto sì che si comportasse in maniera troppo educata anche in situazioni scomode, ma non più. Cosa aveva da perdere?

L'uomo le aveva già detto che era stata un costoso investimento. Significava che non l'avrebbe uccisa, giusto?

"Signore," mormorò Stark.

"L'ho sentito," gli rispose John mentre andava verso Lizzie. Lei iniziò a indietreggiare allontanandosi da lui, non sarebbe andata lontana sul pontile a meno che non saltasse. Qualcosa la colpì alla testa e Lizzie cadde sulle ginocchia. Era proprio sopra l'orecchio, il dolore era tale da pulsare e distorcere tutta la stanza.

Un braccio le si avvolse intorno alla vita e la strattonò via facendola finire a contatto con un corpo massiccio mentre una lama affilata le premeva sul collo.

"Attento, signore, o il benefattore non ne sarà contento," osservò Stark con voce fredda e priva di sentimenti. Avrebbe potuto parlare del tempo, per quanto sembrava importargli della vicenda.

"Lascia che me ne occupi io." La risposta di John arrivò da dietro di lei, confermandole che era stato lui ad afferrarla e colpirla.

L'aveva fatto con il manico della lama che le stava premendo sulla gola?

"Prova a non muoverti, Lizzie. Questo non è un coltello normale." Sembrava divertito e Lizzie riuscì a pensare a un solo motivo.

Non era fatto di metallo.

Cercò di concentrarsi sull'arma da fuoco impugnata da Stark ma le risultava continuamente fuori fuoco. Le lacrime che le riempivano gli occhi non aiutavano.

John si riposizionò con la schiena al muro e teneva Lizzie ferma di fronte a lui. Il braccio che le aveva messo in vita le ricordava una banda elastica che le faceva esaurire l'aria nei polmoni. Lizzie si lasciò scappare un gemito, che fece ridere il suo carceriere.

"Questo è per esserti dimenticata le buone maniere," mormorò lui contro un orecchio di Lizzie.

La ragazza non aveva idea che lui potesse rivelarsi tanto crudele. Sentirlo dire da Jayson e vederlo con i propri occhi erano due esperienze molto diverse. Non c'era da meravigliarsi se Tom avesse finto la propria morte. Da ciò che aveva capito Lizzie, John non lo sapeva. Pensava che anche Amelia fosse morta. Se solo Lizzie fosse riuscita a scappare in un modo simile a lei...

"Ho trovato quelle banane piccole che ti piacciono tanto, Rossa," annunciò Jayson entrando nella stanza.

Lizzie aprì la bocca per rispondere, ma il braccio di John che la stringeva le consigliò di non farlo e Stark si posizionò accanto a loro per difenderli.

Seguì un silenzio, segno che Jayson si aspettasse di essere disturbato.

"Ormai avrai capito che le nostre armi non sono di fattura tradizionale," esordì John a mo' di saluto. "Ma fidati quando ti dico che sono altrettanto letali."

Si sentì un rumore di buste posate al suolo prima che Jayson voltasse l'angolo a mani vuote. Non guardò Lizzie, ma si concentrò sull'uomo dietro di lei. "Ciao, Jonathan."

"Jayson," lo salutò lui. "Non mi avvicinerei, a meno che tu non voglia vedere cosa può fare un coltello in ceramica tempestato di diamanti contro la pelle umana."

Jayson alzò le braccia in segno di resa, l'espressione volutamente vuota. "Hai la mia totale attenzione."

"Ah, sì?" gli chiese John divertito. "Eccellente, stavo solo suggerendo a Lizzie di fare un gioco. Vuoi partecipare?"

"Dipende dalle regole." Jay incrociò le braccia al petto. "Cosa avevi in mente?"

"In realtà è molto semplice. Vedi, quella pistola..." indicò quella che Stark teneva puntata sull'Hydraiano, "è piena di proiettili incendiari di vetro. Una tecnologia studiata pensando a te. La tua affinità con il metallo è difficile da gestire."

Lizzie rabbrividì. Jayson le aveva detto qual era lo scopo dei proiettili incendiari. *Danno fuoco al sangue, quindi uccidono in modo permanente gli immortali.* Jayson si limitò a sbadigliare e fece cenno al dottore di continuare. "Va' avanti."

"Beh, la mia minaccia è chiara, vero? Anche se sono disposto a darti una scelta. Consideralo il mio modo di rispettare gli Anziani." Il sorriso nella voce di John non sembrò intrattenere Jay. Al contrario, sembrava annoiato quasi quanto Stark.

Ha chiamato Jacque a fargli da rinforzo? si chiese Lizzie. Cercò di guardare Jay negli occhi, ma lui rimase concentrato sull'uomo dietro di lei.

John spostò le braccia sul seno di Lizzie e lei si contorse al tocco intimo, ma il coltello alla base della gola la mantenne ferma. Almeno aveva ripreso a vederci bene.

"Arriva al punto, Jonathan," ordinò Jayson perdendo un minimo la calma.

"Ti lascerò andare, senza un graffio, se te ne andrai senza Lizzie."

"Oppure?" gli chiese Jayson.

"Oppure Stark ti ucciderà."

"Non mi piacciono queste opzioni," biascicò Jay. "Sono sicuro che riuscirai a essere più creativo, invece di costringermi a scegliere tra me stesso e Lizzie."

"Lo ammetto, avevo dedotto che la scelta di andartene sarebbe stata la più ovvia."

"L'ultima volta che un Anziano si è fidato di te gli hai sparato. Non compirò lo stesso errore."

John schioccò la lingua. "Su, su, non viviamo nel passato. Non quando abbiamo un futuro di cui discutere."

Le lunghe dita danzavano sulle braccia di Lizzie, dandole il voltastomaco. "Va bene, la terza opzione è quella di farti mettere un collare da Stark. Ostacolerà una lotta e ti permetterà di stare con Lizzie."

La ragazza spalancò gli occhi. Jayson aveva menzionato quell'affare, una volta controllava Amelia. "No, Jayson..." La lama le incise la pelle facendola ammutolire all'istante.

"Chi scommette su di te sta parlando, Lizzie. È maleducazione interrompere." La strinse di nuovo, abbastanza forte da farla gemere di nuovo. "Hai distrutto il mio prodotto, Jayson. Devo dire... ne sono molto dispiaciuto."

"Direi che l'ho migliorata," gli rispose Jayson con tono emozionato. "Accetto la terza opzione."

John si fermò dietro Lizzie. "Il collare?"

"Sì." Nessuna esitazione, Jayson continuava a rifiutarsi di guardare Lizzie. Se l'avesse fatto, l'avrebbe vista implorarlo di non farlo, non per lei. Mai. Avrebbero trovato un altro modo, doveva esserci.

"Sul serio?" John sembrava sorpreso. "Per lei?"

"Sì."

"Prima Issac, e ora il rinomato Jedrick di Babilonia?" John rise, una risata priva di senso dell'umorismo. "Il modo deve star per finire."

Jayson inarcò un sopracciglio. "Abbiamo finito di giocare a questo giochetto?"

John ridacchiò. "Certo, comportati da bravo anziano e inginocchiati per Stark."

"Non farlo!" gridò Lizzie, incapace di rimanere in silenzio. Cercò di dire altro, ma l'aria le fuoriuscì dai polmoni nel momento in cui John la schiacciò con il proprio braccio. Le facevano male le costole, il petto e il cuore le stava andando in frantumi alla vista di Jayson che si inginocchiava con le mani pesanti lungo i fianchi.

Eppure, si rifiutava di guardarla in faccia, anche se lei percepì la tensione nella mascella di lui. Si stava trattenendo. Da cosa, Lizzie non lo sapeva.

Farai meglio ad avere un piano, pensò mentre nella mente le si formarono dei pallini neri.

"Sul serio, Lizzie," la rimproverò John. "Ti stai comportando come una bambina."

E tu come uno stronzo.

Stark tirò fuori un collare dalla tasca e si fece avanti per avvolgerlo intorno al collo di Jayson. Si chiuse con uno scatto che sembrò fare eco in tutta la stanza. Jay non si mosse dalla posizione di sottomissione neanche quando la Sentinella indietreggiò.

"Beh, si è risolta meglio di quanto mi aspettassi." John sembrava soddisfatto, così allentò la presa su Lizzie, che riprese finalmente a respirare. Le sembrò strano di non essere svenuta, nonostante l'oscurità che le si nascondeva dietro agli occhi, ma non ebbe il tempo di pensarci a lungo.

"Suggerisco un altro giro di verità," propose il mostro dietro di lei. "Stark, invia il messaggio."

"Sì, signore."

Jayson alzò finalmente lo sguardo dal pavimento. "Questo non è abbastanza per te?"

"Non direi," sbuffò John. "C'è ancora una questione in sospeso che deve essere affrontata."

"È fatta," li informò Stark. "Immagino che tra qualche minuto sapremo se la sua intuizione è giusta."

Non appena finì di dirlo, il telefono di Jayson prese a vibrargli in tasca.

"Immagino sia il tuo telefono," ipotizzò John. "Lascialo suonare."

Jay scrollò le spalle. "Come vuoi."

"Oh, mi sto godendo questo momento molto più di quanto dovrei."

"Goditelo," rispose Jayson. "Non durerà molto."

"Sei molto sicuro di te, per essere un immortale completamente alla mia mercé. In fondo, ti ho dato l'opzione di andartene."

Gli occhi di Jayson si infiammarono mentre lanciavano occhiate oltre la spalla di Lizzie. "È vero, e credimi quando ti dico che non ricambierò il favore."

"Vedremo." John sembrava più divertito che spaventato, un dettaglio che Lizzie sospettava sarebbe stato un errore da parte dell'uomo. L'espressione di Jayson si era trasformata da noia educata a letale serietà.

"Lo faremo," disse con il tono più freddo che Lizzie avesse mai sentito.

Alla porta risuonò un colpo frenetico e ciò fece sollevare Lizzie. Dovevano essere i rinforzi di Jayson, anche se gli Hydraiani non avrebbero bussato. "Lizzie!" La voce di Stas la chiamò dalla porta. "So che sei arrabbiata con me, ma devi aprire la porta!"

Jayson sussultò e John sospirò. "Ed ecco la mia risposta."

"Sembra proprio così, signore," annuì Stark. "La faccio entrare?"

"No, lo farà Lizzie al posto nostro." Le tolse il coltello dal collo. "Sii gentile e fai entrare Stas, non provare nemmeno ad avvertirla o Stark sparerà un proiettile dritto in testa a Jayson. Anzi…"

Le tolse il braccio di torno e si girò a guardare l'Hydraiano con espressione entusiasta.

"Ti lascerò scegliere, Lizzie. Avverti Stas, Jayson muore. Non avvertirla, lui vivrà e… beh, vedremo che succederà."

"Oh, al diavolo, no," grugnì Jayson.

Lizzie scosse la testa con le lacrime agli occhi.

"È una scelta impossibile." Jayson o Stas? Lizzie non avrebbe mai potuto scegliere tra i due. Per quanto fosse arrabbiata con l'amica, non voleva farle del male.

E Jayson... L'idea di perderlo la sconvolgeva.

No.

Non avrebbe potuto, non avrebbe *voluto* lasciarlo morire.

Ma Stas...

Un altro colpo alla porta, John sorrise. "Tic toc, Lizzie. È ora di prendere una decisione, subito."

"Io... non posso. Non puoi..."

"Sparagli," ordinò John. "Ora."

"No!" Lizzie fece istintivamente un salto indietro posizionandosi tra Stark e Jayson. "No. Io... Deciderò io. Decido io. Io..." Si allontanò mentre una violenta scossa la fece tremare da capo a piedi. Il gesto di Jayson di inginocchiarsi e accettare il proprio destino l'aveva lasciata senza scelta. Non poteva farlo morire, non per lei.

Da quanto avevano raccolto dalle informazioni, John non sapeva dell'immortalità di Stas. Avrebbero potuto usare quel dettaglio a loro vantaggio, così come l'abilità della ragazza di persuadere le persone.

Lizzie deglutì, forte nella propria risolutezza.

Quella era l'unica mossa da fare, l'unica che avrebbe tenuto in vita Jayson. Lo sguardo sul volto di Stark le fece capire che non avrebbe esitato a premere il grilletto, anche se avrebbe significato colpire anche lei.

"A-aprirò la porta," decise la rossa mentre una terza raffica di colpi risuonava nella stanza, seguita da Stas che supplicava Lizzie di parlarle e la vibrazione del telefono di Jay.

"Eccellente," rispose John. "Portala qui dentro, per favore."

Lizzie annuì mentre Jayson la chiamò, come ad avvertirla.

"Non sei l'unico che avrà il privilegio di sacrificarsi," gli sussurrò mentre si voltava ad affrontare il proprio destino. Quando andò ad aprire la porta le tremavano tantissimo le mani.

"Oh, grazie al cielo," esordì Stas gettando le braccia al collo dell'amica. "Il FAC sta arrivando. Jacque è andato a cercare rinforzi, ma gli ho chiesto di lasciarmi qui per prima in modo che potessi avvertire te e Jayson, che non risponde al telefono."

Lizzie ricambiò l'abbraccio in maniera imbarazzata, mentre la bocca si rifiutava di funzionarle.

Scappa, avrebbe voluto dire.

Resta, implorò il cuore.

Perché aveva molto probabilmente la pistola puntata alla testa di Jayson e quell'immagine le diede i brividi. Poté giurare che la propria anima si sarebbe messa a piangere al solo pensiero. Avevano deciso di diventare una coppia, ma non avevano mai parlato dei loro sentimenti.

Quella situazione disse a Lizzie tutto ciò che avrebbe dovuto sapere.

Lo amava. Più di quanto credeva fosse possibile.

Tom era stata una cotta.

Jayson era il pacchetto completo, la sua vita era appesa al filo dell'indecisione della rossa.

Dall'altro lato c'era la sua migliore amica, Lizzie voleva bene anche a Stas.

Era una scelta ingiusta.

Strinse la bionda mentre le emozioni minacciavano di distruggerla. "Mi dispiace," sussurrò. "Mi dispiace tanto."

"Ehi, quello devo dirlo io..." mormorò Stas. "Sono

quella dispiaciuta. Avrei dovuto dirtelo, specialmente riguardo…"

"No," Lizzie la bloccò prima che Stas potesse dire il nome che avrebbe fatto deragliare tutto. *Tom*. "Io… Noi…" Accidenti, come avrebbe potuto condurre l'amica nella tana del leone? Come avrebbe fatto a lasciare Jayson in balia delle sofferenze?

Lui era rimasto per lei.

Si era inginocchiato per lei.

Si era messo un collare per lei.

Non si trattava solo di dovere e senso di protezione nei suoi confronti. Lizzie sapeva che anche lui sentiva quella strana connessione tra di loro, lo vedeva dal modo in cui la guardava. Anche se non era disposto ad ammetterlo ad alta voce.

Era amore.

O almeno l'inizio di un amore.

"Stai tremando." Stas si tirò indietro e prese Lizzie per le spalle. "Ti prometto che il FAC non ti farà niente."

Troppo tardi.

Le labbra di Stas si arricciarono mentre studiava l'espressione di Lizzie e, ancora peggio, il suo collo. "Come…"

"Sono deluso, Lizzie," le disse John raggiungendole nell'atrio con una pistola in mano. "Anche se non sono tanto deluso come lo sono da te, Stas."

La sua migliore amica si raggelò, prese a balbettare parole senza suono e il volto le divenne pallido.

"È un peccato," continuò lui. "Avevi così tanto potenziale, ma da tempo sospettavo che giocassi per entrambe le squadre. Presumo che anche il tuo amante stia facendo il doppio gioco, anche se ha solo da perderci. Quello che io e il mio benefattore stiamo creando è molto più grande di ciò che immagina Issac." Sospirò rumorosamente. "Beh, può considerare questo come un messaggio. Addio, Stas."

Il proiettile attraversò l'aria prima che Lizzie potesse batter ciglio.

Reagì urlando.

Urlò mentre la vita abbandonava gli occhi della sua migliore amica.

Successe tutto molto lentamente.

Il corpo di Stas sembrò fluttuare nell'aria, sospeso nel tempo in attesa che la morte lo raggiungesse.

Poi improvvisamente cadde al suolo, i grandi occhi verdi pieni di emozioni inespresse.

Lizzie collassò a terra. "No!" urlò, aveva il cuore a pezzi. "NO!"

Scosse la testa e le lacrime cominciarono a scenderle copiose.

Non poteva star succedendo sul serio.

Jonathan non aveva appena ucciso Stas.

La genetica immortale di lei...

Aveva detto che erano proiettili incendiari, fatti apposta per uccidere gli immortali di ogni tipo: inclusi i Neonati.

"No," singhiozzò, si piegò sul pavimento e il peso delle emozioni le schiacciò lo spirito. "No, no, no..."

"Lizzie," la chiamò John, con voce ferma. Aveva appena ucciso la sua migliore amica, senza un briciolo di rimorso. L'aveva trasformata in un dannato messaggio.

NO.

Tremiti le percorsero tutto il corpo e cercò di respirare attraverso il dolore.

Poi accadde l'inimmaginabile.

Un altro sparo.

Alla fine del corridoio, verso la zona del soggiorno.

Lizzie sollevò lo sguardo verso gli occhi vuoti di Jayson e sbatté le ciglia incredula.

No.

Non avrebbe… Non… Aveva promesso che…

"Hai fatto la tua scelta," mormorò John mettendo via la pistola, in piedi sopra il cadavere di Jayson. "Lui ha pagato le conseguenze della tua indecisione, ma non preoccuparti Lizzie, tu avrai tantissimo tempo per vivere con le ripercussioni di questo momento, sospetto che la sua vita viva dentro di te, da ora in poi."

Lizzie non riusciva a respirare, a pensare.

Jayson…

Morto.

Per colpa sua.

Doveva essere un brutto sogno.

Proprio il giorno prima l'aveva baciata sulla spiaggia.

Eppure quegli occhi…

Distrutti.

Senza vita.

Jay aveva le labbra schiuse, pronte a pronunciare parole che lei non riusciva a sentire. Aveva pronunciato il nome di Lizzie? Era stata tanto impegnata a piangere la morte della migliore amica da non aver avuto tempo di salutarlo.

Jay non avrebbe mai saputo cosa provasse Lizzie per lui.

Jayson era morto pensando che il proprio sacrificio non avesse avuto valore, che lei non fosse disposta a ricambiare il favore, che non lo amasse tanto quanto lui amava lei.

Oh, Jayson.

Qualcosa dentro di lei andò in mille pezzi, immobilizzandola.

Era forse l'anima che si distanziava dal corpo?

Il cuore?

"Ti suggerisco di muoverci," disse Stark

347

accovacciandosi al suo fianco per pungerle il braccio con qualcosa.

Lizzie non riusciva a muoversi.

Non le importava.

Scappare non avrebbe significato nulla.

Che senso avrebbe avuto vivere senza le due persone più importanti della sua vita?

Erano morti.

Perché non ho saputo scegliere.

Perché esisto.

Mai più.

L'oblio la inghiottì, sollevandola da quell'incubo.

Sollievo benedetto che la trasportò in uno stato sognante in cui cercava Jayson, perché era ovvio che l'avrebbe incontrata lì.

Tuttavia, tutto ciò che vide fu l'oscurità.

Un futuro senza amici e senza amore.

Un futuro in gabbia.

Casa, le arrivò in soccorso il subconscio. Un luogo di appartenenza.

Non è...

Una visione di camici bianchi, telecamere e infiniti test le balenarono davanti agli occhi.

Erano ricordi o incubi?

Casa.

Andiamo a casa.

22 BENTORNATA

I VALORI VITALI DEL SOGGETTO SONO STABILI. LA
RIANIMAZIONE INIZIERÀ ALLE ORE 8.00. SI NECESSITA
DELLA CREAZIONE DI UN NUOVO REGISTRO PER IL
SOGGETTO 4-7.1.

-REGISTRO 124.11.4-7

Lizzie si svegliò in un mare di bianco.

Pareti, coperte, mobili e tende, tutti di un color
candido. Anche i pantaloni e la canottiera che aveva
addosso erano privi di colore.

Si mise a sedere sul letto soffice e fu sopraffatta da una
sensazione di déjà vu.

La luce del sole filtrava attraverso le finestre e inondava
la stanza dal pavimento al soffitto.

Dove mi trovo?

La benda sul braccio suggeriva che qualcuno le avesse
recentemente fatto un prelievo di sangue. Se la tolse e
esaminò la ferita in via di guarigione, ciò voleva dire che la
procedura invasiva era effettivamente recente.

Si alzò in piedi e sussultò davanti alla debolezza delle proprie membra. *Per quanto tempo ho dormito?*

La strana sensazione di essere già stata in quel posto la travolse di nuovo mentre si avvicinava alle finestre. Davanti a lei un tappeto verde e il cielo blu. Aveva già visto quel luogo, ma il ricordo le evadeva la mente.

Un leggero colpo precedette l'apertura dell'unica porta all'interno della stanza.

Un senso di familiarità la colpì immediatamente, anche se non ricordava il nome dell'uomo calvo. I suoi occhi antichi e veri le parlavano a un livello che non riusciva a capire e mentre le labbra gli si incresparono in un sorriso, lo stomaco di Lizzie si trasformò in un grande nodo.

Lui non mi piace.

Lizzie non sapeva perché, ma il sentimento di odio verso quell'uomo superava la ragione.

"Non preoccuparti, piccoletta. Prima o poi ti restituiremo i tuoi ricordi." Unì le mani dietro la testa e si avvicinò alla ragazza. "Come ti senti?"

"Confusa," ammise lei. "Dove sono?"

"A casa mia," le rispose lui. "Almeno per il momento. Jonathan preferirebbe che tu stessi al laboratorio, ma io credo che questo si rivelerà un ambiente meno stressante, per te. Potrai tornare da lui una volta che mi avrai dato ciò che mi serve."

Lizzie deglutì. "Cosa sarebbe?"

L'uomo sorrise. "La tua progenie."

La mia cosa? Come?

Lizzie sbatté le palpebre e delle immagini presero a scorrerle nella mente.

New York. Il campus universitario. Stas. Tom.

Jayson.

L'informazione che stava cercando sembrava nascondersi dietro a una nuvola…

"Sì, Jonathan ha pensato che fosse giusto introdurre delle sostanze chimiche nel tuo sistema affinché continuassi a mantenere un carattere docile. Siccome non voglio mettere a repentaglio la vita che sta crescendo dentro di te, ho interrotto il trattamento. Sei di mia proprietà, dopotutto."

"I-io non capisco."

"No, immagino di no." Le rivolse un sorriso sprezzante.

"Immaginare nuovamente la tua infanzia era l'unico modo per completare il test finale, devo dire che ha superato le mie aspettative. Quando è stato suggerito che ti venissero affidati dei genitori anaffettivi ero dubbioso, ma il risultato è stato come anticipato. Eri desiderosa di amore e attenzione, quindi hai permesso agli altri di manipolare facilmente le tue emozioni. Affascinante, dico sul serio. Non vedo l'ora di esplorare le profondità dei tuoi programmi in persona."

Lizzie scosse la testa, non riusciva a seguire. *Reimmaginare la mia infanzia?*

"Ora, il tuo amore per la danza? Quella sì che è stata una mia idea, dal momento che anche io ho sempre amato il balletto. Anche i concorsi di bellezza sono stati un mio suggerimento. Garantirti il secondo posto dopo quasi ogni competizione ha instillato in te stessa l'impulso a fare sempre meglio e quel senso di eleganza. Voglio dire, non voglio certo una donna insolente."

L'uomo unì le mani. "Beh, a ogni modo sono soddisfatto. Non mi sarei mai aspettato che un Anziano abboccasse all'amo, ma sono felice che l'abbia fatto. È il perfetto test finale prima di iniziare."

Perché creare un profilo emotivo?

E iniziare cosa?

Un colpo alla porta lo fece voltare inarcando un

sopracciglio davanti all'intrusa. "Mi scuso, Sire, ma Skye sta avendo un attacco."

"Capisco. Grazie, Jezebel. Sarò lì tra un momento."

"Certo, Sire."

Osiris, cooperò finalmente il cervello di Lizzie. Ecco come si chiamava quell'essere.

Come faccio a saperlo?

"Continueremo presto la nostra discussione," mormorò lui. "Per adesso mangia il cibo che ti viene dato e comportati bene, così potrò concederti di rimanere libera nella tua stanza. Potrei anche portarti dei libri, ammesso che ti piacciano ancora?"

Lizzie aggrottò la fronte. Fortunatamente Osiris non era alla ricerca di una risposta: si limitò a sorriderle come se fosse divertito. "È bello averti qui di nuovo, specialmente ora che il tuo scopo è venuto a galla. Buon pomeriggio."

Dopo quella strana frase se ne andò e la porta gli si chiuse saldamente alle spalle.

Lizzie sbatté diverse volte le palpebre, era confusa.

Altre immagini le invasero la mente, erano di natura maggiormente erotica.

Jayson che la baciava. Lizzie si toccò le labbra al ricordo e il cuore prese a batterle forte. Il seno prese a formicolarle mentre lei ripensava alla bocca di lui che le stuzzicava i capezzoli prima di…

Gemette davanti a quei ricordi che l'assalivano, immagini molto reali di lui che le venerava il corpo e di lei che gli restituiva il favore.

Due settimane passate a conoscersi a livello intimo e a innamorarsi. Il cuore di Lizzie soffriva per lui e quando l'immagine finale si palesò nella mente della ragazza, non poté fare a meno che spaccarsi in due.

Gli occhi di Jayson privi di vita.

"No!" Urlò Lizzie collassando sul pavimento immacolato. "NO!"

Jonathan lo aveva ucciso.

E anche Stas.

"Oh, mio Dio…"

Ebbe un conato di vomito ma lo stomaco si rifiutò di eseguire gli ordini del cervello, lasciandola con la mente annebbiata e leggera.

Lizzie si rannicchiò in posizione fetale e lasciò che il dolore colpisse le terminazioni nervose. Lacrime come non ne aveva mai piante le scesero dagli occhi, disidratandole l'anima.

"Jayson," gemette, lo desiderava più di quanto avesse mai fatto.

Accidenti, pensava che la morte di Tom l'avesse distrutta, ma era niente in confronto a ciò che provava in quel momento.

Si sentiva incompleta, come se una parte di lei fosse morta con Jayson. Lui l'aveva toccata in una maniera che nessun altro aveva fatto.

Porto in grembo suo figlio?

Era quello ciò che intendeva dire Osiris?

Che Jayson l'aveva messa incinta? Osiris avrebbe voluto tenere il bambino?

Il sangue di Lizzie si fece bollente poi raggelò.

Jayson le aveva detto che non poteva procreare, ma Osiris le aveva fatto intendere che portasse in grembo il figlio di Jayson.

Anche Jonathan aveva detto la stessa cosa.

Com'era possibile?

Che cosa sono?

Lizzie aveva bisogno di un piano, una sorta di diversivo che le permettesse di arrivare all'esterno. Successivamente avrebbe potuto perdersi tra gli alberi. Si allungavano per chilometri, ma sicuramente avrebbe trovato una strada nei dintorni.

Sentì un brivido lungo la schiena quando qualcuno bussò alla porta e la aprì senza tanti preamboli. Lizzie si aspettava che fosse di nuovo Osiris, inizialmente pensò che lo fosse davvero, poi vide la bocca dell'uomo.

Santo cielo… era cucita con del fino spinato.

Gli occhi verdi, che assomigliavano a quelli di Osiris, incontrarono quelli della ragazza quando l'uomo posò un vassoio con del cibo in un angolo. Accanto c'era una sedia di legno.

"Gr-grazie," mormorò lei.

L'uomo inchinò la testa calva e poi si raddrizzò per studiare Lizzie.

C'era della curiosità in quello sguardo e la ragazza pensò che avesse voluto dire qualcosa, ma non aveva modo di farlo.

I fili intrecciati alle labbra sembravano dolorosi. Che cosa aveva fatto per meritarsi un trattamento simile?

"È tutto, Sethios," gli disse Osiris, era entrato insieme a una morettina in camice da laboratorio.

L'uomo silenzioso si inchinò nuovamente prima di uscire dalla stanza; Lizzie aggrottò la fronte.

Quello non era l'uomo con il quale Ezekiel aveva menzionato di essere cresciuto insieme, a Babilonia? Quello che Osiris aveva cresciuto come un figlio? Perché mai avrebbe dovuto cucirgli le labbra?

"Lizzie, accomodati su quella sedia." Osiris fece un cenno al mobile in legno e le gambe della ragazza si mossero in automatico. Non avrebbe potuto fermarle nemmeno se avesse voluto.

Che strano.

Si sedette.

"Mangia il panino," aggiunse lui.

Prese in mano quello che pensò essere un sandwich con l'insalata e le uova e gli diede un morso. Il tutto contro la propria volontà.

Ma che diamine succede?

I peli delle braccia le si alzarono nel momento in cui il pane le sfiorò le labbra.

Costrizione.

Jayson le aveva accennato alle abilità di Osiris quando erano sull'aereo, eppure non era così che lo aveva saputo.

Ho già incontrato questo essere, prima d'ora. La domanda era... quando?

"Lei è Valerie." Accennò alla donna minuta che gli stava accanto.

"L'ho presa in prestito dal team di ricerca di Jonathan e le ho chiesto di supervisionare i tuoi progressi."

La donna dagli occhi color nocciola sbatté le palpebre una volta, l'unica conferma che Osiris non glielo avesse chiesto, quanto ordinato.

Lizzie provò pena per la donna. *Questo panino non è nemmeno buono, eppure sono qui a divorarmelo.*

"Vi lascio, così potrete conoscervi," commentò lui, poi se ne andò con il suono della porta che si chiudeva a chiave.

Valerie mise la propria borsa sul pavimento e vago per la stanza con le braccia incrociate mentre Lizzie finiva di forzare il cibo giù per la gola. Non le piacevano nemmeno poi tanto le uova, ma non riusciva a *non* mangiare il panino.

Era quello ciò che poteva fare anche Stas?

Una fitta le fece scuotere il petto. Non avevano mai

avuto occasione di parlarne, l'opzione di farlo era stata resa vana da un proiettile. Alla testa.

Lizzie tirò su il naso, con il viso nel bicchiere d'acqua.

Se solo Lizzie avesse accettato di tornare a Hydria, di parlare con Stas... No, non avrebbe potuto pentirsi di quella decisione. Non senza rimpiangere il tempo passato con Jayson, non avrebbe voluto rinunciare a quei momenti per niente al mondo.

Valerie si schiarì la gola. "Dovremmo cominciare." Aveva una cartellina in mano.

Lizzie inghiottì e posò il bicchiere. "Ehm, con cosa?"

"Ho revisionato i precedenti documenti su di te, ma preferisco condurre i miei esami." Le indicò il letto. "Stenditi... se non ti dispiace." L'esitazione nella voce della donna sorprese Lizzie.

Dalla reazione che Valerie aveva avuto davanti a Osiris, Lizzie si era immaginata che nemmeno lei avrebbe voluto essere lì, il modo in cui aveva fatto danzare lo sguardo nocciola da un lato all'altro glielo aveva confermato.

"Va bene," accettò la rossa, solo perché sospettava che sarebbe successo qualcosa di brutto a entrambe se non l'avesse fatto.

Il materasso si piegò sotto il suo peso mentre si sistemò contro la testiera. A Valerie tremavano le mani mentre girava i fogli nella cartellina per leggere la pagina successiva. Lizzie si spostò leggermente per vedere la parte superiore del foglio.

File riservato al Bene: 4-7
  Genotipo: Non umano Nome progetto: Rinascita

. . .

Lizzie aggrottò la fronte. "Cos'è quello?"

"Un riassunto di alto livello riguardante i tuoi progressi," le rispose Valerie. "Hai ovulato, questo mese?"

Lizzie sbatté le palpebre. "No, ma..."

"Rispondere sì o no sarà sufficiente." Scrisse qualcosa. "Conosci la data del tuo ultimo ciclo mestruale?"

"Sì." Lizzie non elaborò la risposta, visto quanto detto poco prima.

Valerie la guardò negli occhi. "Dimmi la data, per favore."

"No."

La donna inarcò un sopracciglio. "No?"

"No." Se c'era qualcuno che avrebbe risposto a delle domande, quella era Valerie. "Dimmi prima cosa dice il file."

"È secretato."

Lizzie non poté trattenere una risata. "Senti, so che vuoi stare qui tanto quanto lo voglio io. Che ne dici di lavorare insieme, così potremmo entrambe sopravvivere?" O anche meglio, magari avrebbero potuto aiutarsi a scappare.

Improbabile, ma valeva la pena tentare. Forse.

Valerie la studiò a lungo, poi tornò a riguardare i documenti.

Lizzie sbuffò in segno di frustrazione.

Va bene, non avrebbe funzionato. Probabilmente Lizzie aveva letto la reazione della dottoressa a Osiris nel modo sbagliato. L'uomo aveva menzionato di averla presa in prestito dalla ricerca di John, il che implicava che lavorasse per il FAC di sua spontanea volontà.

Lizzie era tornata a essere sola e senza un solido piano. La porta si chiudeva dall'esterno, aveva già controllato, le finestre non si aprivano. Inoltre, sembravano più spesse di quelle normali, anche se non pensava che spaccarle sarebbe stata un'opzione valida. Saltare da quell'altezza le avrebbe provocato delle lesioni, oltre alla cattura, e avrebbe rovinato tutto.

Lizzie avrebbe potuto...

"Il bene 4-7 è il primo tentativo riuscito di nascita di un Seraphim da un grembo mortale. Tutti i quarantasei esperimenti precedenti sono falliti, o sono stati terminati per via di anomalie inaccettabili fin dalla nascita." Valerie alzò lo sguardo dal file. "Vuoi che continui?"

Lizzie processò quelle parole ma non riuscì a capirle. "Un Seraphim," ripeté.

"Intende l'ultimo ordine degli angeli? Quelli con le ali di fuoco?"

"La maggior parte della gente non è esperta in teologia." Valerie sfogliò alcune pagine e annuì. "Oh, vedo che è stato Osiris a progettare il tuo programma di istruzione, ecco la spiegazione." Incontrò lo sguardo di Lizzie. "Sì. I Seraphim sono esseri immortali potenti che vengono venerati in diverse religioni. Si dice che le loro ali risplendano, anche se nessuno di noi può vederle, a meno che non decidano di assumere forma corporea."

Lizzie chiuse gli occhi. "Giusto." Perché no? Dopo tutto ciò che aveva imparato, perché non potevano esistere anche gli angeli? Forse erano amici degli Ichoriani e degli Hydraiaini. Soffocò una risata isterica e invece chiese: "E mi sta dicendo che io sono in parte una Seraphim?"

"A giudicare dai tuoi record, tu *sei del tutto* una Seraphim." Lesse ancora qualche riga, poi cambiò l'ordine dei fogli. "Sembra che il nostro capo degli Affari Internazionali, George Watkins, abbia acconsentito all'uso della moglie in cambio di una posizione di alto livello all'interno del FAC. Considerando che le precedenti quarantasei surrogate sono morte, immagino che non gli importi molto della donna."

Sembrava che Valerie stesse parlando tra sé e sé, più che con Lizzie, ma quell'informazione le parve accurata. George e Lillian non erano sicuramente una coppia nata dall'amore tra i due.

"La gravidanza di Lillian progrediva a un ritmo così accelerato che ha tentato di ucciderla, ma è sopravvissuta alla tua nascita ed è stata pagata profumatamente in cambio." Valerie alzò le sopracciglia durante quell'ultima parte, senza dubbio aveva letto la cifra che i "genitori" di Lizzie avevano ricevuto per il loro sacrificio. Ciò spiegava la ricchezza della famiglia e l'ossessione del padre, o meglio di George, per il FAC.

Tutto questo è surreale.

Eppure sembrava giusto.

Tutti quei brunch, le feste e le sfilate nell'alta società come se fosse un burattino... avevano sempre lasciato dentro Lizzie un senso di vuoto. Inoltre, il costante odio di Lillian contro di lei non aiutava. Tuttavia, Lizzie ne aveva finalmente capito il motivo.

Perché l'ho quasi uccisa.

Non che fosse colpa della ragazza, o che avesse mai avuto scelta nella faccenda.

Si strofinò le mani contro i pantaloni bianchi.

"C'è scritto anche chi sono i miei veri genitori?" si chiese Lizzie a voce alta.

Valerie tirò fuori un foglio dalla pila e lo lesse con occhi spalancati. "Non sono presenti dei nomi, ma dice che sei stata creata da una varietà di campioni biologici, tutti basati sulla genetica Seraphim." Guardò Lizzie negli occhi, in quegli occhi nocciola la rossa vide risplendere una fiamma. "Osiris è stato colui che ha fornito i soggetti Seraphim ai quali sono stati prelevati i campioni."

"Perché?" le chiese Lizzie. "Perché mi ha creata?"

"Per produrre altri Seraphim," Valerie guardò lo stomaco di Lizzie. "Sei stata progettata geneticamente per dare vita a una nuova razza di esseri angelici... Se il figlio che porti in grembo si rivelerà ciò che Osiris ha anticipato, la fase finale prevederà che tu gli dia alla luce un nuovo figlio."

23 DATTI UNA MOSSA

LA CHIAROVEGGENTE HA INFORMATO IL BENEFATTORE
CHE È TEMPO DI PRELEVARE IL SOGGETTO. INFORMATA
ANCHE L'UNITÀ SENTINELLA CHE DOVRÀ EFFETTUARE IL
RECUPERO NELLA POLINESIA FRANCESE.

-REGISTRO 124.11.4-7

*J*ayson. La voce fredda e sgradita penetrò nell'oscurità.
 Fottiti
 Vorrei poterlo fare. Ora svegliati, dannazione.
 Una volta che Jayson avrebbe aperto gli occhi avrebbe preso a calci nel sedere il bastardo telepatico. Si stava godendo la pace e il silenzio come succedeva raramente. Alik lo sapeva meglio di chiunque altro.
 Sul serio, ti butterò nel dannato oceano se non ti muovi.
 Sarai tu quello che si farà un tuffo, stronzo.
 Ne dubito.
 Jayson tese le braccia in avanti e si stiracchiò il collo, risvegliandosi dal sonno profondo. Aveva il corpo

dolorante come non era normale che fosse, dopo un riposo del genere. Inoltre, aveva un gran mal di testa.

Sussultò alla luce del sole che gli si riversava addosso e gemette.

"Alik," ringhiò, furioso con l'amico per averlo disturbato. Tuttavia non si riconosceva la propria voce. Era troppo roca, come se fosse appena tornato dal mondo dei morti.

Si mise a sedere velocemente e si pentì subito del gesto perché la stanza prese a girare intorno a lui.

"Merda." Ricadde sul materasso. Si sentiva come se un camion di cemento gli avesse investito il cervello.

"Bel lavoro, Lara," si complimentò Luc. "D'ora in poi ci pensiamo noi."

"Va bene," gli rispose lei.

Perché c'è un'Hydraiana guaritrice?

"Perché ti hanno sparato alla testa," gli rispose Balthazar irritato. "Così come a Stas, ma lei non è pronta per essere risvegliata."

"Ti abbiamo chiamato prima del previsto perché abbiamo bisogno di sapere cosa diavolo sia successo e tu sei l'unico abbastanza forte in grado di farcela," gli spiegò Luc. "Quindi parla."

Jayson l'avrebbe fatto se avesse potuto, ma il cervello confuso si rifiutò di impegnarsi in qualcosa di specifico.

"Qualcuno ti ha colpito con un proiettile di vetro," gli spiegò Balthazar. "Anche Stas."

Jayson scosse la testa. "Dov'è la Rossa?"

"Domanda eccellente," gli rispose Luc. "Speravamo che tu conoscessi la risposta."

Jayson provò di nuovo a mettersi seduto più lentamente, poi posò lo sguardo sull'ambiente familiare. Erano in camera sua, a Hydria, il che voleva dire che Jacque l'aveva teletrasportato lì. Senza Lizzie.

Jay si massaggiò le tempie, cercando di ricordare cosa fosse successo mentre cercava di non farsi prendere dal panico. Era andato a prendere un po' di frutta e altri oggetti in città, stava cercando un modo per affrontare il tema del loro ritorno a Hydria come una coppia. Quando era arrivato…

"Stark e Jonathan," disse finalmente mentre la rabbia gli offuscava la vista.

L'immagine di un coltello di ceramica puntato alla gola di Lizzie seguita da quella di lui che accettava di indossare un collare (si toccò il collo e non trovò traccia dell'affare), Lizzie costretta a scegliere tra lui e Stas.

"Erano proiettili incendiari."

"No, erano in vetro cavo," lo corresse Luc.

Jayson scosse la testa. "Jonathan ha detto che erano proiettili incendiari in vetro, ma forse la nuova tecnologia ha avuto qualche problemino?"

"Ho visto Lara rimuovere i residui dal tuo cranio," gli rispose Luc. "Erano sicuramente proiettili vuoti, nessuna traccia di sostanze chimiche che avrebbero provocato delle fiamme."

"È stata una finta?" La nota di incredulità nella voce di Jayson fece capire come la pensasse su quell'ipotesi. Jonathan amava fare giochetti, ma perdere l'occasione di uccidere un Anziano non era da lui. Non l'avrebbe mai fatto. "Quanto tempo sei arrivato dopo Stas?"

"Circa cinque minuti," gli rispose Alik. "I vostri corpi erano ancora caldi quando siamo arrivati io e Jacque."

Quindi Jonathan e Stark non erano rimasti a controllare che la loro nuova tecnologia avesse funzionato, anche se non sarebbe stato facile vederlo. I proiettili incendiari incendiavano il sangue, uccidendo un immortale all'istante, anche se il corpo rimaneva intonso all'esterno, fatta eccezione per il foro di entrata della pallottola. Erano affarini impressionanti.

"Mi hai tolto il collare dal collo?" chiese Jayson.

Alik aggrottò la fronte. "Quale collare?"

"Se non ne sai nulla, significa che l'hanno rimosso loro prima che arrivassi." Era un dispositivo piuttosto costoso, Jayson lo capiva, ma il resto... Si grattò il mento. "C'è qualcosa che non torna." Jonathan aveva sicuramente testato la tecnologia prima di usarla, anche se ovviamente i proiettili non avevano funzionato a dovere. Perché?

"Ci stai pensando troppo," una voce informale emerse dall'oscurità. Ezekiel uscì dal proprio mantello con le mani in alto, in segno di resa. "Sappiamo tutti che venire qui è un rischio enorme per me, quindi vi suggerisco di ascoltarmi prima di provare a uccidermi."

Balthazar lo studiò. "Da quant'è che sei lì?"

"Abbastanza." Ezekiel sorrise. "Turbato dal fatto di non poter avere accesso alla mia mente, vecchio mio? Vogliamo concentrarci su quello, o sul perché sono qui?"

"È immune," mormorò Alik. "È una novità."

"Già, immagino che non siate contenti di questo sviluppo," li provocò Ezekiel. "Ora, possiamo venire al punto o preferite continuare a sprecare il vostro prezioso tempo?"

"Parla," gli ordinò Jayson.

"Fantastico." Ezekiel si sedette su una poltrona di Jayson, incrociando le caviglie e portandosi le mani dietro la testa.

"Per quanto riguarda il vostro dibattito... erano effettivamente delle pallottole vuote, anche se Jonathan credeva che fossero incendiarie. Mi prenderei volentieri il merito di questo trucchetto da salotto, ma sarebbe ingannevole e... falso. Tuttavia, non dovrebbe essere questo il fulcro del nostro discorso. A quanto pare, non siete in grado di determinare lo scopo di Elizabeth Watkins, nonostante tutti gli indizi che vi abbiamo consegnato personalmente... quindi sono qui per educarvi."

"Vi abbiamo?" ripeté Luc.

Ezekiel sorrise. "Sì, ma come dicevo... è Elizabeth la chiave di tutto. È stata creata da Jonathan come segno di apprezzamento per il benefattore del FAC." Si guardò intorno. "Sul serio? Nessuno di voi sa nulla? Accidenti, mi ci vorrà molto più di quanto anticipato."

"Continua a parlare," lo esortò Jayson. "Preferibilmente prima che ti colpisca con un coltello."

Ezekiel fece schioccare la lingua. "Modera le minacce e ascolta. Sapete tutti che Jonathan non ha creato il FAC per conto proprio... Vi sarete chiesti perché Osiris lascerebbe che un'organizzazione a cui piace annientare gli immortali prosperi nel cuore del territorio Ichoriano."

"È lui il benefattore," spiegò Luc, l'abilità onnisciente gli permise di unire tutti i pezzi del puzzle prima di chiunque altro. "Sospettavo da tempo che lavorassero insieme, ma non ho mai capito quali fossero i vantaggi che potesse trarne Osiris. Da quello che stai dicendo, pare che il premio sia costituito da Elizabeth."

"In parte, sì. A ogni modo, questo è l'argomento del quale sono venuto a parlarvi."

"Intendi dire che c'è di più," intervenne Luc.

Ezekiel si limitò ad alzare le spalle. "Non è sempre così?"

Bastardo enigmatico. Jayson aveva bisogno che Ezekiel parlasse un po' più velocemente.

L'assassino sorrise, come se riuscisse a percepire l'impazienza nella stanza e ne traesse godimento. "Presumo che tu abbia fatto degli esami sul suo sangue?"

"Abbastanza da dedurne lo scopo," gli rispose Luc. "Il

siero gentilmente offerto da Stark è composto da un mix di ormoni che favoriscono la gravidanza."

"Gentilmente offerto," ripeté Ezekiel divertito. "Gli piacerà questa affermazione. Per quanto riguarda Elizabeth, è un essere che va al di là delle etichette, ma soprattutto è una Seraphim priva di ogni abilità angelica. Il suo invecchiamento ha rallentato la sua corsa, ciò significa che presto sarà immortale e che sì, è stata creata per il solo scopo di riprodursi."

Il sangue di Jayson prese a ribollire, poi raggelò e infine si scaldò di nuovo alla luce di quelle nuove informazioni. *Riproduzione.* "Con chi?"

L'assassino avrebbe fatto meglio a non dire "Osiris", o Jayson sarebbe impazzito. L'autocontrollo gli stava già sfuggendo di mano: non ci sarebbe voluto molto per farlo esplodere.

"Oh, il dibattito su chi sarebbe stato il primo non si è concluso fino a poco tempo fa." Ezekiel sorrise. "Quando Osiris ha saputo del vostro interesse per il suo bene prezioso, ha deciso di vedere come si sarebbero svolti i giochi. I vostri talenti sono straordinari e lui è curioso di vedere come la sua genetica si legherebbe alla vostra. Gli è servito anche per testare la compatibilità della ragazza con gli Hydraiani, deduco sia stato un successo."

Il cuore di Jayson si fermò.

E così anche il respiro.

Non poteva voler dire…

"Immagino che le congratulazioni siano d'obbligo, Jedrick. Diventerai padre." Ezekiel si tolse un pelucco dalla giacca di pelle.

"Come fai a sapere tutto questo?" gli chiese Luc come se quelle parole non avessero appena sconvolto l'intero mondo di Jayson.

Sto per diventare padre?

E Lizzie… Oh, accidenti… Lizzie.

"Lei dov'è?" gli chiese, incurante del fatto che Ezekiel stesse rispondendo a Luc.

"Come stavo dicendo…" mormorò Ezekiel a Luc, "so tutto ciò perché sono stato coinvolto in questo progetto fin dall'inizio. Non per mia scelta, ma questa è una conversazione per un'altra volta. Cosa importa, qui, è che ho assaggiato il suo sangue. Il che significa, come sono sicuro che sappiate, che posso rintracciarla."

"Sei stato tu a far sì che li trovassero a Bora Bora e in Italia," commentò Luc. "Brillante."

Ezekiel scrollò le spalle. "Come ho già detto, non è un progetto a cui ho scelto di partecipare."

"Per questo ci stai aiutando?" tirò a indovinare Balthazar, che aveva aperto bocca per la prima volta solo allora.

"I motivi li tengo per me," gli rispose l'assassino. "Ma sarei felice di comunicarvi dove si trova."

"Fallo," lo esortò Jayson. "Subito."

Ezekiel gli lanciò un'occhiataccia. "Hai davvero bisogno di imparare a essere più paziente, Jedrick. Ho sentito dire che i bambini sanno essere degli esserini fastidiosi."

Jayson avrebbe voluto schiacciare la testa di Ezekiel contro il muro, ma si trattenne. Non solo la donna che amava era in pericolo, ma anche il suo presunto figlio. Supponendo che Ezekiel avesse detto la verità.

Magari era tutto un imbroglio per intrappolarli, anche se i commenti riguardanti i proiettili avevano senso. Jayson aveva visto l'entusiasmo negli occhi di Jonathan una volta premuto il grilletto.

Credeva davvero che fossero destinati a uccidere.

In più, i supplementi che davano a Lizzie erano appropriati per una donna destinata a concepire. Se era stata messa al mondo per riprodursi con essere immortali, allora la sua gravidanza era una possibilità certa. Specialmente dopo tutte le ore che lei e Jayson avevano passato a letto insieme.

Jay fece una smorfia quando il dolore gli arrivò dritto nel petto.

La mia Rossa.

Doveva sentirsi talmente sola e spaventata.

Peggio ancora, pensava che lui fosse morto, che nessuno sarebbe andato a salvarla.

Invece Jay l'avrebbe fatto. Anche se avesse significato prendere d'assalto il FAC da solo, avrebbe attraversato anche le porte dell'inferno per lei.

Mia.

Nessuno gli aveva toccato il cuore come aveva fatto lei.

Balthazar gli diede una pacca sulla spalla e annuì, come per dire "Sarò con te fino alla fine."

Ricambiò il gesto e incontrò lo sguardo di Luc. "La rivoglio indietro," gli disse Jayson. "Osiris può baciarmi il culo."

"Potremmo scatenare una guerra," lo ammonì Luc. "Immagino che sia proprio quello lo scopo di Osiris."

"È una di noi," ribatté Balthazar. "Non abbandoniamo mai i nostri."

"Lo è davvero?" gli chiese Luc. "Da quello che ha fatto intendere Ezekiel è più una Seraphim che un'Hydraiana."

"Porta in grembo mio figlio." Jayson lasciò che il peso di quella frase sedimentasse. "E anche se non fosse così, è ancora mio compito proteggerla."

"Ci andrà con o senza di noi," sottolineò Balthazar. "Il legame che hanno instaurato supera ogni logica."

"Alik?" lo interpellò Luc.

"Mi stai chiedendo se voglio uccidere degli Ichoriani? Perché penso che sappiamo tutti quale sarà la mia risposta." Si distaccò dal muro. "Posso iniziare da quello seduto in poltrona?"

"Credo sia arrivato il momento di togliere il disturbo," mormorò Ezekiel. "Ti scriverò l'indirizzo per messaggio, Jedrick. Ti avverto, si tratta della dimora di Osiris e lui è circondato da alcuni dei più potenti Ichoriani al mondo, tra cui una chiaroveggente."

Iniziò a trasformarsi in un'ombra, ma ricomparve per aggiungere: "Lucian, mi dispiace molto per ciò che è successo a Owen. Il suo compito era quello di fare amicizia con Astasiya e io gli sarò per sempre grato per il suo servizio. Mi manca la sua compagnia, in questa mia triste condizione."

Ezekiel chinò il capo in preghiera e sparì dalla stanza senza dire un'altra parola.

Tutti fissarono la poltrona vuota increduli.

Era stato inaspettato. Accidenti, tutto il loro incontro lo era stato.

Ma quello era esattamente ciò che Ezekiel faceva meglio… infrangere le regole e salvare la pelle prima di tutto a se stesso.

"Un assassino Nizari che protegge una Neonata? Ora ho visto proprio di tutto…" fece notare Alik.

"Potrebbe stare mentendo." Lo sguardo verde smeraldo di Luc prese a brillare in quel modo misterioso che indicava l'uso di potere. "A ogni modo, non vedo il motivo di aggiungere quell'informazione, o di fornirci ogni altro dettaglio. A meno che non sia tutta una trappola, ha fatto un ottimo lavoro nel convincermi che non lo sia."

"Se anche lo fosse, io ci andrò comunque," dichiarò Jayson. "Non lascerò Lizzie nelle mani di Osiris."

"Tom e Stas la pensano allo stesso modo," aggiunse Balthazar. "Ciò vuol dire che Issac, Tristan e Mateo li seguiranno a ruota."

Jayson immaginò che anche altri Ichoriani sarebbero stati disposti a dargli una mano, considerando che l'alleanza tra Osiris e Jonathan violava l'armistizio. Significava che il leader del loro Conclave stava permettendo attivamente al FAC di cacciare e uccidere gli immortali a loro piacimento. Non sarebbero stati in molti ad approvare un tale accordo.

"Tutto ciò che ha detto Ezekiel ha una logica e un senso," disse Luc, lo sguardo stava tornando alla normalità. "Se il volere degli Anziani è quello di salvare Elizabeth, allora avrete il mio sostegno. Temo che questa mossa darà inizio a una guerra, ma credo anche che il destino sia ineluttabile. È una battaglia che sono disposto a combattere."

Il telefono di Jayson prese a vibrare, perfettamente in tempo. Lo prese dalla tasca e lesse l'indirizzo ad alta voce agli altri presenti nella stanza. "Sembra un luogo appartato," aggiunse mettendo da parte il telefono.

"Un posto eccellente per uccidere senza attirare l'attenzione," commentò Alik. "Io ci sto."

"Ci servirà un piano solido," ammise Jayson. Aveva la sensazione che avrebbero avuto una sola possibilità di trarre in salvo Lizzie, se avessero fallito non sarebbe finita bene.

"Avviserò Aidan," mormorò Luc avviandosi verso la porta.

"Nel frattempo, per favore, date a Issac tutto il vostro sostegno. Ha messo su una bella farsa, ma sappiamo che non la sta prendendo bene."

Anche se Issac non era un Hydraiano, tutti loro lo consideravano uno di famiglia. Avrebbero tutti pianto con lui.

Balthazar annuì. "Ci pensiamo noi, Luc."

"Grazie," mormorò. "Vorrei potermi occupare anche

di lui, ma sento che la mia presenza peggiorerebbe solo la situazione." Dopo quelle parole solenni si allontanò per lavorare a una strategia. Jayson era combattuto: non sapeva se seguire Luc, andare da Issac o recarsi all'indirizzo sul proprio telefono.

Come sempre, Balthazar lo rimise con i piedi per terra. "Fatti una doccia, più tardi parleremo. Non puoi aiutarla da solo, ma insieme possiamo farcela. Ezekiel ci ha rivelato quanto sia importante per Osiris, quindi è sicuro supporre che sia illesa. Ce la riprenderemo, Jay."

Jayson annuì, credeva al suo vecchio amico. "Sarà meglio che tu abbia ragione."

"Ce l'ho sempre," gli rispose lui, arrogante come al solito. "Dico sul serio, fatti una doccia. Questo look sanguinolento non ti dona, puzzi come un cadavere."

Jayson provò a sorridere davanti al tentativo evidente di fare una battuta di B, ma non ci riuscì. Per sentirsi completo aveva bisogno della sua Rossa, perché senza di lei aveva solo mezza anima.

Sto venendo a prenderti, Lizzie, giurò. *Resisti.*

24 RISURREZIONE ALLA LUCE DEL DISASTRO

Al soggetto è stata affidata una compagna di stanza. Nome: Astasiya Davenport. Anni: 18. Origini: Havre, Montana. Nessun conflitto noto al presente.

-Registro 118.08.4-7

Un altro incubo.

Persa nei meandri dell'oceano.

Stas lottò contro le restrizioni, ma gli arti si rifiutavano di muoversi. Sembrava uno scheletro, perso nelle pieghe del tempo impegnato a urlare per un pubblico inesistente.

Le faceva male tutto, ma era soprattutto il cuore a dolerle.

Aveva subito talmente tante perdite...

Non sarebbe dovuta finire in quel modo.

"Aya..." Un odore di menta piperita e sandalo accompagnò il soprannome, anche se non sembrava essere nel posto giusto.

Aiutami...

Trovami...

Liberami...

L'acqua le annegò i pensieri, garantendole una pace temporanea in un mondo di silenzio.

Solo per poi svegliarla all'inferno.

Ancora e ancora.

Un'oscura danza infinita fatta di solitudine e morte.

Quando verranno a prendermi?

"Astasiya." La voce si fece più forte e l'attirò in un posto nuovo. Via dalla familiarità del letto dell'oceano e dentro un mondo fatto di sole.

È troppo luminoso, pensò proteggendosi gli occhi.

Le vestigia dell'incubo si dissolsero nella realtà, rivelandole una stanza in mogano ricca di colori scuri che non apparteneva né a lei, né all'uomo che teneva per mano.

Stas deglutì, aveva la gola secca a causa del sonno profondo. Le apparve una cannuccia tra le labbra e istintivamente prese un sorso, accogliendo il succo appena spremuto. Sostituì l'amaro che era solito seguire le sue visite nelle profondità del mare.

Issac, pensò con un sorriso. Aveva imparato così tanto su di lei nei mesi in cui erano stati insieme e sapeva esattamente come sottrarla agli incubi nel modo più dolce. La ragazza aspettò il bacio di lui una volta che il drink scomparve, ma non arrivò.

Strano. Era solito baciarla al suo risveglio.

Stiracchiò le spalle rigide e sfidò la luce aprendo piano gli occhi. Issac era seduto accanto a lei, aveva i gomiti sulle ginocchia e l'espressione vuota. Stas si guardò intorno e notò che erano soli, in una delle camere riservate agli ospiti di Balthazar.

Faticò a ricordarsi come ci fosse finita.

Nelle ultime settimane era andata a vivere con Eliza nella

373

vecchia casa di Amelia. Gli Hydraiani l'avevano rinominata la "Casa delle Neonate," dal momento in cui entrambe erano esseri immortali ancora non trasformati. A Stas non piaceva l'idea ma ammirava la forza e la convinzione di Eliza. Era una donna fantastica, specialmente considerando tutto ciò che aveva passato prima del suo arrivo a Hydria.

"Come ti senti?" le chiese Issac con voce morbida.

"Indolenzita," ammise lei mentre si rotolava su un fianco e nascondeva un braccio sul cuscino, sotto la testa. Le faceva un po' male, forse per via dell'incubo. "Perché non sei a letto con me?"

L'Ichoriano indossava uno dei soliti completi di marca, non aveva la cravatta e i capelli scuri erano spettinati. A Stas piaceva molto quel look, ma preferiva Issac nudo.

"Aya," le sussurrò lui, la voce gli si ruppe e fece cadere la testa tra le mani. Gli tremavano visibilmente le mani e ciò fece agitare Astasiya.

"Cosa è successo?" si sedette nonostante le lamentele del corpo. "Lizzie sta bene?"

L'ultima volta che l'aveva sentita, la migliore amica era a Bora Bora e si stava godendo il tempo libero con Jayson. Non era sicuramente il tipo di uomo che Stas avrebbe scelto per lei, ma a quel punto tutto ciò che voleva era che Lizzie fosse felice. Se lo meritava, dopo tutto il dolore che aveva sopportato, in più sembrava che lui la stesse aiutando a superare il tutto.

Issac rabbrividì di nuovo e Stas non riuscì a contenersi. Si allungò verso di lui, che si allontanò dal tocco della ragazza quasi come se l'avesse bruciato.

"Cominci a spaventarmi," ammise lei, ferita dal modo in cui il suo uomo l'aveva rifiutata. "Cosa succede?"

Issac scosse la testa. "Ci sto provando." La voce spezzata le trapassò il petto come una freccia, provocandole un dolore profondo che ardeva e scoppiettava.

"Cosa c'è che non va?" gli sussurrò.

Lui si passò le dita tra i capelli e tirò le punte. "Dannazione, ci sto provando, Aya…" Aveva gli zigomi scavati dalle parole mentre lottava contro qualsiasi cosa volesse dire.

Quello era un lato di lui che Stas non aveva ancora mai visto e la terrorizzava.

"Provando a fare cosa?" gli chiese lei con le lacrime agli occhi. "Cosa sta succedendo?" Gli afferrò il polso e lo strinse quando Issac fece una smorfia.

"Dimmi cosa è successo, Issac. Ora." Il comando le uscì per caso, ma Stas non riuscì a riprenderselo, nemmeno quando lo guardò con occhi lucidi…

"Sei morta, Aya." Tre parole pronunciate tanto delicatamente che lei avrebbe potuto non sentirle. O forse era stata la galleria del vento che aveva in testa a distorcere il suono.

"Cosa?" Non poteva aver sentito bene.

"Sei andata a Bora Bora da sola, senza rinforzi, ti hanno sparato in testa."

Stas sbatté le palpebre nell'esatto momento in cui il ricordo cominciò a riemergere. Era stata talmente persa nell'incubo che non aveva capito la verità di quel momento.

"John," mormorò. "Dov'è…" Le tremò la voce.

Oh, merda.

No.

Non è possibile.

Non può…

"Io…" Lasciò andare il polso di Issac per portarsi la mano alla fronte e trovare nient'altro che pelle liscia.

Il cuore le emise un sussulto mentre il respiro le si bloccò in gola.

Sono morta. La mente le si dissolse sotto l'attacco di quelle due parole letali.

Io...

Questa...

Non voleva crederci, avrebbe pregato per un risultato diverso, ma l'agonia che si irradiava dagli occhi azzurri di Issac confermava la veridicità di quell'affermazione.

"Sono un'Hydraiana."

Aveva le dita intorpidite.

"Sono..." Non riuscì a dirlo un'altra volta. L'avrebbe reso reale, troppo. Proprio come le lacrime che correvano lungo le guance di Issac. Proprio come le proprie, che iniziavano a rigarle il viso.

"No," sussurrò scuotendo la testa più e più volte, come se farlo aiutasse a tornare indietro e risistemare tutto.

Lei non era ancora pronta.

Loro non erano ancora pronti.

Le si annebbiò la vista e l'angoscia le lacerò l'addome, strappandole un urlo dalla gola. "NO!"

Non era giusto.

Lei non avrebbe voluto quel futuro. Lei voleva Issac, l'uomo che non poteva più avere... L'uomo che significava tutto per lei.

Il cuore...

E il dolore che lui stesso emanava...

Avevano bisogno di più tempo.

"Non posso toccarti," gli sussurrò. "Ma ho bisogno..."

Santo cielo, come sarebbe sopravvissuta senza toccarlo? Senza baciarlo? Senza il suo amore?

Tutti quei teneri momenti e serate.

Le parole non dette.

Gli sguardi che le facevano capire che lui avrebbe voluto divorarla nel migliore dei modi.

La sua tenerezza del mattino.

Era tutto appeso a un filo, che si era frantumato dietro gli occhi di lei.

Relegandosi per sempre al passato.

È troppo presto.

"Issac." L'anima di Stas appassì intanto che cercava la connessione che sapeva essere necessaria, ma che non poteva avere. Non sarebbe potuta andare da lui anche se avrebbe voluto moltissimo.

"Mi dispiace tanto." Quelle parole le sembrarono strane alle sue stesse orecchie. Quel rantolo rauco era la sua voce?

Issac si limitò a scuotere la testa, cosa avrebbe potuto dire?

Non avrebbero potuto farne nulla, ormai. Stas aveva segnato il proprio destino andando a salvare l'amica senza pensarci due volte.

Nel farlo aveva perso *tutto*.

Quella scelta aveva distrutto il legame tra Stas e Issac.

La bionda si lasciò andare in un singhiozzo, fatto apposta per distruggerle l'anima, l'intero corpo in preda alle convulsioni.

Non sta succedendo davvero.

Per favore…

Non riesco a respirare.

Issac le sfiorò la fronte con un bacio estremamente attento, aveva evidentemente paura di toccarla, eppure si era sporto a tanto. Dolore, dolore e ancora dolore.

Anche in quel momento avrebbe voluto consolarla, quando sapevano entrambi che non avrebbe potuto, nonostante lei desiderasse permettergielo.

È tutta colpa mia.

Ci ho distrutti.

"Santo cielo, Issac…" Le parole le bruciavano in gola e bruciarono anche l'aria, separandoli per sempre. Issac non sarebbe più stato suo, non nel modo in cui lei lo desiderava. Il cuore di Stas non si sarebbe mai ripreso. E l'anima… era morta quando John aveva premuto il grilletto.

"Aya," sospirò Issac. Tutta la sofferenza interiore era incisa in quell'unica parola. Le prese finalmente una mano e la strinse, chinando la testa mentre le lacrime gli scorrevano silenziosamente dagli occhi. Stas non riuscì a fermare il piagnucolio che continuava a sfuggirle. Si sentiva come se il suo intero mondo fosse finito ancora prima di iniziare.

Davanti a sé aveva un'eternità di tempo da vivere. Da sola.

Stas si rannicchiò in posizione fetale con le mani ancora in quelle di Issac. Lasciò andare ogni ricordo di lui da dietro gli occhi. Ogni tocco, ogni bacio, ogni parola. Lo avrebbe sognato ogni notte, pensato a lui ogni giorno e gli sarebbe mancato in ogni momento. Anche quando le sarebbe stato lì accanto, le sarebbe mancato.

Ci sarebbe stato sempre e solo Issac per lei.

Una silenziosa promessa.

"Ti amo," gli sussurrò. Non gliel'aveva mai detto ad alta voce e da quel momento non sarebbe più importato, ma doveva saperlo… "Ci sei sempre stato solo tu, Issac."

"Lo so, tesoro," le rispose lui altrettanto delicatamente. "Lo so."

25 MURO DI FUOCO

Sono stati impiantati nel soggetto i ricordi
dell'infatuazione verso Thomas Fitzgerald. Il
team di psicologi dice che aiuterà a neutralizzare
le potenziali relazioni con compagni non   idonei.

-Registro 118.05.4-7

"Stas è sveglia ma non sarà in grado di aiutarci, al momento," esordì Balthazar entrando nella Stanza della Guerra improvvisata. "Nemmeno Issac è del giusto stato d'animo per poterci aiutare."

Aidan annuì. "È meglio così. A livello strategico vi consiglio di tenere nascosta Stas il più a lungo possibile. Nel momento in cui Osiris saprà della sua esistenza, verrà a cercarla."

"Non si può negare che la capacità di Astasiya di soggiogare le persone si rivelerebbe utile, in questa situazione, ma tendo a essere d'accordo con lui." Luc distese un disegno sul tavolo. "Motivo per cui abbiamo escogitato un piano che esclude entrambi."

Il duo onnisciente, composto da padre e figlio, aveva redatto più di una dozzina di piani d'attacco prima di decidersi sul corrente, il tutto mentre l'intera stanza li osservava. Parlavano troppo velocemente perché qualcuno potesse seguire la loro logica, ma Jayson aveva colto l'idea principale.

"Come faremo a contrastare le barriere?" chiese incrociando le braccia. Luc e Aidan ne avevano parlato poco prima che Balthazar entrasse.

"Ce ne occuperemo noi," gli rispose Luc indicando se stesso e Aidan.

"Dovremmo essere in grado di disegnare delle rune che neutralizzeranno le barriere abbastanza a lungo da permetterci di sferrare un attacco."

"Sì, sospetto che il loro scopo non sia necessariamente quello di tenere lontano un esercito, ma di dare a Osiris la possibilità di rilocalizzarsi altrove," mormorò Aidan; aveva gli stessi occhi color smeraldo di Luc.

"Speriamo che il piano di rilocalizzazione non comprenda Elizabeth, o finiremo per giocare a darci la caccia."

"È qui che entrerò in gioco io," esordì Ash, legandosi i capelli biondo chiaro in una coda di cavallo. "Anello di fuoco."

"Esattamente," commentò Luc. "Ma dovremo stare indietro, per sicurezza. Specialmente se Jeremy manipolerà il terreno."

Jayson annuì. "E se vedremo Lizzie…"

"La prenderò io," annunciò Jacque dal proprio posto in un angolino.

Aveva tre cartoni della pizza vuoti al fianco e un frullato proteico in mano. Teletrasportarsi faceva bruciare moltissime calorie istantaneamente, loro avevano bisogno che fosse nel pieno delle forze.

"Bene. Domande?" Aidan si guardò intorno.

Alcuni degli immortali più importanti di Hydria si erano offerti volontari per aiutare, anche se non conoscevano Lizzie. Il loro supporto e l'amicizia incondizionati erano i motivi per cui avrebbero vinto la guerra contro gli Ichoriani. Luc regnava con amore e affetto, al contrario di Osiris che faceva leva sulla paura.

"Pensi che mio padre si farà vedere?" Tom aveva le braccia sulla parte posteriore della sedia, che aveva girato al contrario. Non aveva detto molto fino a quel momento, aveva ascoltato attentamente mentre Aidan e Luc discutevano.

L'esperienza da cecchino di Tom e la sua conoscenza militare sarebbero state preziose in battaglia, per non parlare della mira perfetta. Sembrava inoltre avere una straordinaria capacità di spegnere le emozioni, poiché avrebbe dovuto essere furioso per le azioni del padre, ma non lo dava a vedere.

"Probabilmente no," gli rispose Aidan. "Ha già fatto la sua parte quando ha consegnato Elizabeth a Osiris, inoltre crede di aver ucciso Jayson e Stas. La mossa più intelligente da fare per lui sarebbe proteggere il proprio quartier generale, ora che è in debito con Issac per aver ucciso Stas e con gli Anziani per aver annientato un loro fratello."

"Perché non prenderlo vivo?" chiese Tom, tutti lo guardarono in confusione. "Scusate, intendo dire Jayson. Sto cercando di capire perché mio padre avrebbe dovuto ucciderlo. È un Hydraiano potente, proprio come Amelia. Non che sia d'accordo, ma perché non portarlo al quartier generale per qualche test?"

"Perché sono troppo potente, non sarebbe riuscito a rinchiudermi." Non era un'osservazione, ma un fatto. "Avrebbe potuto provare con quel collare, ma eventualmente avrei trovato il modo di raggirarlo e sarebbe finita male per lui."

"Oppure è per via del suo ego," suggerì Aidan con una scrollata di spalle. "Quando si parla delle mie creature e degli Anziani, Jonathan perde la testa. Ha sete di potere e vorrebbe il loro, anche se cerca di compiacerci."

"Se si trattasse dell'ego, avrebbe rivendicato la morte di Eli," sottolineò Balthazar. "Invece ha incastrato qualcun altro."

"Per nascondere Amelia," aggiunse Luc. "Non sappiamo se ha ancora intenzione di compiere un gesto eclatante o se si sta già vantando delle sue uccisioni con Osiris. Sono incline a concordare con voi, tutto ciò che ha fatto finora è stato a beneficio del suo ego, dal momento che è sempre stato abbastanza permaloso riguardo le sue abilità piuttosto deboli."

Tom ridacchiò. "Ha la sindrome dell'uccello piccolo… Non che io abbia ereditato quel problema da lui."

Balthazar sorrise. "Ce ne siamo accorti, Fitzgerald."

Jayson si schiarì la gola. "Siamo pronti? Non posso stare ancora qui a non fare niente. Devo vedere Lizzie, presto." Che eufemismo. L'intera riunione dedita al disegno del piano era durata due ore e l'aveva quasi ucciso. Tutto ciò che riusciva a pensare era tenere di stringere di nuovo la sua Rossa tra le braccia e dirle cosa provava per lei. Non ne aveva mai avuto la possibilità e temeva che sarebbe stato troppo tardi.

Balthazar sbatté una spalla contro Jayson. "La riporteremo indietro, Jay. Te lo prometto, non importa quanto tempo ci vorrà."

"Come puoi essere tanto sicuro di te?" Chiederlo feriva Jayson, ma doveva farlo.

"Perché in tremila anni non ti ho mai visto trattare una donna come fai con Lizzie e sono determinato a riportarla da te." Quelle parole solenni furono seguite da uno dei soliti sorrisi di B, non riusciva a stare serio troppo a lungo. "Inoltre, potrei volerti vedere giocare a fare il papà per qualche anno. Dovrebbe essere incredibilmente divertente… Spero che sia una femmina."

Jayson sorrise nonostante le circostanze e un'immagine di una bimba dai capelli rossi gli balenò in mente. "Assomiglierà del tutto a Lizzie."

"Sicuro," concordò Balthazar dandogli una pacca sulla spalla. "Non perdere quella visione. Le emozioni possono essere un potente motivatore, Jay. Non nasconderti dalle tue."

Lizzie strinse nel pugno le lenzuola del letto mentre Valerie la esaminava come una cavia da laboratorio. Le aveva prelevato del sangue, aveva assolto i compiti di una ginecologa e le stava facendo una puntura alla spina dorsale.

"Non ti muovere," le chiese Valerie mentre inseriva l'ago nella schiena della rossa.

Ahia, ahia, ahia.

Le si annebbiarono gli occhi di lacrime, ma rimase cooperativa in cambio di ulteriori informazioni. Dopo la lezione riguardante la propria famiglia e le affermazioni a proposito di mettere al mondo un "nuovo figlio" per Osiris (il che le dava ancora i brividi), Valerie aveva acconsentito a fornirle i dettagli del profilo genetico.

Tutti i registri di Lizzie indicavano che fosse una Seraphim purosangue con tanto di poteri. A quanto pareva non guariva tanto velocemente come gli altri, ma i documenti davano prova della sua immortalità.

Era stata uccisa svariate volte, in diversi modi.

Ed era sempre sopravvissuta.

Eppure, non aveva alcun ricordo di ciò.

Lizzie non riusciva a decidere se si trattasse di un bene o un male. Forse Osiris avrebbe potuto cancellarle la memoria che riguardava sapere che piani avesse per lei.

Cosa avrebbe significato per il figlio che portava in grembo? Glielo avrebbero portato via? Lizzie non avrebbe sopportato perdere anche quell'ultimo legame con Jayson.

Le bruciavano gli occhi, tante erano le emozioni represse. Un inferno di dolore le imperava nel cuore e aspettava di essere rilasciato, ma lei lo inghiottì.

Osiris non avrebbe vinto. Non avrebbe potuto.

Non partorirò suo figlio.

Piuttosto sarebbe morta.

O almeno, ci avrebbe provato.

"Fatto," le disse Valerie facendo un passo indietro. "Puoi rivestirti."

Lizzie ingoiò la risposta. Quel 'grazie' le era rimasto sulla punta della lingua, il che le sembrò inappropriato vista la natura della loro situazione. Sua madre surrogata avrebbe detto il contrario, ma a Lizzie non importava più nulla. Non dopo quello che aveva appreso nelle ultime settimane.

Si tirò su i pantaloni con i laccetti bianchi e una canottiera abbinata, raccolse i capelli e li lasciò ricadere lungo la schiena. Valerie aveva riposto tutta l'attrezzatura medica sulla scrivania contro il muro. Accanto c'era una libreria vuota e un'altra sedia in legno.

La stanza era di grandi dimensioni e includeva un bagno in marmo con una doccia enorme, con due lavandini e un water. In confronto alle altre celle quella non era niente male, anche se a Lizzie sarebbe piaciuto avere qualche quadro, dei libri, una TV o qualsiasi altra cosa potesse tenerle la mente occupata. Invece era circondata da pareti bianche, finestre in vetro e un paio di mobili.

Il letto era l'unica seduta comoda. Lizzie si mise vicino alla testiera e rannicchiò le ginocchia al petto, guardando Valerie etichettare tutti i campioni e metterli in borsa.

Lizzie rabbrividì, si sentiva violata ed esposta.

Devo andarmene da qui.

Tuttavia, non avrebbe saputo né come né dove sarebbe andata. Non sapeva nemmeno dove fosse, per l'amor del cielo.

Qualcuno sarebbe andato a prenderla? Forse. Oppure no, non era stata molto gentile con gli Hydraiani, o con Issac, nemmeno con Tom. Perché avrebbero dovuto aiutarla, quando lei si era comportata in così malo modo?

Senza contare che era colpa sua se Jayson e Stas erano morti.

Appoggiò il mento sulle ginocchia.

Anche se fosse fuggita, ne varrebbe la pena? Sarebbe stata per sempre prigioniera delle proprie emozioni.

Ho un pezzo di lui dentro di me.

Si accarezzò la pancia e chiuse gli occhi. Sarebbe stato un maschio o una femmina? Avrebbe avuto lo sguardo color cioccolato al latte di Jayson, o i suoi capelli scuri e setosi? Le sue fossette?

Lizzie sorrise all'immagine adorabile di un bambino che correva in giro e combinava un sacco di guai. L'avrebbe chiamato Jedrick, in onore del padre.

Disegnò con le dita un cuore sulla pancia, un omaggio alla vita che cresceva in memoria del loro amore. Lizzie non metteva in dubbio di amare Jayson, proprio come avrebbe amato loro figlio. Il tempo non significava nulla in confronto ai sentimenti della ragazza. La sua anima soffriva senza l'altra metà. *Doveva* essere amore e se non lo era, allora era qualcosa che non poteva essere spiegato.

Mi prenderò cura di te, promise tenendosi la mano sul ventre piatto.

Sarebbe scappata, se non altro per salvare la vita dentro di lei.

"Sei pronta a saperne di più?" le chiese Valerie dolcemente.

"Sì," le rispose Lizzie senza aprire gli occhi. "Per favore."

Si sentì un rumore di fogli prima che la dottoressa trovasse un buon punto da cui partire, ma un'esplosione fece scuotere le finestre, zittendola ancora prima che potesse cominciare a parlare.

"Cos'è stato?" le chiese Lizzie da seduta.

Un altro colpo fece tremare le fondamenta della casa e forzò entrambe a correre verso le finestre. Nel cortile si rincorrevano fiamme e fumo.

Valerie chiuse la cartellina e la ripose nella borsa, prima di attraversare la stanza e guardare fuori. "Stanno cercando di superare le barriere."

"Barriere?" ripeté Lizzie, avvicinandosi alla dottoressa davanti alle finestre.

"Le creano i Seraphim, proprio come le rune. Non so molto sulla magia, ma ce ne sono parecchie attorno al FAC e sembra che ce ne siano anche qui, intorno alla dimora di Osiris."

"A cosa servono?"

"A prevenire l'ingresso di qualcuno." Un'altra esplosione colpì ciò che sembrava un campo di forza che contornava la tenuta. "E a spogliare gli immortali dei loro doni. Queste sembrano essere tutte rune protettive e pare che stiano funzionando."

Il fuoco danzava nell'aria in una linea frastagliata. "Ne è sicura?" Sembrava proprio che fossero riusciti a rompere la superficie di quella bolla.

"Dovremmo correre ai ripari," le rispose Valerie mentre fuori si sentì un urlo.

Lizzie si coprì le orecchie, sembrava il grido di un corvo. "Che diavolo è?" le chiese strillando.

La dottoressa scosse la testa, aveva il volto pallido.

Un fascio di luce le accecò e Valerie colpì Lizzie, facendola cadere a terra proprio nel momento in cui il vetro esplose.

"Merda!" Lizzie urlò in mezzo alle dozzine di schegge conficcate nelle braccia esposte. Valerie era messa peggio, poiché aveva protetto Lizzie al momento dell'esplosione proprio mentre erano cadute.

Ahia.

Valerie non si mosse né parlò, il che andava benissimo per Lizzie. L'esplosione le aveva spaccato i timpani e non sentiva altro che uno squillo costante.

L'aria era piena di fumo e la costrinse a tossire, cercò di liberarsi da sotto Valerie, ma la donna era un peso morto.

"Spostati," la esortò Lizzie provando di nuovo.

Dovette spingere un po', ma alla fine la spostò e si sedette per espellere l'aria viziata dai polmoni. Tuttavia, il fumo continuava ad annebbiare la stanza.

"Dobbiamo andarcene di qui," disse Lizzie dando un colpetto alla compagna di viaggio, che continuava a non muoversi.

"Andiamo, Val…" Lizzie lasciò perdere quando vide la scia di sangue provenire dal camice da laboratorio della dottoressa. Si appoggiò a lei e ansimò alla vista del pezzo di vetro conficcato nella schiena. "Santo cielo." Incontrò lo sguardo di una donna senza vita e si rimise a piangere. "Merda!"

Valerie l'aveva salvata mettendosi davanti a lei durante la caduta. L'aveva fatto apposta, o era stata una coincidenza? Lizzie non l'avrebbe mai saputo, ma mentre sentiva un'altra vibrazione che le faceva tremare il pavimento sotto le mani, capì che non aveva tempo di scoprirlo.

Corse verso la porta e provò ad aprirla, senza successo.

"Aiuto!" Lizzie sbatté freneticamente i pugni contro la porta urlando. Non riusciva a sentire niente a causa di quel dannato squillo, quindi se qualcuno le avesse risposto non l'avrebbe saputo. La porta rimase chiusa. Lo spazio sopra la manopola sembrava fatto apposta per una chiave: Valerie poteva averne una?

Uno sguardo verso la donna morta fece venire a Lizzie un conato di vomito. Probabilmente no, e lei non avrebbe avuto abbastanza stomaco per cercarla. Avrebbe potuto tentare con la borsa sul tavolo.

Lizzie si spostò rapidamente, frugando in tutte le tasche, si fermò quando trovò la cartellina con la dicitura 'Bene 4-7" stampata in alto. Non aveva tempo di leggerlo in quel momento, ma forse più tardi. Portare con sé i documenti avrebbe potuto essere un problema, specialmente in caso di bisogno delle mani.

Mmmh....

Sollevò la maglietta e infilò parte della cartellina nell'elastico dei pantaloni, lasciando che la maggior parte le si posasse sulla pancia. Non era il look più elegante, ma andava bene. La fissò stringendo i laccetti il più possibile e la coprì con la canottiera prima di riprendere a frugare nella borsa.

Niente chiave.

Non la sorprese, sembrava che Valerie fosse prigioniera tanto quanto Lizzie.

Tornò a bussare forte alla porta, aveva i pugni ricoperti di lividi e il fumo continuava a fluttuare attraverso le finestre.

Sarebbe stato molto peggio con il fuoco, ma

dannazione, non riusciva comunque a respirare. In più non doveva sicuramente fare bene al bambino.

La serratura fece uno scatto quando qualcuno la aprì. Lizzie balzò indietro e si ritrovò davanti lo sguardo smeraldo del muto inserviente.

Sethios.

Le fece cenno di seguirlo e non avendo un'opzione migliore Lizzie fece come indicato. Attraversò velocemente il corridoio e lei gli stette dietro. Il pavimento le tremava sotto i piedi mentre poteri di gran lunga più potenti di quanto potesse comprendere distruggevano la residenza di Osiris.

Alla fine del corridoio apparvero una serie di scale, Sethios puntò il dito verso il basso. Lei aspettò di farsi condurre, ma lui scosse la testa.

"Dove vado una volta laggiù?" gli chiese.

Sethios mimò l'apertura di una porta e poi, con l'aiuto delle dita, due gambe che correvano veloci.

"Fuori?" gli chiese Lizzie.

Sethios le fece un cenno.

Quando lei non si mosse immediatamente lui la esortò ad andare avanti, un'espressione urgente in volto. Poco dopo le labbra si liberarono del filo spinato e Lizzie si ritrasse alla vista del sangue che gli fuoriusciva dalla bocca.

"Vai, ora," rantolò l'uomo. Guardò il corridoio che avevano appena percorso con sguardo agguerrito.

"Sethios!" La voce di Osiris fece eco dalle pareti e fece rabbrividire Lizzie.

Il suo aiutante si scroccò il collo e sorrise in anticipazione. O almeno, Lizzie pensò che fosse un sorriso, non riuscì a vedere bene per via della condizione raccapricciante della bocca. "Scendi le scale, piccoletta," le ordinò a gran voce. "*Ora.*"

Le gambe di Lizzie iniziarono a muoversi ancora prima

che il cervello registrasse l'azione. Non si fermò ad analizzare il come o il perché; si precipitò giù per le scale come le era stato detto e attraversò la porta in fondo. I fogli si muovevano a contatto con la pelle, ma rimasero al loro posto grazie all'elastico. Non che avrebbero potuto aiutarla in quell'occasione.

Il fuoco impazzava a circa sei metri da lei, formando un muro impenetrabile. Andò verso destra solo per trovare lo stesso campo di forza di calore ed energia che circondava l'intera zona anteriore della proprietà.

Il calore le bruciava la pelle mentre tornava sui suoi passi, verso la parte anteriore. I pantaloni le si attaccarono alle gambe, la canottiera alla schiena e la cartellina allo stomaco. Scosse la testa alla vista e gli occhi le si riempirono di lacrime.

Non c'era niente da fare, anche se avesse trovato un modo per uscire dalle fiamme sarebbe morta soffocata.

Non posso arrendermi.

Non aveva idea di chi avesse iniziato l'attacco, ma le aveva offerto l'unica possibilità per scappare.

Sperava che gli assalitori fossero dalla sua parte.

Perché lo era chiunque odiasse Osiris.

Scappò in un vicolo cieco dall'altra parte della residenza enorme, sperando e pregando di trovare un passaggio per uscirne. Le bruciavano le gambe mentre correva, ma resistette al dolore e ignorò i graffi sui piedi scalzi.

La residenza era lunga e larga, ma Lizzie riuscì ad arrivare dall'altra parte e si imbatté in un muro umano.

Era sbucato fuori dal nulla e l'aveva bloccata con un fermo "Ooomph", mentre Lizzie gli sbatteva il viso contro il petto. Un paio di mani le afferrarono la vita e la vista le si annebbiò.

Sto per sentirmi male.

Il vento le scivolò tra i capelli e Lizzie inciampò, cadendo sulla sabbia.

Una luna brillante in un cielo pieno di stelle, le onde si infrangevano sul bagnasciuga dietro di lei.

Girò su se stessa, era da sola.

Niente fuoco.

Niente villa.

"Dove sono?" sussurrò nell'oscurità.

Nessuno rispose.

"L'ho presa," annunciò Jacque una volta tornato al fianco di Jayson.

"Come diavolo ha fatto a uscire?" chiese Jay all'amico. Quando vide l'onda di capelli rossi uscire dalla villa non riusciva a crederci.

Jacque gli lanciò un'occhiata. "Vuoi che torni da lei a chiederglielo?"

"È ovvio che qualcuno l'abbia aiutata dall'interno," rispose Ash, aveva le sopracciglia madide di sudore perché si era data da fare a manipolare il fuoco. "Che facciamo ora, capo?"

"Distruggetela," le rispose Jay furioso.

"L'avete sentito," disse Ash nel microfono delle comunicazioni.

Ci era voluto fin troppo tempo per superare tutte quelle barriere, anche dopo le conoscenze di Aidan e Luc. Avevano dovuto lavorare in fretta per trovare e disegnare delle rune sopra di esse, appellandosi a migliaia di anni di logica per risolvere i puzzle. Un paio di trappole esplosive li avevano costretti ad attaccare prematuramente, mossa che aveva fatto sprecare loro un sacco di energia, ma dopo aver annientato gli incantesimi di protezione, si erano lanciati in un attacco sufficientemente potente.

Stranamente, Osiris non aveva ricambiato il fuoco. Alla faccia del commento di Ezekiel riguardo una chiaroveggente e le importanti capacità immortali sul campo.

Grace si avvicinò a Jayson, con lo sguardo concentrato sulla villa. La distrusse mentalmente, rimuovendo il tetto e facendolo volare tra le fiamme invocate da Ash, poi seguirono le mura.

Jeremy si inginocchiò e mise un palmo a terra, che iniziò a tremare. La sua capacità di controllare la pietra di ogni tipo era molto utile in occasioni come quella, così come l'abilità di Jayson di manipolare il metallo. La stava usando per deformare le travi di supporto della casa, senza preoccuparsi di chi avrebbe schiacciato con la sua devastazione.

Sospettava che Osiris fosse fuggito con i propri sudditi.

Altrimenti sarebbero stati fuori a combattere. "Perché dovrebbe scappare?" chiese. La domanda era rivolta a Luc, in collegamento da Hydria. Nessuno ne aveva idea.

"La nostra fonte ha parlato di una chiaroveggente," gli disse Luc. "Immagino che gli abbia fornito le probabilità di vincita e non erano favorevoli, così ha scelto di scappare."

"Perché non prendere Lizzie?"

"Forse avrebbe voluto, ma qualcuno è intervenuto. Avremo bisogno di lei per capirlo."

Giusto. Jayson distrusse le ultime strutture metalliche mentre Ash, Jeremy e Grace si prendevano cura del resto. Un intero esercito di Hydraiani si era offerto volontario per quella missione e circondavano la tenuta: Jayson li guardò con orgoglio.

Quando Ash diminuì le fiamme fino a ridurle a piccole scintille, i resti dell'ex villa palatina si illuminarono. "Una casa perfetta andata sprecata," commentò asciugandosi le sopracciglia.

"Sei stata brava," le rispose Jayson.

"Certo." La ragazza sorrise e si sistemò i capelli biondi platino dietro una spalla. "È ora di andare?"

"È ora," concordò Jay.

"Ci penso io," Jacque abbracciò i quattro Hydraiani, inclusa Ash, e sparirono.

"Mangerà tutto il cibo di Hydria, dopo uno sforzo del genere," commentò Jeremy. Era uno dei membri della guardia di Jayson, proprio come Grace, ecco perché entrambi non lo lasciavano mai in battaglia La minaccia poteva anche essersi allontanata, ma non si poteva mai essere troppo sicuri.

"Sai che posso cavarmela da solo," gli fece notare Jayson piatto.

"Disse l'idiota a cui hanno sparato in testa a Bora Bora, dopo che si era rifiutato di lasciare che i suoi Guardiani svolgessero il loro lavoro," ribatté Grace. "Starò con te fino a quando Jacque non ti avrà scortato a Hydria, signore."

Jayson scosse la testa perplesso. Non avrebbe potuto convincerla del contrario e nemmeno ci avrebbe provato.

Jacque apparve dall'altro lato della strada, raccattò gli Hydraiani che si stavano avviando verso il luogo di ritrovo principale e sparì. Jayson aggrottò la fronte quando l'intuizione gli fece venire un brivido lungo la spina dorsale. Due di quegli immortali erano i Guardiani di B, ma dell'Anziano non v'era traccia.

Non è il solito protocollo.

"Luc, qual è il tuo status?" chiese Jayson con lo stomaco sottosopra, aveva un brutto presagio.

C'è qualcosa che non va.

Dall'altra parte echeggiò il silenzio.

Grace assunse una posizione di difesa, il suo sguardo color carbone dardeggiava nei dintorni mentre Jeremy si inginocchiò per toccare nuovamente il suolo. *I Guardiani percepiscono un pericolo per l'Anziano.*

Jayson si schiarì la voce e riprovò. "Luc?"

"Mi dispiace ma Lucian è indisposto, al momento," lo informò una voce fredda che immobilizzò tutti sul posto.

"Osiris."

"Jedrick, o ti fai chiamare Jayson ora? È così difficile ricordarsi i nomi di tutti correttamente. Hai saputo che Ezekiel si fa chiamare Kiel? Che nome sconveniente." Sospirò in modo drammatico. "Comunque, oserei dire che mi devi una nuova dimora. È stato già piuttosto maleducato da parte tua presentarti senza un invito, ma addirittura distruggere la mia proprietà?" Schioccò la lingua. "E tutto per una donna. Mi ricorda la storia di Troia."

"È un mito."

"Davvero?" gli chiese Osiris. "Dovremmo fare una chiacchierata, ahimè. Di persona, supponendo che vogliate riavere il vostro *re* tutto intero."

Grace e Jeremy scossero la testa in segno di incredulità, Jayson si passò una mano sul volto. Luc gli avrebbe detto di farsi da parte, ma entrambi sapevano come reagisse Jay all'ottemperanza delle regole. Prova A: Lizzie Watkins.

"Dove?" gli domandò Jayson.

"Finisci di mandare a casa i tuoi Guardiani, poi ci penseremo."

"No," si intromise immediatamente Grace.

"Rispetta gli Anziani, giovanotta," mormorò Osiris. "Potrebbero salvarti la vita."

"Vaffanculo," gli rispose lei.

"Le buone maniere, piccola mia," la rimproverò Osiris. "Fallo urlare, Alik."

L'agonia si riverberò dagli altoparlanti, facendo inginocchiare Jayson al suono familiare. Gli ricordava quando Luc era quasi morto, durante l'ultima guerra immortale.

"Questa sì che è obbedienza," commentò Osiris. "Sei proprio un bravo Anziano." Jayson lo immaginò accarezzare la testa di Alik come un cane che esegue i suoi comandi.

Jacque riapparve, sorridendo fiero. "Diciotto sono andati e…" Spalancò gli occhi argentei. "Cosa…?"

Un'altra serie di lamenti si levò dagli auricolari, distruggendo il cuore di Jayson. L'ultimo a urlare era stato Balthazar. Osiris doveva aver catturato Alik quando nessuno lo stava guardando e l'aveva usato per prendere gli altri due.

Merda.

Jayson sapeva che era stato troppo facile.

"Di più," gli intimò Osiris sentendo le urla aumentare.

"Basta," lo implorò Jayson. "Soddisferò le tue richieste."

"No, adoro vederli contorcere. Sono passati secoli e ancora mi meraviglio di come siate riusciti a privarmi del meraviglioso dono di Alik. Affascinante."

Jacque alzò entrambe le sopracciglia, sorpreso. "Dov'è?" gli chiese mimando con la bocca, Jayson scosse la testa… Non lo sapeva. Le comunicazioni si estendevano per circa sei chilometri e conoscendo Osiris aveva sicuramente qualcuno che lo aiutasse a cambiare posizione.

"Riporta Grace e Jeremy a Hydria," gli disse Jayson.

Jacque scosse la testa, mettendo in gioco la propria lealtà.

"Aidan," sussurrò Jayson. Il genio della strategia era ancora sull'isola e avrebbe potuto aiutarli dicendogli come procedere. Per il momento Jayson non aveva scelta se non quella di seguire gli ordini di Osiris. "Prendetevi cura di Lizzie al posto mio," aggiunse, la frase *"in caso non ce la facessi a tornare"* aleggiava pesante nell'aria.

Il teletrasportatore annuì lentamente. "Va bene, Jay." Afferrò Grace e Jeremy prima che potessero opporglisi e sparirono.

Rimanevano solo Jayson e Tom, che era del tutto calmo. Aveva assunto il ruolo di cecchino posizionandosi in una delle colline circostanti, tuttavia non aveva avuto bisogno di usare il fucile. Aveva mantenuto un silenzio radio per tutto il tempo.

Forse lo avevano scoperto e l'avevano ucciso. Difficile da dire, ma conoscendo Tom era probabilmente vivo e vegeto e stava perlustrando il territorio in cerca di Osiris.

"Sono solo," annunciò Jayson.

"Eccellente, ora getta le armi."

Jayson si chiese se ciò volesse dire che Osiris poteva vederlo, oppure se avesse uomini situati nei pressi di Tom. Mostrò chiaramente di togliersi le pistole e i coltelli di dosso, compreso quello nello stivale, tanto per essere sicuri.

"Fatto," disse piano Jay. "Dove sei?"

"Sto mandando qualcuno a prenderti, mi pare che siate vecchi amici."

Un secondo dopo apparve Ezekiel, con un gran sorriso stampato in volto. "Jedrick, amico mio... ne è passato di tempo."

"Brutto figlio di puttana," ringhiò Jayson. "Avrei dovuto saperlo."

Ezekiel sospirò. "Non credo sia molto contento di vedermi, Osiris. Pensavo che mi avrebbe quantomeno sorriso, considerando che non ci vediamo da più di un centinaio d'anni."

Jayson sbatté le palpebre davanti a quella sottile

precisazione. Si erano visti solo poche ore prima, ma sembrava che Osiris non lo sapesse.

Era forse un altro giochetto?

"Lo sento," gli rispose l'Ichoriano. "Portamelo lo stesso."

"Come vuole, Sire." Le parole di Kiel erano formali e rispettose, ma le pagliuzze d'oro nei suoi occhi non facevano che lampeggiare. Fissò Jayson con lo sguardo di chi vuole trasmettere un messaggio nascosto, poi fece cadere una scatola argentata ai loro piedi. Era stato un movimento sottile e nascosto dalla posizione delle loro gambe. Aprì il palmo della mano, rivelandone un'altra uguale e gli disse: "Andiamo, Jedrick?"

È un dispositivo di tracciamento? Cosa stai tramando, Ezekiel?

"Certo," gli rispose Jay. D'altronde non aveva altra scelta. "Non vedo l'ora."

26 LEGAMI SPEZZATI

La gravidanza del soggetto è confermata.
Seguiranno altri risultati ai   test.

-Registro 124.11.4-7

L izzie camminava avanti e indietro per la spiaggia singhiozzando.

Aveva troppa paura per chiedere aiuto a qualcuno. Forse era stato Jacque a portarla lì, ma non ne era sicura. Non vedeva luci di case e nemmeno persone, solo la luna e la spiaggia di sabbia nera. Le ricordò la propria vita: un costante stato di solitudine.

"Lizzie!"

Quella voce familiare la bloccò sul posto. "Stas?" No, era impossibile, l'aveva vista morire.

Quindi sto impazzendo. Fantastico, perché no? Sembrava appropriato, considerato tutto.

Inoltre stava morendo di freddo, per via dei vestiti bagnati di sudore e della fresca brezza serale.

"Oh,   cielo,   Lizzie."   Quelle   parole   vennero

accompagnate da un paio di braccia che si avvolsero intorno al collo della rossa.

Lizzie sbatté le palpebre.

Era persino in grado di *percepire* le cose.

In fin dei conti aveva colpito il petto di quell'uomo abbastanza forte…

"Mi dispiace tanto, Liz. Mi dispiace… è tutto un casino e non so da dove cominciare. Ma sei la mia migliore amica, Liz. Odio che tu ce l'abbia con me, ma ho davvero bisogno di te in questo momento. Così tanto da stare male, dimmi cosa devo fare… ti prego. Non posso affrontare anche questo senza di te."

Stas stava dando i numeri.

Il che poteva voler dire solo una cosa: Lizzie aveva perso la testa. Aveva creato nella sua mente una versione sconclusionata dell'amica affinché le tenesse compagnia nell'oscurità.

Non era sicuramente il modo di reagire più sano, ma non poté fare a meno di ricambiare l'abbraccio di Stas e crogiolarsi in quel senso di finalità. Lizzie aveva chiaramente bisogno di una pausa dalla realtà per riprendersi, quindi avrebbe usato quel momento in maniera efficace.

"Avrei dovuto perdonarti," mormorò a Stas. "Non sono felice del fatto che tu mi abbia tenuta all'oscuro di tutto, ma Jayson mi ha spiegato che l'hai fatto per proteggermi."

Era un po' tardi per dirlo, ovviamente, ma almeno Lizzie aveva finalmente capito. Faceva ancora male, ma non quanto perdere la migliore amica.

"Avremmo dovuto dirtelo," le rispose Stas con tono addolorato. "Avrei voluto farlo tante di quelle volte, ma non volevo nemmeno privarti delle tue scelte e forzarti a entrare in questo mondo. Ho realizzato che non dicendotelo mi sono presa il tuo diritto di scegliere e mi dispiace."

"Ti perdono." Lizzie la strinse forte. "Vorrei solo che non fossi morta."

"Anch'io," sussurrò Stas. "Anch'io."

Rimasero abbracciate per diversi minuti mentre Lizzie aspettava che il fantasma di Stas sparisse, ma il momento si protrasse. C'era altro da dire?

"Anche Jayson è qui?" le chiese speranzosa. Sembrava appropriato chiederlo, visto il proprio stato delirante. Forse avrebbe avuto la possibilità di dire addio anche a lui.

"Non è ancora tornato, ma Jacque sta teletrasportando tutti, quindi sospetto che sarà qui a momenti."

Lizzie aggrottò la fronte. "Teletrasportando da dove?"

"Da casa di Osiris, a quanto pare." Stas si tirò indietro sospirando. "Sono andati lì senza di me... Ha qualcosa a che vedere con il tenermi come arma segreta, visto che nessuno sa che sono un'Hydraiana."

"Aspetta..." Lizzie esaminò l'amica alla luce della luna. "Sei un'immortale, ora?"

"Beh, sì, Jonathan mi ha sparato."

Lizzie inghiottì la propria speranza. "No, ti ha uccisa."

"E poi mi sono svegliata," le rispose Stas con voce triste.

"Ma erano proiettili incendiari."

Stas scosse la testa. "Vetro cavo, in realtà. Quindi ora sono un'Hydraiana." Fece una pausa. "Un momento... pensavi che fossi morta sul serio?"

"Beh, sì!" Urlò Lizzie incapace di reprimere le emozioni contrastanti. Aveva passato le ultime ore, o giorni, a piangere la morte dell'amica. "Non sei morta?"

"Significa che non mi hai perdonata?" le chiese Stas con voce insicura.

Lizzie si mise a urlare e le gettò le braccia al collo per

abbracciarla di nuovo. Non le importava se il gesto avrebbe potuto ucciderla, perché aveva bisogno del conforto e di assicurarsi che Stas stesse davvero bene.

Una gioia come non l'aveva mai provata prima le pervase il petto, specialmente quando realizzò un'altra verità. "Anche Jayson è vivo, allora?"

Lizzie trattenne il respiro, speranzosa e in attesa.

"Sì," le rispose Stas. "E mi stai soffocando."

"Non mi importa," ammise Lizzie strizzandola ancora più forte.

"Sei qui, sei davvero qui!"

E anche Jayson.

Il cuore le batteva all'impazzata nel petto al pensiero di rivederlo, gli occhi le si riempirono di lacrime.

È vivo.

L'avrebbe visto di nuovo e sperava di farlo presto.

Tuttavia… "Hai detto che Jayson è a casa di Osiris?"

"Sì, ha guidato lui la missione di salvataggio," Stas ansimò battendo un colpo sulla schiena di Lizzie. "Mi ucciderai di nuovo."

La rossa la lasciò andare. "E sta bene?" le chiese, aveva bisogno di sentirselo dire ancora.

"Per quanto ne sappia la missione è andata secondo i piani, tu sei qui." Stas posò le mani sulle spalle dell'amica come per volersi stabilizzare. "È stata una giornata assurda." Il tono cauto di Stas fece vacillare la felicità di Lizzie.

Si stava perdendo qualcosa.

Erano tutti vivi. Dovrebbero star festeggiando, ma Stas non le sembrava affatto gioiosa. Grata, forse, ma non del tutto contenta.

Morire sarà sicuramente stato traumatico, immaginò Lizzie. Così come svegliarsi…

Oh. Oh, no.

"Sei un'Hydraiana," realizzò tutto a un tratto.

"È quello che continuo a ripeterti. Che diavolo hai sotto la canottiera?" Stas le toccò lo stomaco. "Mi è sembrato di abbracciare un albero."

"È una cartellina," le spiegò Lizzie, anche se aveva capito il tentativo dell'amica di cambiare argomento. Era sconvolta, davvero sconvolta. Poi capì il perché diventare un'Hydraiana la ferisse così tanto. "Issac."

Lizzie si coprì la bocca e la faccia di Stas si ridusse a una smorfia di pianto. Lizzie sapeva che non avrebbe dovuto abbracciarla, avrebbe solo peggiorato le lacrime.

Stas rimase in silenzio per un po' poi sussurrò: "Non sono ancora pronta per parlarne."

"Oh, Stas," mormorò Lizzie. "Santo cielo, è colpa mia."

"No," scattò Stas. "Non dirlo, è stato Jonathan a premere il grilletto e io lo ucciderò per averlo fatto."

"Tieniti stretto quel pensiero," esordì Issac avvicinandosi a loro. Se le stava osservando nel buio aveva scelto proprio un bel momento per palesare la propria presenza.

"Abbiamo un problema più grande di cui discutere." Guardò Lizzie. "Bentornata a casa, Elizabeth. Vorrei poter permettere a questa riunione di continuare, ma Astasiya è richiesta urgentemente. Amelia ed Eliza si sono offerte volontarie per tenere compagnia a Elizabeth, nel frattempo."

"Cosa sta succedendo?" gli chiese Stas con le labbra ricurve, mentre Issac le si avvicinò senza arrivare a toccarla. Quel gesto mancante fece sì che il cuore di Lizzie si spezzasse per la migliore amica.

Non possono stare insieme.

Perché Stas è morta per salvare me.

"Sembra che Osiris abbia preso gli Anziani in

ostaggio," mormorò Issac. "Abbiamo cercato di raccogliere informazioni dai Guardiani, ma quando abbiamo chiesto loro cosa fosse successo si sono tagliati la gola all'unisono."

Lizzie sussultò portandosi una mano alla bocca. "Cosa? Jayson sta bene?"

"È ancora da vedere," le rispose Issac con tono fin troppo formale per lei. "Da quello che sappiamo, Osiris ha persuaso i Guardiani affinché lasciassero gli Anziani senza protezione. Poi, in una vistosa esibizione di potere, ha chiesto loro di tacere riguardo le circostanze del rapimento. Questo prova, anche se in modo superfluo, che la distanza non diminuisce il suo potere."

"Santo cielo," Stas prese un lungo sospiro mentre Lizzie cercava di non svenire pensando a quell'immagine raccapricciante. "Sopravviveranno?"

"Sì, anche se manterranno per sempre quel ricordo." Issac fece una pausa per onorare il peso dell'affermazione.

Che gesto orribile da ricordare per sempre, per giunta contro la propria volontà.

Lizzie tremò. Osiris voleva che lei avesse un figlio. Che razza di mostro avrebbe creato per lui?

Il pensiero le diede il voltastomaco, ma venne seguito da qualcosa di peggio. Le squarciò il petto, lasciandola dolorante e sanguinolenta.

"Jayson," sussurrò Lizzie con voce spezzata. Farlo morire, per poi resuscitarlo solo per vederlo potenzialmente morire di nuovo, per mano di Osiris.

Il cuore non le avrebbe retto.

"Se Osiris intende sterminare gli Anziani lo farà in maniera esuberante, grandiosa, il che ci fa guadagnare del tempo. Tuttavia, la mia esperienza suggerisce che ci stia invitando a giocare, anche Aidan è d'accordo."

"Intendi dire che pensi che lo sappia?" gli chiese Stas

chiaramente spaventata. "Della tua amicizia con gli Hydraiani? Di me?"

"Penso che l'abbia sempre saputo," mormorò Issac. "Ezekiel ha menzionato una chiaroveggente… se è vero, significa che Osiris ci ha presi in giro fin dall'inizio. Anche se Aidan pensa che la donna non possa prevedere i risultati, quindi ha proposto un nuovo piano."

"Quale sarebbe?" gli chiese Stas.

Issac la studiò con espressione intenzionalmente piatta. "Vuole mandarti a incontrare Osiris."

Stas impallidì. "Che cosa?"

"Il piano si basa sul fatto che Osiris non sia a conoscenza delle tue abilità, pensa che l'elemento sorpresa sia l'unica cosa che ci serve per rimediare alla situazione." Issac sembrava distaccato, diverso dall'uomo che Lizzie conosceva. Non si rendeva conto che quell'atteggiamento avrebbe solo peggiorato la situazione tra loro?

"Come ti senti riguardo a questo piano?" gli chiese Stas dolcemente.

Issac rimase in silenzio per un lungo momento prima di rispondere: "I miei sentimenti non sono rilevanti. Aidan è un mago nella strategia, mi inchino di fronte alla sua intelligenza."

Stas si addolorò davanti a quella risposta fin troppo logica. Lizzie avrebbe voluto prenderlo a schiaffi per essere tanto freddo e senza cuore; avrebbe voluto dirlo a parole, se solo le avessero funzionato le corde vocali.

Stas annuì assumendo un'aria stoica. "Beh, alla faccia del tenermi come arma segreta. Sempre che io lo sia, intendo."

"Infatti," rispose Issac, il suo tono si fece più morbido.

La luna illuminò i lineamenti dell'uomo e fece quasi soffocare Lizzie.

Tristezza.

Gli fuoriusciva dagli occhi vividi con una tale sincerità che andava oltre ogni logica. La formalità poteva avergli mutato la voce, ma la sua espressione diceva tutto.

Era il ritratto di un uomo distrutto.

"Come sempre, avrai il mio supporto qualsiasi cosa tu decida di fare." L'Ichoriano inclinò la testa in un modo reverenziale e tormentato, la gola si mosse in spasmi. "Sempre, Aya," aggiunse con un sussurro.

L'agonia distorse il volto di Stas e spezzò in due il cuore di Lizzie.

Quello era il modo di Issac di dirle addio.

E la sua migliore amica non poteva fare altro che accettarlo.

"Benvenuto, Jedrick," lo salutò Osiris. Teneva le mani aperte in un gesto accogliente che però andava in contrasto con la scena che si presentava davanti. Luc, Balthazar e Alik erano in ginocchio, a testa bassa. Una chiara indicazione riguardo ciò che sarebbe successo a Jayson.

Se avesse avuto accesso ai poteri avrebbe strangolato quel bastardo con la catena d'oro che portava al collo. Purtroppo in quel momento sembrava impossibilitato a utilizzare i poteri. Senza dubbio era opera di una barriera, di una runa oppure di qualsiasi altro rito vudù portato avanti da Osiris stesso.

Bastardo.

"Osiris," ringhiò Jay fermandosi al fianco di Luc. "Quanto tempo."

"Davvero?" Osiris sbatté le palpebre antiche. "Immagino si tratti di prospettiva, ma sento che il nostro ultimo incontro sia stato molto recente." Alzò le spalle. "Bene, ora che vi ho tutti qui… Inginocchiati."

Jayson cadde a terra al singolo comando di Osiris, ma mantenne il contatto visivo. Era una sfida bella e buona, sapeva l'Ichoriano non avrebbe apprezzato... A Jayson non importava più nulla.

"Che succede ora?" gli chiese.

"Vai di fretta, Jedrick?" gli chiese Osiris inarcando un sopracciglio. "Stai forse sperando di tornare da una donna dai capelli rossi che deduci erroneamente essere tua?"

"Non deduco nulla, Osiris. Lei è mia in tutto e per tutto." Avrebbe fatto di tutto per proteggerla.

"Davvero?" Osiris si rivolse a Ezekiel. "Questa storia continua ad affascinarmi. Capisco l'attrattiva, è un bellissimo esemplare, ma mi sembra si tratti di amore. L'hai guidato attraverso il processo?"

Ezekiel allargò le narici ma le labbra si incurvarono in uno dei suoi soliti sorrisi. *Nasconde del dolore?* "Non sono sicuro di potergli fornire molte indicazioni, date le circostanze, inoltre non vedo Jedrick da più di un secolo."

Jayson non sapeva cosa lo intrigasse di più: la plateale bugia di Ezekiel o le implicazioni dietro a quelle parole.

"Sì, immagino che tu sia stato occupato con altri impegni." La presa in giro nel tono di Osiris non passò inosservata agli occhi di Jayson. Ezekiel aveva detto di non avere molto potere decisionale sul proprio lavoro, ultimamente. Le due cose erano collegate?

"A ogni modo," continuò Osiris spostando l'attenzione di nuovo su Jayson. "Cosa saresti disposto a darmi in cambio di Elizabeth?"

"Considerando che è già al sicuro, a Hydria, non ti darei un bel niente."

"Essere al sicuro è una condizione relativa. Può cambiare molto facilmente, capisci." Osiris prese a fare avanti e indietro per la stanza, con le mani dietro la schiena. "Ezekiel potrebbe portarmi da lei in questo momento, se glielo chiedessi. Ho assicurato il loro legame subito dopo il successo della nascita di lei, dal momento che non mi fidavo del fatto che Jonathan avesse onorato la sua parte del nostro accordo. Tutto quello che mi serve è un semplice comando. Ti piacerebbe avere una dimostrazione?"

Jayson rabbrividì alla chiara minaccia. "Brutto figlio di puttana, se la tocchi…"

"Ti suggerisco di calmarti, prima che decida di insegnarti un po' di buone maniere," lo rimproverò Osiris. "Potresti imparare molto da Elizabeth. Forse dovrei permetterti di tenerla ancora un po', ma sono curioso… cosa mi daresti in cambio?" Avanzò verso Luc e gli passò le dita tra i capelli biondi. "Magari il tuo re… Lo sacrificheresti per Elizabeth?"

Jayson sentì il cuore arrivargli allo stomaco, gli impedì di parlare.

Luc per Lizzie?

Non avrebbe potuto… voluto…

"O forse il tuo amico telepatico?" Osiris coccolò Balthazar con quelle parole, quasi come se si stesse rivolgendo a un caro animale domestico. "È davvero potente… Potrei usarlo in tantissimi modi, oppure renderlo un esempio davanti a tutti al prossimo Conclave." Osiris si fece pensieroso. "Uhm, quante decisioni."

"Perché?" riuscì a dire Jayson. "Perché stai facendo tutto questo?"

"Perché hai deciso di prendere qualcosa che mi appartiene, Jedrick. Hai idea di quanto io abbia aspettato affinché venisse creata? Quanti tentativi abbiamo fatto per renderla perfetta?" Sì fermò in attesa. "No? È ovvio che tu non lo sappia, eppure hai il coraggio di dichiararla tua? Che bastardo incredibilmente ingrato… dopo tutto quello che ti ho dato."

Jayson mosse le labbra, ma non uscì nulla. Come si rispondeva a un pazzo? L'unica cosa che Osiris aveva dato a tutti loro era stata la morte. Perché Jayson avrebbe dovuto essergliene grato?

"Sire," mormorò Ezekiel interrompendo gentilmente il momento. "Si avvicina il momento che ha predetto la chiaroveggente."

"Ah, sì, il futuro." Osiris unì le mani davanti a sé e si fece indietro. "Desidero moltissimo sapere cos'è che la nostra Skye non è in grado di prevedere."

La smorfia di Ezekiel catturò l'attenzione di Jayson.

È stato il nome a ferirlo, oppure le parole?

"Comunque vorrei saperlo," aggiunse Osiris. "Cosa mi daresti in cambio di Elizabeth? Se facessi voto di non disturbarla mai più, di aspettare che un'altra come lei venga creata… cosa mi daresti?"

"Il tuo voto?" ripeté Jayson con voce rauca ed emozionata. "Non significa proprio niente per me."

"Forse è così, ma questo va al di là del punto. Voglio sapere cosa sacrificheresti per lei. Dammi una risposta del tutto sincera, subito."

La costrizione lanciata da Osiris si avvolse attorno al cuore e l'anima di Jayson bloccandogli la risposta in gola. Non avrebbe voluto dirlo, non voleva pensare a cosa volesse dire quella risposta.

Merda…

Gli suonava come un tradimento, una promessa infranta vecchia di millenni.

Tuttavia, nel profondo sapeva che non era così. Per quanto la situazione lo ferisse, non avrebbe potuto mentire.

"Qualsiasi cosa," grugnì, poi chinò la testa in segno di sconfitta. "Darei qualsiasi cosa per lei."

Perché l'amava. Più di ogni altra persona all'interno

della sua esistenza, inclusi quelli che chiamava migliori amici e fratelli.

Gli scivolò una lacrima sul viso, come se l'antico legame che univa il suo sangue a quello degli altri uomini si fosse spezzato. Per la prima volta, nella loro vita, qualcuno aveva superato la loro sacra connessione.

27 COSÌ EBBE INIZIO

La compagna di stanza del soggetto ha fatto domanda per un tirocinio all'interno del FAC. Il benefattore è stato informato della potenziale aggiunta e ha dato il via libera   all'assunzione.

-Registro 121.05.4-7

"È una pessima idea," dichiarò Tom.

"Forse," concordò Stas. "Ma succederà." Gli allungò un auricolare fatto apposta per il loro team.

Parecchi Hydraiani, così come Issac, Tristan e Mateo gli stavano intorno, pronti all'azione. Indossavano vestiti scuri e mimetici e vantavano un arsenale di armi. Issac aveva indosso dei jeans scuri e degli stivaletti chiodati, due capi che Stas non credeva nemmeno possedesse. Lei aveva scelto una maglia a manica lunga e dei pantaloni verde foresta.

Il piano era piuttosto semplice: mandare Stas come diversivo, avvicinarsi a Osiris e ai suoi sudditi mentre erano distratti e liberare gli Anziani.

Aidan aveva fatto le previsioni circa il loro successo: raggiungevano il sessanta per cento. Meglio di tutte le altre idee, che arrivavano solo al quaranta.

Tom inserì l'unità di comunicazione nell'orecchio. Aveva mutato la seconda ma l'aveva tenuta nell'orecchio opposto per origliare ciò che si dicevano Jayson e Osiris.

"Non ho idea di dove l'abbia portato Ezekiel," esordì Tom. Le parole furono come una doccia fredda per Stas.

"Ezekiel?" ripeté lei con voce roca. "Lui è qui?"

"Sì," le rispose Tom corrucciato. "Mi dispiace, Stas."

Lei deglutì e scosse la testa. "Nessun problema." Fatta eccezione per chiunque avesse sentito il ranocchio che le si nascondeva in gola e che avrebbe rovinato la copertura.

Issac inarcò la fronte, come a chiederle silenziosamente "Ce la fai?". Sapeva che la prima reazione della bionda a Ezekiel non era stata positiva. Quell'uomo le aveva ucciso i genitori, barbaramente. Stas sapeva che gli altri non erano altrettanto sicuri della colpevolezza dell'uomo, ma lei ricordava quella serata vividamente. Quegli occhi scurissimi le erano rimasti impressi negli incubi.

"Astasiya," mormorò Issac.

Tutti la stavano fissando.

La ragazza scosse di nuovo il capo. "Ehm, sto bene."

Il suo Ichoriano non era del tutto d'accordo. Quella era solitamente la parte in cui l'abbracciava, ma Issac mantenne una distanza educata.

Mi sta già allontanando, pensò lei tristemente. Non che potesse biasimarlo, una goccia del sangue di lei l'avrebbe ucciso all'istante ed entrambi tenevano alla vita di lui più che alla loro relazione.

Stas avrebbe preferito vedere Issac ogni giorno e non poterlo toccare, invece di non vederlo per nulla.

La solitudine e il dolore le si avvolsero intorno al cuore, consolidandole la determinazione dei confronti della missione che aveva davanti. Si concentrò sulla propria frustrazione interiore e la devastazione, non sulla paura evocata da Ezekiel.

Ce la posso fare.

"Sto bene," ripeté in tono più deciso.

Issac mantenne il contatto visivo per qualche secondo in più, poi annuì.

"Dove sono andati, Thomas?" gli chiese spostando l'attenzione sul piano.

"Sono scomparsi nel sottobosco." Tom fece un cenno verso gli alberi. "Ho provato a rintracciarli ma li ho persi di vista proprio lì." Alzò il dito verso un gruppo di alberi in lontananza.

"Ed è qui che entro in gioco io," s'intromise Brian, un Hydraiano con discrete capacità di tracciamento. Stas aveva visto l'individuo alto e magro vagare per Hydria ma non le era mai stato presentato formalmente fino ad allora. L'abilità di lui era meno difensiva: era in grado di tracciare un odore, simile a come fa un cane da caccia, tuttavia le loro scelte erano limitate.

"Un momento, amico, sento qualcosa," gli disse Mateo. "Che cosa è successo qui?" Indicò un campo che sembrava essere un sito di demolizione.

Tom seguì il gesto di Mateo. "È lì che Jayson ha incontrato Ezekiel."

Mateo sorrise. "Fantastico, ha lasciato un localizzatore."

"Puoi sentire cose del genere?" gli chiese Tom, evidentemente scioccato. Anche Stas la pensava come Tom.

"Ho un talento per la tecnologia," rispose il biondo facendo loro l'occhiolino. "Jacque?"

"Eccomi." Scomparve e riapparve nel giro di cinque secondi con un rettangolo argenteo in mano. Successe tanto velocemente che Stas non si accorse nemmeno che fosse scomparso e riapparso.

Impressionante.

Mateo gli prese il dispositivo dalle mani e iniziò ad armeggiarci. Stas capiva l'elettronica di base, ma non era certo all'altezza dell'Ichoriano. Mateo aprì uno schermo e sorrise. "Ora abbiamo delle coordinate."

"Sono ancora qui," commentò Issac guardando la posizione. "Ciò conferma i miei sospetti, ci sta aspettando."

Tristan si fece avanti per studiare la mappa. "Pensi che sia una trappola, Issac?"

"Credo che voglia dare una sorta di messaggio, anche se temo cosa ciò potrebbe comportare." Issac si passò le mani tra i capelli e sospirò. "Riguardo alla trappola... c'è solo un modo per scoprirlo."

"Ci penso io." Jacque scomparve.

Issac guardò il posto che il teletrasportatore aveva appena lasciato libero e scosse la testa. "Non intendevo dire quello. Non abbiamo modo di capire quali barriere Osiris abbia costruito per catturarci o..."

"Ho esplorato," annunciò Jacque materializzandosi di nuovo al fianco di Issac. "Gli Anziani sono vivi, sembra che ci siano solo Osiris ed Ezekiel sul posto. Mi sono spostato in un paio di posti senza alcuna interferenza e ora ho un buon posto per teletrasportare Stas."

Tutti lo fissarono.

"È stata una mossa pericolosa," gli fece notare Issac in tono piatto.

"Allora sarai dispiaciuto nel sapere che mi sono quasi teletrasportato al fianco di Luc per vedere se avessi potuto portarlo via, ma ho scelto di tornare qui a fare rapporto. Devo tornare lì e provarci?" In un giorno normale il sarcasmo nella voce di Jacque avrebbe fatto sorridere Stas, ma non era quello il momento. La bionda era d'accordo con Issac sul fatto che fosse stata una mossa azzardata, anche se lei stessa ne aveva fatte diverse negli ultimi mesi.

"Sei diventato piuttosto insolente, nonostante la tua giovane età," commentò Tristan con un sorriso sulle labbra, chiaramente per lui quello era un complimento. "Sono piacevolmente stupito."

Issac si schiarì la gola. "Dobbiamo concentrarci."

"Sì, e dobbiamo anche spostarci," gli rispose Tom iniziando a mettere via la sua roba. "È ora della distrazione."

Stas annuì e raggiunse Jacque. "Ci vediamo lì."

Issac le afferrò il polso prima che lei potesse toccare quello del teletrasportatore. Gli occhi zaffiro di Issac ardevano, dicendole tutto ciò che avrebbe voluto dirle a parole. Il cuore di Stas sussultò alla familiare intensità.

Non avrebbe voluto che lei andasse. Stas l'aveva pensato, era persino d'accordo, ma quella era l'opzione con più probabilità di riuscita.

Avrebbe potuto farcela.

Con il supporto di Issac.

"Issac," gli sussurrò, consapevole di avere un pubblico. "È ciò che ha suggerito di fare Aidan."

"Ne sono consapevole," le rispose avvicinandosi. "Non significa che ne sia entusiasta."

Stas si spinse fino a sfiorargli il cuore con una mano, con tocco esitante.

"Sarai proprio dietro di me."

Issac le prese il volto tra le mani e gli occhi gli brillarono emozionati.

Paura, realizzò lei.

"Sono stata addestrata per questo," gli ricordò lei. "Sta succedendo prima di quanto ci aspettassimo, ma posso farcela." Aveva bisogno che anche lui credesse in lei e glielo mostrò con uno sguardo. "Per favore, Issac. Devi lasciarmi andare."

Quelle parole le pugnalarono il cuore e dall'espressione di Issac pareva averlo sentito anche lui.

Accidenti, faceva male.

Stas odiava tutto ciò.

Odiava il destino.

Odiava il proprio maledetto sangue immortale.

Odiava tutto.

Ma soprattutto, odiava il modo in cui lui annuì sommessamente. Le sembrò l'inizio della fine. Entrambi sapevano che era inevitabile, ma vedere la propria scelta strappata in quel modo dalle mani sembrava ingiusto.

Ci sarai sempre e solo tu, gli promise l'anima della ragazza. *Sempre*.

"Stai attenta, Aya," le sussurrò.

Issac fece un passo indietro, gli occhi gli brillavano emozionati.

"Grazie." Stas avrebbe sempre adorato la fiducia incondizionata che Issac aveva riposto in lei riguardo il portare a termine la missione. Non gli piaceva ciò che la bionda avrebbe dovuto fare, ma aveva fede nel suo successo. Per Stas, quella sensazione era tutto.

"Ti aspetterò," gli disse lei mentre allungava di nuovo una mano verso Jacque. "Vienimi a cercare."

"Sempre," le rispose Issac.

I dintorni della ragazza cambiarono, Jacque la portò nel profondo della foresta a circa un centinaio di metri dal segnale del dispositivo di localizzazione. "Torno tra un minutino," le sussurrò.

Stas sussultò e iniziò un conflitto interno.

Concentrati, le ordinò il cervello.

Piangi, la implorava il cuore.

Avrò tempo di farlo più tardi.

Prese un respiro profondo e osservò ciò che la circondava, dalla posizione accovacciata al suolo. Il piano originale era quello di affidarsi a Brian affinché li indirizzasse nella giusta direzione, ma il localizzatore funzionava molto meglio.

L'obiettivo era di distrarre Osiris abbastanza a lungo da dare agli altri la possibilità di catturarlo e annientare lui e suoi sudditi. Ciò metteva molta responsabilità sulle spalle di Stas.

Rabbrividì. *Posso farcela.*

Il fatto che si sentisse esattamente come prima non l'aiutava. Tom aveva detto lo stesso quando si era svegliato immortale. Gli altri le avevano detto che fosse "perfettamente normale". Le sue abilità si sarebbero attivate quando lei ne avesse avuto bisogno.

O almeno, così sperava.

"Siamo in posizione," mormorò Issac attraverso gli auricolari, aveva una voce calma come nessun altro avrebbe avuto. "Regalaci un bello spettacolo, tesoro."

Quel nomignolo le toccò l'anima, incoraggiandola.

Issac sapeva sempre di cosa lei avesse bisogno.

Stas si schiarì la gola e sorrise a scapito delle circostanze non tanto positive. "Quello posso farlo."

I quattro Anziani stavano inginocchiati ai piedi di Osiris, in una radura oltre la coltre di alberi. Ezekiel era al fianco del proprio Sire con le mani unite dietro la schiena.

Dove sono i tuoi sudditi? Anche se Jacque non li aveva trovati, Stas era sicura che fossero da qualche parte.

Anche se un uomo del calibro e potere di Osiris non avrebbe avuto bisogno di un esercito.

Stas scivolò tra gli alberi, gli stivaletti erano silenziosi sul tappeto della foresta. Stark le aveva insegnato molto negli ultimi mesi, specialmente riguardo all'essere furtivi e al combattimento. Durante l'addestramento l'aveva definita un talento naturale, un dettaglio che Stas aveva attribuito al diritto di nascita altrimenti umano.

Poi c'erano state le sessioni con Issac. Moltissime serate trascorse ad affinare le proprie capacità e praticare l'arte della persuasione. Stas aveva imparato che i comandi non erano limitati da una finestra di tempo, ma dalla sua stessa capacità di controllo. Non appena lei faceva cadere il collegamento, lo stato persuasivo terminava. Avrebbe dovuto ricordarselo, una volta davanti a Osiris.

"...scelgo?" La voce antica scivolò nell'aria, inumidendo la pelle di Stas.

Quella stessa sensazione di familiarità le riportò la mente al loro primo incontro. Arrivò anche la sensazione di terrore.

Sotto la facciata formale si nascondeva un male del tutto puro. Lei aveva assistito alla propensione dell'uomo alla tortura dalla prima fila dell'anfiteatro del Conclave.

Bastardo malato.

"Dovrai costringermi di nuovo per quella risposta," ringhiò Jayson mentre Stas metteva piede nella radura.

"Oppure potrei usare Alik." Osiris sorrise. "Infliggi dolore su..." Lasciò andare la frase non appena notò la presenza di Stas. La ragazza rimase sorpresa dal fatto che gli ci fosse voluto tanto per accorgersi di lei. Ciò indicava che forse era davvero solo, dopotutto. Fatta eccezione per l'assassino che aveva al fianco.

"Oh, non fate caso a me," esordì lei con voce piena di una sicurezza che non percepiva. "Sto solo facendo un giretto."

Jayson si voltò e spalancò la bocca, mentre gli altri Anziani rimasero immobili a testa bassa.

Vittime del controllo.

"Bene, bene," commentò Ezekiel sorridendo. "Benvenuta alla festa, Astasiya."

417

Osiris inarcò un sopracciglio. "Astasiya?" La studiò. "Mi sembri familiare." Sembrava quasi curioso, forse un tantino annoiato. "Quando ci siamo conosciuti?"

"Non ti ricordi?" gli chiese lei fingendo di essere delusa. "Immagino che fossi troppo impegnato a preparare una serata di puro divertimento a base di tortura." Si fermò a tre metri di distanza e allungò le braccia lungo i fianchi.

Osiris la passò in rassegna da capo a piedi, i suoi antichi occhi verdi chiaramente non la trovavano all'altezza. "La tua insolenza mi annoia. Mi occuperò di te quando avrò finito qui, per ora resta…"

"Smettila di parlare, Osiris." Quattro parole dette in modo casuale ma che nascondevano un grande potere. "Congedare qualcuno così velocemente è da maleducati, specialmente quando non li conosci affatto."

Osiris spalancò la bocca ma non uscì alcun suono, così strabuzzò gli occhi incredulo.

"Capisci che intendo?" gli chiese Stas mentre radunava tutte le proprie facoltà mentali intorno all'ordine dato all'uomo. Se non fosse stato in grado di parlare, non avrebbe potuto persuadere nessuno.

"Fantastico," mormorò Ezekiel. "Oh, non badate a me. Sono qui solo per lo spettacolo." Mostrò le mani in segno di resa e rimase immobile al fianco di Osiris. "Per favore, continua."

Stas prese in considerazione l'idea di zittire anche lui, ma Kiel le sembrò più divertito che pericoloso. Anche Osiris le sembrava più divertito che minaccioso, le labbra gli si arricciarono in un sorriso esuberante che per poco non distrusse l'intenzione della ragazza.

Si sforzò di concentrarsi mentre l'apprensione le pervadeva ogni nervo. Aveva bisogno di liberare i propri amici e poi correre, correre lontano.

Jacque li aveva informati che Osiris aveva ordinato all'Anziano telepatico di torturare mentalmente tutti gli altri. Sembrava proprio il comando giusto con cui iniziare.

"Libera Alik dalla tua presa persuasiva."

La tensione nell'aria si attenuò, ma tutti e tre rimasero in ginocchio. Stas pensò che fossero stati costretti da un comando vocale.

Lasciò perdere il comando riguardante Alik, dal momento che non aveva più alcuno scopo, cercò di concentrarsi su quello che impediva a Osiris di parlare.

L'antico sembrava ancora più impressionato e la guardò di nuovo con attenzione. Il bastardo si mise persino ad applaudire, il che fece rabbrividire Stas. Aveva evitato l'interesse dell'uomo il più possibile, ma in quel momento le aveva catturato del tutto l'attenzione.

Le fece un cenno con una mano, come a esortarla a fare di più.

Se voleva salvare gli Anziani, Stas non aveva altra scelta che assecondarlo.

"Libera Balthazar, Lucian, Alik e Jayson dal tuo potere persuasivo."

Luc e Balthazar caddero al suolo, tremanti, mentre Alik si sedette sui talloni con espressione vacua.

Jayson, al contrario, si alzò in piedi. Era ovvio che non avesse subito le stesse torture degli amici. "Non dovresti essere qui," si rivolse a Stas a mo' di saluto. "Anche se non me ne lamento."

La bionda ignorò il commento di Jay e si concentrò su un ultimo comando, rafforzando la propria presa sulla capacità di parlare di Osiris.

Il sorriso del mostro si allargò in approvazione.

Allargò le braccia in un gesto che sembrò dire: "Cosa hai intenzione di fare, ora?"

Stas si era aspettava di combattere un po' di più,

magari gli altri avevano annientato le ulteriori minacce, oppure era davvero solo.

"Ezekiel, dimmi dove sono i rinforzi." Ci volle più sforzo di quanto si aspettasse per parlare direttamente all'assassino dei genitori, ma Stas riuscì a far tremare la voce impercettibilmente.

L'assassino sorrise compiaciuto. "Li stai guardando, anche se mi è stato ordinato di non fare del male a nessuno." Puntò gli occhi sul proprio maestro.

Osiris scrollò le spalle, indifferente. Sembrava essere ancora troppo divertito, per i gusti di Stas. Controllò la potenza del proprio comando e si assicurò che fosse ancora forte.

"Siamo pronti per andare avanti con lo show?" continuò Ezekiel, gli occhi pagliuzzati d'oro guizzarono verso sinistra per ottenere l'appoggio di Osiris.

Quest'ultimo annuì, ma mantenne la propria attenzione su Stas. Sembrava quasi felice. Era un'emozione piuttosto inquietante che Stas non avrebbe voluto vedere mai più su di lui, specialmente in relazione a se stessa.

"Eccellente. Agli Ichoriani presenti... ho ricevuto istruzione di informarvi che un tradimento di questo calibro non resterà impunito, tuttavia per oggi vi è concessa un'amnistia temporanea." Ezekiel alzò lo sguardo sopra la spalla di Stas. "Se stai pensando di spararci, Thomas, ti consiglio di non farlo. La chiaroveggente ha predetto un finale tutt'altro che piacevole. Inoltre, Astasiya sembra tenere Osiris piuttosto sotto controllo. Non male, per un angioletto tanto grazioso."

L'antico fece un breve cenno, gli occhi gli brillarono in un guizzo.

"Come fa quel bastardo a sapere il mio nome?" ringhiò Tom attraverso l'auricolare.

"Sembrerebbe che si aspettassero un risultato

simile," gli rispose Issac. "Il che spiegherebbe perché Osiris si sia limitato a torturare gli Anziani e non li abbia uccisi. Ci vuole tutti vivi, almeno per il momento."

"Quindi? Significa che dovremmo restituirgli il favore?" gli chiese Tom incredulo.

"Sono curioso di capire lo scopo di questa riunione, quindi sì, credo che dovremmo dargli tregua. Come ha insinuato Ezekiel, Osiris sa già che siamo qui, il che mi incuriosisce. E poi, direi che Astasiya ha la situazione sotto controllo." L'orgoglio nella voce di Issac arrivò al cuore di Stas.

Anche se ciò non significava che fosse d'accordo con il fatto che quei due sarebbero dovuti sopravvivere.

Erano due assassini.

Malefici, demoni che andavano eliminati.

Uccidili, la incoraggiò una parte di lei. Sarebbe stato tanto semplice.

Avrebbe potuto comandare a Ezekiel di pugnalarsi da solo.

No.

Avrebbe potuto ordinargli di tagliarsi la testa.

Un'immagine raccapricciante le balenò in mente e sorrise.

Le sarebbe bastata una sola parola.

Decapitati.

Mostruoso.

Placherebbe la mia sete di vendetta.

Non ti perdoneresti mai.

Ma loro saranno morti.

Fallo...

Le labbra di Stas si schiusero mentre prendeva in considerazione l'idea. *Annientali.*

La persuasione l'avvolgeva come un mantello

d'oscurità, facendole venire la pelle d'oca. Sarebbe tanto facile…

"Aya," mormorò Issac nell'auricolare. "Concentrati."

La ragazza sbatté le palpebre, strappata dai propri oscuri pensieri.

Controllò immediatamente il comando di silenzio e si accorse che era appeso a un filo. Lo rinforzò con la mente e chiuse la porta ai propri desideri malvagi. Erano sempre lì, in agguato, pronti a portarla oltre il limite.

Il potere era inebriante e coinvolgente. Poteva essere usato per fare davvero tanto male.

Incontrò gli occhi di Osiris e vide l'orgoglio fermentare in quello sguardo lurido. La disgustò fin nel profondo dell'anima.

Lui lo sapeva.

Perché abbracciò apertamente le sollecitazioni malvagie suscitate dal potere. Stas lo aveva visto in azione, sapeva di cosa fosse capace e aveva visto quanto gli piacesse.

Io non sono te.

Lui si limitò a sorridere. Per quanto ne sapesse Stas non era in grado di leggere le menti altrui, anche se quello sguardo onnisciente la lasciò perplessa a riguardo.

"Tengo stretto Osiris," comunicò la bionda nell'auricolare.

"Sì," mormorò Ezekiel. "Come simbolo di buona fede, Osiris ha concesso il permesso al teletrasportatore di riprendersi il prezioso re degli Hydraiani."

Stas assottigliò lo sguardo. "Sento puzza di trappola."

"Nessuna trappola, Astasiya. È solo un mero segno della nostra pace temporanea."

Stas studiò l'assassino e l'Ichoriano che aveva accanto.

Niente di tutto ciò le andava giù, ma avevano dimostrato di avere molta padronanza della situazione.

Per via della chiaroveggente.

"Io gli credo," le disse Issac in cuffia. "Non ha motivo di mentire."

"Permettimi di dissentire, Wakefield. Ha tutte le ragioni del mondo per farlo, lascia che gli spari."

"A cuccia, Thomas." L'autorità nel tono di Issac attraversò gli auricolari di Stas, rassicurandola in un modo che non avrebbe dovuto. "Jacque, prendi Lucian."

Jacque non esitò, si teletrasportò accanto a Luc e scomparve in un batter d'occhio.

Ezekiel sorrise. "Non è stato poi tanto difficile, eh?"

"Qual è il punto di tutto questo?" chiese Jayson incrociando le braccia. "È una punizione per aver salvato Lizzie?" Era ancora l'unico Anziano in piedi. Qualsiasi cosa Osiris avesse ordinato ad Alik di fare nei confronti di Balthazar lo aveva lasciato tremolante a terra, mentre il telepatico se ne stava seduto lì, privo di emozioni a fissare un punto non precisato in lontananza, con occhi spenti.

Essere forzati a torturare i propri migliori amici... Stas tremò al solo pensiero.

Ezekiel fece un ghigno. "Elizabeth è uno dei motivi chiave del nostro incontro di stasera, sì. È una su un milione e Osiris la rivorrebbe indietro."

"Dovrete passare sul mio cadavere," ringhiò Jayson.

"Possiamo sicuramente provvedere," mormorò Ezekiel mentre Osiris gli toccò un braccio. "Sembra che per ora il mio Sire abbia acconsentito a concederle la libertà."

"Per ora?" ripeté Stas. "Che diavolo vorrebbe dire?"

"Immagino che il suo obiettivo sia cambiato, piccolo angelo." Le pagliuzze d'oro negli occhi di Kiel sbrilluccicarono. "Sei un bell'enigma, mia cara. È intrigato da te."

A Stas venne un brivido lungo la schiena, non appena

scoprì il vero significato di quella frase. "Sono io il suo nuovo obiettivo."

"Così sembrerebbe… dal momento che non dovresti esistere." Si guardò l'orologio e sospirò. "Abbiamo già eliminato diversi scenari su come il nostro incontro sarebbe dovuto andare, quindi immagino sia ora che Issac si faccia avanti. Per favore… Osiris vorrebbe scambiare due parole."

L'antico Ichoriano annuì, la sua attenzione si distolse finalmente da Astasiya e si posò inaspettatamente alla sua sinistra. Il demone della bionda fece il proprio ingresso un secondo dopo, con espressione vuota sul volto, Tristan e Mateo che gli costeggiavano i fianchi.

"Una prova di lealtà," commentò Issac avvicinandosi a Stas. "L'hai sempre saputo."

L'antico alzò una spalla.

"In parte," mormorò Ezekiel. "La chiaroveggente ha informato Osiris di questo possibile risultato, insieme ad altri, ma la visione dell'ultima minaccia è rimasta sfocata."

"Stas," la chiamò Jayson non appena Jacque riapparve per portare via Balthazar. Sparì in un nanosecondo, ma nessuno disse una parola.

"La tua chiaroveggente non è stata in grado di prevederla."

"Esattamente," gli rispose Ezekiel contento. "E ora che è fatta, possiamo andare?" Guardò il proprio superiore, che scosse la testa.

Quegli occhi antichi guardavano Stas con fare impaziente.

"Vorresti poter parlare," commentò lei.

Osiris annuì.

"Assolutamente no." Stas si rifiutò di dargli anche solo la minima vittoria. "Propongo invece di ucciderti."

Osiris la guardò deluso e si rivolse a Issac. Tra i due si

instaurò una conversazione che il resto di loro si limitò a osservare.

"Cè un modo per mantenere il controllo su di lui e al contempo far sì che possa parlare?" le chiese Issac, concentrato su Osiris.

"Vuoi sapere cos'ha da dire?" Stas non riuscì a nascondere il tono scettico nella voce. Non poteva essere serio.

"Sì," confermò Issac. "Specialmente dal momento che vorrà parlare di te."

"Concordo," aggiunse Jayson.

"Io direi di sparagli," rispose Tom negli auricolari. Sembrava l'unica voce della ragione.

"Fossi in te non lo farei," l'avvertì Ezekiel, lasciando Stas in uno stato di shock. "La veggente ha già previsto questo scenario e non finisce bene per te, Thomas."

Stas aggrottò la fronte. "Riesci a sentirlo?"

"Ovviamente no, ma so quali sono le predizioni. Skye non sbaglia mai." Mosse le labbra come se stesse sopprimendo una reazione all'ultima frase. "Detto questo, potreste provarci tutti, ma non avete idea di chi avete davvero davanti."

"Immune," annaspò Alik.

Ezekiel esibì un sorrisetto. "Sì, come ha avuto modo di scoprire Alik, Osiris e io siamo entrambi immuni ai talenti degli Hydraiani e degli Ichoriani. I proiettili incendiari delle vostre armi non penetreranno i nostri scudi. Ma... di nuovo, sentitevi liberi di provare."

"Tutto fantastico, eppure io sto controllando Osiris in questo momento," gli disse Stas, smentendo la teoria dell'assassino.

"È vero, lo stai facendo. Bravissima." Ezekiel unì le mani di fronte a lui. "Siamo d'accordo per un armistizio temporaneo, oppure Thomas dovrebbe provare a premere il grilletto?"

"Stai fermo, Tom," gli ordinò Jayson, quel tono non ammetteva repliche. "Voglio sentire cos'ha da dire Osiris."

"Anche io," concordò Issac. "Astasiya, per favore…?"

Lei incontrò il vivido sguardo del compagno e sussultò. *Per favore? Davvero?* Non riusciva mai a dirgli di no quando chiedeva gentilmente, lui lo sapeva. Tuttavia non poteva essere serio.

"È un mostro."

"Magari sì, ma ha lasciato che Balthazar e Lucian tornassero a Hydria, al sicuro. Ci ha anche concesso un'amnistia temporanea… e poi io gli credo."

Stas lo guardò a bocca aperta.

"Fidati dei tuoi Anziani, piccolina," le suggerì Ezekiel. "Giocano a questo gioco da molto più tempo di te."

Stas lanciò un'occhiataccia all'assassino ma si astenne dal rispondere. L'uomo che le aveva ucciso i genitori pensava di poterle dare dei consigli. Le balenò in testa l'idea di ordinargli di uccidersi, così, tanto per divertimento.

La visione le si parò dietro gli occhi e le suscitò un sorriso proveniente da un luogo molto oscuro dentro di lei.

Sarebbe facilissimo.

"Aya," la chiamò Issac sfiorandole una mano. "Per favore."

Due volte.

Stas chiuse gli occhi. La prima volta era stata già abbastanza dura, non poteva ignorare la seconda. "Va bene," sussurrò. "Lo farò."

Tutti volevano una spiegazione da Osiris, quindi lei gli avrebbe ridato la voce. Tuttavia, avrebbero fatto bene a considerare l'idea di ucciderlo subito dopo.

La ragazza prese a giocare con varie frasi nella mente,

mentre gli altri aspettavano. Il comando avrebbe dovuto essere preciso, senza possibilità di diversa interpretazione, altrimenti le cose si sarebbero messe male.

"Osiris, non usare le tue capacità di persuasione su nessuno che si trovi nel raggio di due chilometri dalla tua posizione attuale."

L'uomo sembrò fin troppo contento dell'uso di quelle parole da parte di Stas e annuì in attesa.

Stas tracciò i legami mentali dell'ordine che gli impediva di parlare e li spezzò.

"Grazie, bambina," le disse. Il fatto che si fosse reso conto di essere stato liberato da quella coercizione la diceva lunga su quanto lui stesso fosse potente. "Hai molto da imparare, la prima regola è che non serve la voce per impartire i propri ordini. La seconda lezione ti insegnerà che il dono che condividiamo non è chiamato persuasione. Le mie capacità sono rimaste intatte durante tutta la nostra interazione, ma ho scelto di non utilizzarle e continuerò a non farlo."

Spostò lo sguardo su Issac e tutto il divertimento gli sparì dagli occhi. Stas aspettò che Osiris si levasse la maschera e mettesse in pratica un ordine orribile, ma lui si limitò a dire: "Il Conclave sarà cambiato per sempre. Vi chiederei di partecipare al prossimo, ma non voglio insultare la vostra intelligenza."

Issac accolse il commento con un leggero inchino del capo, era il suo modo di mostrare rispetto. "Sospetto che ci vedremo di nuovo presto, Sire."

Osiris ricambiò il cenno. "Continui a stupirmi, Issac, anche nella tua ribellione. Terrò attivo questo scambio tra noi, per il momento. Per favore, porta i miei saluti ad Aidan. Mi mancherà."

"Certamente," gli rispose Issac in tono cordiale, senza accennare al commento riguardante Aidan.

"Buona fortuna, arrivederci."

"Allo stesso modo, Sire."

Stas non poteva credere che i due stessero chiacchierando come vecchi amici. Proprio quando aveva pensato di star cominciando a capire quel pazzo mondo, gli immortali avevano cominciato a intrattenersi in una conversazione piacevole che però nascondeva delle minacce.

Oh, a proposito, presto ti ucciderò.

Sentiti libero di provarci.

Lo farò. Nessun rancore, ovviamente.

No, no, affatto.

Fantastico.

Sul serio? Era quello il motivo per cui il mondo sarebbe andato in rovina. Si sarebbero tutti messi a sedere per godersi una tazza di tè e poi si sarebbero picchiati mentalmente.

Stupendo.

Osiris riportò lo sguardo su di lei e il sarcasmo di Stas andò scemando.

Così antico, così crudele.

"Oserei dire che sono molto lieto di fare la tua conoscenza, Astasiya. Ho trascorso gli ultimi decenni in attesa di creare un nuovo protetto che avrebbe potuto sostituire quello spezzato, solo per scoprire che ciò di cui avevo bisogno esisteva già. Sei tu." Si rivolse a Ezekiel. "Sono abbastanza colpito dal fatto che Sethios sia riuscito a tenermi nascosta questa rivelazione. La sua resilienza è davvero notevole, non è vero?"

"Certamente, Sire," concordò l'altro con tono piatto.

"I tuoi doni sono piuttosto rari, bambina mia," continuò Osiris. "Talmente rari, infatti, che rivelano la tua ascendenza… Figlia di Caro e Sethios." Increspò le labbra in un sorriso arido mentre Stas lottò per continuare a

respirare regolarmente. "Oppure preferisci che ti chiami…
nipotina?" Stas spalancò gli occhi e la gola le si fece secca
in un istante.

Cosa?

Figlia di Caro e Sethios?

Aprì la bocca per confutare ciò che lui aveva appena
detto, poi la chiuse perché finalmente capì.

I genitori di Stas si chiamavano Caroline e Seth, anche
se il padre si riferiva spesso alla mamma come a Caro.
Inoltre, Sethios non era poi così diverso da Seth.

Tuttavia, "nipotina"?

Era per quello che Osiris le risultava tanto familiare?

Occhi verdi… La stessa sfumatura dei suoi, di quelli del
padre.

No.

Stas scosse la testa, come a negare quell'evidenza.

No. Era semplicemente… no.

Era impossibile.

Il figlio di Osiris doveva essere un Hydraiano, gli
Hydraiani non potevano procreare con gli umani.

A meno che non fosse esistita un'altra Lizzie, come
aveva insinuato Ezekiel. La madre di Stas era un prodotto
del FAC?

*"Osiris e io siamo entrambi immuni ai talenti degli Hydraiani e
degli Ichoriani."*

"Eppure io sto controllando Osiris, in questo momento."

"È vero, lo stai facendo. Bravissima."

La conversazione le si ripeteva in testa, a ripetizione.
Era stato un trucchetto? Una bugia detta per generare false
speranze? Un indizio? Un modo per prendersi gioco delle
loro menti?

Osiris si rivolse a Ezekiel. *"Nipotina* è l'appellativo
giusto, vero?"

"Sì, Sire." Un paio di occhi scuri incontrarono quelli di

Stas. La ragazza poté giurare di vedere un lampo di dolore attraversarli.

"Eccellente." Osiris inchiodò Stas con uno sguardo finale. "Attendo con ansia la nostra prossima conversazione, bambina mia. Posso suggerirti di fare ricerca sui termini appropriati, nel frattempo? Prova, per esempio, *controllo psichico*." Le fece l'occhiolino e prese il braccio di Ezekiel. "Ci vedremo presto, Astasiya."

"Alla prossima," aggiunse Ezekiel con un cenno.

Entrambi scomparvero nell'ombra, lasciando che Stas fissasse a bocca aperta il buco nero che quei due avevano lasciato, sia fisicamente che mentalmente. Stas non aveva avuto nemmeno un momento per processare l'idea di attaccarlo, dopo che Osiris le aveva lanciato quella bomba di informazione.

"Nonno?" sussurrò mentre la mente le andava in frantumi.

"Ci sono io, tesoro," Issac la prese tra le braccia. "Non vado da nessuna parte."

Stas si spostò verso il petto di lui come in autopilota, aveva bisogno di sentire il suo odore e conforto. "Lui è… Io non…"

"Va' da Elizabeth," disse Issac sopra la testa di Stas. "Posso pensarci io, d'ora in poi."

"Avremo bisogno di parlarne," gli disse Jayson.

"Certo," concordò Issac. "Più tardi."

"Sì, più tardi," acconsentì Jayson.

Issac sfiorò con le labbra una tempia di Stas. "Ne verremo a capo, Aya."

Il doppio senso in quelle parole distrusse il muro sottile che Stas aveva costruito intorno alle proprie emozioni. "Issac," sussurrò tremando come se il mondo attorno a lei stesse crollando.

Si aggrappò a lui quando le cedettero le gambe e lui la

prese, proprio come le aveva promesso, poi se la caricò in spalla.

L'energia l'abbandonò insieme all'ultima goccia di controllo.

Nonno...

Cosa avrebbe significato per lei?

28   NESSUNO È COME TE

I RICORDI SONO STATI CANCELLATI DEFINITIVAMENTE E
SONO STATE IMPIANTATE LE IMITAZIONI UMANOIDI, COME
RICHIESTO DAL BENEFATTORE. A BREVE IL SOGGETTO
SARÀ TRASFERITO A CASA WATKINS PER SCOPI SIMULATIVI.

-REGISTRO 118.03.4-7

Lizzie posò la cartellina sulla tavola del soggiorno. "Non so da dove iniziare."

Amelia ed Eliza si sedettero di fronte a lei, erano due perfette sconosciute che avevano scelto autonomamente di aiutare Lizzie a sentirsi la benvenuta a casa di Jayson dopo che Jacque l'aveva fatta teletrasportare lì.

Le due donne avevano cercato di distrarla con una doccia, dei vestiti puliti e una tazza enorme di cioccolata calda. La mente di Lizzie non aveva mai lasciato Jayson o la situazione in cui si trovavano, ma aveva cercato di stare al gioco al meglio che poteva. Soprattutto perché Amelia ed Eliza sembravano preoccupate tanto quanto lei.

"Ti direi di cominciare dall'inizio," le disse Amelia, mentre con le eleganti dita apriva la cartellina.

Durante la loro conversazione Amelia aveva menzionato la propria familiarità con il FAC, un dettaglio a cui anche Jayson aveva fatto riferimento quando lui e Lizzie si trovavano ancora a Bora Bora. Le aveva anche detto che Amelia e Tom avevano una relazione amorosa. Quella notizia aveva fatto sentire Lizzie come un'estranea. Tom, l'uomo che la trattava come una sorella, era fuggito e si era innamorato, Lizzie non ne aveva idea. Si sentiva come se non lo conoscesse affatto.

"Sembra essere una raccolta di registri." Amelia scandì le parole. "Piccoli frammenti della tua vita, durante gli anni passati in laboratorio." Andò alla fine della pila di fogli. "E poi fuori, credo."

"È un codice," s'intromise Eliza il cui sguardo scuro viaggiava sulle diverse pagine, sbrilluccicando. "Il primo numero è sempre uno, ma i seguenti sembrano aumentare a intervalli specifici. Quanti anni hai?"

"Ventiquattro," le rispose Lizzie. "Presto ne avrò venticinque."

Eliza annuì e girò le pagine verso la fine del file. "Allora sì, i seguenti due numeri rappresentano la tua età al tempo del registro. Per esempio, questo è uno zero quattro, quindi avevi quattro anni quando l'hanno scritto. Immagino che quelli dopo indichino il mese, dal momento che non superano il dodici. Le ultime due cifre sono il nome del tuo progetto, quattro trattino sette."

"Ah," rifletté Lizzie. "Quindi è una specie di catalogo della mia vita, in ordine cronologico."

"È un registro qualitativo," le spiegò Eliza. "È tipico per chi fa ricerche in laboratorio. Immagino che ci sia anche un registro quantitativo da qualche parte, anche se questo è più importante. L'altro è fatto di semplici numeri e statistiche."

Lizzie sfogliò alcune pagine, cercando il proprio diciottesimo anno di vita. Voleva confermare una teoria che le era stata messa in testa da Osiris, quella riguardo la memoria. Data la follia degli ultimi giorni non aveva avuto la possibilità di pensarci, ma voleva saperlo.

Scansionò i fogli relativi al diciottesimo anno, ottavo mese.

Eliza e Amelia lessero con lei, entrambe scandalizzate dalle informazioni che trovarono sulla pagina.

"Allora è vero," mormorò Lizzie. "Nessun ricordo è davvero mio. Hanno cancellato tutto e mi hanno fornito un falso senso di identità." Ciò spiegava l'annebbiamento dei pensieri e i ricordi che non le restavano impressi a lungo Come Roma. "Interessante."

Cosa significava ciò per lo sviluppo della sua personalità? Le convinzioni riguardo l'educazione le erano state impiantate, così come l'innata innocenza. Non desiderava mai gli uomini perché l'avevano istruita a non farlo.

Si mosse verso la fine del file, alla ricerca di qualche appunto su Jayson.

Niente.

Quindi non l'avevano accoppiata con lui... non di proposito, almeno.

Tuttavia, c'erano diverse note riguardo l'infatuazione per Tom. Amelia arrossì leggendo quelle righe, poi Lizzie si schiarì la gola. "Io... Non è più così."

"È tutto ok." Amelia sorrise. "Ne capisco il fascino."

Eliza alzò gli occhi al cielo. "Voi due dovreste davvero riprendervi la vostra casa e trasferirvi. Io posso stare con B."

"Stiamo costruendo una casa," le spiegò Amelia. "È quasi finita, poi Jayson potrà riavere indietro il suo nido."

"Dico sul serio, sai che l'offerta è sempre valida," insistette Eliza. "Capisco perché tu me l'abbia concessa all'inizio, l'ho apprezzato molto ma davvero, non avrei problemi a condividere uno spazio con B. Lui non... beh, lo sai."

Ad Amelia brillarono gli occhi. "Sì, mi ha sempre trattata come una sorella e niente di più."

Lizzie deglutì. "Lui mi intimidisce."

"Oh, puoi scommetterci," le rispose Eliza. "Ma ho sentito che non fatichi a tenere testa a Jayson, il che mi dice che B non sarebbe un problema."

"Io non... Non è..." Lizzie scosse la testa arrossendo. "È Jayson quello che voglio." Le donne sussultarono e lei ripeté: "Voglio Jayson."

"Beh, questo è il miglior regalo di bentornato a casa che potessi mai ricevere, Rossa," una voce sicura si levò da dietro di lei. "Anche se un abbraccio sarebbe altrettanto gradito."

Lizzie per poco non cadde dalla sedia nel tentativo di raggiungerlo. Lui le catturò i fianchi e la tirò su in aria mentre lei gli cingeva il collo con le braccia.

È reale.

Lui è reale.

Non aveva voluto crederci, Lizzie si era rifiutata di lasciare che la speranza le tenesse prigioniero il cuore, fino a quando non lo avesse toccato.

Jayson sembrava del tutto vivo, caldo e massiccio.

Indossava un paio di jeans firmati e una maglietta a maniche lunghe verde foresta, era proprio come Lizzie se lo ricordava. Anche i capelli castani scompigliati erano sempre gli stessi.

Gli premette il naso contro la gola e inalò il profumo di cedro.

Davvero, davvero reale.

Quando lei gli attorcigliò le gambe alla vita, le mani di Jayson le toccarono il fondoschiena. I pantaloncini che le aveva prestato Eliza le si arrotolarono sulle cosce, ma a Lizzie non importava.

"Sei qui," sospirò. "Sei vivo."

Jayson ridacchiò. "Anche tu lo sei." Alzò una mano per infilarle le dita tra i capelli e staccò lentamente la faccia di lei dal proprio collo. "Mi sei mancata, Rossa," le sussurrò guardandola negli occhi. "Tanto da far male."

"Anche tu mi sei mancato." Gli accarezzò il viso con gli occhi, memorizzandone ogni lineamento forte e mascolino. "Pensavo che fossi morto."

"Sono qui, Liz," mormorò Jay. "Non vado da nessuna parte, te lo prometto."

La rossa si sporse per baciarlo ma qualcuno si schiarì la gola, interrompendoli. Lizzie alzò lo sguardo sull'ingresso e vide un uomo in piedi.

"Scusate, non volevo interrompere." Tom si passò le dita tra i capelli biondi, era un tantino imbarazzato. "Volevo solo dire che sono contento che tu stia bene, Liz." L'esitazione nel tono la ferì. Non era mai stato tanto a disagio con lei. Certo, le ultime volte che si erano visti non erano state molto piacevoli.

Jayson le tirò una ciocca di capelli per attirarle l'attenzione. "Volete un minuto?" le chiese dolcemente.

Lizzie deglutì. Le stava offrendo una possibilità di parlare con Tom, ma solo se lei avesse voluto.

Voleva?

Il loro rapporto non sarebbe mai stato lo stesso, così come quello tra Lizzie e Stas, ma ciò non voleva dire che avrebbe voluto odiarlo per sempre. Magari non sarebbero più stati migliori amici, ma potevano almeno provare a essere amici e basta. Avvicinarsi con il tempo.

Se quello che aveva fatto intendere la dottoressa sulla genetica Seraphim di Lizzie era vero, allora il tempo sulla Terra sarebbe stato infinito per lei. Proprio come quello di tutti gli altri sull'isola.

Amelia girò intorno al tavolo per avvolgere Tom in un abbraccio, portandogli le labbra a un orecchio. Lui annuì a qualsiasi cosa lei gli avesse detto, ma aveva gli occhi tristi. Lizzie non lo aveva mai visto in quel modo. Stava soffrendo a causa sua? Perché non voleva parlare con lui e si rifiutava di perdonarlo?

Lui era morto.

Lizzie era andata al suo funerale.

Tom le aveva mentito nel peggior modo possibile.

Eppure, il dolore di averlo perso non era stato nulla in confronto all'agonia che aveva provato perdendo Jayson. Capiva, da un punto di vista logico, perché Tom l'avesse tenuta all'oscuro di tutto. Voleva proteggerla, come aveva sempre fatto. Non era una scusante per essersi comportato in quel modo, ma le intenzioni della Sentinella erano sempre state pure.

"Vorrei parlargli," decise Lizzie. "Ma non allontanarti troppo."

Jayson le catturò le labbra in un bacio che fece tremare tutto il mondo della ragazza. "Penso che ti sarà praticamente impossibile sbarazzarti di me ora, Rossa." La baciò di nuovo prima di aiutarla a rimettersi in piedi. "Fammi sapere quando avrete finito, dobbiamo discutere di alcune faccende."

La promessa in quelle parole, che fosse intenzionale o meno, la fece raggelare.

Tra la felicità che aveva provato di vederlo, si era scordata di un dettaglio molto importante.

Il bambino.

Era quello ciò di cui voleva discutere? No, certo che no. Non poteva saperlo.

Santo cielo, come avrebbe reagito?

Tremila anni di sesso senza alcuna conseguenza... Quella notizia non gli avrebbe sicuramente fatto piacere.

Ciò fece tornare a galla il passato di entrambi. Lei era una donna creata in laboratorio... Quale uomo vorrebbe qualcuno del genere? Lizzie non era nemmeno classificabile. Era una Seraphim creata all'interno di un utero mortale.

"Lizzie." Jayson le mise le mani sul volto. "Non arrenderti, tesoro. Parla con Tom e dopo ci riaggiorniamo, va bene?"

Lizzi deglutì e annuì. "V-va bene." Era ovvio che non ne avesse idea, altrimenti non sarebbe stato tanto calmo.

Un problema alla volta.

Parlare conto Tom sarebbe stata una passeggiata rispetto a quella con il padre di suo figlio. Si sforzò di sorridere e Jayson le tracciò il contorno delle labbra.

"Fidati di me," le sussurrò.

In quegli occhi scuri Lizzie riusciva a vederci tutta l'adorazione del mondo e il cuore non poté fare a meno di riempirsi di speranza. Quello era l'uomo che si era inginocchiato, che aveva accettato il collare, che era morto... per lei. Jayson poteva anche non essere entusiasta all'idea di un bambino, ma sarebbe stato sicuramente aperto a una discussione. Per quanto riguardava il fatto che lei fosse diversa, la conosceva già e non l'aveva mai guardata in maniera differente.

Una vita di insicurezze passata a sentirsi dire che non sarebbe mai stata abbastanza la colpì in un unico momento, poi Lizzie capì: *Per Jay sono abbastanza.*

Perché lui l'amava.

E lei amava lui.

"Certo che mi fido di te," gli rispose convinta. Si era fidata di lui fin dal primo momento, quando le era piombato in appartamento senza alcun invito, era stata una reazione innata e istintiva.

"Tieni a mente questo pensiero, Rossa," mormorò lui con un sorriso. "Prima Tom."

Lei ricambiò il sorriso. "Va bene."

Le stampò un bacio sulla fronte e si allontanò per parlare al loro pubblico. "Aggiornerò Amelia ed Eliza su ciò che è successo. Ci trovate fuori."

Tom annuì. "Capisco."

"Stanno tutti bene?" chiese Amelia mentre Jayson apriva la porta principale.

"Fisicamente, sì." La risposta riverberò nella stanza e fece accigliare Lizzie.

"Cosa significa?" chiese a Tom.

"Osiris ha costretto Alik a usare le proprie capacità su Luc e Balthazar, non la sta prendendo bene. Stas ha scoperto che Osiris potrebbe essere suo nonno."

Lizzie strabuzzò gli occhi. "Che cosa?!"

"Sì…" Tom si strofinò una mano sul viso e si grattò il mento. "Non sono sicuro di come funzioni la faccenda, considerando la genetica degli Ichoriani."

"Tu gli credi?"

Tom scrollò le spalle. "A essere sincero… dopo ciò di cui era a conoscenza stasera, è del tutto possibile. Oppure si sta prendendo gioco di noi, a spese di Stas."

"Santo cielo," sospirò Lizzie. "Lei è a Hydria? Dovrei andare da lei, deve sentirsi molto sola."

"C'è Wakefield con lei."

"Ah, sì?" Dopo il modo in cui si era comportato sulla spiaggia, quel dettaglio la sorprese. "Ne sei sicuro?"

"Sì," le rispose Tom scuotendo la testa. "Potrò anche

avere i miei problemi con lui, ma è bravo con lei, glielo concedo."

Lizzie annuì lentamente. Da quello a cui aveva assistito era riuscita a capire che tenesse molto a Stas, anche se era stato un po' distante durante il loro ultimo incontro. "È in buone mani."

"Non sono sicuro di arrivare a tanto." L'aria intorno a loro mutò quando la concentrazione di entrambi si allontanò dalla loro amica in comune per concentrarsi sull'argomento più spinoso.

"Accidenti, Lizzie, odio che tu sia arrabbiata con me. So che lo merito e se non vorrai più parlarmi farò del mio meglio per onorare il tuo volere, ma devi sapere che non ho mai voluto ferirti. Mai."

Si portò una mano sulla parte posteriore del collo. "È successo tutto così velocemente. Jayson ti ha detto com'è andata?"

Lizzie si schiarì la voce nel tentativo di allontanare l'emozione e si sforzò di dire: "Ha accennato al fatto che hai salvato Amelia da una brutta situazione e che entrambi avete finto di morire."

Tom annuì. "Un po' riduttivo, ma sì. John mi aveva affidato la missione di sorvegliare Amelia in mezzo a un bosco. Ciò che le facevano…" Strinse i pugni. "Diciamo che non potevo lasciare che continuassero, ma l'unico modo di proteggerla era convincere Jonathan che fossimo morti. Non potevo includerti in quel casino, Liz, non senza metterti in pericolo."

"Quindi mi hai lasciata sola a New York, con un'orda di Ichoriani e il FAC." Lizzie non riuscì a frenare il sarcasmo nella voce e nemmeno il fastidio perché insomma, quello era probabilmente il posto peggiore dove lasciarla.

"Ho avuto solo un assaggio del tuo file e una volta ho

sentito mio padre parlare del fatto che avevi bisogno di un siero, così Luc si è chiesto se fosse qualcosa che ti tenesse in vita. Non potevamo rischiare di portarti via da una potenziale fonte di vita senza prima saperlo con certezza, per questo abbiamo mandato Jay." Fece cadere le braccia lungo i fianchi, come sconfitto. "Mi rendo conto di averti lasciata sola, ma non c'è stato un solo momento in cui non ero preoccupato per te. Ti ho sempre voluto molto bene, Liz."

"Quand'è che ci siamo conosciuti davvero?" gli chiese lei, curiosa.

Tom si accigliò. "Che intendi dire? Avevi qualcosa come dieci anni. Ci siamo conosciuti a uno di quei dannati brunch, non ti ricordi?"

La rossa scosse la testa e prese in mano la cartellina. "Secondo questo file ho vissuto in un laboratorio fino a quando non ho compiuto diciotto anni."

Tom si fece avanti per prenderle il foglio dalle mani e lo lesse velocemente.

"È una stronzata."

"Non penso che lo sia."

"No, ti ho decisamente conosciuta quando eravamo piccoli. Mi ricordo di aver pensato che fossi la sorella che ho sempre voluto."

Lizzie sorrise mestamente. "Credo che quello sia un ricordo impiantato." Proprio come tutti quelli di lei che riguardavano la cotta per Tom, che non si era mai trasformata in nulla di più. "Ha senso, volevano che tu assumessi il ruolo di fratello maggiore per proteggermi e volevano dare a me un interesse amoroso che mi tenesse occupata." Così non sarebbe stata tentata da nessun altro fino a quando non sarebbero stati pronti per farla procreare.

Poi aveva conosciuto Jayson.

Tom lesse di nuovo il fascicolo, poi lo posò con occhi increduli. "È... È..."

"Davvero un casino?" intervenne Lizzie, ridendo in maniera del tutto priva di emozione. "Sì, lo è, ma probabilmente è tutto vero."

Tom la fissò e iniziò a impallidire. "Non ne avevo idea, Liz."

"Lo so," gli rispose. "Non ti sto dando la colpa e capisco il perché tu abbia agito in quel modo. Questo non vuol dire che ne sia felice, ma è abbastanza per perdonarti."

A Tom si inumidirono gli occhi. "Accidenti, quand'è che sei cresciuta?"

Lizzie rise. "Davvero, Tom?"

"Dico sul serio. Una volta eri una ragazzina fragile e riservata. La nuova te non è per niente riservata. Approvo."

Lei alzò gli occhi al cielo. "Per sei anni, almeno lo sono stati nella mia mente, ho tentato di farti capire che fossi diventata una donna e tu lo capisci solo ora. Pensa te."

Tom ridacchiò e le scompigliò i capelli. "Ti vedo ancora come una sorella, Liz."

"Una sorella cresciuta, però."

"Certo," concordò lui con occhi scuri sorridenti mentre l'avvolgeva in un abbraccio. Rimasero così per un lungo momento, con il mento di lui poggiato sulla testa di lei e le braccia sulle rispettive schiene. Erano al posto giusto. Non nello stesso posto giusto in cui Lizzie si sentiva con Jayson, ma un posto di amicizia.

"Ho sempre visto la tua bellezza, Liz," aggiunse lui dolcemente. "Ma ti rispettavo troppo per fare qualcosa a riguardo. Anche per Stas è lo stesso."

"E Amelia?" gli chiese lei.

"Amelia," ripeté lui con tono più grave. "Non sarei mai riuscito a starle lontano."

Lizzie sorrise, era felice per lui. "La ami."

"Sì," annuì lui allontanandosi. "Più di quanto dovrei."

"Bene," gli disse Lizzie convinta. "Spero che ti faccia uscire di testa."

"Come, scusa?" Riuscì a sembrare al contempo divertito e spiazzato.

"Che c'è?" Liz sbatté le palpebre innocentemente. "Sappiamo entrambi che te lo meriti, Tom Fitzgerald. Ah e comunque, se dovessi morire di nuovo, non aspettarti di vedermi al tuo funerale. Ci sono già passata una volta e mi rifiuto di farlo di nuovo. Quindi vedi di restare vivo, intesi?"

Tom deglutì. "Sì, signora."

"Bene, ora se non ti dispiace devo parlare con Jayson."

Tom ridacchiò e scosse la testa. "Sai, ero preoccupato per voi, ma penso che ve la caverete benissimo. Anzi, non vedo l'ora."

"Che significa?" gli chiese.

Fece spallucce dirigendosi verso l'atrio. "Oh, niente, parlavo solo tra me e me." Girò la maniglia. "Jay, è tutta tua. Buona fortuna, amico. Ciao, Liz!" Uscì di casa prima che lei potesse dire un'altra parola.

"Maleducato," si lamentò la rossa.

Jayson chiuse la porta a chiave. "Sembra che voi due abbiate risolto."

"Non direi proprio così," gli rispose Lizzie. "Sono abbastanza sicura di volerlo uccidere di nuovo, dopo questa."

Jay sorrise divertito. "Tom sembra avere quest'effetto su molte persone, anche se i suoi talenti sono indubbiamente utili, è per questo che lo teniamo nei paraggi."

Lizzie ridacchiò e si rese conto di quanto fosse bello farlo. Dopo così tante ore o giorni ne aveva proprio bisogno.

Tornò seria una volta che si ricordò dell'importanza della conversazione che stavano per avere.

"Sono successe tante cose," esordì lei.

"Sì," concordò lui. "E prima che inizi a fare il tuo discorso, c'è qualcosa che devo dire."

Lizzie deglutì. "Va bene."

Jayson si sfregò le mani sui jeans e si avvicinò con espressione seria. Lizzie tentò di leggere le emozioni in quegli occhi scuri, ma erano troppe perché potesse intravederne qualcuna.

Jayson si fermò davanti a lei e le prese le mani. "Sono stato sveglio tutta la notte a pensare a come avrei voluto che andasse questo momento, a ciò che avrei voluto dire... ma non importa quali siano le parole che mi vengono in mente, perché niente può misurarsi con questo momento."

Si fermò per schiarirsi la gola e bagnarsi le labbra con la lingua.

È agitato.

"Per più di tremila anni non ho mai pensato che sarebbe stato possibile sentirsi in questo modo. L'idea di famiglia non esisteva per me, mi è sempre andato bene perché sono cresciuto consapevole del fatto che fosse inevitabile. Ora la vita mi ha dato il dono più prezioso, che non sapevo nemmeno di volere... tu."

Lizzie si morse il labbro per non farlo tremare. L'intensità di quelle parole era quasi troppa. Le fece battere il cuore a un ritmo sicuramente malsano e allo stesso tempo le aveva fatto rallentare il respiro. Non avrebbe voluto perdersi una sola parola, anche il singolo respiro era di troppo disturbo.

Lui la guardò negli occhi e si inginocchiò. "Non riesco

nemmeno a spiegarti come mi sento, Elizabeth, ad avere improvvisamente tutto ciò che non sapevo di volere, consegnatomi dal fato."

Le lasciò andare le mani per prenderle i fianchi.

"Conoscerti mi ha cambiato in un modo irrevocabile. Pensavo che desiderarti fosse un passatempo, proprio come le altre che erano venute prima di te, ma quel desiderio cresceva ogni giorno finché non ho più potuto negarlo. Così ho infranto le regole, ti ho assaggiata e accidenti, Liz, non era abbastanza." Rafforzò la presa e appoggiò la fronte sullo stomaco della ragazza. "Non credo che lo sarà mai."

Gli occhi di Lizzie brillavano di lacrime, poi Jayson le alzò la canottiera per posarle un bacio sull'addome. Alzò lo sguardo su di lei con fare riverente e le baciò l'ombelico.

"Una famiglia, Lizzie," sussurrò lui. "Non ho mai pensato che avrei potuto avere un figlio o una figlia, e nemmeno una moglie. Non sapevo nemmeno di volere tutto ciò, finché non ho incontrato te. Passerò ogni giorno della mia vita a ringraziarti, amarti e apprezzarti. Farò qualsiasi cosa tu vorrai per dimostrarti di essere all'altezza di questo dono fantastico, Elizabeth. Per dimostrarti di essere all'altezza di amarti, di crescere il nostro bambino."

Lizzie tirò su con il naso mentre lui univa le mani e si raddrizzava sulla schiena, rimanendo in ginocchio. "Voglio sposarti, Elizabeth. So che è una tradizione antiquata e che gli esseri umani raramente prendono le loro promesse sul serio, ma voglio giurarti amore di fronte a te, a tutti i nostri amici e alla nostra famiglia. Quello che abbiamo è davvero raro, Lizzie. Devo fare tutto per bene, non solo per noi, ma per il nostro futuro."

"Jayson..." Lizzie riusciva a vederlo a malapena attraverso le lacrime che le offuscavano la visuale Se avesse continuato a parlare avrebbe cominciato a singhiozzare rovinosamente. Non si aspettava nessuna delle parole di Jayson. Eppure era tutto tanto perfetto, sentito e giusto.

Lui le baciò le nocche e inchinò la testa sulle mani di lei, mentre le lacrime le scorrevano sul viso. "Ho il beneficio del tempo e dell'esperienza alle spalle, posso dire con assoluta certezza che nessuno mi ha mai fatto sentire nel modo in cui mi fai sentire tu. Potrà sembrare affrettato, specialmente a te, ma so nel profondo del mio cuore che questa è la mossa giusta. Non ci sarà mai nessun'altra e io aspetterò tutto il tempo necessario, fino a quanto ti sentirai come me."

"Il per sempre è un tempo molto lungo, ma voglio trascorrere l'eternità con te, se me lo permetterai." Jayson le baciò un polso mentre la guardava dritta negli occhi colmi di lacrime di gioia. "Elizabeth Watkins, vuoi sposarmi?"

Mi chiamo Elizabeth.
Non sono più 4-7.

-Registro 124.11.4-7

A Jayson batteva fortissimo il cuore mentre aspettava la risposta di Lizzie. Avrebbe potuto dirgli qualsiasi cosa, anche se le fossero uscite parole come "Vai a farti fottere" a lui non sarebbe importato, l'attesa lo stava logorando.

Lei si leccò le labbra, aprì la bocca, la chiuse e la riaprì di nuovo, torturandolo ancora un po'. Jay non aveva mai avuto bisogno di ricevere una risposta tanto quanto desiderasse quella di Lizzie, in quel momento.

"Santo cielo, Jayson." Lizzie scosse la testa mentre le lacrime le sgorgavano copiose giù per le guance arrossate. "No, non è un no… aspetta   devo solo… oh mio Dio, ho già rovinato tutto." Rise e scosse la testa. "Merda!"

Arrossì ancora di più, dettaglio che Jay trovò al contempo adorabile e irritante, ma solo perché avrebbe voluto baciarla mentre lei stava ancora decidendo come rispondere.

Elizabeth prese un bel respiro, stava stringendo le mani di Jayson più di quanto probabilmente realizzasse. Dopo alcuni agonizzanti secondi lo guardò finalmente negli occhi e sorrise.

"Sì," gli disse con sguardo che rimarcava la risposta. "Certo che sì. Sempre sì, Io… Non so nemmeno da dove cominciare, ma sì. Mi piacerebbe molto sposarti."

L'adrenalina lo fece saltare in piedi e Jay la prese tra le braccia e la baciò fino allo sfinimento. I capelli setosi di lei erano come fette di paradiso tra le dita di lui mentre le posizionava la testa nel modo in cui più preferiva. Lizzie si sciolse contro di lui, gli diede tutto ciò di cui lui aveva bisogno e Jay ricambiò il favore.

"Ti amo," sussurrò lei. "Non so come sia successo, ma è vero."

Jay sorrise contro le labbra di lei. "Ti amo anche io… e ti voglio."

"Ah, sì?" Lo prese in giro muovendogli la lingua in bocca. "Beh, io ho bisogno di te."

"Volpe." La sollevò tra le braccia per portarla nella camera da letto. "Jay, questa è una tradizione riservata alla prima notte dopo le nozze."

"In questa casa sarà una tradizione riservata a tutte le notti, magari anche alle mattine."

Lizzie rise quando lui la lasciò cadere sul letto. "È una promessa?"

"Consideratela parte dei miei voti nuziali," le rispose lui, strisciandole sopra. "Hai idea di cosa tu abbia accettato, Rossa?" Si tirò la maglietta sulla testa.

"Un'eternità passata a fissare i tuoi addominali?" gli chiese Lizzie ammirandogli il torso. "No, un'eternità passata ad accarezzarli." Gli passò una mano sull'addome.

Jay le prese i polsi e li immobilizzò ai lati della testa di lei. "No, Rossa."

"Sì, Jayson, decisamente sì."

Jay ridacchiò. "Mmmh, no, hai detto sì a un'eternità passata nel mio letto."

"Nel nostro letto," lo corresse Lizzie.

Jayson sorrise. Gli piaceva come suonava quella frase. "Il nostro letto," acconsentì passando un dito sulle braccia della rossa. "Non muovere le mani."

"Sì, signore." Lo scherno nella voce di lei suscitò in Jayson i desideri più oscuri.

"Mi piacerà molto insegnarti l'arte del piacere," mormorò tracciandole le curve fino all'orlo della canottiera. "Ma inizieremo piano." Si staccò da lei e si alzò in piedi.

"Piano?" Lizzie si tirò su sui gomiti. "Non sono sicura che mi piaccia andare 'piano', se questo deve significare lasciarmi sola ed eccitata a letto."

"Hai mosso le mani," le fece notare Jay aprendo il primo cassetto del proprio cassettone. "La mia futura moglie non è molto brava a eseguire i miei ordini."

Lizzie rise. "La tua futura moglie non eseguirà mai i tuoi ordini."

Jayson sorrise. "Bene. Non voglio una moglie obbediente, ne voglio una cattiva." Trovò ciò che stava cercando e tornò al fianco del materasso tenendo le mani dietro la schiena.

"Togliti i vestiti."

Lizzie si leccò furtivamente il labbro inferiore e lo guardò di sottecchi. Le ci vollero circa tre secondi in più di quelli calcolati da Jayson per eseguire il comando. Prima si tolse la canottiera, a seguito i pantaloncini e poi la lingerie. Normalmente Jay avrebbe richiesto uno spogliarello più lento, ma per quella sera andava bene così.

Si prese il proprio tempo per studiarla nella scarsa illuminazione della stanza. "Stai benissimo nel nostro letto, Rossa. Penso che ti terrò qui per un po'."

Lei si rilassò tra i cuscini con un'espressione da "vieni subito qui." La donna innocente di cui Jayson si era innamorato resisteva sotto la superficie, ma quella all'esterno era senza dubbio una diavoletta. L'uccello approvò allegramente.

Jayson lasciò che Lizzie vedesse ciò che teneva in mano quando appoggiò un ginocchio sul letto.

"Una benda?" gli chiese lei con voce roca.

"Cominciamo piano," ripeté lui sfiorandole la guancia con il tessuto liscio. Lizzie allargò gli occhi, facendogli capire che fosse d'accordo. "Chiudi gli occhi." Lei lo fece e Jay le allacciò la benda dietro la testa. "Va bene così?"

Lizzie annuì. "Sì."

Jayson si alzò di nuovo per togliersi i jeans, lo fece il più silenziosamente possibile. I capezzoli di Lizzie si irrigidirono sotto lo sguardo dell'Hydraiaino e le cosce si stringevano ritmicamente. Erano tutti segnali di una donna eccitata. *A qualcuno piace la benda.*

"Senti i miei occhi su di te, Rossa?" le chiese a voce bassa.

Lei annuì e fece uscire la lingua per leccarsi le labbra carnose. "Voglio che mi tocchi."

"Fammi vedere dove," le disse mentre si toglieva i boxer.

Lizzie si toccò il seno, un po' troppo leggermente per i gusti di Jayson. "Qui," sussurrò lei.

"Così?"

La rossa scosse la testa. "No, più forte."

"Fammi vedere," mormorò lui mentre si prese in mano l'asta e la massaggiò piano.

Lizzie deglutì visibilmente ma prese tra le dita un seno

e strinse forte. Un gemito sfiorò l'aria nel modo più dolce possibile.

"Solo lì, Rossa?" La voce gli era diventata roca per via dello spettacolo che gli si presentava davanti agli occhi sul suo letto.

"N-no." Gemette facendo scorrere le dita verso il basso, attraverso lo stomaco fino ad arrivare a quel tappetino di riccioli rossi tra le cosce. "È fantastico."

"Lo è," concordò Jay. "Ora dimmi quanto sei bagnata."

"Oh, cielo." Lizzie inarcò la schiena contro il materasso. "Non dovrebbe eccitarmi così tanto." Fece scivolare la mano verso il basso e un violento tremore la scosse. "Molto bagnata…"

Lizzie rimase immobile mentre lui le si inginocchiava accanto sul materasso. "Fammi vedere la tua mano, Rossa."

Le cosce di lei si strinsero per protesta. "Sono vicinissima, Jayson."

"Lo so, piccola. Ora dammi la mano."

Lizzie tremò ma riuscì a rilassare le cosce per Jayson. La dolce eccitazione di lei tinse l'aria non appena sollevò il palmo della mano per farla ispezionare a Jayson. Il ventre le si contrasse di desiderio.

La mia futura moglie.

Jay passò il naso lungo tutta la pelle di lei e inalò profondamente. "Mmmh, penso che questo sia il mio nuovo profumo preferito, Rossa."

Lei si contorse accanto a lui mentre le teneva stretto un pugno. "Mi stai facendo impazzire."

"Il sentimento è reciproco." Jayson le prese la mano e se la portò all'uccello, avvolgendole le dita intorno all'asta e gemette alla sensazione del calore umido di Lizzie che gli accarezzava la carne sensibile.

Lei lo massaggiò da cima a fondo e poi di nuovo, facendolo quasi venire. Quella lingua che leccava le labbra eccitate non faceva che peggiorare la situazione. Durante il loro periodo a Bora Bora Jayson aveva imparato che a Lizzie piaceva il sesso orale, ma quella sera avrebbe voluto riversarle il proprio piacere dentro di lei, non in bocca.

Avrebbe voluto farla sua.

Allontanò gentilmente la mano di lei e sorrise quando Liz se ne lamentò. "Qualcuno è impaziente." Le baciò un polso prima di farle stendere il braccio sopra la testa e infilarle le dita in degli anellini di ferro che decoravano la testata. "Tieniti a questi, Lizzie." Le prese l'altra mano e fece lo stesso.

"Apri le gambe."

Lei eseguì l'ordine gemendo dolcemente e Jay poté ammirare i riccioli umidi. Le tremavano le gambe in attesa della prossima mossa dell'Hydraiano, ma Jayson temporeggiava aumentando la tensione. Si spostò senza toccarla.

"Potrei ammirarti per tutta la notte," ammise dolcemente. "Sei bellissima." Si sporse per soffiarle sul centro del piacere e lei si inarcò in risposta. "Mmmh, mi desidera."

Il sudore le imperlava la pelle. "Per favore, Jayson." Quel tono rauco gli fece stringere i testicoli in anticipazione.

Mia.

Le si inginocchiò tra le gambe e le passò un dito tra le pieghe lisce. "Un'eternità passata ad amarti non sarà mai abbastanza," le sussurrò con tono reverenziale. "Sei perfetta in tutto e per tutto."

"Prendimi," lo supplicò lei. "Ti voglio dentro di me."

Jayson fece scivolare i palmi delle mani sotto il sedere di lei e la sollevò verso l'alto, poi penetrò in quel calore voglioso. Lizzie emise un grido per quella posizione intensa e Jay le diede un momento per acclimatarsi, anche se il corpo lo stava pregando di prenderla nel modo in cui aveva più bisogno: forte e veloce.

"Di più," gli ordinò. "Di più, Jayson."

Lui sorrise. "Come desideri, futura moglie." Si tirò fuori del tutto e la penetrò nuovamente fino in fondo, Lizzie si lasciò a un gemito che riverberò in tutta la stanza. *Che bello, accidenti.* Jay ripeté quel movimento sempre più velocemente fino a quando le urla di piacere di Lizzie non riempirono l'aria.

Accidenti se adorava quel suono.

E l'avrebbe sentito per il resto della loro lunga vita.

Diamine.

Avrebbe voluto possedere ogni centimetro di lei e lo fece con ogni duro affondo. Lizzie continuava a tremare man mano che l'orgasmo si faceva sempre più vicino, tuttavia aveva bisogno di qualcosa in più. Jayson rimase dentro di lei e la fece abbassare verso il materasso, poi trovò un punto che l'avrebbe mandata oltre il limite.

Le loro bocche si incontrarono e Jay portò una mano tra le cosce di Lizzie per trovare il clitoride con infallibile precisione. Ci vollero due movimenti circolari per mandarla in estasi e accidenti che sensazione fantastica. Le pareti della passera lo stringevano in maniera forte e deliziosa, così Jay non poté fare a meno che seguirla nell'oblio.

"Lizzie," grugnì quando le loro essenze si unirono nella maniera più intima. Non riuscì a fermarsi, Jay voleva di più e avrebbe voluto guardare Lizzie negli occhi mentre la prendeva.

Le tolse la benda e sorrise all'espressione soddisfatta di lei. Non avevano nemmeno iniziato. "Braccia intorno a me questa volta, piccola."

"Oh sì, signore."

Lizzie non avrebbe mai lasciato quel letto. Mai. Le lenzuola setose odoravano di Jayson e di sesso, tantissimo sesso.

La ragazza sorrise stiracchiandosi languidamente. Si sentiva più che soddisfatta.

"Va bene, ho bisogno che tu mi aiuti a risolvere un dibattito che va avanti da anni," le disse Jayson tornando da lei con un cartone della pizza tra le mani. Appoggiò quella delicatezza unta accanto a Lizzie. Lei aprì la scatola e prese una fetta di pizza al salame piccante, poi gli chiese: "Quale dibattito?"

Anche Jayson ne prese un pezzo, poi si rilassò sui cuscini accanto a lei.

"B dice che la pizza non sia un cibo romantico, io dico che sbaglia."

"Oh, ha torto marcio," mormorò Lizzie masticando il formaggio. "È sexy."

"Vero?" Jay prese un morso, masticò e lo buttò giù. "Penso che la pizza debba essere un requisito post-sesso."

Lizzie annuì con entusiasmo. "Approvo questa regola."

Jayson sorrise. "Allora è deciso. Pizza più volte al giorno, dopo il sesso. E poi dicono che essere sposati sia difficile."

Elizabeth ridacchiò. "Anche il sesso più volte al giorno?"

"Ovviamente," le rispose. "Anche quella sarà una regola."

La rossa prese in mano una seconda fetta e si godette la bontà formaggiosa mentre pensava. "Ti rimangerai tutto quanto quando sarò grassa." Lizzie aggrottò la fronte. "Oh cielo, diventerò grassa."

Jayson le rubò la fetta di mano e si mise sopra la ragazza: successe tutto tanto velocemente che lei non ebbe nemmeno modo di capire dove fosse finito il cibo. Sperava che lui l'avesse rimesso nel cartone.

E va bene, forse la pizza a letto non è poi così sexy, dopotutto.

Jayson la baciò profondamente sulla bocca prima di mordicchiarle il mento e il collo. Con le labbra creò un percorso dalla gola all'ombelico, dove si fermò.

"Hai idea di che effetto mi faccia l'immagine di te incinta di nostro figlio, Rossa?" Jay alzò lo sguardo affinché lei gli leggesse l'ardore negli occhi. "Il problema non sarà il mio non volerti, Rossa; sarà il volerti troppo."

Lizzie rabbrividì. "Penso che mi piacerà."

"Mi assicurerò che sia così," le promise lui baciandole di nuovo lo stomaco. "Se i test sono già riusciti a dimostrare la tua gravidanza, sono sicuro la che nascita sarà accelerata. I file del FAC hanno mai menzionato quanto tempo pensavano che occorresse?"

Lizzie scosse la testa. "Non siamo arrivati a leggerlo, sei entrato tu."

"Non fa nulla. Abbiamo diversi dottori a Hydria, incluso B." Jayson s'incupì. "No, escluso B. Non mi piace per niente quell'idea."

Lizzie ridacchiò. "Sono sicuro che manterrebbe un comportamento professionale."

"Oh, sicuramente sì... ma no. Non succederà. Parleremo con Lara, è un'Hydraiana con abilità curative," decise annuendo. "Sì, preferisco fare così."

"Geloso," commentò Lizzie divertita. "Molto interessante, signor Masters."

"Sei mia," le rispose semplicemente. "Non ho intenzione di condividerti."

"L'hai già detto." Lizzie gli sorrise, era felice come non era stata da tempo. "Mi va bene non esserlo."

"Bene." Jay si rilassò contro di lei e appoggiò il mento sullo stomaco di Lizzie. "Mi devi ancora dei biscotti."

La rossa rise. "È vero, li preparerò domani."

"Penso sia giusto che tu li prepari nuda, visto che ho dovuto aspettare così tanto tempo per averli. Sotto la mia supervisione, chiaramente."

"Anche tu sarai nudo?"

Jay alzò le spalle. "Se la chef lo richiede."

"Lo richiede."

"Allora sono già nudo," sogghignò lui. "Meglio dire a Tom e Amelia di trovarsi una nuova casa." Il sorriso gli sparì dal volto. "A dire il vero potrebbe rivelarsi più difficile del previsto, ora che diversi Ichoriani si stanno trasferendo sull'isola."

Lizzie gli passò le dita tra i capelli. "Che intendi dire?"

"Beh, il tuo salvataggio non è andato come previsto, molti dei nostri alleati Ichoriani sono stati smascherati, incluso Issac."

Elizabeth si fermò. "Cosa?"

"Giusto, tu non c'eri… Lascia che ti aggiorni."

Le raccontò cos'era successo dopo che Jacque l'aveva teletrasportata a Hydria, di come Osiris era stato in grado di rapire tutti gli Anziani e della resa dei conti con Stas.

"Quindi ora sa quali Ichoriani non sono più dalla sua parte," commentò Lizzie una volta finito il racconto di Jayson. "E pensi che questo possa dare inizio a una guerra?"

"Sì. Il loro voltafaccia ci fa guadagnare dei punti. La stirpe di Aidan è molto potente e tutti loro hanno ufficialmente scelto di stare dalla nostra. È possibile che anche altri Ichoriani chiederanno asilo, o che si nasconderanno."

Lizzie prese in considerazione quanto detto da Jayson mentre si pettinava i capelli con le dita. Lui non si era mosso, aveva ancora il mento appoggiato sul loro futuro figlio.

In che razza di mondo ti stiamo trascinando, piccolino?

"Proteggerò entrambi con la mia vita, Rossa," le promise, come se avesse sentito i pensieri di lei. Lizzie immaginò di avere un'espressione preoccupata.

"Che mi dici di Jonathan?" gli chiese rabbrividendo. "È ancora a piede libero."

"Non per molto." Un'ombra scura gli attraversò lo sguardo mentre lo disse. "Il suo tempo sulla Terra sarà breve, si è fatto troppi nemici."

"Ma hai detto che si è alleato con Osiris..."

Jay sorrise. "Penso che quella relazione sia solo a favore di Osiris e non sono preoccupato. Jonathan morirà, te lo prometto."

Lizzie studiò la convinzione nello sguardo di Jayson e si pronunciò: "Mi sta bene." Ciò la sorprese: violenza e morte erano due argomenti che evitava, tuttavia poteva supportare l'idea della morte di Jonathan. "E se fosse immune alle vostre abilità, come Osiris?"

"Lo uccideremo alla vecchia maniera, con una pallottola." Le baciò la pancia. "Farò qualsiasi cosa per garantire la tua sicurezza e quella di nostro figlio, Liz. Te lo prometto."

"Ti credo," gli sussurrò. "Ora vieni qui e baciami."

Jay sorrise. "Ti dimentichi di nuovo chi è al comando?"

"Potrei aver bisogno di un'altra lezione a riguardo."

L'Hydraiano si sollevò per intrappolarla nella gabbia tra il fisico massiccio fisico e il letto. "Sono felice di insegnarti, Rossa. Tutti i giorni, tutte le notti, per il resto delle nostre lunghe vite."

Lizzie gli avvolse le dita intorno alla nuca e lo avvicinò a sé per baciarlo. "Ti amo," gli disse a fior di labbra.

"Ti amo anche io," mormorò lui. "Sempre e per sempre."

Lizzie vagò per la collina in direzione di casa di Luc.

Jayson le aveva dato delle indicazioni dopo averle detto che Issac e Stas sarebbero rimasti da Luc per un po'.

La sua dimora non era vicina alle altre case e sembrava del tutto isolata lassù, ma la vista era mozzafiato. Acque blu scuro si estendevano in ogni angolo, case bianche dai tetti blu e strade acciottolate.

Meraviglioso.

Lizzie ammirò il panorama, inclusa l'architettura adorabile della casa di Luc, prima di bussare piano alla porta. Jacque aprì senza il suo solito sorriso.

"Oh, ciao." Si toccò il retro del collo con una mano. "Ehm, Luc non ha voglia di ricevere visite in questo momento."

"Si sta ancora riprendendo da ciò che gli ha fatto Alik?" Jay le aveva spiegato tutto ciò che era successo, incluso cosa significasse per Alik utilizzare i propri doni su qualcuno.

Jacque annuì. "Sì, esatto. Posso dirgli che sei passata."

"Oh, in realtà sono venuta per vedere Stas, è qui?"

Lui scosse la testa. "No, è andata in spiaggia con Issac. Vuoi un passaggio?" Gli si illuminarono gli occhi.

Gli piace rendersi utile.

"A dire il vero... sì, sarebbe fantastico." Avrebbe sicuramente potuto raggiungerla da sola a piedi, ma non le dispiaceva il teletrasporto, il sorriso di risposta all'essere richiesto di Jacque consolidò la propria scelta.

Jacque tese il gomito e lei lo accettò. I dintorni si dissolsero e pochi secondi dopo apparve la spiaggia. "È un bellissimo talento, il tuo." ammise Lizzie.

"È fantastico," concordò lui. "Stancante, ma fantastico." Fece un cenno verso la spiaggia, dove Issac e Stas camminavano mano nella mano impegnati in una fitta conversazione.

"Io, ehm… penso che stiano ufficialmente troncando la loro relazione," sussurrò Jacque. "Dovremmo lasciarli soli."

"Che intendi dire?"

"Voglio dire… penso che stiano finalmente avendo *la conversazione*." Lanciò loro uno sguardo e fece una smorfia. "Sai, quella in cui si lasciano."

"Ma…" Lizzie si fermò mentre Issac si fermò a sua volta, per affrontare Stas con espressione disperata. "Non potrebbe semplicemente… non lo so, non morderla?" A Lizzie sembrava piuttosto semplice. La maggior parte delle coppie non sanguinava in presenza dell'altro, giusto?

Jacque la guardò a bocca aperta. "Da chi si nutrirebbe?"

"Donatori?" suggerì Lizzie.

"Il nutrimento è un processo a livello sessuale per gli Ichoriani… e poi, il nostro sangue è allettante. Se Issac perdesse il controllo anche solo per un secondo durante l'intimità, morirebbe."

Lizzie aggrottò la fronte. "Da quello che ho capito, Issac è molto determinato e ha il completo controllo."

Jacque l'ascoltò annuendo. "Vero, ma una relazione di quella natura tra un Ichoriano e un'Hydraiana non si è mai sentita."

"Tanto quanto un mucchio di Ichoriani che si trasferiscono sull'isola, immagino," sottolineò Lizzie.

"Touché," le rispose Jacque. "Nonostante tutto, è considerato impossibile e gli altri non approverebbero."

"Non spetta a loro decidere, non è così?" gli chiese Lizzie, un po' irritata per conto dell'amica. "Se vogliono provare, dovrebbero essere in grado di farlo."

Jacque alzò le spalle. "Vedremo."

Lizzie nutriva ancora speranza. Se c'era qualcuno che sarebbe riuscito a venirne a capo, quella era Stas. La sua migliore amica era la donna più forte che avesse mai conosciuto. "Probabilmente farei meglio a parlarle più tardi," commentò mentre Issac copriva le guance di Stas con le proprie mani e premeva la fronte su quella di lei. "Sembrano piuttosto impegnati nella loro conversazione." Inoltre, sembrava un po' strano starli a guardare.

"Vuoi tornare da Jay?"

"Sì, per favore. Gli devo dei biscotti."

"Biscotti?" ripeté Jacque. "Non posso dire no."

Lizzie sorrise. "Dovrò farne più di un'infornata, perché Jayson non vuole condividere."

"E non dovrebbe farlo," commentò Jacque.

Stas inclinò il viso per baciare Issac, lui ricambiò nel momento in Jacque teletrasportò se stesso e Lizzie fuori dalla loro vista.

Lizzie incurvò le labbra in un sorriso.

La loro storia non è ancora finita.

EPILOGO
UNA SETTIMANA DOPO

Jayson se ne stava fuori da casa di Luc, esitante. Doveva farlo: doveva entrare lì dentro e spiegare al re come aveva potuto scegliere una donna al posto dei propri fratelli, ma non trovava le parole.

Scusarsi sarebbe stato come mentire. Quando Osiris gli aveva comandato di dire la verità, lui l'aveva fatto.

Qualsiasi cosa… E aveva detto sul serio. Avrebbe dato qualsiasi cosa per proteggere Lizzie, comprese le vite dei propri migliori amici.

Accidenti, quella verità faceva male.

Non avrebbe mai voluto scegliere tra lei e loro, ma Osiris lo aveva costretto a esprimere i propri sentimenti ad alta voce. In quel momento i tre uomini all'interno della casa sapevano.

Jayson si passò una mano sul volto mentre cercò la sicurezza in se stesso. Non aveva ancora visto Alik, Balthazar e nemmeno Luc dopo l'incidente. Nessuno, fatta eccezione per una manciata di Guardiani che avevano aiutato con la guarigione degli Anziani. Jayson aveva dato loro tutto lo spazio possibile in attesa dell'inevitabile convocazione, la quale era arrivata quella mattina sotto forma di Jacque.

Smettila di fare lo sciagurato e bussa a quella dannata porta, si disse. *Sanno che sei qui.*

Accidenti, Balthazar avrebbe sentito ogni suo pensiero. Il fatto che non gli avesse ancora chiesto di entrare lasciava Jayson in uno stato ancora più agitato.

Non era da B lasciarlo fuori ad aspettare, da solo.

A meno che quella non fosse una sorta di punizione.

Al diavolo, se avessero voluto giocare in quel modo, allora bene. Non si sarebbe scusato per aver donato il proprio cuore a Lizzie. Lei valeva tutto il dolore che gli amici di Jay volevano infliggergli.

Al diavolo il bussare.

Mise la mano sulla maniglia e la girò, entrando in casa senza annunciarsi.

Balthazar era appoggiato a una parete dell'ingresso, completamente a proprio agio e con addosso uno dei suoi soliti sorrisetti. Un senso di tranquillità si impossessò di Jayson, vedendo il proprio migliore amico vivo, vegeto e sorridente.

"Beh, è stato divertente." B aprì la birra che teneva in mano e l'allungò verso Jay affinché la prendesse. "Bentornato, Jay. Scusa se ci è voluto un editto per costringerti a venire."

Jayson afferrò la bottiglia e inarcò un sopracciglio. "Dici sul serio? Mi hai costretto a venire qui per bere una birra?"

"Vuole parlare del tuo addio al celibato," esordì Luc unendosi a loro nell'ingresso. Le ombre scure sotto gli occhi erano l'unica indicazione della sofferenza subita una settimana prima. "Se abbiamo capito bene, dobbiamo farti le congratulazioni."

"Già, che diavolo è questa storia?" gli chiese Alik dalla zona giorno.

"Dobbiamo venire a sapere queste cose da Jacque, adesso?"

"Vi stavo lasciando riposare," disse Jayson, anche se era vero solo in parte.

"Stronzate," lo rimbeccò Balthazar con tono stranamente irritato. "Ti stavi nascondendo. Un conto è scegliere Lizzie al posto nostro, un altro è non essere in grado di affrontare le conseguenze della tua scelta."

"Fiducia," aggiunse Luc. "Non ti sei fidato di noi affinché ti perdonassimo, anche se non pensiamo ci sia niente da perdonare."

Non era del tutto vero. "Avevo bisogno di tempo per trovare le parole giuste."

"Le hai trovate?" gli chiese Luc, con lo sguardo incuriosito.

"Devo essere onesto?" Jay si portò una mano sulla parte posteriore del collo e sospirò. "No. Non ho idea di cosa dire. Non posso chiedere scusa, anche se sento che dovrei farlo. Non so come spiegarmi niente di tutto questo. Osiris mi ha costretto a scegliere…"

"Ti ha chiesto cosa avresti dato in cambio della sua salvezza," lo interruppe Luc. "E tu hai dato una risposta onorevole, perché se fossi disposto a dare meno di qualsiasi cosa per salvarla, allora non saresti meritevole di lei."

Alik entrò nella stanza con le mani in tasca, gli occhi scuri erano pieni di ricordi e dolore. "Non mi avete forse accettato quando ho scelto Jenika al posto di tutti voi?"

Sentire quel nome mandò una scossa elettrica nel sistema nervoso di Jayson. Alik non pronunciava quelle sei lettere da secoli e l'agonia che si portavano dietro gli lasciavano un segno sui lineamenti che tutti loro percepirono nell'anima.

"Alik," sospirò Jay. "Non devi farlo."

"Sì, invece." L'oscurità gli avvolse tutto il viso, anche se negli occhi gli brillava una scintilla di determinazione. "Sapete tutti che sacrificherei qualunque cosa pur di riportarla in vita, ma questo non sminuisce il nostro legame. Siamo fratelli, lo saremo per sempre ma l'amore, il vero amore è al di là di ogni regola. Incluse quelle implicite nella nostra storia."

"Ha ragione," mormorò Balthazar. "Il tuo legame con Lizzie dovrebbe essere celebrato. Non ci aspetteremmo mai di essere messi al primo posto e puoi stare sicuro che saremo sempre pronti ad aiutarti a combattere per lei."

"La tua felicità è la nostra felicità, Jay." Luc gli diede una pacca sulla spalla e lo abbracciò. "Ho sentito quanto ti sia costata quella risposta, ma non ho potuto fare a meno di essere orgoglioso di te."

"Lo siamo tutti." Balthazar si unì all'abbraccio di gruppo. "Sarai per sempre nostro fratello, Jay. A ogni costo."

"Amarla non ti rende più debole, ma più forte. Aggrappati a quel dono, Jay. Perché non sai mai cosa ti riserverà la vita." Quelle parole cupe ma sagge provenivano da Alik.

Lui non si era unito all'abbraccio, non che gli altri si aspettassero che lo facesse. La morte di Jenika lo aveva cambiato irreparabilmente. Nessuno di loro lo aveva compreso perché non erano mai stati innamorati, ma in quel momento Jayson riuscì ad apprezzare la reazione dell'amico. Lizzie era il suo cuore, senza di lei Jayson avrebbe cessato di esistere.

Alik incontrò lo sguardo di Jay sopra la spalla di Luc.

Ora lo sai, gli sussurrò telepaticamente. *Proteggila, Jayson. Proteggila con tutto ciò che hai e non smettere mai di apprezzare il vostro amore.*

Jayson annuì una volta in risposta, una promessa solenne nei confronti di Lizzie che si sarebbe comportato bene, sempre.

"Sarai un padre eccellente," sussurrò Luc. "E un marito ancora migliore."

"Dopo l'addio al celibato," aggiunse Balthazar con una pacca sulla spalla di Jayson, poi si allontanò da loro.

B è l'uomo giusto, quando si tratta di alleggerire l'umore.

"Dopo l'addio," Luc lasciò andare Jay.

Alik ridacchiò, si voltò e disse: "Già, buona fortuna a convincere Lizzie a lasciarcelo andare."

Jayson accolse di buon grado il cambio di argomento spensierato, ma fece una smorfia prendendo in considerazione il commento di Alik. "Non state pianificando niente di troppo stravagante, vero?"

Balthazar sorrise. "Convocherei una riunione per parlare di qualcosa che sia al di sotto del fenomenale?" Mosse le sopracciglia. "Entra in salotto, Jay. Dobbiamo rivedere tutti i progetti e la mia proposta per quanto riguarda la linea temporale degli eventi."

La Storia continua con...
Legami Di Sangue

La storia d'amore che diede inizio a tutto.

Legami Di Sangue
Serie della Maledizione degli Immortali
Libro quattro

Una notte di seduzione e piacere in cambio di
informazioni…

Caro non avrebbe mai dovuto accettare un accordo tanto
insensato. Ora scappa per salvarsi la pelle con lo stesso
essere che l'ha messa a rischio.

Sethios vedeva Caro come una sfida, una conquista. Un
nuovo giocattolo con cui divertirsi e passare il tempo.
Tuttavia, il loro accordo ha dato vita a conseguenze che
nessuno dei due aveva anticipato.

La Veggente è onnisciente, predice il futuro e la sua nuova profezia cambierà tutto.

Quanto si spingeranno Caro e Sethios per proteggere i loro destini e quello del loro nascituro?

A volte l'amore richiede il sacrificio supremo.

SERIE LA MALEDIZIONE DEGLI IMMORTALI
COSA VI ASPETTA

Cari lettori,

Grazie per aver letto Cuore di Sangue. Spero vi sia piaciuto saperne di più su Lizzie e Jayson e vederli crescere. Il loro rapporto mi ha accompagnata a lungo e per quanto questi personaggi mi abbiano fatta piangere, ho amato scrivere questo libro. Avranno sempre un pezzo del mio cuore.

Per qualche assaggio e capitolo in anteprima vi prego di unirvi al gruppo Facebook o iscrivervi alla mia newsletter. Adoro sentire cosa avete da dire e anche se non risponderò alle domande spoiler, vi fornirò qualche indizio sulle voci che mi vivono in testa.

Grazie ancora per aver letto i miei libri!

Con amore,
Lexi

CUORE DI SANGUE

LA PLAYLIST MUSICALE

Battlefield - Svrcina
Black Clouds - Hidden Citizens
Break me Shake Me - Savage Garden
Come as You Are - Prep School
Disfigured - Rag'n'Bone Man
Don't Drink the Water - Dave Matthews Band
Don't Let Me Go - RAIGN
For What It's Worth - Malia J
Glass Heart - Tommee Profitt
Heroes Fall - Hidden Citizens
Live Like Legends - Ruelle
Mad Hatter - Melanie Martinez
Save Tonight - Zayde Wolf
Slipping - Hidden Citizens
Soldier - Fleurie
Truly Madly Deeply - Ruelle
Savage Garden Up in Flames - Ruelle
Waiting Game - Banks
When It's All Over - RAIGN
Who Will Save You Now - Les Friction
Wicked Game - Ursine Vulpine
World on Fire - Les Friction

RINGRAZIAMENTI

Per portare a termine un libro ci vuole un esercito. Ringrazio infinitamente chiunque mi abbia aiutata in questo viaggio spaventoso e per il supporto dei miei amici e della mia famiglia. Qui sotto ho elencato alcune persone del mio team senza le quali non sarei riuscita a farcela…

Prima di tutto, Matt: Grazie per il tuo supporto incondizionato, il tuo amore e come ti prendi cura di me. Sai sempre cosa dire, sei un compagno fantastico e l'amore della mia vita. #NerdPerSempre

Allison: Grazie per tenermi sempre coi piedi per terra, per dirmi quando qualcosa deve essere riscritto e per aver pianto con me davanti a un certo capitolo, circa una dozzina di volte. Grazie per la tua onestà e amicizia, ti adoro!

Casey: Grazie per esserti presa cura del mio bambino con attenzione e amore. Apprezzo il feedback e adoro il fatto che mi obblighi a far sempre meglio. La tua esperienza e la tua guida sono senza prezzo. Spero tu sia pronta per Legami Angelici ;-)

Louise & Melissa: Voi due siete le mie basi. Senza il vostro supporto e amore annasperei e mi nasconderei nella mia caverna da scrittrice. Apprezzo tutto ciò che fate e tengo a voi più di quanto le parole possano esprimere.

Bethany: Grazie per aver editato il mio manoscritto gigante e non esserti tirata indietro dopo aver visto il conteggio delle parole. Sono contenta che tu riesca ancora a tollerare le mie virgole e adoro il fatto che continui ancora a cercare di insegnarmi come si usino. Non funzionerà mai, ma continuerò a provarci!

Jacy: Grazie per avermi spinta a fare del mio meglio, per trovare sempre le parole ripetitive nei miei testi e per individuare le incoerenze. Oh, anche per aver aggiustato le virgole. Come ho detto a Bethany, continuerò a provare ma sappiamo entrambe che non le capirò mai.

Barb, Delphine, Jenny & Pam: Completate il mio team di editor e vi ringrazio tanto! Grazie per aver notato ciò che mancava e avermi fatta rimanere coi piedi per terra. Siete incredibili!

Barb, Delphine, Laura, Louise, Melissa & Tracey: Grazie a tutti per aver dato una letta a Cuore di Sangue in anteprima e avermi aiutata a costruire il mio libro migliore. Apprezzo i vostri commenti e cambiamenti, adoro avervi nel mio team. Spero che continuerete a parlarmi dopo che avrete letto le revisioni che ho implementato, perché avrò bisogno del vostro input con Legami Angelici!

Claudia: Grazie per la splendida copertina.

Julie: Grazie per la tua amicizia e per avermi aiutata con la tipografia dell'edizione tascabile, è bellissima!

Famous Owls: Grazie per essere una parte fondamentale della mia squadra e per farmi sempre sorridere. Siete meravigliosi!

Niente di tutto questo sarebbe possibile senza l'aiuto del mio team ARC, Itsy Bitsy e Indiesage PR. Grazie, grazie, grazie!

E ai lettori: Grazie per aver letto la storia di Lizzie e Jayson. La serie delle Maledizioni Immortali ha tutto il mio cuore e non riesco a spiegare cosa significhi per me condividerla con il mondo. Il vostro sostegno, le parole incoraggianti e la vostra gentilezza sono ciò che mi fa andare avanti <3